Für meine Familie und Malte

Weil die kleine Träumerin
dank euch
ihre Träume auch erfüllen kann.

PROLOG

ARYA

Die Feuerbestattung begann mit dem ersten Sonnenstrahl des Tages.

In allen mir bekannten Abenteuergeschichten harmonierte das Wetter mit der Verfassung des Helden. War er in guter Stimmung, schien die Sonne, hatte er einen schlechten Tag, regnete es. Im echten Leben verhielt es sich anders. Auch an Tagen voller Trauer schien die Sonne manchmal mit all ihrer Kraft – so wie heute.

Während ich mein Gesicht in die wärmenden Strahlen hielt, freute ich mich jedoch darüber. Onkel Relior hatte die Sonne und ihre Göttin sein ganzes Leben lang verehrt, und es hätte ihm Freude bereitet, von ihnen in einen strahlend blauen Himmel aufgenommen zu werden. Er hatte mir immer erzählt, wie wichtig der Glaube an die Götter und an ein Leben nach dem Tode für viele Menschen sei. Für sie waren die Schattenseiten des Alltags mit diesem Glauben und der damit verknüpften Hoffnung auf ein erfülltes Leben nach dem Tod einfacher zu ertragen gewesen. Ich glaubte nicht daran, würde es aber niemals schlechtreden wollen. Ich fand den Gedanken an über uns wachende Götter ein wenig tröstlich, aber tot bedeutete für mich tot. Ich machte mir keine Gedanken um ein Leben danach, sondern lebte lieber im Hier und Jetzt. Und genau in diesem Augenblick verspürte ich eine große Sehnsucht nach meinem Onkel, die mir wie eine schwere Last auf dem Herzen lag.

Ich ließ meinen Blick über die anderen Anwesenden schweifen. Es waren viele Leute in den Garten des Schlosses gekommen, um von meinem Onkel Abschied zu nehmen. Wir alle standen in einem Halbkreis um den Scheiterhaufen herum und betrachteten den Priester, der sich uns zugewandt hatte. In den meisten Gesichtern sah ich Trauer. Die anderen hatten gelernt, ihre Gefühle zu kontrollieren und gaben nichts davon preis. Doch auch sie trauerten um den Mann, der vor zwei Tagen seiner schweren Krankheit erlegen war. Ich kannte jeden von ihnen und wusste, wie es in ihrem Inneren aussah. Für viele von ihnen war er ein Mentor gewesen. Insbesondere für mich. Relior war mein Onkel, Ziehvater, Meister, Lehrer und Freund gewesen, vereint in einer Person. Alles was ich heute war, verdankte ich ihm und seinem großen Herzen. Seit meinem dritten Lebensjahr hatte er mich aufgezogen, als meine Mutter es nicht mehr konnte und wollte, und mich somit vor einem Leben im Waisenhaus bewahrt. Als ich älter wurde, lehrte er mich das Kämpfen und brachte mir bei, was ich für mein Leben wissen musste. Ich liebte ihn für alles, was er für mich getan hatte.

Die Stimme des Priesters erfüllte den Garten, doch ich hörte nicht hin, weil ich mir meine eigenen Gedanken über meinen Onkel machen wollte. Ich wusste, was der Priester erzählen würde, denn er hatte gemeinsam mit mir an seiner Rede gearbeitet. Ich blickte zum Scheiterhaufen hinauf, auf dem mein Onkel eingehüllt in ein weißes Laken lag. Durch die Sonne schimmerte der Stoff leicht golden, und es wirkte so majestätisch, dass es mir Tränen in die Augen trieb und mich meinen Blick abwenden ließ, um ihnen nicht nachzugeben zu müssen. Ich ließ mich doch auf die Worte ein, die der Priester sprach.

Er erzählte vom letzten Lebensabschnitt meines Onkels, den er dem Schutz des Königs gewidmet hatte. Er listete seine Erfolge als einfacher Soldat und später dann als Hauptmann der königlichen Leibwache auf. Ezra Relior habe das Land Maljonar und seinen König mit Stolz erfüllt. Dass dies der Wahrheit entsprach, erkannte man daran, dass auch König Trystan an diesem Morgen zur Bestattung gekommen war. Er stand links von mir zwischen seinen Männern in der ersten Reihe. Auch in seinen Augen konnte ich Tränen glänzen sehen.

Am Ende seiner Rede bat der Priester um einen Moment der Stille, in der jeder für sich Abschied von meinem Onkel nehmen konnte. Im Anschluss daran bat der Priester mich, zu ihm zu treten. Es wurde Zeit, dass ich meine Pflicht erfüllte und den Scheiterhaufen in Brand setzte. Ich trat an den bereitstehenden Feuerkessel und nahm die vom Priester dargebotene Fackel entgegen, die ich in die Flammen hielt. Es dauerte nicht lange und das Feuer sprang auf die in Öl getränkte Fackel über und entzündete sie. Der Rauch kratzte in meinem Hals und brannte in meinen Augen, doch ich ließ mir nichts anmerken.

Als ich mich dem Scheiterhaufen zuwandte, schluckte ich schwer. Meine Hand und die Fackel darin zitterten leicht. Ich hatte Menschen schlimme Dinge angetan, doch zu meinem Entsetzen war mir das leichter gefallen als die Aufgabe, die ich nun vor mir hatte.

Ich zögerte. Und während ich dastand und mich vor dem nächsten Schritt fürchtete, dachte ich daran zurück, wie Relior mir im Alter von sechs Jahren beigebracht hatte, dass dieses Zögern etwas Schlechtes war. Wir hatten auf einer Wiese gesessen und er meinte zu mir, dass ich bei allem, was ich tat, überzeugend wirken musste. Ich hatte mir einen Blumenkranz auf den Kopf gesetzt und versucht, ihn davon zu überzeugen, dass ich eine Elfe und er ein Elfenkönig war. Es hatte nicht funktioniert, aber mein Eifer ließ ihn Schmunzeln.

Zögere niemals, Arya. Bei der Erinnerung an diesen Moment vor siebzehn Jahren hörte ich seine Worte deutlich in meinem Ohr. So, als stünde er neben mir und würde sie mir zuflüstern. Mit gestrafften Schultern trat ich vor und steckte den Scheiterhaufen in Brand. Ohne zu zögern.

»Möge deine Seele in den Himmel fahren und von unseren Göttern in ein neues Leben geführt werden«, zitierte ich laut. Leise fügte ich hinzu: »Und möge dein neues Leben von der Sonne beschienen sein.« Das Feuer breitete sich rasch aus. Es sprang mit einem Knistern von einem Holzscheit zum anderen, während die Flammen größer wurden.

Lebe wohl, alter Elfenkönig. Ich danke dir für alles.

KAPITEL I

ARYA

Es dauerte den ganzen Tag und die darauffolgende Nacht, bis der Scheiterhaufen heruntergebrannt war und nichts als glühende Asche übrig blieb. Als letztes verbliebenes Familienmitglied war es meine Pflicht gewesen, das Feuer zu bewachen, bis die letzte Glut verglommen war.

Dem Götterglauben zufolge bewahrte man die Seele des Verstorbenen mit diesem Ritual davor, auf ihrem Weg in das nächste Leben von Dämonen abgefangen und misshandelt zu werden. Gleichzeitig bekundete man damit seinen Respekt und seine Zuneigung. Schon zu Lebzeiten hatte ich Relior diese spüren lassen, trotzdem wollte ich ihm auf diese Art die letzte Ehre erweisen und seinen Glauben würdigen.

Im Schneidersitz saß ich auf dem Rasen vor den Überresten des Scheiterhaufens und wischte mir mit dem Handrücken mehrmals die Ascheflocken vom Gesicht, die sich durch den Wind in alle Richtungen verteilten. Ich hatte mir in den letzten Stunden verboten, darüber nachzudenken, dass die Asche nicht nur aus Holz entstanden war, hatte meinen Kopf von allen Gedanken befreit und versucht, mich nur auf die Geräusche der Umgebung zu konzentrieren. Ich wollte in den letzten Augenblicken seines Daseins in unserer Welt stark für ihn sein und nicht über das Morgen nachdenken.

Für meinen Onkel hatte ich sogar die Anwendung meiner mir verhassten Gabe in Kauf genommen, da es die einzige Möglichkeit gewesen war, um bei ihm bleiben zu können. Auch wenn ich diese Gabe und die Tatsache, dass man mich gezwungen hatte sie einzusetzen, hasste. Ich hasste diesen Teil von mir.

Ich schob den linken Ärmel meiner dunklen Uniform ein Stück nach oben und betrachtete die grauen Linien auf meiner Haut. Sie waren das Einzige, das mich äußerlich von Menschen unterschied, die keine Gabe hatten. Verschnörkelt liefen sie von meinem Handgelenk den Arm hinauf, bis über meinen Rücken und hinunter über meinen rechten Oberschenkel. Sie waren schlicht, wie eine Tintenzeichnung unter der Haut, und doch so mächtig.

Als würde es diese Ansicht bestätigen wollen, begann das Mal zu brennen und ich verzog vor Schmerzen das Gesicht. Früher waren diese Schübe nur ein Zwicken gewesen. Erst in den letzten Jahren hatten sie an Intensität zugenommen und fühlten sich nun an wie Feuer auf meiner Haut. Ich sah zu den Resten des Scheiterhaufens vor mir und dachte darüber nach, wie es von nun an mit mir und meiner Gabe weitergehen sollte.

Bisher hatte Hauptmann Fanras meinen Onkel als Druckmittel benutzt, um mir seinen Willen aufzwingen zu können. Hätte ich mich widersetzt, hätte er dafür gesorgt, dass ich meinen Onkel nie wiedersah. Er drohte mir damals, dass auch der König nichts daran ändern könnte, wenn er sich dazu entschloss, uns zu trennen. Er sagte, er hätte Mittel und Wege, um seinen Willen durchzusetzen. Aber nun, da Relior nicht mehr am Leben war? Würde Fanras endlich Ruhe geben?

Ich seufzte resigniert. Niemals würde er mich so leicht davonkommen lassen. Sicherlich würde ihm ein neues Druckmittel einfallen, um mich weiterhin nach seinem Belieben als Waffe einsetzen zu können.

Wie sehr ich ihn hasste. Für die nächsten zwei Tage hatte ich noch Ruhe vor ihm, so viel Zeit musste er mir zum Trauern gewähren. An das Danach wollte ich gar nicht denken.

Silas' Stimme riss mich aus meinen Gedanken, als ich ihn meinen Namen rufen hörte. Er kam den Hügel hinauf, auf dem der Scheiterhaufen stand. Von hier oben hatte man einen wunderbaren Blick auf die Dächer der Hauptstadt Belessan, die Felder und Berge in der Ferne. Normale Bürger wurden außerhalb der Stadtmauern verbrannt. Enge Vertraute des Königs bekamen das Privileg der Verbrennung auf diesem Hügel im Schlossgelände.

Die Sonne war gerade erst am Horizont aufgegangen und belohnte die Frühaufsteher, wie Silas einer war, mit einem wunderschön rot und violett gefärbten Himmel. Er war der Sohn einer Köchin und deswegen lag ihm das frühe Aufstehen im Blut. »Guten Morgen, Arya«, begrüßte er mich, als er bei mir angekommen war, und ließ sich neben mir nieder. Er zog die Beine seiner hellen Leinenhose mit einer Hand ein Stück hoch, um bequem sitzen zu können. Mit der anderen hielt er mir eine Schüssel hin. »Meine Mutter hat mich gebeten, dir eine Suppe vorbeizubringen.« Der Inhalt der Schüssel dampfte und roch verführerisch. Ich nahm sie ihm aus der Hand und allein die Wärme des Tons wirkte Wunder auf meine kalten Hände. Aber Yusras Suppen halfen nicht nur bei Hunger oder kalten Fingern, sie waren auch Nahrung für die Seele, wenn man ihren eigenen Worten Glauben schenken wollte.

»Richte ihr bitte meinen Dank aus. Es riecht herrlich!«, sagte ich begeistert. Und ebenso herrlich schmeckte es. Während ich die Suppe aß, blickte ich gemeinsam mit Silas auf die letzten glühenden Überreste des Scheiterhaufens. »Dein Onkel war ein herzensguter Mann, Arya. Es tut mir furchtbar leid, dass du ihn verloren hast.« Mir fiel keine passende Antwort ein, die mich nicht in Tränen hätte ausbrechen lassen. Also schwieg ich und lächelte ihn an.

»Ich habe Relior gerne bei seinen Kampfübungen zugesehen«, fuhr er fort. »Es war, als würde er mit den Schwertern tanzen. Er war ein Meister seines Fachs.« Ich lächelte bei der Erinnerung an diese Schwerttänze und fand endlich meine Stimme wieder.

»Du hast recht, er war ein wahrer Meister. Zum großen Teil hat er das seiner Gabe für das Kämpfen zu verdanken. Er hat mich zwar seit meiner Kindheit unterrichtet, aber so gut wie er werde ich niemals sein.«

»Wer weiß, vielleicht macht deine Gabe dich eines Tages auch zu einer Meisterin der Schwerter.« Er lächelte mir aufmunternd zu. Ich wusste, er meinte es gut, aber leider wusste ich es noch ein bisschen besser. Es gab eine Einschränkung in meinem Leben, die meine Gabe mir auferlegte. Wenn ich nicht wollte, dass meine Freunde mich verabscheuten, durfte ich ihnen niemals von ihrer wahren Natur erzählen. Ich selbst kam mit diesem Teil von mir nicht zurecht, wie sollte es dann anderen gehen? Bis auf wenige Ausnahmen wusste niemand von den Zügen, die meine Gabe angenommen hatte. Meine Freunde waren der Überzeugung, dass die Art meiner Gabe noch im Dunkeln lag. Ganz abwegig war dies nicht. Viele gezeichnete Menschen fanden niemals heraus, worin ihre Gabe bestand. Ich gab vor, einer von ihnen zu sein.

»Wie geht es Elena? Sind ihre Kopfschmerzen besser geworden? Yusra hatte doch bestimmt ein Zaubermittel, mit dem sie ihr helfen konnte?«, fragte ich, um Silas von diesem Thema abzulenken.

»Sag das bloß nicht zu meiner Mutter«, schimpfte Silas. »Du weißt doch, Magie ist ihr nicht geheuer. Aber ja, Elena geht es besser. Sie ist auf ihrem Zimmer und hat nach dir gefragt.«

»Danke. Ich werde so bald wie möglich zu ihr gehen.« Das bedeutete, sobald ich meine Gedanken sortiert hatte und zu einem normalen Gespräch fähig war. Silas nickte, nahm mir die leere Schüssel aus der Hand und stand auf. Er wandte sich zum Gehen, hielt aber mitten in der Bewegung inne und drehte sich noch einmal zu mir um.

»Dir ist bewusst, dass ich alles für Elena tun würde, oder?«

Stirnrunzelnd sah ich zu ihm auf. Ich wusste nicht, worauf er hinauswollte, aber bevor ich etwas sagen konnte, plapperte er auch schon weiter.

»Natürlich weißt du das und niemand versteht das besser als du. Immerhin wirst du bald ihre Leibwächterin sein und würdest sogar dein Leben für sie geben.« Er fuhr sich mit einer Hand durch die Haare und verriet dadurch seine Aufregung. Ich unterbrach ihn nicht.

»Ich möchte einfach, dass du weißt, dass ich auch dumme Sachen für sie machen würde. Sehr dumme. Und es wäre schön, wenn du dahingehend auch etwas offener sein könntest. Oder mir zumindest nicht den Hals umdrehst. Oder ihr.« Er blickte mich mit einer Mischung aus Verzweiflung und Hoffnung an, aus der ich nicht schlau wurde.

»Silas, ich verstehe nicht, was du mir sagen willst. Hat Elena vor, eine Dummheit zu begehen?« Ich musterte ihn misstrauisch. Dieses Verhalten passte nicht zu ihm.

Silas biss sich auf die Unterlippe und sagte einen Moment lang nichts. Plötzlich lockerte sich seine Haltung und er lächelte mich an, als wäre nie etwas gewesen. »Ach, du kennst uns. Wir träumen von großen Abenteuern und haben die eine oder andere blöde Idee. Absolut nicht ernst zu nehmen.«

Skeptisch hob ich eine Augenbraue und fixierte ihn. Dieser Blick bedeutete so viel wie »Und da bist du dir ganz sicher?«. Ich musste nichts sagen.

»Ehrlich! Du kannst mir glauben! Oh, war das nicht meine Mutter? Ich muss los. Bis bald, Arya!« Er wirbelte herum und rannte den Weg zum Schloss zurück. Ich konnte nur den Kopf schütteln. Feigling. Was die beiden sich wohl dieses Mal ausgedacht hatten? Gemeinsam kamen sie immer auf unsinnige Ideen.

Zum zweiten Mal an diesem Morgen wurden meine Gedanken unterbrochen. Der Priester von der Bestattung war eingetroffen. Er würde die Asche meines Onkels segnen und sie in ein dafür vorgesehenes Holzkistchen füllen, das ich später an einem ausgewählten Ort begraben würde.

Ich schloss die Augen und hielt mein Gesicht in die Sonne. Der Sommer kehrte ein und mit ihm dieses wundervolle Wetter. Diese Jahreszeit hatte mein Onkel immer am liebsten gehabt. Doch dieses Jahr würde er den Sommer nicht erleben.

Der Frühling ging und nahm meinen Onkel mit sich.

Am nächsten Abend ging ich nach ein paar Übungsstunden im Hof in Yusras Küche. Dort roch es nach allen nur erdenklichen Gewürzen, die sich in einem riesigen Regal an der Wand stapelten. Dosen verschiedener Größen, getrocknete Pflanzenbüschel, klobige Wurzeln und allerlei mehr tummelten sich auf den Regalbrettern. Sie waren Yusras ganzer Stolz. Früher hatte ich hier sehr viel Zeit verbracht, mir all die verschiedenen Dinge in den Regalen genauestens angesehen und mir von ihr erklären lassen. Heute hatte ich das meiste schon wieder vergessen.

Die rundliche Yusra wirkte nach außen hin ruppig, aber sie besaß ein Herz aus Gold. Als Elena, Silas und ich noch Kinder gewesen waren, hatte sie unsere Versteckspielchen in ihrer großen und geschäftigen, aber gemütlichen Küche geduldet, uns frisches Brot gebacken und mit heißer Milch versorgt. Die Versteckspiele hatten wir hinter uns gelassen, aber das Brot und die Milch gab es noch immer. Auch an diesem Abend hatte Yusra mich mit einem Becher davon versorgt und die Milch mit Honig und Zimt verfeinert. »Für die ganz schweren Fälle von Herzschmerz«, hatte sie gesagt. Sie wuselte durch die Küche und gab den Küchenmädchen und Dienern die letzten Anweisungen für das Abendessen. Halbe Sachen gab es bei ihr nicht, es musste alles perfekt sein. Töpfe klapperten, kleine Flüche wurden ausgestoßen und mit jedem Atemzug roch es besser. Das Wasser lief mir im Mund zusammen und das, obwohl ich keinen Hunger hatte. Nachdem sie die letzten Befehle erteilt hatte, setzte sie sich zu mir an den Esstisch. Mehl hing in ihren hochgesteckten braunen Haaren und auf ihrer Schürze klebten ein paar Teigreste.

»Manche Sachen lernen diese jungen Dinger nie!«, beschwerte sie sich und wedelte sich mit der Hand Luft zu. »Rosmarin und Thymian zusammen in einem Gericht. Pah! So etwas gibt es bei mir nicht.« Sie atmete zur Beruhigung einmal tief durch. Dann nahm sie meine Hand in ihre und tätschelte sie mit der anderen.

»Hat die Milch geholfen? Ich weiß, dass nichts deinen Verlust aufwiegen kann. Aber vielleicht hilft sie, den Schmerz wenigstens für eine Weile verschwinden zu lassen.«

»Das hat sie. Danke, Yusra. Ich werde den Verlust für den Rest meines Lebens spüren, aber ich werde mich nicht davon unterkriegen lassen und versuchen, Stärke daraus zu ziehen, um meinen Onkel stolz zu machen.« Um sie zu beruhigen, bemühte ich mich um ein halbwegs fröhliches Lächeln. Doch Yusra konnte man nicht so leicht etwas vormachen. Ihre Augen waren bei meinen Worten feucht geworden und glänzten verräterisch.

Sie drückte meine Hand. »Du bist eine starke junge Frau. Dein Onkel war stets stolz auf dich. Und bei mir ist es auch so.« Ein lautes Scheppern aus dem hinteren Teil der Küche ließ Yusra die Augen verdrehen.

»Göttin, wenn doch nur alle Mädchen mich stolz machen würden.« Sie warf die Hände in die Luft und erhob sich, bereit, den Störenfried ausfindig zu machen.

Ich beschloss zu verschwinden. Schnell trank ich den letzten Schluck Milch und sah zu, dass ich schleunigst aus der Küche kam. Ich vernahm noch die Worte »Wie oft soll ich es euch noch sagen …«, dann war ich aus der Tür gehuscht und auf dem Weg zu Elena.

KAPITEL 2

FINN

Etwa zwei Wochen zuvor

Das Wirtshaus *Goldener Eber* am Rande von Belessan war nicht gut besucht, was mir recht war. Nur ein paar der alten, dunkelbraunen Holztische waren besetzt und die Lautstärke erträglich. Ich wollte einen Krug Bier, einen Tisch für mich alleine und keinen, der mich in meiner Ruhe störte, damit ich endlich dazu kam, meine Landkarte zu bearbeiten und die neu gefundenen Handelspartner und ihre Standorte einzutragen.

Bero hatte mich wie eine unerwünschte Katze aus unserem Haus verscheucht, weil ich ihn angeblich beim Kochen störte. Ich musste lächeln, da der Vergleich hervorragend zu meinem Spitznamen passte.

Ich maß mit den Fingern gerade eine grobe Entfernung auf der Karte ab, als ein Schatten darauf fiel.

»Bist du Finn, der ›Streuner‹?«

Ich betrachtete noch einen Moment lang die vor mir ausgebreitete Landkarte, ehe ich hoch sah.

Was ich sah, überraschte mich. Vor mir stand ein Mädchen, vielleicht drei oder vier Jahre jünger als ich, in einem zerschlissenen grünen Umhang mit Kapuze. Auch ihr Kleid war grün, aber ganz offensichtlich nicht ihr eigenes. Es war ihr viel zu groß. Unter der Kapuze kamen lange hellblonde Haare zum Vorschein. Sie war ein hübsches Ding, aber nicht mein Geschmack.

»Ich bevorzuge nur Finn, aber ja, ich bin der, den alle ›Streuner‹ nennen. Wie kann ich dir helfen?« Ich lehnte mich auf der Holzbank zurück und trank einen Schluck Bier. Eigentlich mochte ich dieses Gebräu nicht, aber das Wasser hier schmeckte noch schlimmer. Nicht mal aufgekocht für einen Tee war es genießbar.

»Mir ist zu Ohren gekommen, dass keiner das Königreich Maljonar so gut kennt wie du. Außerdem habe ich gehört, dass du für eine angemessene Entlohnung Aufträge annimmst. Um einen Gegenstand von einem Ort zum anderen zu transportieren, zum Beispiel.«

Soso. Was sie wohl überbracht haben wollte? Liebesbriefe? Neue Kleider?

»Es kommt ganz darauf an, um was es sich handelt. Je wichtiger oder …«, ich beugte mich verschwörerisch vor, »illegaler der Gegenstand, desto höher ist der Preis.« Ich lehnte mich wieder nach hinten. Aus dem Augenwinkel konnte ich eine Bewegung hinter dem Mädchen wahrnehmen. Ich sah gerade noch einen Schopf blonder Locken unter einem Tisch verschwinden. Ilias.

»Was wäre der Preis für zwei junge Frauen?«, fragte sie unbeirrt.

Im ersten Moment war ich entsetzt, im nächsten musste ich lachen. Diese Frage war zu absurd. »Tut mir leid, aber Menschenhandel ist selbst für mich eine Nummer zu groß. Immerhin habe ich einen Ruf zu verlieren!«, sagte ich empört.

Sie war doch tatsächlich so dreist und rollte mit den Augen, bevor sie fortfuhr. »Nicht im Sinne von Ware. Ich würde sie eher als Reisegäste bezeichnen«, erklärte sie.

Das machte mich nun doch neugierig. Ich verschränkte die Arme vor der Brust. »Und wo, wenn ich fragen darf, soll es hingehen?«

»Nach Letilis, die Stadt im Wasser«, sagte sie.

Ich konnte meine ernste Miene kurz bewahren, dann musste ich erneut lachen. Das wurde ja immer besser!

»Mädchen, das ist eine Reise von mindestens einer Woche. Auf dem Rücken eines Pferdes. Ich glaube nicht, dass du das wirklich willst. Was gibt es da, das dich interessiert? Ich gehe doch davon aus, dass du einer der dieser zwei *Reisegäste* wärst.« Den letzten Teil sagte ich nicht ganz ohne Belustigung in der Stimme.

Sie ließ sich davon nicht irritieren, sah mir mit erhobenem Kopf in die Augen und erwiderte ernst: »Dein Auftrag würde so aussehen: Du bringst uns nach Letilis zum Lichterfest, dort bleiben wir ein paar Tage und dann bringst du uns zurück nach Belessan. Nenn mir deinen Preis und ich zahle ihn.« So langsam kam mir die Vermutung, dass ich es hier mit einem Mädchen aus reichem Hause zu tun hatte, das rebellieren wollte. Und was wäre besser dafür geeignet, als auszureißen? Ich war mir sicher, dass sie jeden Preis zahlen konnte, aber für kein Geld der Welt würde ich diesen Auftrag annehmen.

Ich betrachtete sie genauer. Sie hielt sich sehr gerade und strahlte etwas aus, das respekteinflößend wirkte. Ihre Kleidung hatte sie vermutlich einem Dienstmädchen abgeschwatzt, um in diesem weniger noblen Teil der Stadt nicht aufzufallen. Das war sehr schlau, aber gleichzeitig auch sehr gefährlich.

»Tut mir leid, ich muss ablehnen. Unbelebte Dinge sind mein Spezialgebiet. Ich bin doch kein Fremdenführer.« Mit einem Wink meiner Hand gab ich ihr zu verstehen, dass das Gespräch für mich beendet war. Ich hoffte, dass sie den Hinweis verstand, und beugte mich wieder über meine Karte.

»Gut. Aber falls du es dir anders überlegen solltest, kannst du beim Gewürzhändler auf dem Markt eine Nachricht für mich hinterlassen. Es ist mir wirklich wichtig, sonst wäre ich nicht persönlich hergekommen«, sagte sie mit Nachdruck.

Ich hatte es geahnt. Sie plante, heimlich auszureißen. Wahrscheinlich hatten ihre Eltern ihr das hundertste Kleid verwehrt und dies war ihre Art, sich dafür zu rächen. Ohne aufzublicken erwiderte ich: »Ich bin mir ziemlich sicher, dass ich meine Meinung nicht ändern werde. Tut mir leid. Wirklich.« Ich sah kurz zu ihr auf und schenkte ihr ein Lächeln, das normalerweise alle Mädchen zum Schmachten gebracht hätte. Aber bei ihr erwies es sich als wirkungslos.

»Mein Name ist Elena«, sagte sie und verschwand.

Ich schüttelte den Kopf. Frauen waren komische Wesen.

»Du kannst jetzt rauskommen, Ilias«, murmelte ich, während ich erneut die Karte studierte. Für seine sieben Jahre war Ilias noch recht klein, aber flink und unglaublich geschickt im Anschleichen. Vermutlich war es purer Zufall gewesen, dass ich seinen Lockenschopf überhaupt bemerkt hatte. Er rutschte zu mir auf die Bank und sah dem Mädchen hinterher.

»Solltest du nicht eigentlich zu Hause bei Bero sein?«, fragte ich.

»Er schickt mich, weil das Essen fertig ist und ich dir Bescheid sagen soll.«

»Was gibt es denn?«

»Wildschwein.«

»Dann aber nichts wie los! Das dürfen wir uns nicht entgehen lassen.« Beros Kreationen in der Küche waren ein Gaumenschmaus, den ich nicht verpassen wollte. Ich rollte meine Karte zusammen, verkorkte das Tintenglas und steckte alles in meine Tasche. Nachdem ich das Bier beim Wirt bezahlt hatte, machte ich mich mit Ilias auf den Heimweg.

Wir liefen gerade über den leeren Marktplatz, als er mich fragte: »Wieso willst du den Auftrag nicht annehmen, Finn? Sie schien doch ganz nett zu sein und wir waren schon oft in Letilis.«

»Das mag sein, aber mach so eine Reise mal mit Frauen. Das ist kein Spaß. «

»Wieso?« Mit seinen großen blauen Augen sah er mich fragend an, während er neben mir her hüpfte.

»Frauen bringen auf Reisen Unglück. Und sie sind anstrengend. Ständig muss man sie beschützen. Oder aber es ist ihnen zu dreckig oder zu kalt. Oder beides«, erwiderte ich genervt.

»Magst du Frauen nicht?«, fragte Ilias.

»Doch, doch, ich mag sie. Nur nicht auf Dauer.«

»Aha.« Ilias tat so, als würde er verstehen, was ich meinte. Dann aber siegte seine Neugierde über seinen Stolz. »Was genau bedeutet das?«

»Das erkläre ich dir, wenn du älter bist. Und jetzt komm.« Ich zerzauste Ilias' blonden Haarschopf, nahm ihn hoch und setzte ihn mir auf die Schultern. »Lass uns schnell nach Hause gehen, sonst verputzt Bero das ganze Wildschwein alleine.«

Ilias lachte und dieser schöne Klang begleitete uns auf dem Rest des Weges.

Beros Wildschweinbraten war absolut göttlich. Ich hatte mich mit Fleisch, Kartoffeln und Gemüse so vollgestopft, dass ich fluchte, als es nach dem Essen an der Tür klopfte. Am liebsten hätte ich mich kein Stück mehr bewegt. Ich erhob mich ächzend und schleppte mich durch den kleinen Flur zur Tür.

Meine Laune besserte sich nicht, als ich sah, wer vor der Tür stand. Es war Jarwen, ein Handlanger meines Vaters. Er war in schwarz gekleidet und der Schlag Mann, dem man abends in dunklen Gassen lieber aus dem Weg ging.

»Dein Vater will dich sehen. Jetzt«, raunte er. Dann verschwand er in der dunklen Straße und wurde eins mit den Schatten.

Mein Vater war vor einigen Monaten zurück nach Belessan gezogen und ich hatte ihn bisher erst einmal besucht. Wenn er zu so später Stunde nach mir schicken ließ, war es ernst und ich wollte ihn nicht warten lassen. Vielleicht hatte er einen neuen, akzeptablen Auftrag für mich, den ich gut gebrauchen konnte. Doch das Geld war noch nicht so knapp, als dass ich deswegen zu einem Reiseführer für zwei Mädchen geworden wäre.

Ich brachte Ilias noch ins Bett, der nach dem Essen fast sofort einschlief. Wie gerne hätte ich mit ihm getauscht. Bero werkelte in der Küche, als ich ging, und war so in seine Arbeit versunken, dass er mein Gehen nicht bemerkte. Die Küche war sein Reich, in dem er am liebsten alles allein regelte. König Bero und seine Geschirr-Untertanen im Reich der Küchen.

Die frische Luft und der Spaziergang zum Haus meines Vaters taten mir gut. Als ich bei ihm ankam, fühlte ich mich nicht mehr so träge und müde. Ich machte mich mit dem Türklopfer bemerkbar. Jarwen öffnete mir wenig später.

»Im Arbeitszimmer«, sagte er und zog sich dann in das obere Stockwerk des großen Hauses zurück. In all den Jahren, in denen ich ihn kannte, war er noch nie sehr gesprächig gewesen. Bei seinem Arbeitgeber war das aber auch nicht verwunderlich. Er hielt nicht viel von unnötigen Gesprächen.

Ich atmete tief durch, bevor ich durch den dunklen Gang des Hauses zum Arbeitszimmer ging und vor der Tür stehen blieb. Das Haus meines Vaters zeugte in Größe und Ausstattung von seinem Reichtum, um den ihn viele in der Stadt beneideten. Ich klopfte an, wartete auf das »Komm rein« meines Vaters und trat dann ein.

Das Arbeitszimmer war ein großer Raum. Die Möbel waren alt und dunkel, allerdings von beachtlichem Wert. An der linken Wand standen Regale, die mit Büchern, Schriftrollen und anderen Mitbringseln von den Reisen meines Vaters gefüllt waren. Neben dem Schreibtisch standen zwei Sessel und ein kleiner Tisch. Es roch leicht muffig. Nur auf einer Seite gab es ein Fenster, von dem aus man in den Innenhof blicken konnte. An diesem Fenster stand mein Vater und sah hinaus in die Dunkelheit.

Er drehte sich nicht um, als ich eintrat, sondern blieb weiterhin mit hinter dem Rücken verschränkten Armen am Fenster stehen. Mein Vater war groß und hielt seinen Körper aufrecht, doch sein Auftreten hatte in den letzten Jahren etwas von seiner Härte verloren. Seine Haare waren mittlerweile von vielen grauen Strähnen durchsetzt und verliehen ihm einen gealterten und ausgemergelten Ausdruck. Wenn man ihn so sah, würde man ihn älter schätzen, als er in Wahrheit war.

Meine Begrüßung fiel knapp aus, und ich ließ mich in einen der Sessel sinken. Nach außen hin versuchte ich Selbstbewusstsein auszustrahlen, in Wirklichkeit war mir ganz anders zumute. Ich fühlte mich in der Gegenwart meines Vaters nie besonders wohl.

Er sah noch einige Augenblicke aus dem Fenster, ehe er sagte: »Ich wusste nicht, dass du so wählerisch geworden bist, mein Sohn.« Sein Tonfall war eine Mischung aus Verärgerung und Belustigung. Als er sich zu mir umdrehte, sah ich, dass die Verärgerung dominierte. Er hatte seine dunklen Augen herausfordernd zusammengekniffen.

Ich nahm mir eine Münze vom Tisch und drehte sie zwischen meinen Fingern hin und her, um meine Anspannung zu überspielen. »Ich weiß nicht, was du meinst, Vater«, antwortete ich wesentlich ruhiger, als ich es für möglich gehalten hätte.

»Ich meine damit«, begann er, »dass du heute einen vielversprechenden Auftrag abgelehnt hast.« Er setzte sich hinter seinen Schreibtisch, stützte die Arme darauf ab und verschränkte die Hände ineinander. Er wirkte wie ein Lehrer, der seinen Schüler tadeln wollte. Es verfehlte seine Wirkung nicht. Ich fühlte mich, als hätte ich etwas falsch gemacht und würde nun auf meine gerechte Bestrafung warten. Er musste von dem Auftrag sprechen, mit dem das Mädchen zu mir gekommen war. Außer diesem hatte ich heute keine angeboten bekommen, geschweige denn abgelehnt. Woher er davon wusste, war mir schleierhaft. Ich hatte im *Goldenen Eber* keinen seiner üblichen Handlanger gesehen, die ihm davon hätten berichten können. Entweder hatte er neue Männer angeheuert, oder aber seine alten wurden besser im Spionieren. Dies würde allerdings auch bedeuten, dass meine Aufmerksamkeit nachgelassen hatte. Doch egal, woher er davon wusste, es passte mir nicht.

Ehe ich etwas erwidern konnte, sprach er weiter. »Ich weiß nicht, in wessen Auftrag das Mädchen dir dieses Angebot gemacht hat, aber dass es sich für dich gelohnt hätte, habe ich mitbekommen.«

Interessant. Anscheinend waren seine Männer doch nicht so gut, wie ich dachte. Sie schienen nur Fetzen des Gesprächs mitbekommen zu haben, sonst hätten sie gewusst, dass das Mädchen selbst der Auftraggeber war. »Ich bin kein Fremdenführer. So ein Auftrag würde mehr Probleme als Vorteile bedeuten. Insofern empfand ich ihn als nicht lohnend genug.«

»Was ist mit Bero und Ilias? Für sie bist du auch wie ein Fremdenführer.«

»Sie sind meine Freunde. Das ist etwas anderes.«

Vater kniff die Augen zusammen. Das bedeutete nichts Gutes. »Finn, ich erwarte von dir, dass du diesen Auftrag annimmst.«

Ich verstand nicht, wieso er so darauf beharrte. Doch so wie ich ihn kannte, würde er es mir bald erklären. Kampflos würde ich mich nicht geschlagen geben.

»Aber …«

»Kein Aber, Finn.« Er lehnte sich in seinem Stuhl zurück und legte die noch immer verschränkten Hände in seinen Schoß. Obwohl wir auf einer Höhe saßen, kam es mir so vor, als würde er auf mich herabsehen. »Du weißt ganz genau, dass du und deine *Freunde* das Geld brauchen«, sprach er weiter. »Wenn du den Auftrag nicht annimmst, bekommst du kein Geld. Auch nicht von mir. Bisher war ich dir gegenüber sehr großzügig, aber es gibt immer ein letztes Mal.« Das Wort ›Freunde‹ spuckte er geradezu verächtlich aus. Seine Lippen verzogen sich zu einem süffisanten Lächeln. Da er mein Vater war, hätte ich ihn bedingungslos lieben sollen, aber es gab Momente, in denen ich mir wünschte, nicht auf diesen Mann angewiesen zu sein.

»Seit du vor ein paar Jahren darauf verzichtet hast, mit mir durch das Land zu reisen und stattdessen hierhergezogen bist, habe ich dich beobachten lassen. Doch wie ich dich kenne, hast du das mitbekommen. Ich wollte sehen, wie du und deine Freunde zurechtkommen, wenn ihr euch vorrangig auf deine eigenen Aufträge verlasst. Dass das nicht sonderlich gut geklappt hat, weißt du ja selbst, zumal Bero noch immer keine Arbeit gefunden hat.«

Zu meiner Schande musste ich mir eingestehen, dass er recht hatte. Anfangs hatte ich uns drei noch gut versorgen können, doch mit der Zeit wurde das Geld knapp und ich hatte mich hilfesuchend an meinen Vater gewandt. Und das, obwohl ich eigentlich nicht mehr für ihn arbeiten wollte. Doch solange Bero keine Arbeit fand, ging es nicht anders.

»Du kannst dir den Luxus, solch einen Auftrag abzulehnen, nicht mehr erlauben«, schloss er.

Ich biss mir auf die Innenseite meiner Wange, um das Erste, was mir in den Sinn gekommen war, nicht auszusprechen. Seine weisen Worte konnten mir gestohlen bleiben. Wäre es hier nur um mich gegangen, dann hätte ich protestiert, aber es ging hier auch um Bero und Ilias. Die beiden zählten auf mich. Lehnte ich den Auftrag ab, würde das Geld schnell zur Neige gehen, wenn mein Vater tatsächlich beschloss, uns nicht mehr zu helfen. Und das traute ich ihm zu. Er würde sicherlich einiges dafür geben, um mir eine Lektion zu erteilen. Manchmal glaubte ich, dass er diese Macht über mich genoss.

Und ich hatte ihm nichts entgegenzusetzen, denn so bekannt, wie ich gerne wäre, war ich in Wirklichkeit nicht.

Ich dachte an Beros Freude, die er am Kochen hatte, rief mir Ilias' Lächeln vor Augen, wenn wir ihm auf dem Markt diese kleinen Zuckergebäcke mit Zimt kauften. Für beides brauchten wir Geld. Mir blieb nur eine Möglichkeit. »Du hast recht, Vater. Meine Einschätzung war falsch. Ich werde den Auftrag annehmen.«

Ohne ein weiteres Wort stand ich auf und wollte gehen, als er mich noch einmal zurückhielt. »Wohin soll die Reise gehen?«

»Diese Frage müsstest du mir nicht stellen, hätten deine Männer bessere Arbeit geleistet«, konterte ich schadenfroh.

Mein Vater sah verärgert aus und bestätigte mir damit, dass ich ins Schwarze getroffen hatte. »Gute Männer sind nicht leicht zu finden«, gestand er zähneknirschend.

»Wenn du es unbedingt wissen willst, es geht nach Letilis.«

»Und wie viele Leute sollst du mitnehmen? Das Mädchen war doch sicherlich ein Dienstmädchen, das im Auftrag ihrer Herren mit dir sprach«, mutmaßte er.

Es gefiel mir, dass ich mehr wusste als mein Vater. »Wie du eben richtig gesagt hast, Vater, muss ich mir mein Geld selbst erarbeiten. Dazu gehört auch, dass ich mir von den gegebenen Informationen mein eigenes Bild mache. Deswegen werde ich alles Weitere für mich behalten und versuchen, meine eigenen Schlüsse daraus zu ziehen«, gab ich zurück.

Dass ihm seine eigene Argumentation zum Verhängnis wurde, passte ihm ganz offensichtlich nicht. Mit einem Wink seiner Hand entließ er mich. Ich erschrak, als ich mich selbst in dieser Geste erkannte, mit der ich das Mädchen vorhin fortgeschickt hatte.

Als ich aus der Tür ins Freie trat, atmete ich auf. Das unbehagliche Gefühl, das ich in seiner Gegenwart hatte, verließ mich allmählich. Ich ärgerte mich, dass mein Vater mich dazu gebracht hatte, den Auftrag doch anzunehmen. Ich wusste jedoch, dass es im Grunde genommen das Beste und Einzige war, was ich tun konnte. Dies war meine Chance, unsere finanzielle Situation zu verbessern. Es ging uns nicht schlecht, aber etwas mehr Sorglosigkeit würde mir gefallen. Wenn ich dabei auch noch eine große Distanz zwischen meinen Vater und mich bringen konnte, sollte es mir recht sein. Nicht zum ersten Mal fragte ich mich, wieso er sich überhaupt um mich kümmerte. Seit ich mich erinnern konnte, war er mir gegenüber kühl gewesen und hatte nur das Nötigste mit mir gesprochen. Bis ich alt genug gewesen war, um für ihn zu arbeiten, war ich gemeinsam mit ihm gereist, aber dabei war ich für ihn eher wie ein Klotz am Bein gewesen, als eine Bereicherung. Nach einer Familie hatte sich unser Verhältnis jedenfalls nie angefühlt. Schon alleine deswegen, weil meine Mutter nicht mehr am Leben war. Vielleicht erkannte er zu viel von ihr in mir und hatte mich deshalb nicht irgendwo abgeben, obwohl er nichts mit mir anfangen konnte.

Manchmal wünschte ich mir, er hätte es getan. Dann hätte ich mich niemals in der heutigen Situation befunden und vielleicht eine herzlichere Familie gehabt. Andererseits hätte ich dann wahrscheinlich weder Bero noch Ilias kennengelernt. Die beiden waren meine wahre Familie und ich wollte sie für kein Geld der Welt hergeben. Es gab immer zwei Seiten einer Medaille.

Vielleicht bot dieser Auftrag wirklich die Möglichkeit, mich endlich und endgültig von meinem Vater zu lösen und etwas Eigenes aufzubauen.

Es gab zwei Dinge, die ich dazu erledigen musste. Ich musste eine Nachricht an das Mädchen – Elena – schreiben und ich durfte Bero und Ilias von unserem Glück erzählen. Wenn ich auf Reisen ging, waren die beiden immer mit von der Partie. Wir waren eine eingeschworene Bande und hatten auf unseren Reisen immer Spaß. Vorausgesetzt, es gab unterwegs keine bösen Zwischenfälle. Wie aber würde es sein, wenn wir von zwei Mädchen begleitet wurden, die vermutlich eitel und verwöhnt waren? Würde das Unglück uns auf Schritt und Tritt verfolgen?

KAPITEL 3

ARYA

Elenas Zimmer lag in einem abgelegenen Teil des Schlosses, in dem nur wenige andere adelige Frauen lebten. Niemand außer ein paar ausgewählten Bediensteten und der Schlosswache hatte Zutritt zu diesem Abschnitt. Und keine der dort lebenden Frauen ahnte, dass nur ein paar Zimmer weiter eine Prinzessin schlief. Für sie war Elena eine Adelige und entfernte Verwandte des Königs, die wie viele andere aus blaublütigen Familien im Schloss lebte. Nichts weiter. Der Grund hierfür lag weit in der Vergangenheit und hatte mit Elenas Mutter Jasha zu tun.

Seit sie bei Elenas Geburt vor einundzwanzig Jahren gestorben war, plagten König Trystan schwere Verlustängste, die sich auf seine Tochter übertrugen. Diese Angst war so übermächtig, dass er kurz nach Elenas Geburt einen folgenschweren Entschluss fasste. Er hatte das Gerücht streuen lassen, dass nicht nur seine geliebte Frau, sondern auch seine Tochter in jener Nacht ums Leben gekommen sei. Seiner Meinung nach war die Gefahr für Elena umso geringer, je weniger Leute über ihre wahre Herkunft Bescheid wussten. Elena wurde von da an im Geheimen großgezogen und erst im Kleinkindalter offiziell zu einer neu eingetroffenen Bewohnerin des Schlosses erklärt. Sie wurde als verwaistes Kind von entfernten Verwandten eingeführt, das König Trystan aus Güte aufgenommen hatte und nun nach den Wünschen ihrer Eltern erzog. Da sie seiner Familie angehörte, wunderte sich niemand darüber, dass sie besser bewacht wurde als manch anderer Adeliger, der im Schloss wohnte.

Bis zu ihrem sechsten Lebensjahr glaubte Elena diese Lüge selbst. Dann aber belauschte sie ein Gespräch zwischen dem König und einem seiner Berater, in dem es um sie und ihre Herkunft ging, und das nicht für ihre Ohren bestimmt gewesen war. Dieses Gespräch war es, das uns beide zusammengebracht hatte.

Ich erinnerte mich noch genau daran, wie ich die zwei Jahre jüngere Elena in einer Nische von Yusras Küche gefunden hatte. Ich hatte mich zu ihr gesetzt und mit ihr geredet. Unter Tränen erzählte sie mir von dem belauschten Gespräch. Ich war Elena noch nie vorher begegnet, aber ich fühlte mich von da an verantwortlich für sie. Mit ihren langen blonden Haaren, der zierlichen Figur und den strahlend blauen Augen gab sie das Bild einer zerbrechlichen Elfe ab, die einen Beschützer brauchte.

Ich wollte diese Rolle schon damals übernehmen und in nur wenigen Monaten, nach ihrem einundzwanzigstem Geburtstag, würde ich offiziell ihre Leibwächterin sein.

Zu verdanken hatten wir das meinem Onkel Relior. Ich war damals mit Elena zu ihm gegangen und wie sich herausstellte, kannte er die Wahrheit über Elena. Er war mit uns zu König Trystan gegangen und zu viert hatten wir ein langes Gespräch geführt. Elena verstand das Handeln ihres Vaters und versprach ihm, weiterhin so zu leben wie bisher. Sie knüpfte allerdings eine Bedingung daran. Sie wollte mich als Freundin haben und die Erlaubnis, Zeit mit mir zu verbringen.

Und so fand ich in ihr meine beste Freundin und meine Lebensaufgabe.

Bis ein Tag, kurz nach meinem zehnten Geburtstag, mein Leben erneut auf den Kopf stellten sollte.

Ebenso gerne, wie ich an diese zwei schönen Jahre dachte, versuchte ich die meisten Erinnerungen an die darauffolgenden Jahre zu verdrängen. Nicht die Aspekte, die Elena betrafen. Sie war mir in dieser Zeit wie eine Schwester ans Herz gewachsen. Was ich an meinem neuen Leben nicht mochte, war die Manifestation meiner Gabe und die Verantwortung, die diese mir auferlegte.

Wie schon zwei Tage zuvor, spürte ich ein Brennen an meinem Arm, dessen Male ich unter den langen Ärmeln meiner schwarzen Uniform verbarg. Elena wusste von den grauen Linien. Ich trug sie schon mein Leben lang.

Ich wollte nicht weiter über diesen Teil meines Lebens nachdenken. Dass er mich viele Stunden am Tag und auch nachts in den Wahnsinn trieb, reichte mir. Um meine Gedanken loszuwerden, schüttelte ich leicht den Kopf und konzentrierte mich auf den Klang meiner Schritte, der von den dicken, hohen Steinwänden um mich herum widerhallte. Durch den Gang vor Elenas Zimmer streiften zwei Wachen. Beide waren einige Jahre älter als ich. Ich wandte mich an Joan, den Größeren der beiden und fragte ihn, ob Elenas Kopfschmerzen sich gebessert hatten. Das Abendessen würde bald im kleinen Saal serviert werden, doch Elena hatte sich entschuldigen lassen. Alle anderen Bewohner dieses Ganges waren schon zum Essen gegangen.

»Ich habe lange kein Geräusch mehr gehört. Sie schläft vermutlich oder liest. Oder malt. Was Frauen halt so tun«, feixte er. Normalerweise würde eine Wache nicht in diesem Ton von der zukünftigen Königin reden, doch Elena hatte sich mit den beiden jungen Männern angefreundet. Sie vertraute ihnen und hatte sie darum gebeten, sie normal zu behandeln und nicht wie eine Prinzessin. Die Wachen wussten um Elenas wahre Herkunft Bescheid und hatten den Auftrag, besonders gut auf sie aufzupassen.

Ich klopfte an die Tür. Bevor ich auf Elenas Aufforderung hin eintrat, entließ ich die beiden Wachen zum Abendessen. Solange ich an Elenas Seite war, mussten keine anderen

Wachen in unmittelbarer Nähe sein. Falls Eindringlinge es wie durch ein Wunder doch in dieses Zimmer schaffen sollten, würde ich alleine mit ihnen fertig werden. Mein Schwert und mein Dolch, die ich an meinem Gürtel befestigt hatte, verliehen mir die nötige Sicherheit.

In Elenas Zimmer roch es nach frischen Blumen. Durch das große Fenster an der gegenüberliegenden Seite konnte man die langsam untergehende Sonne sehen, die dem Zimmer einen warmen Schimmer verlieh. Elena saß in einem großen gepolsterten Sessel neben dem Fenster und las. Sie stand auf, als ich hereinkam, und umarmte mich fest.

»Arya, Arya. Du kannst das Ende der Trauertage wohl kaum erwarten, was? Sehnst du dich so sehr danach, deiner Pflicht nachzukommen?« Ein Lachen lag in ihrer Stimme, als sie mich gespielt tadelte. Sie drückte mich, ehe sie mich auf Armeslänge von sich wegschob.

»Um ehrlich zu sein, hatte ich nichts anderes erwartet. Komm, ich gieße dir einen Tee ein. Er wird dir gut tun.« Was für den einen wie Plapperei klang, war für mich eine willkommene Abwechslung, und Elenas Art, mich aufzumuntern. Wenn es mir schlecht ging, war mir nicht nach reden zumute, und ich freute mich über jeden, der es mir abnahm. Sie wusste, dass ich nicht über Reliors Bestattung reden wollte. Wir hatten bereits während seiner Krankheit viel über das Thema Tod gesprochen und es war nichts, was ich noch weiter vertiefen wollte.

Stattdessen sprachen wir über schöne Erinnerungen, die wir mit Relior verbanden. Darunter waren die Stunden, die wir in Yusras Küche verbracht hatten, die Abende, an denen er uns Geschichten über Maljonar erzählt hatte und die Rosinenschnecken, die er uns vom Markt mitgebracht und heimlich zugesteckt hatte. Ich dachte außerdem an die vielen Gespräche und Übungsstunden, die wir miteinander verbracht hatten, bevor und nachdem sich meine Gabe offenbart hatte.

Als hätte Elena meine trüben Gedanken erraten, wechselte sie das Thema. Ihr einundzwanzigster Geburtstag stand bevor, und damit der erste Schritt in das Erwachsensein. Für Elena würde dieser Tag allerdings viel mehr bedeuten. König Trystan wollte diesen Anlass nutzen, um seine Untertanen von Elenas wahrer Herkunft in Kenntnis zu setzen. Es war riskant, da er die Reaktionen der Menschen nicht abschätzen konnte, aber es blieb ihm keine andere Wahl. Nach dem Tod seiner Frau hatte er nicht erneut geheiratet und keinen neuen Thronfolger gezeugt. Sein älterer Bruder Magnus hatte vor vielen Jahren auf sein Geburtsrecht als ältester Sohn verzichtet. Die Liebe zu einer Frau war es, die diesen Entschluss hatte reifen lassen. Doch leider war den beiden kein Glück gegönnt. Magnus und seine geliebte Frau starben wenig später bei einem Unfall in den Bergen, bevor sie Kinder in die Welt gesetzt hatten.

Elena würde eines Tages nach ihrem Vater den Thron besteigen, und mit dieser Tatsache musste König Trystan ihre künftigen Untertanen vertraut machen. Bisher waren sie davon ausgegangen, dass nach seinem Tod sein nächster noch lebender Verwandter, ein Vetter zweiten Grades, das Erbe antreten würde.

Elena gab es nicht gerne zu, aber sie hatte viel mehr Angst vor der Enthüllung als ihr Vater. König Trystan war ein gütiger und geschätzter König, der von den Leuten gemocht und respektiert wurde. Er hoffte und glaubte, dass sie seine Gründe verstehen und Elena in ihr Herz schließen würden.

Elena war sich da nicht so sicher. Ich redete ihr oft gut zu, dass sie sich keine Sorgen machen musste. Wer sie sah, erkannte sofort ihre starke Präsenz, und dass sie das Zeug dazu hatte, eines Tages Königin zu werden.

Auch an diesem Abend erzählte sie von ihren Zweifeln und ich versuchte, sie zu beruhigen. Doch Elena war nicht leicht zu überzeugen. »Wie soll ich ein Königreich regieren, das ich noch nie richtig gesehen habe, Arya? Wie sollen die Menschen mich akzeptieren, wenn ich nichts von ihnen weiß und sie nicht von mir?«, fragte sie mich und hatte den grüblerischen Ausdruck auf dem Gesicht, den ich nur zu gut von ihr kannte.

Seit einiger Zeit kam dieses Thema immer wieder zur Sprache. Deshalb antwortete ich, wie ich es bisher immer getan hatte. »Das stimmt so nicht und das weißt du auch. Du kennst die Geschichte deines Königreiches so gut wie dein Vater und bist bestens vorbereitet. Wenn du Königin bist, dann wirst du noch genug Zeit haben, dein Königreich zu sehen und kennenzulernen. Dein Vater ist auch des Öfteren auf Reisen und sieht sich Land und Leute an. Das wirst du ebenfalls tun.«

»Seine Reisen haben aber politische Hintergründe. Es geht nicht um das Königreich an sich. Nicht um seine Natur, nicht um seine Kultur und nicht um seine Eigenarten, sondern um politische und finanzielle Interessen. Ich würde gerne die andere Seite kennenlernen. Die menschlichere Seite«, lamentierte sie.

»Das wirst du auch. Früher oder später.« Mir wäre später lieber gewesen, aber ich wusste, dass Elena anderer Meinung war. Als ihre Untergebene sollte ich ihr nicht widersprechen, doch als Freundin empfand ich es als meine Pflicht, sie zu warnen. Ich würde sie nicht ewig von der Welt fernhalten können, das wusste ich. Ich versuchte es nur, solange ich konnte. Wenn sie wüsste, was für Menschen in der Welt lebten und was für schreckliche Dinge sie sich gegenseitig antaten, wäre sie vielleicht nicht so erpicht darauf, die Welt kennenzulernen. Innerlich lachte ich über die Ironie meiner Gedanken.

Wenn sie wüsste, was *ich* für Dinge tat, dann würde sie auch mich nicht mehr um sich haben wollen. Ich war einer dieser schrecklichen Menschen. Ihr hätte ich jedoch niemals etwas angetan.

Für ein paar Augenblicke sagte niemand von uns ein Wort, während Elena mich lediglich aus ernsten Augen ansah. »Was glaubst du, würde mein Vater mich vor meinem Geburtstag eine Reise durch unser Königreich machen lassen, wenn ich ihn darum bitte?«, fragte sie mich dann in einem verträumten Tonfall.

Ich konnte mir ein kleines Lachen nicht verkneifen. »Das würde er niemals erlauben und das weißt du ganz genau.« Ich hatte das Gefühl, dass mit Elena etwas nicht stimmte. Es war nicht das erste Mal, dass sie solch eine Reise ansprach, aber heute war es irgendwie anders.

»Was meinst du dazu?«, wollte sie wissen.

»Ich bin einer Meinung mit deinem Vater.«

»Findest du nicht, dass es wichtig wäre, dass ich mein Land und die Menschen kennenlerne und mir ein Bild von ihnen mache?«

»Wenn das Land und die Menschen nicht so grausam wären, wie sie es sind, dann würde ich dir zustimmen. Aber unter diesen Umständen ist es viel zu gefährlich«, erwiderte ich.

Elena nickte und betrachtete ihre Teetasse, während sie mit dem Daumen über deren Henkel strich. »Auch wenn du mich begleiten würdest?«, fügte sie leise hinzu, ohne mich anzusehen.

»Das würde nichts an meiner Einstellung ändern. Wir beide können nicht alleine gegen die Welt da draußen bestehen. Wenn es nach mir ginge, kann sie uns noch lange gestohlen bleiben.«

»Woher willst du das wissen, Arya? Du hast diese Mauern genau so wenig von außen gesehen wie ich. Die drei Jahre in der Obhut deiner Mutter zähle ich nicht mit. Seit sie dich hier abgegeben hat, hast du noch nie einen Fuß vor die Stadtmauern, geschweige denn vor das Schlossgelände gesetzt.« Sie sah zu mir auf, und ich erschrak vor ihrer eisigen Stimme sowie ihrem vorwurfsvollen Blick.

Ich hätte es ihr sagen können. Ich hätte ihr von all den schrecklichen Gedanken der Menschen da draußen erzählen können, denen ich fast täglich ausgesetzt war. Mordgelüste, Neid, Gier, Hass … Die Erinnerungen und Gedanken der Menschen waren voll davon und sie erschreckten mich immer wieder, wenn ich sie mit meiner Gabe sah. Dann hätte ich allerdings Elena diese Gabe offenbaren müssen und das konnte und wollte ich nicht.

Nun war es an mir, meine Teetasse anzustarren. Stille breitete sich im Raum aus. Ein Seufzen von Elena unterbrach sie schließlich, und ich atmete erleichtert auf. »Wärst du so gut und würdest mir eine Decke holen? Mir ist kalt«, bat sie mich mit zittriger Stimme.

Ich kam ihrer Bitte nach und holte eine Decke aus der Kommode, die gegenüber des Bettes stand. »Es tut mir leid, ich bin momentan nicht ich selbst«, entschuldigte ich mich, als ich sie ihr überreichte.

Elena nickte verständnisvoll, während sie sich in die Decke einwickelte. »Trink noch eine Tasse Tee, das hilft immer«, riet sie mir.

Sie lächelte mich an und schenkte mir noch eine Tasse ein, die ich in wenigen Zügen leertrank, da das Getränk mittlerweile nur noch lauwarm war. Der bittere Nachgeschmack ließ mich die Lippen kräuseln.

Wärme erfüllte mich von innen und ich fühlte mich schwer und müde. Meine Augenlider fühlten sich an, als würden sie heruntergezogen und ich hatte große Mühe, die Augen offen zu halten. Ich wollte aufstehen, um die Müdigkeit abzuschütteln, doch meine Beine gehorchten mir nicht mehr richtig. Ich musste mich an der Lehne des Sessels festhalten, um nicht umzufallen. Mir wurde schwindelig und ich ließ mich zurücksinken. Auch meine Zunge wollte nicht mehr wie ich und ich brachte keinen Ton heraus.

Ich sah Elena an. Anstatt Sorge las ich in ihrem Gesicht etwas Flehendes und Trauriges. Sie kam zu mir herüber und strich mir ein paar Strähnen aus dem Gesicht. »Es tut mir so leid, aber du hast mir keine andere Wahl gelassen. Hättest du doch einfach Ja gesagt. Das wäre so viel einfacher gewesen. Du verstehst doch, dass ich nicht ohne dich gehen kann, oder?«

Gehen? Wohin? Was war hier los? Dann dämmerte es mir. Ich sah zu der Teekanne, dann zurück zu Elena. Sie hatte mir etwas in den Tee getan.

Ich wurde panisch, konnte mich aber kaum noch regen. Mein Körper und meine Mimik ließen sich nicht mehr kontrollieren und ich scheiterte bei dem Versuch, Elena einen bösen Blick zuzuwerfen.

»Ich hoffe, eines Tages bist du mir dankbar für alles, was nun kommt, und kannst mir verzeihen.« Sie gab mir einen Kuss auf die Stirn und ich versank in Dunkelheit.

KAPITEL 4

FINN

Bei Sonnenuntergang war es Zeit für das Treffen mit den Mädchen. Bero, Ilias und ich warteten mit unseren Pferden unter einer Gruppe von Bäumen nahe der Stadtmauer und dem Tor, durch welches wir Belessan später verlassen würden. An diesem Abend hatte einer meiner Bekannten Wache und ich hoffte, unangenehmen Fragen zu entgehen und die beiden Mädchen schnellstmöglich hinauszuschaffen. Nach Sonnenuntergang wurde man zwar durch die aufziehende Dunkelheit vor neugierigen Blicken anderer geschützt, aber die Kontrollen an den Toren wurden strenger. Aus diesem Grund hatte ich den heutigen Abend, zwei Wochen nach meinem ersten Treffen mit dem Mädchen, für unsere Abreise ausgewählt. Es war unwahrscheinlich, dass mein Bekannter Alan uns am Tor Schwierigkeiten machen würde, und damit hatten wir zwei Vorteile auf unserer Seite.

Wir wussten nicht, aus welcher Richtung Elena und ihre Begleiterin kommen würden, und hielten daher alle Möglichkeiten im Blick. Ich lehnte an einem der Baumstämme und versuchte meine Aufregung zu verbergen. Wenn ich es nicht schaffte, Ruhe zu bewahren, könnte diese Reise enden, bevor sie richtig begonnen hatte, weil ich damit nur unnötige Aufmerksamkeit auf uns ziehen würde.

Als ich Bero und Ilias von meinem Auftrag erzählt hatte, waren ihre Reaktionen ganz unterschiedlich ausgefallen. Ilias hatte sich gefreut, Bero war nicht so schnell Feuer und Flamme gewesen. Er hielt es für eine schlechte Idee, weil wir keinerlei Erfahrungen mit anderen Reisegefährten hatten. Allerdings wusste er genauso gut wie ich, dass mein

Vater Ernst machen würde und uns keine andere Wahl blieb. Bero war außerdem der Meinung gewesen, dass er besser für unsere Verpflegung sorgen konnte als irgendwer sonst.

Jedes Mal, wenn wir gemeinsam zu einem Abenteuer aufbrachen, wie Ilias es nannte, dachte ich darüber nach, wie ungewöhnlich unsere kleine Gruppe doch war. Drei ›Jungs‹, die unterschiedlicher nicht hätten sein können. Die Umstände, unter denen wir zusammengefunden hatten, waren ebenso bemerkenswert. Ungewöhnlich sagten die einen, völlig kurios die anderen. Bero hatte ich kennengelernt, als mir zum zweiten Mal in meinem Leben die Nase gebrochen worden war. In der Kneipe, in der Bero damals gearbeitet hatte, war mein Schummeln beim Kartenspiel entdeckt worden und einer meiner Mitspieler nahm dies nicht gut auf. Er schlug mich mitten ins Gesicht und nur Beros beherztem Eingreifen war es zu verdanken, dass es bei einer gebrochenen Nase geblieben war. Im Anschluss daran versorgte er meine Verletzung und im Laufe des Abends wurden wir Freunde. Er hatte seine Arbeit zwischen all den Kochkunst-Ignoranten, wie er sie nannte, aufgegeben und war von da an mit mir durch das Land gezogen, wenn ich einen Auftrag für meinen Vater ausführte. Dass manche dieser Aufträge nicht ganz legal waren, fand Bero nicht gerade gut, aber alles schien besser zu sein, als in einer winzigen Küche zu arbeiten, wo die Leute ihn wegen seiner Leidenschaft zum Kochen auslachten. Es würde nicht zu einem Bär von einem Mann passen, wie Bero einer war, sagten die Leute immer, bei denen er sich seitdem um eine Arbeitsstelle beworben hatte. Sie schickten ihn weg, ohne sich von seinen Kochkünsten zu überzeugen. Keiner von ihnen ahnte, was für einen begabten Koch sie ziehen ließen.

Bei der Erinnerung an meine erste Begegnung mit Bero fuhr ich mir mit Zeige- und Mittelfinger über die Nase. Ein kleiner Höcker war vom unsauber zusammengewachsenen Bruch zurückgeblieben.

Wir hörten Hufgetrappel. Da nicht mehr viele Leute unterwegs waren, und erst recht nicht auf Pferden, mussten es die beiden Mädchen sein.

Auf dem vorderen Rappen erkannte ich Elena, die mich in der Schänke aufgesucht hatte. Ihr Kleid passte dieses Mal besser, aber sie war in dezenteren Farben gekleidet. Anstelle von grün dominierten grau, schwarz und braun ihre Kleidung. Auf dem zweiten Pferd, einem braunen schönen Tier, sah ich niemanden sitzen. Da bemerkte ich, dass Elena es an den Zügeln führte.

»Hat deine Freundin es sich anders überlegt, oder musste sie noch mal wohin?«, neckte ich sie.

Sie ging nicht auf meinen Kommentar ein und deutete nur auf das Pferd. »Sie ist hinter mir.« Das war sie tatsächlich. Auf den zweiten Blick sah ich es. Ein Mädchen in einem dunkelgrünen Kleid lag bäuchlings auf dem anderen Tier und schien zu schlafen. Sie war mit einem langen Tuch an den Sattel gebunden. Von dort, wo ich stand, blickte ich auf ihre ansehnliche Rückseite.

Ilias ging um das Pferd herum und betrachtete sie von vorne. Er legte den Kopf schief. »Hast du die Erdgöttin entführt?«, fragte er mit respektvoller Stimme.

Ich schmunzelte. Kinder. Manchmal sagten sie die komischsten Sachen.

Auch Elena konnte sich ein kleines Schmunzeln nicht verkneifen. »Nein. Das ist meine Zofe. Sie hatte ein bisschen zu viel Beruhigungstee, das ist alles«, antwortete sie.

Täuschte ich mich oder schwang da ein schuldbewusster Unterton in ihrer Stimme mit? Doch für längere Gespräche war keine Zeit. Wir mussten aufbrechen. Es würde bald ein Wachwechsel stattfinden, und wir mussten unbedingt vorher aus der Stadt. Zuerst musste ich mir allerdings noch überlegen, wie ich die schlafende Zofe möglichst unauffällig positionieren konnte.

Ich trieb die anderem zum Aufbruch an, und stieg auf das Pferd der Zofe. Das Tuch, mit dem sie am Sattel befestigt gewesen war, entknotete ich und richtete sie auf, mit dem Gesicht zu mir. Ich lehnte ihren Körper so gegen mich, dass es aussah, als würde ich sie umarmen. Das war weitaus unauffälliger als ihre vorherige Position. Alan würde hoffentlich davon ausgehen, dass sie erschöpft war und sich an meiner Schulter etwas Ruhe gönnte. Auch wenn es gegen meine Prinzipien verstieß, Mädchen zu irgendetwas zu zwingen, schob ich ihre Arme hinter meinen Rücken und ihre Hände ein Stück in meinen Hosenbund. Ich hoffte, dass es funktionierte.

Bero nahm mein Pferd an den Zügeln, nachdem er auf seines gestiegen war. Mein Hengst Huck war zunächst irritiert, akzeptierte dann aber den Führungswechsel. Ilias' Stute Tika wieherte fröhlich. Die beiden passten wirklich gut zueinander, denn auch Ilias strahlte und freute sich auf das bevorstehende Abenteuer.

Unsere kleine Kolonne marschierte auf das Tor zu. In meinen Ohren klang das Hufgetrappel auf den Pflastersteinen unglaublich laut.

Alan, der uns bereits von Weitem erkannte, musterte uns neugierig. Sein Blick blieb schließlich an der freundlich lächelnden Elena hängen. Ich bedankte mich im Stillen bei ihr, dass sie ihn ablenkte. Das würde es einfacher machen. »Was hast du denn heute Schönes dabei, Finn?«, fragte er mich, ohne den Blick auch nur einen Moment von Elena abzuwenden. Täuschte ich mich oder machte er ihr gerade den Hof?

»Dass es etwas Schönes ist, hast du ja selbst schon bemerkt«, spottete ich. »Wir wollen in eines der Gasthäuser draußen. Du weißt doch, eine dieser Spelunken, die man als Mädchen nicht alleine betreten sollte. Nur in Anwesenheit von bösen Jungen. Wir wollen ein Bier trinken. Und die Mädchen beeindrucken, indem wir sie vor den zwielichtigen Gestalten beschützen.«

Als Alan zu mir sah, deutete ich auf die an mich geklammerte Zofe, und er rollte mit den Augen, als er meine wackelnden Augenbrauen sah. Er kannte mich und meine Frauengeschichten. Ich sah ihm an, dass er diese Frau nur als eine weitere einer langen Reihe abtat. Dann jedoch fiel sein Blick auf Ilias und er verzog das Gesicht. »Was ist mit dem Jungen? Wieso nehmt ihr ihn mit?«

Ich winkte ihn zu mir heran. Er trat an die Seite, von der aus er die Zofe nicht sehen konnte. Er spitzte die Ohren, als ich ihm meine nächsten Worte verschwörerisch zuflüsterte. »Zur Erweckung von Mutterinstinkten, mein Freund. Kinder machen Frauen ganz weich. Kombiniere das mit den bösen Jungs, die sich als Beschützer herausstellen, und es kann nichts schiefgehen. Und in der Zeit, in der wir *beschäftigt* sind, passt die Frau des Gastwirts auf ihn auf. Wir sind alte Bekannte. Sie ist unglaublich nett. Hat selbst keine Kinder, die Arme.« Dick aufzutragen half bei Alan immer sehr gut.

Er schüttelte den Kopf. Doch es war keine Verneinung, nur Unglauben darüber, was wir vorhatten. Mit einem letzten Blick auf Elena winkte er uns grinsend durch. »Du musst es ja wissen, Finn. Ihr werdet sicher viel Spaß haben.«

Das, dachte ich, *werden wir noch sehen.*

KAPITEL 5

FINN

Der Ritt zum Gasthaus dauerte etwas länger als eine halbe Stunde. Wir mussten langsam reiten, damit die Zofe nicht vom Sattel rutschte. Bero unterhielt sich mit Elena und Ilias musterte das schlafende Mädchen in meinen Armen.

Während die beiden sich ablenken ließen, hatte ich Besseres zu tun. Ich suchte die Umgebung ab und hielt nach allem Verdächtigen Ausschau.

Hier draußen, nah an der Stadt, bestand die Landschaft größtenteils aus Feldern, auf denen Getreide angebaut wurde. Man konnte bis zu den Bergen am Horizont sehen, die sich in der Dunkelheit nur schwach vor dem Himmel abzeichneten. Auf unserem Weg wären wir für jedermann aus weiter Ferne sichtbar gewesen, wenn nicht der Mond die einzige Lichtquelle gewesen wäre. Das war ein weiterer Vorteil eines Ritts bei Nacht. Zwar hatten wir damit auch einen Nachteil in Bezug auf potenzielle Angreifer, aber meiner Erfahrung nach war das auf diesem Weg noch nie ein Problem gewesen. Hier fürchtete man sich zu sehr vor den patrouillierenden Wachen von Belessan.

Wir kamen zum Glück ohne Zwischenfällte am Gasthaus an. Dort versorgte ich die Pferde im Stall, während Bero sich um die Zimmer und die schlafende Zofe kümmerte. Er warf sie über die Schulter und ging mit ihr davon. Wenn man ihn fragen würde, was mit ihr los sei, würde er ihren Zusammenbruch auf zu viel Alkohol schieben. Die meisten würden es nachvollziehen können, denn viele der ärmeren Menschen, die man in solchen Spelunken antraf, suchten Trost in dem meist billigen und widerlichen

Fusel. Während er und Elena in das Gasthaus gingen, redeten sie munter weiter, und ich fragte mich, worüber. Sie hatten sich doch erst vor Kurzem kennengelernt. Was sollte jemand wie sie mit jemandem wie ihm zu bereden haben?

Ilias stiefelte ihnen hinterher, die Augen immer auf die Zofe gerichtet. Was war nur los mit den beiden? Man konnte fast meinen, es wäre ihre erste Begegnung mit dem anderen Geschlecht. Sie würden sich noch wundern, wie anstrengend Frauen auf Reisen sein konnten.

Das Gasthaus war klein, im Innenraum gab es nur fünf Tische und ebenso viele Zimmer, die man für die Nacht beziehen konnte, weswegen ich es ausgewählt hatte. Ein entlaufenes Mädchen konnte man wohl als gefährliche Ware bezeichnen, daher wäre es besser, wenn sich so wenige Leute wie möglich an uns erinnern würden.

Bei der Wirtin bestellte ich uns eine Kleinigkeit zu essen. Auch wenn es spät war, Brot und Käse gab es immer. Ich entschied mich für einen Tisch in der hinteren rechten Ecke und wartete auf Bero. Es überraschte mich, dass er gemeinsam mit Elena die Treppe herunterkam und sie nicht oben bei ihrer Zofe geblieben war. Stattdessen hatte Ilias diese Aufgabe übernommen, wie Bero mir mitteilte.

»Er wollte nicht von ihrer Seite weichen«, sagte er und zuckte mit den Schultern. »Ich glaube, er hat einen Narren an … wie war ihr Name noch mal?« Die Frage war an Elena gerichtet.

»Ihr Name ist Arya. Und ich glaube, du hast recht, er scheint sie zu mögen.«

»Er hat doch noch nicht mal ein Wort mit ihr gesprochen«, bemerkte ich skeptisch. Ich verstand nicht, woher die Vernarrtheit, wie die beiden es nannten, kommen sollte.

Elena antwortete wie Bero mit einem Schulterzucken. »Er ist ein Kind und die sind meistens sehr schnell für etwas zu begeistern.«

Wo sie recht hatte, hatte sie recht. Vor allem bei Ilias.

Elena überraschte mich. Man konnte sich wirklich gut mit ihr unterhalten. Ich war mir sicher gewesen, dass sie sich für etwas Besseres hielt, und sich so wenig wie möglich mit uns abgeben würde. Aber das Gegenteil war der Fall. Sie fragte uns während des Essens über alles Mögliche aus. Woher wir dieses Gasthaus kannten, was für Sitten hier herrschten und allerlei andere Dinge, die mit dem Leben auf dem Land zu tun hatten. War diese Reise für sie doch nicht nur ein Akt der Rebellion? Verfolgte sie damit andere Ziele? Wenn dem so war, würde die Reise mit ihr vielleicht nicht so schlimm werden, wie ich angenommen hatte. Bero jedenfalls wirkte glücklich. Ich hatte ihn noch nie so viel am Stück reden hören. So viel zu seiner anfänglichen Skepsis.

Irgendwann, wie immer bei Bero, kamen die Themen Kochen und Essen auf. Das war der Moment, in dem ich mich aus dem Gespräch zurückzog, in Ruhe mein Brot aß, und den beiden nur zuhörte.

Ich war noch nicht mit dem Essen fertig, als Ilias die Treppe heruntergerannt kam. Panik stand in sein Gesicht geschrieben. Schwer atmend kam er vor unserem Tisch zum Stehen und hüpfte aufgeregt auf und ab. »Elena, du musst schnell kommen! Irgendwas stimmt mit Arya nicht! Schnell! Komm schon!« Er packte ihren Ärmel und zog kräftig daran.

Elena wurde blass und sprang so schnell von ihrem Platz auf, dass der Stuhl umkippte. Ohne sich darum zu kümmern, rannte sie Ilias hinterher. Die anderen Gäste schauten überrascht zu uns und für einen Moment herrschte Stille. Als nichts weiter passierte, nahmen sie ihre Gespräche wieder auf.

»Komm schon Finn, worauf wartest du?« Bero war aufgestanden und hatte den umgekippten Stuhl aufgestellt. Er sah mich abwartend an.

»Warum sollte ich nach oben gehen? Das Befinden dieses Mädchens ist nicht mein Problem. Ich kenne sie ja nicht mal«, beschwerte ich mich.

»Und wie es dein Problem ist! Wenn diesem Mädchen etwas passiert, dann wird sich Elena nicht von der Stelle bewegen und das bedeutet: kein Auftrag und kein Geld.« Er hatte die Stimme erhoben und warf mir einen vorwurfsvollen Blick zu. Solch einen Ausbruch hätte ich ihm nicht zugetraut. Ich fragte mich, wie Elena und ihre Zofe es geschafft hatten, meine Freunde innerhalb von wenigen Stunden auf ihre Seite zu ziehen. Und dabei war nur eine von ihnen bei Bewusstsein.

Leise verfluchte ich die beiden, erhob mich aber, um mit nach oben zu gehen.

»Ich wusste, du würdest das verstehen«, brummelte Bero. Er drehte sich um und ging Richtung Treppe. Da ich nicht sonderlich Lust auf dieses Drama hatte, schlurfte ich eher, als dass ich ging. Als ich das Zimmer der Mädchen betrat, war Bero schon wieder auf dem Weg nach draußen, um ein Handtuch zu holen, wie er mir leise mitteilte.

Elena saß am Bettrand ihrer Zofe und strich ihr mit der linken Hand die Haare aus der Stirn. Mit der rechten hielt sie ihre Hand und redete leise auf sie ein. Ich trat einen Schritt näher, hielt aber weiterhin ausreichend Abstand.

Ilias stand am Fußende des Bettes, von wo aus er die Mädchen beobachtete. Er machte sich Sorgen, das konnte man sehen. Ich sah mir das Gesicht von Arya zum ersten Mal genauer an, um herauszufinden, was genau es war, das Ilias so faszinierte. Wieso er sich um sie sorgte, ohne dass sie ein Wort miteinander gewechselt hatten.

Ihre Haut war um einiges dunkler als die von Elena, aber ein bisschen heller als meine.

Wo meine ins Bräunliche ging, war es bei ihr ein Olivton. Ihre dichten dunkelbraunen Haare waren zu einem langen Zopf geflochten, der über ihrer rechten Schulter lag. Sie hatte eine gerade Nase, deren Größe irgendwo zwischen klein und mittelgroß lag. Ihr Mund war schön geformt, die Lippen voll und leicht geöffnet. Mir wurde klar, wieso Ilias der Vergleich mit der Erdgöttin gekommen war. Sie war hübsch, obwohl sie verschwitzt war und ihr die Haare an der Stirn klebten.

Erst jetzt fiel mir auf, dass sie unruhig atmete und schwer noch dazu. »Was ist mit ihr?«, war alles, was ich in diesem Moment hervorbrachte.

Elena hörte auf, mit Arya zu sprechen, streichelte aber weiter über ihren Kopf. »Sie hatte wieder einen Alptraum«, sagte sie sorgenvoll, ohne den Blick zu heben.

Offensichtlich schmerzte es Elena, ihre Zofe so zu sehen. Und da begriff ich, dass diese beiden Mädchen sehr viel mehr miteinander verband als Aryas Stellung. Sie waren Freundinnen, die sich sehr nahe standen. Ich beobachtete etwas, zu dem ich nicht gehörte und kam mir vor wie ein Eindringling.

»Kann ich irgendetwas tun?« Hatte ich gerade wirklich meine Hilfe angeboten?

Elena sah zu mir und schüttelte den Kopf, ehe sich ihr Blick wieder auf Arya richtete. »Nein. Aber danke für das Angebot.«

In diesem Augenblick kam Bero mit einem Handtuch und einer Schale voll Wasser zurück. Er gab es Elena, zog einen Stuhl ans Bett und stellte die Schale darauf. Sie bedankte sich bei ihm und begann, Aryas Stirn mit dem nassen Handtuch abzuwaschen. In dieser kleinen Geste lag sehr viel Zuneigung.

Wieder fühlte ich mich unbehaglich. Ich sollte nicht hier sein.

Ich trat von einem Bein auf das andere. Dann räusperte ich mich. »Ilias, ich glaube, wir lassen die beiden jetzt besser alleine. Arya braucht Ruhe, damit es ihr morgen besser geht.«

Nur widerwillig löste er sich vom Ende des Bettes. Er kam nicht direkt zu mir herüber, sondern ging zunächst zu Arya und gab ihr einen Kuss auf die Wange. »Schlaf gut, Erdgöttin«, flüsterte er.

Elena lächelte ihn an und legte ihm die Hand auf die Schulter. »Ich danke dir, Ilias. Danke, dass du auf sie aufgepasst und mir so schnell Bescheid gesagt hast, als es ihr nicht gut ging. Das hast du toll gemacht. Du kannst stolz auf dich sein. Schlaf schön.«

Die Wärme in ihrem Blick erreichte auch mich. Ich erwartete, dass Ilias von einem bis zum anderen Ohr strahlen würde, doch stattdessen sah er fassungslos aus. Im nächsten Moment umarmte er Elena stürmisch und flüsterte etwas, das ich nie wieder vergessen würde. »Das hat noch nie jemand zu mir gesagt. Danke.«

Elena legte die Arme um ihn. Sie sagte nichts, sah Bero und mich nur vorwurfsvoll an.

Mein Blick schweifte zu Bero, der so erschrocken aussah, wie ich mich fühlte. Hatten wir Ilias das nie gesagt? Obwohl er es schon oft verdient hatte? Auch Bero schien sich diese Frage zu stellen, und sein Kopfschütteln gab uns schließlich beiden eine Antwort.

Ich beobachtete Ilias, der sich von Elena gelöst hatte und auf mich zukam. Schuldgefühle erfassten mich. Ich vergaß zu oft, dass Ilias noch ein Kind war. Ich erinnerte mich an meine Kindheit und wie ich mir immer die Bestätigung meines Vaters gewünscht hatte. Doch es sah meinem Vater nicht ähnlich, so etwas wie Stolz für andere Menschen zu empfinden. War ich wie er? Zu anspruchsvoll? Zu gefühlskalt? Auf keinen Fall wollte ich in seine Fußstapfen treten. Ich schwor mir selbst, ab sofort aufmerksamer zu sein, was Ilias anging. Ich hielt ihm meine linke Hand hin. »Komm, du kleiner Beschützer, für dich ist so langsam auch Schlafenszeit.«

Ilias sah mir nicht ins Gesicht, sondern einfach geradeaus. Er ergriff meine Hand und ging zögerlichen Schrittes voran. Er wollte nicht gehen. Er wollte lieber hier bleiben, um Arya und Elena zu beschützen. Diese beiden, die er erst seit ein paar Stunden kannte und die ihm schon jetzt mehr Anerkennung geschenkt hatten als Bero und ich in einem ganzen Jahr. Wir waren seine Vorbilder, so etwas wie seine Eltern. Diejenigen, zu denen er aufsah und die er stolz machen wollte. Und wir hatten auf ganzer Linie versagt.

Ilias sollte nicht hier sein. Er sollte richtige Eltern haben, die sich um ihn kümmerten. Nicht er sollte andere beschützen, sondern sie ihn. Weder Bero noch ich kamen aus einer glücklichen, normalen Familie. Woher sollten wir also wissen, wie man richtig mit Kindern umging? Wir hatten uns dieser Herausforderung gestellt, weil Ilias uns keine andere Wahl gelassen hatte. Er hatte schon damals seinen eigenen Kopf gehabt und uns für die Richtigen gehalten, was seine Erziehung anging.

Wir hatten uns nie intensiv Gedanken über Erziehung gemacht. Wir hatten es einfach getan. Doch kaum waren Frauen mit im Spiel, die Königinnen des Nachdenkens, wurde alles anders. Reisen mit Frauen waren anstrengend. Wie ich es befürchtete hatte, und dabei waren wir noch nicht mal einen Tag unterwegs. Andererseits war ich Elena dankbar, dass sie mir die Augen geöffnet hatte. Fragte sich nur, was noch auf uns zukommen würde.

Elena stimmte ein Lied an und zog meine Aufmerksamkeit auf sich. Sie sang über die Nacht, den Mond und die Sterne. Ich erkannte das Lied als eines, das Eltern ihren Kindern zum Einschlafen vorsangen.

Ilias blieb stehen, hielt aber noch immer meine Hand. Er schloss die Augen und neigte den Kopf Elena zu. Auch

Bero lauschte. Ich konnte Ilias jetzt nicht von hier wegbringen. Vielleicht war dies das erste Kinderlied, das er hörte. Das erste Mal, dass er zu dem Klang einer Frauenstimme einschlafen konnte.

»Ilias, ich glaube wir sollten doch bleiben, um die bösen Dämonen zu verscheuchen, bevor sie Arya weitere Alpträume bescheren. Was meinst du, schaffen wir das?«

Er nickte. Ich schnappte mir eine Decke vom Schemel und setzte mich in den Sessel an der anderen Wand, dem Bett gegenüber. Ilias kletterte auf meinen Schoß. Er legte den Kopf an meine Schulter und ich breitete die Decke über uns aus. Elenas Lied wiegte ihn schnell in den Schlaf. Bero hatte sich ein Kissen genommen und saß rechts vom Bett. Den Kopf an die Wand gelehnt, lauschte er mit geschlossenen Augen.

Ich betrachtete die Mädchen. Nicht mal ein Tag war vergangen, seit sie in unser Leben getreten waren, und schon hatte sich etwas verändert. Hatten wir uns verändert. Vielleicht war ich im Unrecht. Vielleicht konnten wir doch noch etwas von ihnen lernen. Wenn nur ein Tag solche Veränderungen brachte, was würde sich dann in den Wochen ändern, die noch kamen?

Es war mein bisher aufregendstes Abenteuer, dem ich hier entgegensah. Der Gedanke, dass der Grund dafür zwei ungewöhnliche Mädchen waren, ließ mich lächelnd den Kopf schütteln.

Hätte mir das jemand ein paar Tage vorher prophezeit, dann hätte ich ihn ausgelacht. Es sah so aus, als ob meine Welt in den nächsten Tagen auf den Kopf gestellt werden würde. Aus unerklärlichen Gründen freute ich mich darauf.

KAPITEL 6

FINN

Am nächsten Morgen wachte ich auf, weil jemand meine Nase zuhielt und mir mit der anderen Hand ein Messer an die Kehle drückte. Ich schnappte nach Luft und riss die Augen auf. Die Hand wanderte von meiner Nase zu meinem Mund und hinderte mich am Sprechen. Der Druck auf das Messer an meiner Kehle wurde verstärkt. Ich saß noch in dem Sessel, in dem ich gestern Abend eingeschlafen sein musste und blickte meinem Angreifer ins Gesicht. Nein, falsch. Meiner Angreifer*in*.

»Keinen falschen Mucks, hörst du? Wenn ich die Hand von deinem Mund nehme, dann wirst du leise auf meine Fragen antworten. Du wirst nicht versuchen, deine Komplizen zu rufen, denn das würde nur böse für dich enden. Hast du mich verstanden?«, zischte sie.

Ich gab kein Geräusch von mir und bewegte mich nicht oder versuchte mich zu befreien. Viel zu schockiert war ich von dem Anblick, der sich mir bot. Grüne Augen unter dichten Wimpern, die mich böse und erwartungsvoll anfunkelten.

»Ob du mich verstanden hast, will ich wissen!« Der Druck an meiner Kehle verstärkte sich abermals und ich bekam ein Nicken zustande, bei dem das Messer unangenehm meine Haut kratzte. Sie zog ihre Hand von meinem Mund.

Das war also Arya. Die Zofe. Mit einem Messer in der Hand. Glaubte sie tatsächlich, dass sie mich damit in Schach halten konnte? Ich musste schmunzeln. Das war wirklich herzallerliebst. Sie ging mir wahrscheinlich nicht mal bis zum Kinn. Das kam einem Aufstand von Zwergen gleich.

»Du findest das also witzig? Dir wird das Lachen gleich vergehen, wenn du mir nicht sofort sagst, wo Elena ist und ob es ihr gut geht!«, drohte sie. Ah, darum ging es also. Sie wusste nicht, was vor sich ging.

»Hör zu, Zwerg, wie wäre es, wenn du das Messer weglegst, bevor du noch jemandem ein Auge ausstichst? Dann können wir in Ruhe reden«, lenkte ich ein.

Bei dem Wort »Zwerg« kniff sie die Augen zusammen. »Dieser *Zwerg* wird nicht davor zurückschrecken, dir neben den Augen auch noch ein paar andere wertvolle Körperteile abzuschneiden, wenn du ihm nicht endlich sagst, was er wissen will. Wo ist Elena und was habt ihr mit ihr gemacht?« Sie hatte die Stimme erhoben und drückte das Messer tiefer in meine Haut.

Ich hätte ihr einfach sagen können, dass Elena vermutlich unten im Gastraum war, aber mir war eher danach, sie weiter zu reizen. Sie sah süß aus, wenn sie sich aufregte. Ich setzte mein charmantestes Lächeln auf und sah sie an, während ich den Kopf zur Seite neigte. »Du meinst es wirklich ernst, oder? Du glaubst, du kannst mich mit diesem Zahnstocher einschüchtern? Moment mal …« Ich tastete meinen Gürtel ab, an dem mein Dolch befestigt war. Normalerweise.

»Das hier ist dein Zahnstocher. Wenn du nicht durch deine eigene Waffe sterben willst, sag mir endlich, was ich wissen will!«

Das kleine Biest hatte mich im Schlaf bestohlen. Da war für mich der Spaß vorbei. In der Absicht sie wegzustoßen, ließ ich meine Hand hervorschnellen. Sie sah den Angriff kommen und machte im letzten Moment einen Schritt zur Seite. Dadurch war mein Hals frei und ich sprang aus dem Sessel. Doch ehe ich mich versah, hatte ich ihren Fuß im Bauch und als ich mich krümmte, rammte sie mir den Ellbogen in den Rücken. Bäuchlings schlug ich auf dem Boden auf. Sterne tanzten vor meinen Augen und mir war das Lachen endgültig vergangen. Von einem Mädchen überwältigt zu werden, war wirklich alles andere als angenehm.

Ich wollte aufstehen, aber Arya drückte ihr Knie in meine Wirbelsäule. Sie bog einen meiner Arme nach hinten und wenig später spürte ich wieder den Dolch, meinen Dolch, an meinem Hals. Arya redete auf mich ein, doch ich hörte sie nicht mehr. Das Blut rauschte mir in den Ohren.

Aus der Situation kam ich nicht alleine raus. Egal, was ich jetzt sagen würde, sie würde es mir sowieso nicht glauben. Daher tat ich das Einzige, was mir einfiel und damit genau das, was sie nicht wollte. Ich rief nach Bero. Sehr laut.

Ich hörte Arya noch fluchen, ehe mich ein Schlag am Kopf traf und die Welt schwarz wurde.

KAPITEL 7

ARYA

Das hatte er von seiner vorlauten Art. Eine schöne kleine Platzwunde am Kopf, die ihm noch einige Tage Kopfschmerzen bereiten würde. Er war nur kurz bewusstlos, ehe er begann, unverständliche Laute von sich zu geben. Ich stand einige Schritte neben ihm und sah mich genauer um.

Als ich aufgewacht war und mich in diesem Zimmer wiedergefunden hatte, konnte ich mich an nichts erinnern. Elena war nicht hier gewesen, dafür dieser Kerl, der im Sessel geschlafen und geschnarcht hatte. Eigentlich hätte ich das Zimmer einfach verlassen können, denn die Tür war unverschlossen. Doch ich wusste nicht, was mich draußen erwartet hätte. Mein Plan war es gewesen, Informationen aus dem Kerl herauszubekommen. Besonders gut hatte es nicht funktioniert und zu allem Überfluss waren nun seine Komplizen informiert.

Was sollte ich als Nächstes tun?

Die Entscheidung wurde mir abgenommen, als ich Geräusche hinter der Tür hörte – hastige Schritte auf der Treppe. Ich sah mich nach weiteren Waffen oder einem Versteck um. Doch Elenas Stimme, die ich gedämpft durch die Tür hörte, ließ mich innehalten, und die Anspannung fiel von mir ab. »Arya! Halt! Tu ihm nichts!«

Im nächsten Moment flog die Tür auf und Elena kam hereingestürmt, gefolgt von einem zweiten, riesigen Kerl und einem kleinen Jungen. »Arya! Was hast du getan?«, rief Elena vorwurfsvoll. Sie kniete sich neben den Kerl auf den Boden und strich die Haare aus der Wunde, um sich den Schaden anzusehen.

Ich konnte nicht glauben, was ich sah. Sie sorgte sich um *ihn*? *Ich* war doch ganz alleine mit einem fremden Kerl in einem mir fremden Raum aufgewacht. Was hätte ich denn tun sollen?

»Du bist wach!« Der kleine Junge lächelte mich freudestrahlend an und wollte auf mich zulaufen, doch der Riese hielt ihn zurück.

»Ilias, ich glaube du solltest ihr einen Moment Zeit geben, damit sie sich orientieren kann.« Der kleine Junge, Ilias, blickte enttäuscht drein, kam aber nicht näher.

Was war hier nur los?

»Elena, wo sind wir hier und wer sind diese Leute? Wieso kümmerst du dich um diesen furchtbaren Kerl?« Ich deutete mit dem Dolch auf ihn.

Elena half ihm dabei, sich aufzurichten. Mit einer Hand am Kopf drehte er sich langsam zu mir um. Er sah aus wie jemand, der einen deftigen Kater hatte. Ich grinste selbstzufrieden. Nichts anderes hatte er verdient.

»Das wirst du noch büßen, Zwerg!« Seine grauen Augen funkelten mich böse an, ehe er sich an die anderen wandte. »Und ihr beiden werdet kein Wort darüber verlieren, was hier passiert ist. Ist das klar?«, grummelte er.

Erst jetzt sah ich, dass der Riese Mühe damit hatte, ein Lachen zu unterdrücken. »Worüber? Dass du von einem Mädchen verprügelt wurdest? Du, Finn, der Unbezwingbare? Nein, natürlich nicht. Wieso auch? Es kommt ja ständig vor, dass Mädchen stärker sind als du. Ist ja nichts Besonderes.« Das Lachen brach nun doch aus ihm heraus und das Vibrieren seiner tiefen Stimme ging mir durch und durch. Ich war jedoch zu aufgewühlt und verwirrt, um miteinzustimmen.

Finn, wie der arrogante Kerl hieß, ging beleidigt an dem Riesen vorbei zur Tür und schlug ihm im Vorbeigehen gegen den Arm. Der Riese ließ sich davon nicht beirren und stocherte weiter in der frischen Wunde. »Also wirklich. Mit so einem Schlag kannst du niemanden beeindrucken. Du schlägst wie ein Mädchen. Nein, warte, selbst die schlagen härter zu als du!« Erneut lachte er.

Und auch Ilias trug seinen Teil zu Finns Leid bei: »Ist sie jetzt der neue Boss, Bero? Es sind doch immer die Stärksten, die eine Gruppe anführen, oder?«

Finns lautes »Haltet endlich den Mund!«, ging in dem schallenden Gelächter des Riesen Bero unter. Er fasste Ilias an der Schulter und führte ihn aus dem Raum, bevor er die Tür von außen schloss und mich mit Elena alleine ließ.

Aus meiner Verwirrung wurde Ärger und ich wirbelte zu ihr herum.

Elena wusste, was kommen würde, und hob beschwichtigend die Hände. »Lass es mich bitte erklären, bevor du sauer wirst und mich anschreist, ja?«

Ich stemmte die Hände in die Hüften und schloss die Augen. Ich zählte bis fünf und atmete tief ein und aus. »Ich bin ganz Ohr.«

»Setz dich lieber hin.« Nur widerwillig kam ich ihren Worten nach. Ich legte den Dolch auf den Tisch und nahm im Sessel Platz. Elena zog sich den Stuhl heran, der neben dem Bett gestanden hatte und stellte diesen vor mich. Sie setzte sich und faltete die Hände im Schoß.

Seufzend begann sie zu erzählen. »Als ich gestern Abend sagte, dass ich das Königreich sehen möchte, wenn auch gegen den Willen meines Vaters, war mir bereits klar, dass du das nicht gutheißen würdest. Das hast du noch nie, weswegen ich mir schon vor einiger Zeit einen Plan überlegt habe. Ich schickte Silas und einige andere unserer Bediensteten aus, um einen jungen Mann zu finden, der auch der ›Streuner‹ genannt wird. Er ist bekannt dafür, Maljonar so gut zu kennen wie kein anderer. Er transportiert Dinge auf Auftrag von einem Ort zum anderen – Briefe, Gewürze,

Kunstgegenstände, alles, was sich irgendwie mit Pferden transportieren lässt, nimmt er als Handelsgut an. Ich dachte mir, dass er für die richtige Menge Geld bestimmt auch Personen an einen bestimmten Ort bringen würde. Im Schloss hätte ich niemanden fragen können, denn das hätte mein Vater sicher irgendwann mitbekommen. Pferde und alles, was man für so eine Reise braucht, konnte ich auftreiben. Einer jungen Adeligen schlägt kaum einer einen Wunsch ab und Silas war dabei auch eine große Hilfe, ich brauchte nur noch jemanden, der mich führt. Und dich. Oh, Arya, ich konnte mir einfach nicht vorstellen, diese Reise ohne dich zu machen.« Sie hatte sich vorgebeugt und meine Hände ergriffen. Flehend sah sie mich an. »Sei mir bitte nicht böse, aber ohne dich ging es einfach nicht. Ich brauche doch jemanden, auf den ich mich verlassen kann. Du beschützt mich mit deinem Leben, wenn es sein muss, aber für diese Reise brauche ich dich nicht nur als Leibwächterin, sondern auch als Freundin.«

Ihre Worte trafen mich. Ich war es, der sie am meisten vertraute, gleichzeitig war ich aber auch diejenige, die sie am schlimmsten belog. Ich senkte meinen Blick, weil ich die Zuneigung in ihrem nicht ertragen konnte, ohne mich schuldig zu fühlen.

Elena nahm die Erzählung wieder auf. »Silas fand Finn und brachte in Erfahrung, wie ich mit ihm in Kontakt treten konnte. Es war mir wichtig, ihn persönlich zu treffen, weil ich mir ein Bild von ihm machen wollte. Du weißt, mein Gefühl ist dahingehend verlässlich. Deswegen habe ich mich mit Silas' Hilfe aus dem Schloss geschlichen und Finn aufgesucht.«

Ich fuhr hoch, weil ich nicht glauben konnte, was ich da hörte. »Elena!«, rief ich verärgert.

Sie hob die Hände, um mich zu beruhigen. »Ich weiß, ich weiß. Das war dumm, aber es musste sein.«

»Was, wenn du entführt worden wärest? Was wäre dann gewesen, Elena?«

»Dann hättest du mich aufgespürt und ihn gerecht bestraft.«

Oh, ich konnte Schlimmeres tun als das. Ich konnte Leben zerstören, wenn ich wollte. Mit einer einzigen Berührung.

Aber das wusste sie nicht. Ich ballte meine Hände zu Fäusten und musste mich zusammenreißen, um nicht erneut eine verärgerte Antwort zu geben.

»Jedenfalls …«, mit einer Handbewegung wischte sie meine Einwände weg, »… habe ich den Streuner, namentlich Finn, aufgesucht und ihn um seine Hilfe gebeten. Zunächst wollte er nicht, überlegte es sich dann aber doch anders.« Sie lächelte mich an. »Er ist ein hübscher Mann, findest du nicht?«

»Ich kann nicht glauben, dass du ihn um Hilfe gebeten hast. Er konnte sich ja nicht mal gegen mich verteidigen. Wie soll er uns dann irgendwo sicher hinbringen können?«

»Du bist zu hart zu ihm. Du bist nicht irgendein Mädchen und das weißt du auch. Er wusste einfach nicht, welcher Sturm um ihn tobte.«

Das Wort *Sturm* erregte meine Aufmerksamkeit. So hatte Relior mich manchmal genannt, weil ich so aufbrausend sein konnte. Abwesend berührte ich mit den Fingern meiner rechten Hand meinen linken Arm, unter dessen Ärmel mein Mal verborgen war.

Der Stoff unter meinen Fingerspitzen ließ mich stutzen. Ich trug nicht meine Uniform und auch nicht meine normalen Sachen. Um meine aufkommende Wut in Schach zu halten, atmete ich tief durch. Statt ausfallend zu werden, formulierte ich meine Frage ruhig. »Kommen wir jetzt zu dem Punkt, an dem du mir erklärst, wieso ich ein Kleid trage?« Ich hob meine Augenbrauen und sah sie fragend an.

Sie nickte und biss sich verlegen auf die Unterlippe, bevor sie weiterredete. »Gleich. Nachdem Finn zugestimmt hatte, mir zu helfen, leitete ich die weiteren Schritte ein. Ich organisierte Satteltaschen, Decken und alles, was wir benötigen würden. Am hilfreichsten war dabei Silas.«

»Wenn wir nach Hause kommen, werde ich ein ernstes Wort mit ihm reden müssen«, sagte ich wütend.

»Sei nicht böse auf ihn, bitte. Ich habe ihn praktisch gezwungen, mir zu helfen. Ehrlich, er kann nichts dafür.«

Ich glaubte ihr kein Wort. Silas war wie ich ein loyaler Freund und hätte alles getan, um Elena zu helfen. Um ihr diesen Wunsch nach Freiheit zu erfüllen, sogar noch mehr als ich. Seine mysteriösen Andeutungen vom Tag nach der Feuerbestattung ergaben nun einen Sinn. Ich sagte nichts weiter dazu, da ich doch nichts mehr daran ändern konnte.

»Er war es auch, der die Kleider für uns besorgte. Und das Schlafpulver«, fuhr Elena fort.

Da erinnerte ich mich an die Tasse Tee, die Elena mir gestern Abend gegeben hatte und nach der ich mich so müde gefühlt hatte. »Du hast mich außer Gefecht gesetzt und dann mit Silas' Hilfe aus dem Schloss geschleppt«, mutmaßte ich.

»Mit Silas und einem Karren voll mit Säcken dreckiger Wäsche, ja. Ich, beziehungsweise wir, trafen dann an der Stadtmauer auf Finn und seine beiden Begleiter. Durch eines der Stadttore gelangten wir hinaus. Finn kennt da jemanden … nun ja, jedenfalls schafften wir es nach draußen. Nachdem wir das Tor hinter uns gelassen hatten, sind wir in dieses Wirtshaus eingekehrt, um darauf zu warten, dass du wieder aufwachst. Außerdem war es schon spät und wir wollten uns ausruhen. Wir werden schließlich all unsere Kräfte brauchen.«

»Wofür?«

»Für unsere Reise.«

Nach außen hin wirkte ich vielleicht ruhig und beherrscht, aber in mir drin brodelte es. Ich war noch nie so sauer auf Elena gewesen wie in diesem Moment. Sie hatte all das gegen meinen Willen geplant und mich mit hineingezogen. Ganz zu schweigen von all den anderen, die von ihrem Plan wussten.

Ich beugte mich zu ihr vor und hoffte, dass ich es schaffte, einschüchternd zu wirken. Es funktionierte – Elena wich vor mir zurück. Sie wusste, was jetzt kommen würde.

»Hast du überhaupt eine Ahnung, was du angerichtet hast?«, zischte ich. »Das könnte die Leute, die dir geholfen und von deinem Plan gewusst haben, den Kopf kosten! Es könnte mich *meinen* Kopf kosten! Dein Vater wird außer sich sein vor Wut. Er hat Angst um dich und will nur dein Bestes! Seine Frau hat er schon verloren und er will nur seine Tochter beschützen.« Ich redete mich in Rage und deutete mit dem Finger auf das Fenster und alles, was dahinter lag. »Weißt du, was das für eine Welt da draußen ist? Sie ist gefährlich, Elena! Dort geschehen Dinge, die du dir in deinen schlimmsten Alpträumen nicht ausmalen kannst. Und du wirfst dich genau dieser Welt vor die Füße. Wenn dir etwas passiert, dann könnte das den Untergang des Königreiches bedeuten. Dein Vater hat sonst niemanden mehr. Du bist seine Erbin!«

»Arya! Sei still!«, schrie Elena mich an und ich erschrak über diesen Ausbruch. Aufgewühlt fuhr sie fort: »Erstens: Woher willst du überhaupt wissen, wie die Welt da draußen ist? Du kennst sie genauso wenig wie ich, also maße dir nicht an, mich dahingehend zu belehren! Zweitens: Mein Vater weiß Bescheid über meine Absichten, die ich mit diesem, nennen wir es Ausbruch, verfolge.«

»Wie bitte?!« Das durfte doch alles nicht wahr sein.

»Ich habe einen Brief an ihn verfasst, in dem ich ihm erkläre, wieso ich tun musste, was ich getan habe und noch tun werde. Ich bat ihn, niemanden zu bestrafen, da die Leute meinen Befehlen schließlich Folge leisten mussten, und ich sonst nach meiner Rückkehr nie wieder ein Wort mit ihm reden würde. Ich habe ihm außerdem verboten, uns seine Männer hinterherzuschicken, mit der Drohung, dass ich ansonsten gar nicht mehr nach Hause komme. Er will mich beschützen, das weiß ich, aber ich habe es einfach nicht mehr ausgehalten, Arya! Dieses Königreich, das ich einmal regieren soll … ich kenne es nicht. Und damit kann ich nicht leben.«

Sie war aufgestanden und lief ruhelos durchs Zimmer. Als sie schließlich stehen blieb und sich zu mir umdrehte, sah sie mich mit einer Entschlossenheit an, die mir fast Angst machte. »Ich werde dir befehlen, mich zu begleiten, wenn es sein muss, aber es wäre mir lieber, du würdest freiwillig mitkommen.«

Ihre Worte trafen mich wie eine Ohrfeige. In all den Jahren, die ich Elena schon kannte, und in denen ich mein Leben ihrem Schutz verschrieben hatte, hatte sie nicht einmal einen Befehl an mich gerichtet. Sie hatte mir immer die Wahl gelassen, weil dies – so hatte sie gesagt – das Einzige war, das sie im Gegenzug tun konnte, nachdem ich mein Leben dem ihrem untergeordnet hatte. Dass sie jetzt androhte, mir einen Befehl zu geben, erschütterte mich zutiefst. Die Reise, die sie geplant hatte und die nun kurz bevorstand, musste ihr unglaublich viel bedeuten, wenn sie bereit war, diese Grenze zu überschreiten. Aufgrund unserer Freundschaft vergaß ich des Öfteren, dass sie mir später, wenn sie Königin war, jeden Befehl erteilen konnte, den sie wollte. Noch bedeutete ihr unsere Freundschaft mehr als unsere Rollenverteilung, aber das würde sich vielleicht ändern und ich musste endlich lernen, mich darauf vorzubereiten. Ich durfte mich nicht für den Rest meines Lebens auf eine Sonderbehandlung einstellen.

Ich konnte sie nicht ansehen, also wandte ich mich dem Fenster zu und blickte nach draußen. »Arya …« Ihre Stimme klang versöhnlicher, aber ich brachte sie mit einer Handbewegung zum Schweigen. Ich beäugte die Umgebung durch das Fenster. Außer einem Stall befand sich kein anderes Gebäude mehr in Sichtweite. Weiter hinten sah ich nur den Wald und bildete mir ein, auch die Schatten sehen zu können, die darin lauerten.

Elena hatte unrecht. Ich wusste genau, wie schrecklich diese Welt sein konnte. Ich hatte es in den Gedanken der Menschen gesehen. Ich hatte gesehen, wozu sie fähig waren, und ich hatte Angst davor. Elena mochte das Schloss wie ein Kerker vorgekommen sein, für mich war es der sicherste Ort der Welt. Dort konnte ich den menschlichen Schrecken kontrolliert und zu meinen Bedingungen entgegentreten. Hier aber, draußen vor den Toren der Stadt, war ich ihnen ausgeliefert, genau wie Elena. Sie mochte denken, dass ich sie beschützen konnte, ich war mir dessen nicht so sicher. Und wenn ihr etwas passierte, während ich auf sie aufpasste, würde ich mir das nie verzeihen. Ich konnte nur hoffen, dass Trystan nicht auf die Forderungen seiner Tochter einging und uns seine Männer hinterherschickte.

Ich knickte letztendlich ein und fand mich mit meinem Schicksal ab. »Was ist mit meinem Schwert und meinen Dolchen?«, fragte ich sie resignierend.

»Ich habe dein Kurzschwert für dich mitgenommen, weil das andere leider zu groß war. Es befindet sich zusammen mit deinen Dolchen in einer der Satteltaschen des Pferdes, das ich für dich ausgesucht habe. Die Stute heißt Maya.«

Meine Entscheidung war längst gefallen. Für Elena würde ich mich diesem Abenteuer stellen. Weil sie nicht nur irgendjemand war, den ich beschützen wollte. Sie war meine Freundin. Doch so einfach wollte ich es ihr nicht machen.

»Wieso glaubst du, Finn vertrauen zu können? Was sagt dir, dass er dich nicht verraten wird? Dass er dich nicht als Geisel nimmt und versuchen wird, ein Lösegeld zu erpressen? Und seine ›Gefährten‹ … ein Riese und ein kleiner Junge? Was ist das denn für eine Truppe?«

Elena lächelte mich an. Sie wusste schon, dass sie gewonnen hatte. »Ich kann mir nicht sicher sein, dass ich ihnen vertrauen kann«, begann sie und kam dann zu mir herüber. Wir sahen gemeinsam in den Wald, als sie fortfuhr. »Als ich Finn zum ersten Mal gesehen habe, da hatte ich das Gefühl, dass er mir vertraut war. Ich war ihm natürlich noch nie begegnet, aber ich wurde das Gefühl nicht los, ihn zu kennen. Anfangs konnte ich es nicht einordnen, aber dann wurde es mir klar«, erklärte sie. Sie sah mich an und legte mir ihre rechte Hand auf die Wange. »Er hat denselben Ausdruck in den Augen wie du. In ihnen steckt dieselbe Stärke wie in deinen, aber ihr beide macht auch den Eindruck, als ob ihr vor euch selbst weglaufen würdet, wenn das irgendeinen Sinn ergibt.«

Ein trauriges Lächeln umspielte ihre Lippen. »Und da beschloss ich, ihm zu vertrauen. Ihm und seinen Gefährten. Du wirst sie mögen. Bero erinnert mich ein wenig an Silas, und Ilias scheint ganz vernarrt in dich zu sein. Er denkt, du siehst aus wie die Erdgöttin. Aber das hast du nicht von mir.« Mit diesen Worten nahm sie die Hand von meiner Wange und zwinkerte mir zu.

Ich wusste nicht, was ich von all dem halten sollte. Elenas Bauchgefühl in allen Ehren, aber hier stand viel auf dem Spiel. Sie hatte recht mit dem, was sie über mich dachte. Sie hatte mich auch schon öfter darauf angesprochen, aber ich hatte es immer abgewehrt. Doch ich konnte mir nicht vorstellen, auch nur irgendetwas mit Finn gemeinsam zu haben.

Ich seufzte tief.

»Arya, ich werde dir das niemals vergessen. Es bedeutet mir sehr viel, dass du mitkommst.«

Ich schnaubte und warf ihr einen bösen Blick zu. Ich war von der Aufregung viel zu erschöpft, um etwas zu sagen. Und wenn, dann hätte ich mich noch beim Sprechen umentschieden und mich doch gegen diese Reise ausgesprochen.

Elena lachte und lockerte damit die Stimmung auf. Sie klatschte vergnügt in die Hände. »Lass uns zu den anderen gehen. Du musst furchtbar hungrig sein.«

In der Tat knurrte mein Magen heftig.

Sie wandte sich zum Gehen und ich folgte ihr nach einem letzten Blick aus dem Fenster. »Oh, da fällt mir noch etwas Wichtiges ein!«, rief sie, und ich stockte.

»Bitte nicht …«

»Nun ja, es ist so …«, druckste sie herum. »Finn und die anderen wissen nicht, wer ich bin. Sie denken, ich bin einfach nur irgendein reiches Mädchen. Und das soll auch so bleiben. Versprich mir also, dass du sie nicht zurechtweisen wirst, wenn sie sich nicht angemessen verhalten. Du musst dich im Verhalten mir gegenüber nicht verstellen, ich habe ihnen gesagt, dass wir mehr Freundinnen sind als Herrin und Angestellte. Obwohl, vielleicht solltest du versuchen, mich nicht zu offensichtlich zu beschützen. Und bitte lass die Waffen in den Satteltaschen, so lange es geht. Nachdem du Finn schon in die Schranken gewiesen hast, würden sie den Schock ihres Lebens bekommen und das Weite suchen. Da fällt mir ein, wir müssen uns auch noch eine Erklärung einfallen lassen, wieso du so gut kämpfen kannst.«

»Sie wissen also nicht, was ich wirklich bin?«, fragte ich.

»Sie denken, du bist meine Zofe«, erwiderte Elena entschuldigend.

»Das erklärt das Kleid.« Ich seufzte. Fast hatte ich es schon wieder vergessen. »Ich mag keine Kleider.«

»Ich weiß. Es tut mir leid, aber es ging nicht anders.«
»Verstehe. Ich werde mir schon etwas einfallen lassen.«
Offenbar würde ich nicht nur der Welt und ihren Schrecken zum ersten Mal gegenübertreten, nein, ich musste es auch noch in einem Kleid tun. Wirklich ganz wunderbar.

KAPITEL 8

ARYA

Am Esstisch sah ich mir unsere Begleiter in aller Ruhe an. Ilias war ein dauerhaft gut gelaunter kleiner Junge. Seine blonden Locken reichten ihm bis kurz über die Ohren und das Blau seiner Augen erinnerte mich an Wasser. Sie waren klar und schimmerten. Sein dunkelbraunes Hemd war ihm um einiges zu groß und er hatte die Ärmel mehrmals umgeschlagen.

Obwohl ich nicht den besten ersten Eindruck hinterlassen hatte, lächelte er mich verschmitzt an und stellte mir allerlei Fragen. Was man so als Zofe machte, ob ich tanzen konnte und solche Dinge. Ich überlegte mir ein paar nichtssagende Antworten, die seine Neugierde aber befriedigten.

Bero wirkte gegenüber Ilias noch größer, als er ohnehin schon war. Er war nicht dick, aber er hatte eine stattliche Erscheinung. Das Hellbraun seiner Haare fand sich auch in seinem Bartwuchs wieder. Der Ausdruck seiner Augen sprach von Sanftheit. Ich konnte mir aber vorstellen, dass er sehr zornig werden konnte, wenn man ihn reizte.

Zwischen Bero und mir saß Finn, der mich misstrauisch musterte. Seine dunklen, fast schwarzen Haare hingen ihm in die Stirn und endeten kurz über seinen Augen. Graue Augen wie seine hatte ich zuvor noch nie gesehen. Sie waren hell und wirkten trotz ihrer Farbe nicht kalt. Er war muskulös, aber nicht so stämmig wie Bero und vielleicht einen Kopf größer als ich. Seine Nase hatte einen kleinen Höcker, wie von einem verheilten Bruch.

Er bemerkte, dass ich ihn musterte. »Ich warne dich. Wenn du dir die nächste Stelle aussuchst, auf die du mit dem Dolchknauf schlagen willst, dann muss ich dir dieses Mal leider zuvorkommen«, zischte er.

»So wie du es heute Morgen getan hast?«, gab ich zurück.

Er sah mich finster an. »Das war etwas anderes. Du hast mich im Schlaf überfallen!«

»Entschuldige, dass ich dich nicht erst geweckt habe, um dir dann deinen Dolch zu stehlen und ihn dir an die Kehle zu halten.«

»Das hättest du dann gar nicht geschafft!«

»Wetten …«

»Kinder, Kinder.« Bero wedelte mit den Händen, um uns zum Schweigen zu bringen. »Keinen Streit beim Frühstück. Das ist die wichtigste Mahlzeit am Tag und wer mir die vermiest, dem vermiese ich den Rest des Tages.«

Ich brummelte eine Entschuldigung und aß in Ruhe weiter. Der runde Tisch, an dem wir saßen, bot mir genug Freiraum, um ausreichend Abstand zwischen Finn und mich zu bringen. Außer uns befanden sich nicht viele Leute im Gastraum. Die meisten waren schon längst aufgebrochen oder aber schliefen noch ihren Rausch der letzten Nacht aus.

»Wenn es für euch in Ordnung ist, dann würde ich nach dem Essen gerne die Aufenthalte durchgehen, die ich auf dieser Reise besuchen möchte«, sagte Elena.

»Moment mal.« Das war Finn. »Mehrere Aufenthalte? Ich dachte, ihr wolltet nur nach Letilis.«

»Das wollen wir auch. Allerdings ist das nur das Endziel. Ich möchte noch einige andere Orte besuchen.« Elena wirkte selbstbewusst und man merkte ihr an, dass sie keine Widerworte dulden würde.

Das war etwas, mit dem Finn nicht umgehen konnte. Er schaute beleidigt drein. »Davon ist bei unserer Absprache im Voraus aber nicht die Rede gewesen.«

»Du hast nicht danach gefragt«, gab sie kess zurück.

Er war sprachlos.

»Hast du vielleicht irgendwelche wichtigen Verabredungen, die du unbedingt einhalten musst und derentwegen du keine Zwischenhalte machen kannst?«, wollte Elena wissen.

Finn öffnete den Mund, um etwas zu sagen, doch Ilias kam ihm zuvor. »Nein, wir haben nichts vor. Wir können eine lange Reise machen. Können wir doch Finn, oder? Bitte? Da gibt es so viel zu sehen!«

Bero grinste schadenfroh und Finn fuhr sich mit der Hand über das Gesicht. »Morgen werde ich dir erklären, was eine Notlüge ist, Ilias«, nuschelte er durch seine Finger.

Elena kicherte. Ein böser Blick von Finn brachte sie zum Schweigen. Doch dann lenkte er ein. »Na schön, solange das Geld stimmt, will ich mich nicht beschweren. Wo soll es hingehen?«

Elena war verrückt. Nicht nur, dass Letilis, die Stadt im Wasser, ziemlich weit weg war, sie wollte auf dem Weg dorthin noch viel mehr sehen. Sie wollte zu einem Tempel der Sonnengöttin, zur Akademie von Maljonar, nach Udalis, der Stadt im Wald und letztendlich nach Letilis zum Lichterfest. Mit jedem weiteren Ziel, das sie nannte, fühlte ich mich unwohler. Für Elena war ich bereit, mich in die Welt zu wagen, aber musste sie es so übertreiben?

In Sachen Erfahrung auf Reisen und deren Planung musste ich mich auf Finn und die anderen verlassen und das gefiel mir gar nicht. Sollten sie sich, aus welchen Gründen auch immer, dazu entscheiden, uns einfach irgendwo stehen zu lassen, wären wir verloren.

Ich fragte mich, wieso Elena so entspannt unsere Leben in die Hände von Fremden legen konnte. Es war Irrsinn. Das alles hier war Irrsinn. Was, wenn uns jemand überfiel und Elena etwas passierte? Was, wenn sie sogar starb? Das durfte ich nicht zulassen. Doch die Möglichkeit bestand und das machte mich krank.

»Da hast du ja wirklich einiges vor.« Finn hatte Elenas Schilderungen skeptisch gelauscht und war nicht gerade begeistert. Doch er stand zu seinem Wort.

Bero hatte die meiste Zeit geschwiegen und einfach nur zugehört. Ilias war der Einzige, der Elenas Begeisterung teilte. Er hing mit seinem Oberkörper über der Karte, die vor uns auf dem Tisch ausgebreitet war.

Maljonar war groß, sehr groß. Mit unseren geplanten Anhaltspunkten deckten wir nur einen Bruchteil des riesigen Königreiches ab. Das Schloss von Belessan befand sich im Süd-Osten des Königreiches, wo das Land am fruchtbarsten war. Letilis befand sich nordwestlich davon. Um zu unserem ersten Ziel, dem Tempel der Sonnengöttin, zu gelangen, musste man dicht an einem der Wälder vorbei, die sich über weite Teile des Königreichs erstreckten. Um die anderen Ziele zu erreichen, mussten wir allerdings mitten hinein.

Im Westen war das Königreich vom Meer begrenzt, im Norden von einem Bergkamm, der es vom angrenzenden Königreich abschirmte. Auch im Osten und Süden gab es weiteres Land mit anderen Königen. Doch ich hatte gehört, unser Königreich sei das Schönste von allen. Ich hatte früher viele Karten von Maljonar gesehen, aber die von Finn fand ich besonders schön. Die Farben waren weich und hell. Sie sah eher wie ein Kunstwerk denn wie eine Karte aus.

Finn fuhr mit seinem Finger die Wegstrecke darauf nach. »Wir beginnen hier.« Er zeigte auf eine Stelle nicht weit vom Schloss entfernt. Das musste der Standort des Wirtshauses sein.

»Wir reiten am Wald entlang bis zum Tempel. Von dort geht es bergauf bis zur Akademie. Diese studierten Leute sind nicht gerade gesellschaftsliebende Menschen, und die

Akademie liegt abseits im Wald auf einer Erhebung. Udalis, die Stadt im Wald, ist dann der nächste Halt. Von dort bis Letilis dürften es zwei bis drei Tage sein. Insgesamt werden wir mindestens zwei Wochen unterwegs sein. Eher länger.«

Er lehnte sich zurück und verschränkte die Arme vor der Brust. »Wenn wir mit einberechnen, dass wir an jeder Station ungefähr einen Tag lang bleiben …«, Elena nickte zustimmend, »… dann sind wir mindestens vierzehn Tage lang unterwegs, bis wir in der Stadt im Wasser ankommen. Aber auch nur, wenn wir wirklich jeden Tag reiten. Da ihr beide aber nicht so ausseht, als hättet ihr viel Übung darin, werden wir öfter Rast machen, um uns und die Pferde zu schonen. Aber selbst dann sind wir immer noch rechtzeitig zu dem Lichterfest da, zu dem ihr möchtet.«

»Großartig.« Elena strahlte und steckte mich ein wenig mit ihrer Vorfreude an.

»Ich habe eine Frage«, setzte ich an. Beim Betrachten der Karte hatte etwas meine Neugierde geweckt. »Was ist das hier für ein Bereich des Waldes?« Ich deutete auf die Stelle, die ich meinte. Ziemlich genau in der Mitte des grün markierten Waldes war ein recht großer Bereich mit kleinen schwarzen Sternen übersäht.

»Das ist der magische Teil des Waldes. Zumindest seine ungefähre Position. Sie verändert sich manchmal«, antwortete Finn.

»Magischer Teil des Waldes?«

»Ja. Über ihn kursieren viele Gerüchte und Geschichten. Einige gut, die meisten schlecht. Wer diesen Teil des Waldes betritt, sollte es sich gut überlegt haben«, erklärte er mir.

»Wieso? Was passiert dort?«

»Das ist der springende Punkt. Die Berichte darüber variieren stark. Viel Gutes habe ich allerdings noch nicht gehört.« Er zuckte mit den Schultern.

»Ich schon«, sagte Elena. »Er soll Menschen angeblich bei ihren Problemen helfen, wenn sie hineingehen. Manchmal scheint er den Leuten aber auch gar keine andere Wahl zu lassen, als ihn zu betreten. Ob das gut oder schlecht ist, weiß ich nicht.«

»Keine andere Wahl lassen? Das hört sich so an, als könne er denken.« Ich wusste nicht, was ich davon halten sollte. »Wir machen doch einen großen Bogen darum, oder?«

Finn nickte. »Ja. Man muss ein bekanntes Risiko ja nicht unbedingt eingehen.«

Das hörte sich endlich mal gut an. Dann musste ich mir zumindest darum keine Sorgen machen.

Elena bat Finn darum, alle weiteren nötigen Dinge für die Reise zu besorgen. Auch unterwegs sollte er sich nicht davor scheuen, die anfallenden Kosten von ihrem Geld zu bezahlen, teilte sie ihm mit. Neben der Deckung der anfallenden Kosten versprach sie ihm eine großzügige Summe bei unserer Rückkehr. Finn konnte seine Überraschung über das prall mit Münzen gefüllte Säckchen kaum verbergen.

»Es ist nicht gerade klug, mit so einer Menge Geld herumzulaufen.«

Ich sah ihn warnend an, als er das sagte. »Komm bloß nicht auf dumme Gedanken. Ich werde es dir an der Nasenspitze ansehen, solltest du einen niederträchtigen Plan schmieden.« Das war zumindest ansatzweise wahr.

»Ich werde nicht damit wegrennen. Ich habe auch eine Ehre, und zwei Mädchen zu bestehlen, wäre ihr nicht gerade zuträglich. Ich werde gut für euch darauf aufpassen, versprochen.«

»So gut, wie du gestern auf deine Waffe aufgepasst hast?«, provozierte ich ihn.

Finn deutete mit dem Finger auf mich. »Hör mal gut zu, Zwerg …«

Bero stöhnte auf und rollte mit den Augen. »Bitte, nicht schon wieder.« Er unterbrach Finns Proteste, indem er ihm ein Stück Käse in den Mund steckte.

»Ee! Waff foll daff?!«, beschwerte Finn sich. Bero zog seine linke Augenbraue hoch und sah Finn an. Abwehrend hob dieser die Hände. »Ift ja gud, ift ja gud!«

»Man redet nicht mit vollem Mund!«, belehrte Ilias ihn.

Ein Mann ohne Tischmanieren, ein sanftmütiger Riese und ein kleiner Junge, der von den beiden aufgezogen wurde. Ich wusste nicht, ob ich angesichts dessen, dass dies unsere Reisegruppe sein würde, lachen oder weinen sollte. Letzten Endes entschied ich mich für ein verzweifeltes Lächeln. Es war absolut verrückt.

KAPITEL 9

FINN

Meine Erwartungen an die Mädchen waren nicht sonderlich hoch. Umso mehr war ich am nächsten Morgen von ihnen überrascht. Statt stundenlangem Herrichten und Packen erledigten sie die nötigen Dinge genauso schnell wie wir.

Wir standen vor dem Stall des Wirtshauses und bepackten unsere Satteltaschen, ehe wir sie an den Vorrichtungen der Sattel befestigten. Die Pferde ließen alles in Seelenruhe über sich ergehen. Von Huck wusste ich, dass er nie Probleme machte. Wie das bei den Pferden der Mädchen war, würde sich noch zeigen. Bisher hatten die beiden Stuten aber noch keinen Anlass zur Sorge gegeben.

Ich wollte den beiden beim Satteln und Befestigen der Taschen behilflich sein, doch Arya lehnte meine Hilfe ab und erwiderte, dass sie es alleine schaffen würde. Sie behielt recht, auch wenn es ein paar Anläufe und Elenas Hilfe brauchte, bis die Taschen richtig saßen. Sie war ganz schön ruppig für eine Zofe. Mädchen von ihrer Stellung hatten auf mich bisher immer einen unterwürfigen und zurückhaltenden Eindruck gemacht. Auch rein äußerlich war Arya nicht das, was man von einer Zofe erwartete. Die Muskeln ihrer Arme zeichneten sich unter dem Stoff ihres Kleides ab. Ihr Gang war aufrecht und jede ihrer Bewegungen wirkte präzise.

Das alles stand in starkem Kontrast zu ihrem weich fallenden Kleid. Außer von der Farbe her schien es nicht zu ihr zu passen. Der matte, dunkelgrüne Stoff erinnerte an ihre Augenfarbe. Wohl schien sie sich nicht darin zu fühlen. Sie zupfte immer wieder am Stoff und musste den Rock mehrmals hochheben, um nicht darüber zu stolpern. An manchen Stellen saß das Kleid etwas zu eng, dank ihrer guten Figur fiel dies aber nicht unangenehm auf.

Ich merkte, dass ich starrte, und sah mich ertappt um. Mein Blick kreuzte den von Ilias, der mich misstrauisch musterte. Er hatte mich erwischt. Der Ausdruck auf seinem Gesicht verriet mir, dass er mich ganz genau im Auge behalten würde. Der Kleine war eifersüchtig. Bevor ich mein Verhalten verteidigen konnte, stiefelte er zu Arya hinüber und bot ihr seine Hilfe an. Natürlich winkte sie *ihn* nicht fort, was mich zum Grinsen brachte.

Anfangs war Arya von Ilias' Zutraulichkeit verwirrt gewesen. Sie hatte nicht verstanden, wieso er sie mochte. Sie war aufgewacht und auf einmal war da ein kleiner Junge, der sie als Erdgöttin bezeichnete. Auch ich wäre da etwas skeptisch gewesen. Doch Ilias wäre nicht Ilias, wenn er sie nicht innerhalb kürzester Zeit davon überzeugt hätte, dass sie ihn unbedingt als Freund haben musste. Ich las den Moment in ihrem Gesicht ab, von dem an sie es einfach hinnahm und beschloss, den Kleinen zu mögen. Auch gegenüber Bero hatte sie ihre Abneigung abgelegt. Nur mit mir hatte sie ihre Probleme. Und ich mit ihr, denn mein Kopf schmerzte noch immer von dem Schlag, den sie mir verpasst hatte.

Bero trat neben mich und beobachtete gemeinsam mit mir unseren kleinen Herzensbrecher. »Dir ist klar, dass so eine Schwärmerei sich später einmal zu etwas Ernsterem entwickeln kann. Nicht mit Arya, aber mit anderen Mädchen«, sagte er.

»Natürlich wird es das. Das ist doch ganz normal.«

»Wir müssen ihn irgendwann darauf vorbereiten.«

»Worauf willst du ihn denn …? Oh. Oh!« Daran hatte ich noch gar nicht gedacht. Irgendjemand musste Ilias in einigen Jahren erklären wie das so lief mit Frauen und Männern.

»Du meinst also …?«, fragte ich, um sicher zu gehen, ob wir dasselbe meinten.

»Ganz genau.«

Wir standen schweigend im Hof und dachten darüber nach. Wer von uns beiden würde wohl dieses Gespräch führen müssen?

»Ich sollte das machen. Meine Beziehungen zu Frauen sind einfühlsamer als deine«, brummelte Bero.

»Wie bitte?! Wenn einer weiß, wie man mit Frauen umgeht, dann ja wohl ich!«, verteidigte ich mich empört.

»Du weißt nur, wie man sie für eine Nacht ins Bett bekommt und dann wieder fallen lässt. Willst du, dass Ilias so wird?«, fragte er, und bemühte sich, nicht vorwurfsvoll zu klingen.

»Besser eine Frau im Bett haben, als selbst wie eine zu sein!«, warf ich ihm beleidigt an den Kopf.

»Was soll das denn heißen?!« Bero schnappte nach Luft.

»Na, wer von uns beiden kocht denn immer und räumt auf und dieser ganze Frauenkram?« Es war nicht gerecht, das wusste ich, aber ich konnte es mir nicht verkneifen.

»Bisher hat es dich nicht gestört, wenn das Haus ordentlich war und es abends immer etwas Warmes zu essen gab. Wenn du alleine leben würdest, dann wärst du schon längst verhungert und würdest in einem Saustall vor dich hin schimmeln!«

Wir funkelten uns böse an, bis ein prustendes Lachen uns die Köpfe in die Richtung von Elena und Ilias drehen ließ, die vor Lachen fast auf dem Boden lagen. Auch Arya lächelte zum ersten Mal. Wir waren beim Streiten wohl etwas laut geworden. Elena bekam gerade noch »Wie ein altes Ehepaar« heraus, bevor sie vom nächsten Lachanfall gepackt wurde. Ein letzter Blick auf Bero, dann wandte ich mich ab und machte mich reisefertig. Innerlich musste ich selbst lachen. Wir waren ganz schön verkorkst.

Bero sprach den Rest des Tages nicht mit mir und ging mir so gut es ging aus dem Weg. Ich ritt am vorderen Ende unserer Gruppe, er ganz hinten. Mir war eh nicht nach Reden zumute, also störte es mich nicht, aber am Abend würde ich mich für meine Worte entschuldigen.

Das Wetter war perfekt. Die Sonne schien, doch der schwache Wind verhinderte, dass man sich zu hitzig fühlte. Das Rauschen der Blätter beruhigte mich und ich ließ die Umgebung auf mich einwirken.

Wir ritten an bewirtschafteten Feldern vorbei, kleineren Höfen und einem Dorf. Die Leute musterten uns, wenn wir an ihnen vorüberzogen, aber unsere Gruppe war für sie nicht ungewöhnlich genug. Ihre Aufmerksamkeit verflog so schnell, wie sie gekommen war. Bei einigen der von den Bauern bewirtschafteten Felder wurden die frischen Waren auch gleich verkauft. Nicht nur einmal bat Elena uns darum anzuhalten, damit sie etwas vom Obst und Gemüse der Leute kosten und einkaufen konnte. Es waren nur kurze Unterbrechungen, in denen sie sich mit den Menschen unterhielt und sich nach ihrem Leben auf dem Land erkundigte. Die meisten von ihnen freuten sich über ihr Interesse und wünschten uns zum Abschied eine gute Reise. Der Proviant würde uns bestimmt nicht ausgehen, wenn Elena so weitermachte. Für den ersten Tag hielten wir für meinen Geschmack ein paar Mal zu häufig an, aber ich konnte es Elena und Arya nicht abschlagen.

Wann immer ich mich nach ihnen umsah, bemerkte ich ihre vor Erstaunen aufgerissenen Augen. Sie bewunderten die Blumenfelder, die Tiere, und die Menschen. Ihr erster Tag in Freiheit schien all ihren Erwartungen gerecht zu werden. Ich wollte ihnen diesen einen Tag lassen, um sich alles genau anzusehen. Ich bezweifelte, dass sie am Abend noch begeistert sein würden, wenn sie von den Pferden absaßen und die Schmerzen im Gesäß begannen. Am nächsten Tag würden sie sich das Auf- und Absteigen vom Pferd zweimal überlegen.

An einem der Höfe, an denen wir auf unserem Ritt vorbeikamen, machten wir mittags Rast, um nicht in der prallen Sonne reiten zu müssen und um zu essen. Die Leute, die dort wohnten, freuten sich über das Einkehren von uns jungen Leuten und stellten uns ihren Vorhof gerne zur Verfügung. Als kleines Dankeschön überreichte Elena ihnen ein paar der Äpfel, die wir zuvor an den Feldern erworben hatten. Diese kleine, aber aufmerksame Geste freute das alte Ehepaar und sie wünschten uns einen schönen Tag. Es war unglaublich, wie nett die Leute mit uns plauderten. Und das nur, weil wir in der Begleitung von zwei Mädchen waren. Wenn wir Jungs alleine unterwegs waren, wurden wir meist nicht so offenherzig behandelt. Diese andere Behandlung reichte aber nicht aus, um meine Vorurteile gegenüber Reisen mit Frauen zu zerstreuen. Noch nicht.

Wir setzten uns auf halbierte Baumstämme, die im Hof zu einer runden Sitzgruppe zusammengestellt worden waren. Sie befand sich am Rande des Vorhofes unter noch lebenden Bäumen und bot genug Schatten für uns alle, sodass wir uns ein wenig Abkühlung gönnen konnten. Bero ignorierte mich weiterhin. Elena erzählte Ilias eine Geschichte zu Ende, die sie unterwegs angefangen hatte. Arya ließ ihren Blick prüfend umherschweifen und setzte sich dann ebenfalls zu uns.

»… und so lebten sie glücklich bis an ihr Lebensende«, schloss Elena.

»Kennst du noch mehr solcher Geschichten?«, wollte Ilias wissen.

»Selbstverständlich. Aber nicht so viele, als dass ich dir ununterbrochen welche erzählen könnte. Einigen wir uns auf eine Geschichte am Tag?«

»Abgemacht.«

»Wo wir gerade bei Geschichten sind.« Arya sah mich an und wedelte mit einer Karotte zwischen Ilias, Bero und mir hin und her. »Ich würde gerne wissen, wie ihr drei zusammengefunden habt. Es lässt mir einfach keine Ruhe.«

Bero räusperte sich. »Ich habe Finn kennengelernt, als er sich mal wieder richtig tief in die Sch…«

»Bero!«, fiel Elena ihm ins Wort. Mit dem Kopf wies sie in Richtung Ilias. Ihre Absicht war klar.

Doch Ilias vereitelte ihren noblen Versuch. »Scheiße. Er wollte ›Scheiße‹ sagen. Ich kenne noch andere böse Wörter. Willst du sie hören?« Die Unschuldsmiene, die er gerade zur Schau trug, beherrschte Ilias wirklich gut.

»Ähm, nein danke«, gluckste Elena und widmete sich kopfschüttelnd ihrem Apfel.

Ilias zuckte mit den Achseln, dann biss er in sein Stück Brot und sah Bero auffordernd an. Auch er hörte diese Geschichte gerne. Bero wischte sich die Hände an seiner schwarzen Hose ab und nahm seine Erzählung wieder auf. »Wie ich bereits sagte, saß Finn mal wieder in der Klemme. Und ich habe ihm rausgeholfen. Was ich seitdem sehr oft getan habe.« Er erzählte ihnen, wie es von da an weitergegangen war. Hin und wieder musste ich ein paar nicht ganz so nette Seitenhiebe einstecken, die ich für mein Verhalten am Morgen wahrscheinlich verdient hatte. An der unbefangenen Art, wie er erzählte, erkannte ich aber, dass er mir bereits verziehen hatte. Glücklich kaute ich auf meinem Brot herum und schwieg, während Bero die Geschichte beendete.

»Und wie bist du dazugekommen, Ilias?«, fragte Arya.

»Ich bin vom Himmel gefallen«, sagte er so, als wäre es das Normalste der Welt und pulte weiter in seinem Stück Brot herum.

Die Karotte, welche Arya hatte essen wollen, blieb auf halben Weg zu ihrem Mund in der Luft hängen.

»Wie meinst du das, vom Himmel gefallen?« Sie ließ die Karotte sinken und starrte Ilias an.

»Na gut, eigentlich war es ein Baum, aber laut Finn und Bero sah es so aus, als wäre ich vom Himmel gefallen.« Ilias sah zu Arya hoch und bemerkte ihren ungläubigen Blick. »Ehrlich!«, versicherte er ihr.

Fragend sah Arya zu mir. Auch Elena blickte mich erwartungsvoll an. Ich nickte. »Bero und ich waren auf dem Weg nach Canna, einer Stadt im Westen von Maljonar, und ritten durch ein Stück Wald. Und dort ist er uns vor die Füße gefallen. Im wahrsten Sinne des Wortes.«

Die beiden Mädchen wirkten noch immer skeptisch und sahen zu Bero. Sie erwarteten wohl, nur von ihm eine ehrliche Antwort bekommen zu können.

»Jedes Wort, das er sagt, ist wahr«, teilte er ihnen grinsend mit.

»Lasst es mich euch etwas genauer erzählen, vielleicht glaubt ihr uns ja dann«, bat ich. »Bero und ich ritten damals durch besagtes Waldstück. Es war früher Nachmittag und wir waren schon ein paar Stunden unterwegs. Wir unterhielten uns über einen abgeschlossenen Handel, als es im Blätterdach über uns zu rascheln anfing. Wir dachten erst, es sei ein Tier, aber nur einige Augenblicke später fiel etwas mit lautem Getöse vor uns auf den Boden. Zum Glück war dieser Abschnitt des Weges mit einer Menge Gras bewachsen, das den Sturz abdämpfte.

Wir trauten unseren Augen nicht, als wir unsere Pferde zum Stehen brachten und über ihre Hälse hinweg das betrachteten, was da heruntergefallen war. Es war Ilias, nackt, wie die Götter ihn geschaffen hatten. Er hatte überall Erde kleben und seine Haare sahen aus wie ein Vogelnest, mit vielen Blättern und Stöckchen darin. Er sah aus wie ein kleiner Kobold, der aus seinem Baumhaus gefallen war.« Ich trank einen Schluck Wasser aus unserem ledernen Trinkschlauch. Arya und Elena starrten mich gebannt an und es machte mir Spaß, sie so hinzuhalten. Bevor sie ihrer Ungeduld Ausdruck verleihen konnten, verschloss ich den Trinkschlauch mit dem Korkstopfen und fuhr fort.

»Er konnte uns seinen Namen und sein Alter nennen, nicht aber, wo er hergekommen war. Er erinnerte sich an nichts. Ich gab ihm eines meiner Hemden zum Überziehen und wir nahmen ihn mit. Wir ritten bis zum nächsten Dorf und fragten dort nach, ob ihn jemand kannte. Doch weder dort, noch in den folgenden fünf Dörfern hatten wir Erfolg. Keiner hatte Ilias jemals zuvor gesehen.

Wir beschlossen daraufhin, ihn in ein Waisenhaus zu bringen, wo er auf die Rückkehr seiner Erinnerungen warten konnte. So war er höchstwahrscheinlich näher an seinem Zuhause, wenn ihm wieder einfiel, wo genau das war. Schon da hatte er heftig protestiert und es gelang uns nur mit Mühe und Not, ihn an die Leute des Waisenhauses zu übergeben. Wenig später, als wir in unserer nicht weit entfernten Unterkunft ankamen, bereuten wir beide es schon, ihn abgegeben zu haben. Wir hatten einen Narren an Ilias gefressen. Und er wohl auch an uns. Als Bero und ich am nächsten Tag weiterreiten wollten, fanden wir ihn im Stall bei unseren Pferden im Heu. Er war uns die ganze Strecke zu Fuß gefolgt und erst kurz vor Morgengrauen bei uns angekommen. Er hatte sich durchgefragt und uns gefunden. Er drohte damit, uns überall hin zu folgen, wenn wir ihn nicht mitnahmen. Er meinte, dass es Schicksal gewesen sei, als wir uns über den Weg gelaufen waren. Wir konnten nicht zulassen, dass der Kleine sich unseretwegen die Füße blutig lief. Also nahmen wir ihn mit. Wir dachten, dass wir ihn zurückbringen könnten, wenn er sich irgendwann an seine Vergangenheit erinnert. Das ist mittlerweile ein Jahr her und seitdem hat sich an seinen Erinnerungslücken nichts geändert. Deswegen ist er bei uns. Der Junge ohne Vergangenheit, der vom Himmel fiel«, beendete ich die Geschichte. Die Mädchen sahen uns mit großen Augen an und hatten vor lauter Zuhören das Essen vergessen. Sie waren wie versteinert, was mich zum Lachen brachte.

»Solange ich nicht weiß, woher ich komme, sind Finn und Bero meine Familie. Und ich finde, sie machen ihre Sache gar nicht mal so schlecht«, meinte Ilias zu den beiden. Er grinste von einem Ohr zum anderen, als er das sagte. Auch die Mädchen konnten sich ein Lächeln nicht verkneifen.

Bero und ich sahen uns an. Wie so oft einigten wir uns ohne Worte und versöhnten uns stillschweigend. Ilias hatte recht – wir waren wie eine Familie und mussten zusammenhalten. Vor allem in einer so ungewöhnlichen Situation.

ARYA

Im ersten Moment glaubte ich kein Wort von der Geschichte. Ilias sollte vom Himmel gefallen sein? Es klang zu absurd, um wirklich wahr zu sein. Anderseits fragte ich mich, wieso sie sich das ausgedacht haben sollten. Und so, wie ich Ilias kennengelernt hatte, war ich mir sicher, dass er in einer solchen Sache nicht lügen würde. Er schien sich bei den beiden wirklich wohl zu fühlen.

Doch wenn wir mit gutem Grund logen, warum sollten sie es dann nicht auch tun? Ich sah Elena an, die Menschen weitaus besser einschätzen konnte als ich, obwohl sie erst wenigen begegnet war. Sie vertraute immer ihrem Bauchgefühl, das ihr mitzuteilen schien, dass wir den dreien vertrauen konnten. Es war mittlerweile auch zu spät, unsere Meinung zu ändern.

Ich wusste, dass ich mich mit Hilfe meiner Gabe vergewissern konnte, ob die drei uns belogen, doch dann hätte ich mich vor ihnen und auch vor Elena verraten.

Hier draußen, vor den Mauern des Schlosses, hatte ich die Gelegenheit, meinem Alltag zu entkommen und meine Gabe auszublenden. Ich wollte sie nicht anwenden und niemand konnte mich dazu zwingen. Ich würde sie so lange nicht benutzen, bis die Jungen mir einen Anlass zum Misstrauen gaben.

Als würde mein Innerstes protestieren, weil ich meine Gabe nicht einsetzen wollte, begann mein Mal am Arm zu schmerzen. Aus Gewohnheit heraus legte ich meine Hand darüber, nicht etwa weil es den Schmerz linderte. Mir entfuhr ein unterdrücktes Keuchen.

»Ist alles in Ordnung?«, erkundigte sich Elena besorgt.

»Ich bin nur etwas erschöpft vom Reiten«, sagte ich und bemühte mich um einen fröhlichen Gesichtsausdruck.

»Das verstehe ich. Es ist lange her, dass wir auf Pferden gesessen haben. Ich hatte vergessen, wie anstrengend das ist«, seufzte sie. Man konnte unsere kleinen Ausritte als Kinder im Schlossgarten nicht annähernd mit der jetzigen Reise vergleichen, aber es reichte aus, um Elenas Besorgnis über mich in eine andere Richtung zu lenken. Ich atmete erleichtert auf, als sie Ilias ihre Aufmerksamkeit schenkte. Beim nächsten Mal musste ich mich zusammenreißen.

Als wir wenig später aufbrachen, wollten Finn und die anderen im Gegenzug alles über uns wissen. Elena und ich hatten uns am Vorabend auf ein paar Ausreden und Geschichten geeinigt, die wir ihnen erzählen konnten. Da das Leben von

Töchtern aus reichem Hause meistens langweilig war und nur aus Klatsch, Tratsch und der neuesten Mode bestand, gaben wir vor, nicht viel zu erzählen zu haben.

»Genau deswegen habe ich diese Reise geplant. Um etwas Aufregendes zu erleben, das sich zu erzählen lohnt. Mein Leben ist sonst nur mit belanglosen Dingen gefüllt, die niemanden interessieren. Nicht einmal mich«, sagte Elena und lachte trocken.

Dies entsprach mehr der Wahrheit als alles andere, was wir ihnen erzählten.

»Wieso hast du Arya nicht in deine Pläne eingeweiht?«, wollte Finn wissen. Er dachte vermutlich an meine Reaktion am Morgen nach unserem Aufbruch.

»Arya ist für mich mehr eine Freundin als eine Zofe, deswegen musste sie mit. Sie war in früheren Gesprächen nicht von der Idee angetan. Ich musste einen anderen Weg finden, um ihren Sturkopf zu umgehen. Das habe ich mit Schlafmittel geschafft.«

»Den Trick werde ich mir merken«, erwiderte Finn daraufhin und zwinkerte mir zu.

»Zu dumm nur, dass ich nicht noch ein weiteres Mal darauf hereinfallen werde. Alles, was du mir von nun an anbietest, wirst du zunächst vorkosten müssen«, gab ich zurück.

»Mist«, murmelte er und wandte sich schmunzelnd ab.

Mit der Zeit machte das Reiten mich müde. Wir waren viele Stunden unterwegs und das stetige Schwanken des Pferdes unter mir hatte eine einschläfernde Wirkung. Meine Kehrseite spürte ich schon lange nicht mehr und dieses Gefühl breitete sich langsam auch in meinen Beinen aus. Mehrmals musste ich mich zur Achtsamkeit mahnen und mich dazu zwingen, mit meiner ganzen Aufmerksamkeit unsere Umgebung im Auge zu behalten.

Die Gespräche waren irgendwann von selbst verstummt und wir ritten in einvernehmlichem Schweigen vor uns hin. Meine anfängliche Anspannung war einem kleinen Funken freudiger Aufregung gewichen. Die Tatsache, dass ich mir meinen Dolch mit Hilfe eines Stoffbandes an meinen rechten Oberschenkel gebunden und ihn für den schlimmsten Fall griffbereit hatte, beruhigte mich und ich konnte mich auf die schönen Dinge der Umgebung einlassen. Zwar waren auch Finn und Bero bewaffnet, aber ich kannte ihre Kampfkünste nicht und im Zweifelsfall wollte ich mich lieber auf mich selbst verlassen.

Die Menschen, denen wir begegneten, waren einfache Leute, die ebenso einfache Kleidung trugen. Ab und an sah man auch fröhlichere Farben, wenn es sich um etwas besser situierte Menschen handelte. Diese lebten aber meistens in den größeren Dörfern und Städten, nicht in den Siedlungen, die an die Felder anschlossen. Die Frauen trugen schlichte, aber schön geschneiderte Kleider, während die Männer in Hosen aus Stoff oder Leder gekleidet waren, zu denen sie Hemden und Westen trugen.

Mein Blick fiel auf einen Mann, der mich an meinen Onkel erinnerte. Der Gedanke an Relior stach mir ins Herz. Was er wohl dazu sagen würde, wenn er mich auf dem Rücken eines Pferdes, weit weg vom Schloss sehen könnte? Ich stellte mir vor, dass wir ihm dieses wunderschöne Sommerwetter zu verdanken hatten. Dieser Gedanke tröstete mich. Im Tempel der Sonnengöttin, unserem ersten Aufenthalt, würde ich eine Kerze für ihn anzünden. Ich freute mich darüber, dass Elena sich diesen Ort als Zwischenhalt ausgesucht hatte. Nun würde ich endlich herausfinden können, was meinen Onkel an diesem Ort so fasziniert hatte.

Es gab im Königreich insgesamt fünf große Tempel, jeweils einen für jede Gottheit eines der Elemente: Erde,

Sonne, Wasser, Luft und Geist. Priester und Priesterinnen hielten sie instand und boten Reisenden und Pilgern ein Dach über dem Kopf und eine Einladung zum gemeinsamen Beten an. Abgesehen von den regelmäßigen Diensten in den Tempeln gab es zu Ehren jeder Gottheit auch ein jährliches Fest, das ihr gewidmet war. Das Lichterfest, welches wir in Letilis besuchen wollten, war ein Fest für die Sonnengöttin.

Ich hatte mich früher darüber gewundert, dass eine Stadt, die nach einem der fünf Elemente benannt war, das Fest für eine Gottheit eines anderen Elements ausrichtete. Relior hatte mir daraufhin erklärt, dass die Götter der Elemente nur gemeinsam das Gleichgewicht unserer Welt aufrechterhalten konnten und man sie deshalb nie voneinander trennte. Die Vereinigung aller Elemente auf den Festen war selbstverständlich.

Große, schwimmende Blüten symbolisierten die Erde. Sie wurden bei Sonnenuntergang auf die Wasseroberfläche eines Sees gelegt, der selbst für das Wasser stand. Kerzen, die auf den Blüten aufgebracht wurden, repräsentierten das Licht und das Feuer. Die sich im Wind manifestierende Luft trieb die Blütenblätter dann über den See. Das Element des Geistes fand sich in all den Menschen wieder, die gemeinsam an dem Fest teilnahmen. Relior hatte auch darüber viel berichtet und ich freute mich darauf, es endlich auch mit meinen eigenen Augen zu sehen und mit meinem eigenen Geist mitzuerleben.

KAPITEL 10

ARYA

Wir erreichten den Tempel der Sonnengöttin kurz vor Sonnenuntergang. Es war ein großer, wunderschöner Bau aus sandfarbenen Steinen. Die vielen Arkaden und Fenster ließen die Sonne in jeden Winkel des Gebäudes hinein. Überall fanden sich Sitzgelegenheiten in Form von steinernen Bänken, und ein gepflasterter Weg führte durch einen bunt bepflanzten Vorgarten.

Die Priester und Priesterinnen trugen senfgelbe Kutten und liefen barfuß umher. Je näher wir kamen, umso bewusster wurde ich mir der kleinen stilisierten Sonnen, die sich überall wiederfanden. In den Blumenbeeten, auf der Kleidung der Menschen und sogar gemeißelt in die Steine der Wände. Außer uns waren noch ein paar andere Besucher unterwegs, die wie wir staunend die Tempelanlage betrachteten.

Wir trabten mit unseren Pferden zu einem Stall, der etwas weiter abseits des Tempels gebaut worden war. Finn und Bero kümmerten sich um die Pferde, während Elena und ich dem Priester entgegengingen, der vom Tempel her auf uns zukam. Er begrüßte uns freundlich und bot uns ein Lager für die Nacht an, das wir gerne annahmen.

Elena und ich gingen zurück zu den Jungen und halfen ihnen dabei, das Gepäck von den Pferden zu laden. Meine Stute Maya wirkte genau so müde wie ich und ich streichelte ihr sanft über den Hals.

»Weshalb verfügt der Tempel eigentlich über ein Gästehaus für die Reisenden? Das ist doch eher ungewöhnlich, oder?«, fragte ich in die Runde hinein.

Finn, der gerade seinen Hengst striegelte, hielt in der Bewegung inne und blickte zu mir. »Es hat mit einem Ereignis aus der Vergangenheit zu tun. Ich weiß nicht, ob es wirklich so passiert ist, oder ob es nur eine Legende ist, aber es soll eine Zeit gegeben haben, in der sich die Menschen nicht nur von den Göttern, sondern auch von ihresgleichen entfernten. Jeder sah sich selbst an erster Stelle und wie man sich denken kann, ging das nicht gut aus. Es gab mehr Probleme als vorher und man versuchte, es wieder zu bereinigen. Deswegen ist man in den Tempeln heutzutage auf ein friedliches und zuvorkommendes Miteinander aus. Damit so etwas nicht noch einmal passiert. Mehr kann ich darüber auch nicht sagen. Da müsst ihr die Priester fragen.« Er zuckte mit den Schultern und wandte sich wieder seinem Hengst zu, der schon ungeduldig schnaubend darauf wartete, dass Finn ihn wieder striegelte.

Wieder einmal hatte ich etwas dazugelernt und freute mich noch mehr darauf, die Tempelanlage zu erkunden.

Am nächsten Morgen ließen wir uns nicht davon abhalten, das Frühstück gemeinsam mit den Priestern und Priesterinnen einzunehmen. Sie ließen uns auch keine andere Wahl und belehrten uns, dass man den Beginn eines neuen Tages am besten zusammen verbrachte. In einem großen Speisesaal saßen wir auf dem Boden vor einer langen Reihe niedriger Tische, die mit allerlei Tellern und Schalen voll Essen gefüllt waren. Stühle gab es nicht, man saß auf einem Kissen. Es gab Speisen, die recht einfach zubereitet waren, die ich aber noch nie gesehen hatte. Die meisten von ihnen aß man mit der Hand oder mit einem Stück Brot als Grundlage. Trotz ihrer Einfachheit schmeckten sie herrlich.

Bero war ganz außer sich vor Freude und fragte seinen Sitznachbarn, der ihm gerne Rede und Antwort stand, über die Speisen aus. Finn wirkte gelassen, aber ich sah ihm an, dass dieses gemeinsame Essen auch für ihn eine neue Erfahrung war. Ilias probierte von allem Dargebotenen etwas und lag nach dem Frühstück stöhnend und jammernd auf seinem Kissen.

»Ich werde nie wieder etwas essen!«, schwor er lautstark.

Im Garten der Anlage breiteten wir nach dem Frühstück eine Decke aus und Ilias und Bero ließen sich darauf nieder, um einen kleinen Verdauungsschlaf zu machen, während wir anderen von einem der Priester eine Führung durch den Tempel bekamen.

Die Gastfreundschaft und Höflichkeit der Leute beeindruckte mich. Ich hatte fast ein schlechtes Gewissen wegen des Dolches, der unter meinem Kleid verborgen war, aber Sicherheit war mir trotz aller Freundlichkeit wichtig.

Der Priester zeigte uns fast jeden Winkel des Tempels. Es war ein ungewöhnlicher Bau, da er nicht nur den Altarraum umfasste, sondern auch Wohnräume und all die anderen Einrichtungen, zu denen er uns führte. Unter anderem einen Raum, in dem man seiner Verstorbenen gedenken konnte. In diesem Raum, der nur an einer Seite eine durchgängige Mauer hatte, fanden wir uns einem Kerzenmeer gegenüber. Auf den anderen drei Seiten waren kleine Öffnungen in die Wand eingelassen, durch die man in die angrenzenden Räume sehen konnte. Brennende kleine Kerzen standen darin. Auf dem Boden vor den Wänden befanden sich steinerne, mit Sand befüllte Becken, in die anreisende Besucher dann Kerzen stecken konnten.

Für Menschen, denen der Weg zum Tempel zu weit war und die es sich leisten konnten, gab es eine zweite Möglichkeit, um eine Kerze für einen Verstorbenen anzuzünden. Man konnte die Priester durch einen Brief darum bitten.

Bevor eine Kerze entzündet wurde, ritzte man den Namen des Verstorbenen mit einem kleinen Metallstab hinein. Dem Glauben nach erfuhr die Sonnengöttin erst dann von den Namen der Verstorbenen, die nach dem Tode zu ihr kamen. Erst wenn das geschah, war es der Seele möglich, ein erfülltes Leben nach dem Tod zu führen.

Ich würde die Kerze meines Onkels selbst anzünden können. Ich würde keinen Brief schreiben müssen, wie ich es ursprünglich vorgehabt hatte. Wie Schuppen fiel es mir von den Augen. Das war der einzige Grund, aus dem wir hier waren. Elena wollte mir genau das ermöglichen und nicht für sich selbst hierherkommen. Ich drehte mich zu ihr um und hoffte, dass sie mir die Dankbarkeit am Gesicht ablesen konnte. Sie lächelte mich an und das war alles, was ich als Bestätigung brauchte.

Elena zog Finn sanft den Weg zurück, den wir gekommen waren. Er blickte sich verständnislos zu mir um, fügte sich dann aber seinem Schicksal und folgte ihr. Der Priester blieb noch einen Moment bei mir.

»Deine Freundin sagte mir, dass du deinen Onkel verloren hast. Das tut mir sehr leid.«

»Ich danke euch.« Ich verbeugte mich und sah zu dem Kerzenmeer hinüber, dem ich meine eigene Welle aus Licht hinzufügen würde.

»Du siehst ihm sehr ähnlich«, stellte er fest und sah mich traurig an.

»Ihr kanntet meinen Onkel?« Ich betrachtete den Mönch genauer. Ich schätzte ihn auf etwas über sechzig Jahre, seine grauen Haare waren kurz, aber dicht. Er hatte grüne Augen und ein freundliches Lächeln, das zusammen mit seiner sonnengelben Kutte Wärme ausstrahlte.

»Sehr lange und auch recht gut, würde ich behaupten.« Ich kannte den Mann nicht. Ich wusste aber, dass Relior früher, als er noch nicht der königlichen Leibwache angehört hatte, oft hier gewesen war, und es hätte mich nicht gewundert, wenn er dabei mit einem der Priester eine Freundschaft geschlossen hätte.

»Woher wusstet ihr, wer ich bin?«

»Als ich dich gestern zum ersten Mal sah, hatte ich bereits eine Vermutung. Ihr seht euch sehr ähnlich, du und dein Onkel. Dann suchte deine Freundin mich gestern Nacht auf, als du bereits zu Bett gegangen warst, und erzählte mir etwas über dich. Sie bat darum, dass du in Ruhe eine Kerze für deinen Onkel anzünden darfst. Und diesem Wunsch komme ich gerne nach. Niemand wird dich stören.« Im ersten Moment war ich wütend auf Elena, weil sie ohne Schutz durch die Gänge gestreift war. Dann war ich wütend auf mich, weil ich ihr Verschwinden nicht bemerkt hatte. Wir waren erst zwei Tage außerhalb der Schlossmauern und schon versagte ich. Alleine war es aber auch unmöglich, die ganze Zeit auf sie aufzupassen.

»Nimm dir alle Zeit, die du brauchst. Ich wollte dir nur mein Beileid aussprechen, weil ich deinen Onkel kannte. Jetzt werde ich dich alleine lassen. Ich wünsche dir alles Gute, Arya«, sagte der Priester, verbeugte sich und ließ mich allein, nachdem auch ich mich verabschiedet hatte.

Ich ging zu dem Flechtkorb mit den neuen Kerzen hinüber und nahm eine heraus.

»Vielleicht glaube ich sogar ein bisschen an dich, Sonnengöttin. Wenn auch nicht unbedingt an ein Leben nach dem Tod. Eines Tages darfst du mich aber gerne eines Besseren belehren«, flüsterte ich in den Raum hinein. Mit Tränen in den Augen ritzte ich den Namen meines Onkels in die Kerze. Ich ging zu einem der Sandbecken hinüber und entzündete meine Kerze an einer anderen, bevor ich sie daneben in den Sand steckte. In Gedanken verabschiedete ich mich von Relior und wiederholte meine Worte von der Feuerbestattung. »Möge dein neues Leben von der Sonne beschienen sein.« Mehr konnte ich nicht sagen, weil Tränen mir meine Stimme raubten. Gleichzeitig fragte ich mich, wie *mein* neues Leben aussehen würde. Onkel Relior hätte mir sicher geraten, diese Reise als eine neue Perspektive zu sehen. Dass ich zum ersten Mal seit langem frei war und glücklich sein sollte. Ich wollte es zumindest versuchen.

FINN

Am frühen Nachmittag brachen wir zur Akademie auf. Das Satteln der Pferde und der Ritt verliefen weitestgehend schweigend. Arya war von unserem Aufenthalt im Tempel noch aufgewühlt und verriet sich durch ihre roten Augen. Niemandem fielen die richtigen Worte ein, um die Stille zu unterbrechen.

Elena hatte uns nach dem Frühstück erzählt, dass Aryas Onkel nur wenige Tage vor dem Beginn unserer Reise gestorben war. Zu diesem Zeitpunkt hatten Elena und ich die Reise schon besprochen und geplant. Sie hatte zuerst alles absagen wollen, sich dann aber doch dagegen entschieden. Sie war zu der Überzeugung gelangt, dass eine Luftveränderung genau das richtige für Arya wäre und hielt an unserem Plan fest. Die einzige Planänderung war der Aufenthalt am Tempel. So viel sei sie ihrer Freundin dann doch schuldig, wenn sie sie schon gegen ihren Willen zu dieser Reise zwang, gestand sie uns, als wir Arya im Raum mit den Kerzen alleine gelassen und zu Bero und Ilias zurückgegangen waren.

Selbst Ilias bemerkte die getrübte Stimmung und begrenzte seine Aufmunterungsversuche auf ein einfaches Lächeln. Er wich jedoch nicht von Aryas Seite. So ritten wir den ganzen Tag ohne größere Pausen und Unterhaltungen, bis wir für die Nacht anhielten.

Wir schlugen unser Lager in einer der vielen kleinen Hüttenansiedlungen auf, die vor einigen Jahren eigens für Reisende angelegt worden waren. Die kleinen möblierten Holzhütten verfügten über schmale Fenster und verschließbare Türen, sodass man sich nachts keine Sorgen um Eindringlinge machen musste. Solche Hüttenansammlungen befanden sich im ganzen Königreich an den vielen Reit- und Wanderwegen und machten das Reisen angenehmer und sicherer. Es hatte in den Jahren davor viele Überfälle auf Reisende gegeben, die nicht selten tödlich geendet waren. Da das Reisen für die Menschen und den Handel im Königreich aber unverzichtbar war, musste eine Lösung für das Problem gefunden werden. Diese Hütten waren ein erster Versuch, der sich bisher als wirksam herausgestellt hatte, aber wie lange es noch gut ging, würde sich zeigen. Zu jeder dieser Ansammlungen gehörten auch mehrere Feuerstellen, an denen man Essen zubereiten konnte. So konnte man den anderen Reisenden aus dem Weg gehen, wenn man wollte.

Ich kümmerte mich um das Holz für ein Feuer, Bero begann das Essen zuzubereiten und die anderen verstauten unser Gepäck in den Hütten und kümmerten sich um die Pferde. Wenig später saßen wir in der Abenddämmerung auf der Wiese um das Feuer und sahen Bero dabei zu, wie er Gemüse in einen Topf warf. Arya durchbrach mit einem tiefen Seufzer die Stille, die sich über uns gelegt hatte.

»Ich finde, das war genug Schweigen für einen Tag. Wenn keiner von euch redet, ist das fast unheimlich.« Das Lächeln, das sie uns schenkte, war schwach, aber ehrlich.

Ilias ließ sich das nicht zwei Mal sagen und rutschte näher zu ihr herüber. »Wie war denn dein Onkel so?«

Oh. Doch nicht so einfühlsam, der Kleine.

»Ilias, ich glaube …«, schritt ich ein, wurde aber von Arya unterbrochen.

»Ist schon in Ordnung. Mein Onkel war ein netter Mann, Ilias. Er war für mich wie ein Vater, Onkel, Freund und Lehrer zugleich. Ich habe ihm viel zu verdanken. Meine Stellung, mein Wissen und alles, was ich über das Kämpfen weiß.« Sie biss sich auf die Unterlippe, als bereute sie ihre letzten Worte.

»Du kannst kämpfen? Womit? Mit Nadel und Faden?«, fragte ich und lachte. Ich fand meinen Witz toll, aber keiner der anderen stimmte mit ein. Bero sah mich über den Topf hinweg warnend an. Sie alle dachten wahrscheinlich an das Ereignis im Gasthaus zurück, wo Arya es aus purem Glück geschafft hatte, mich zu Boden zu ringen.

»Was? Willst du mir etwa erzählen, dass das kein Glück war? Dass du wirklich kämpfen kannst?«, fragte ich fassungslos. Arya warf einen kurzen Blick zu Elena, die nickte.

»Genau das will ich damit sagen«, erwiderte Arya dann und sah mich dabei an. Ich kniff die Augen zusammen.

»Ich glaube dir kein Wort«, sagte ich und verschränkte die Arme. Sie zuckte mit den Schultern.

»Wie du meinst«, entgegnete sie und richtete ihre Aufmerksamkeit wieder auf Elena. Das konnte ich so nicht auf mir sitzen lassen. Ich musste wissen, ob sie die Wahrheit sagte.

Ich fuhr hoch und ging zu ihr hinüber.

»Zeig es mir«, forderte ich sie auf. Ihr verwirrter Blick fand meinen.

»Was meinst du?«

»Wirf mich noch einmal zu Boden und ich gebe zu, dass du besser kämpfen kannst als ich. Ich werde nie wieder behaupten, dass es Glück war.« Wieso nur konnte ich meinen Mund nicht halten?

»Ich werde ganz sicher nicht …«

»Tu ihm den Gefallen«, mischte sich Elena ein und forderte ihre Freundin mit einer Kopfbewegung dazu auf, sich mir zu stellen. Arya sah sie missgelaunt an, erhob sich dann aber. Ich war keinesfalls davon überzeugt, dass ich gegen sie gewinnen konnte, aber jetzt gab es kein Zurück mehr.

Sie fixierte mich mit ihren grünen Augen, und mein Herz begann zu rasen. Einen Schritt vor mir blieb sie stehen. Wenn ich die Hand hob, könnte ich sie berühren. Ich schluckte.

»Hör mal zu, Zwerg. Wenn du meinst, dieses Wunder vom Gasthaus noch mal vollbringen zu können, dann hast du dich getäuscht. Ich bin vorbereitet«, sagte ich so überzeugend wie möglich. Sie antwortete nicht, sah mich nur an. Ich wartete ein, zwei Wimpernschläge lang und wollte schon selbst die Initiative ergreifen, als … Bevor ich einen Muskel bewegen konnte, lag ich auf dem Boden. Arya hatte meinen Dolch vom Gürtel gezogen und stach mir damit sanft in den Rücken, ohne mich zu verletzen. Sie lachte triumphierend auf und die anderen stimmten mit ein. Sie hatte mich überwältigt. Schon wieder.

»Das wirst du noch bereuen, Zwerg!« Gras kitzelte meine Lippen, als ich ihr diese Drohung lachend an den Kopf warf.

»Gib niemals Versprechen, die du nicht halten kannst.« Sie stieg von mir herunter und half mir auf. Als unsere Hände sich berührten und unsere Blicke sich trafen, konnte ich neben einem Lächeln Überraschung in ihrem Gesicht erkennen. Wahrscheinlich war sie über ihr Verhalten genau so verwundert wie ich. Ich hatte nicht damit gerechnet, dass sie sich auf dieses kleine Spielchen einlassen würde. Umso mehr freute ich mich, dass sie es doch getan hatte. Das ehrliche Lächeln auf ihrem Gesicht war wohl eine Belohnung für uns beide.

ER

Er wusste, dass der Plan gescheitert war, noch bevor es an der Tür klopfte. Sein Diener, den er schon vor mehreren Stunden erwartet hatte, trat nach Atem ringend ein. Seine zu Fäusten geballten Hände und der düstere Blick bestätigten seine Vermutungen. Ihm war ein Strich durch die Rechnung gemacht worden.

Er war wütend, wollte sich vor seinem Diener aber keine Blöße geben. Scheinbar gelassen verweilte er noch einen Moment vor seinem Regal, ehe er auf den Mann zuschritt, der wieder zu Atem gekommen war.

»Meister«, sagte dieser und räusperte sich. »Wir konnten den Auftrag nicht wie befohlen ausführen. Es kam zu einigen unerwarteten … Komplikationen.« Verunsichert rang er die Hände.

Sein Kiefer knirschte vor unterdrückter Wut.

»Willst du mir sagen, ich hätte in all den Monaten der Planung einen Fehler gemacht und ein Hindernis übersehen? Oder lag es an euch, dass die Mission fehlgeschlagen ist? Sag mir, lag ich falsch darin, dir zu vertrauen?«

»Nein, Meister. Es ist nur … das Mädchen. Es ist weg«, erwiderte der Diener verblüfft, als könnte er es selbst kaum fassen.

»Was meinst du damit, sie ist weg?«

»Genau das, was ich sage, Meister. Sie ist weg. Verschwunden. Im ganzen Schloss nicht aufzutreiben.«

»Was sagen unsere Spione im Schloss dazu? Sicherlich müssen sie doch wissen, wohin sie verschwunden ist!«, rief er erbost.

»Keiner von ihnen weiß, wo das Mädchen sich aufhält. Sie ist wie vom Erdboden verschluckt. Schon seit ein paar Tagen.«

Vor einigen Monaten hatte er damit begonnen, das Schloss mit seinen Männern zu infiltrieren. Es waren einige Bestechungen und Drohungen notwendig gewesen, aber letzten Endes hatten seine Männer zahlreiche wichtige Informationen zusammengetragen. Unter anderem auch über interessante Personen, die sich im Schloss aufhielten.

Doch sollte all die Planung, all die Mühe und Geduld umsonst gewesen sein? Es konnte doch nicht sein, dass das Mädchen einfach so verschwunden war. Dass niemand mehr darüber wusste. Es konnte sich nicht um etwas Offizielles handeln. Was wiederum bedeutete, dass das Mädchen die Initiative ergriffen hatte und von sich aus verschwunden war. Die Frage war nur, wohin, mit wem und warum?

»Was ist mit der Freundin? Ist sie ebenfalls verschwunden?« Er betonte das Wort ›Freundin‹ voller Abscheu. Es war nicht die richtige Bezeichnung, das wusste er.

»Ich weiß es nicht, Herr. Wir sollten uns doch nur um …«

»Dann finde es heraus! Sofort! Finde so viel heraus, wie du kannst. Solange werde ich mir überlegen, was wir als nächstes tun werden.« Mit einer wegwerfenden Handbewegung entließ er den Mann, der sich augenblicklich entfernte.

Er stellte sich ans Fenster und fragte sich, wie es sein konnte, dass ein Mädchen seinen Plan durchkreuzte und ihm Probleme bereitete. Das ärgerte ihn mehr als die Tatsache an sich. Es konnte nur ein schlechter Zufall sein.

Ihm fiel noch eine weitere Begebenheit ein, die entweder nur ein Zufall war, oder aber des Rätsels Lösung. Er grinste boshaft. Letzteres würde ihm direkt in die Hände spielen.

Bald schon hatte er Gewissheit. Die Mädchen waren tatsächlich verschwunden. Mittlerweile wusste fast das ganze Schloss Bescheid, da man mit Hochdruck nach ihnen suchen ließ. König Trystan hatte einige seiner Männer ausgeschickt, um sie zu finden.

Es käme ihm sehr, sehr ungelegen, wenn eine seiner Vermutungen stimmte. Er durfte auf gar keinen Fall zulassen, dass Trystans Leute sie fanden.

Er befahl seinem Diener, ein paar seiner Männer zu sich zu rufen. Wenig später trafen die fünf Gerufenen ein. Sie waren bereit, auf seinen Befehl hin sofort aus der Stadt zu reiten. Er erzählte ihnen, was vor sich ging.

»Findet sie und sorgt dafür, dass Trystans Späher uns nicht in die Quere kommen! Habt ihr mich verstanden?« Die Männer nickten und machten sich auf den Weg.

KAPITEL II

FINN

Unser Ritt zur Akademie verzögerte sich. Am Tag nach unserer Abreise aus dem Tempel zog gegen Abend ein Sturm auf und machte ein Weiterkommen unmöglich. Es regnete und der Wind tobte so stark, dass sich die Bäume bogen. Es war ein heftiges Sommergewitter, das mehrere Tage andauerte.

Ich ging eigentlich bei jedem Wetter raus, aber eine Gruppe von fünf Leuten und die entsprechenden Anzahl von Pferden durch solch ein Unwetter zu steuern, traute ich mir nicht zu.

Wir verbrachten diese Tage in einem großen Heuschuppen, den uns ein Ehepaar in unserer Not zum Übernachten zur Verfügung stellte. Es war ein großer Bau aus dunkel gestrichenem Holz, der über Pferdeställe, einen Heuboden und einen Raum verfügte, in dem die Frau des Hofes geflochtene Heukörbe herstellte. Wir halfen der Frau dabei, den Raum aufzuräumen und verstauten dann unser Gepäck darin. Als Dank für ihre Gastfreundschaft versprachen wir ihr, den Heuboden sauber zu machen und das Heu zu ordentlichen Stapeln aufzutürmen. Sie und ihr Mann waren nicht mehr die Jüngsten, und sie freuten sich über jede Hilfe, die sie bekommen konnten.

Ich saß nicht gerne fest, aber die Arbeit lenkte mich ab und gab mir etwas zu tun. Wir ließen uns auch anderweitig einiges einfallen, damit uns beim Ausharren nicht langweilig wurde.

Wir erzählten den Mädchen von einigen wilden Dingen, die wir auf unseren Reisen erlebt hatten, und von den komischen Menschen, die man so in der Welt kennenlernte. Elena gab dafür eines ihrer Märchen zum Besten, das sie mit ausladender Gestik untermalte und uns damit zum Lachen brachte. Wir redeten über Geschichte, Politik und allerlei andere Dinge.

Bald kam dank Bero wieder das Thema Kochen zur Sprache. Aus dem Gruppengespräch wurde daraufhin ein Dialog zwischen Bero und Elena.

Ilias, der noch weniger stillhalten konnte als ich und zu klein für eine Heugabel und die damit verbundene Arbeit war, wandte sich an Arya. »Bringst du mir bei, wie man kämpft? Ein bisschen was kann ich schon, aber ich glaube, du bist ein besserer Lehrer als … der da.« Die letzten beiden Worte flüsterte er hinter vorgehaltener Hand und deutete mit einem Finger auf mich. Ganz offensichtlich wollte er mich ärgern. Es kränkte mich ein bisschen, dass er sie für die bessere Kämpferin hielt. Dass er damit richtig lag, machte es nicht besser.

Natürlich verstand ich ihn und konnte ihm nicht böse sein. Aber ein bisschen Spaß musste sein. »Oh, Ilias, du brichst mir das Herz. Verräter!« In gespielter Ohnmacht ließ ich mich rückwärts in den Heuhaufen fallen, vor dem ich saß. Wir hatten es uns auf dem Heuboden gemütlich gemacht, wo wir auch unser Nachtlager aufgeschlagen hatten. Aufgeräumt bot er genug Plätz für uns alle.

»Tu, was du nicht lassen kannst«, forderte ich ihn auf. Ilias sah Arya flehend an, die sich bisher noch nicht zu seiner Bitte geäußert hatte.

»Wenn du möchtest, dann bringe ich dir gerne etwas bei«, sagte sie schließlich.

Arya bewaffnete sich und Ilias mit zwei Stöcken, die sie auf dem Heuboden fand. »Das Erste, was du beherrschen musst, ist der richtige Stand. Beine schulterbreit auseinander, leicht in die Knie gehen. Ungefähr so.« Sie hob ihr

Kleid hoch, damit Ilias sich den Stand bei ihr abschauen konnte. Er sah nur die Beinhaltung, ich aber sah mehr. Unter dem Kleid verbarg sich ein Paar wirklich schöner Beine. Arya merkte nicht, dass ich sie ausgiebig musterte.

Sie schien sich auch nicht darüber bewusst zu sein, dass sie gerade etwas tat, was manch anderer als unschicklich bezeichnet hätte. Oder vielleicht als provozierend, wie bei manchen Frauen, die ganz genau wussten, was sie damit anstellten. Doch Arya war sich vermutlich nicht mal im Klaren darüber, dass sie schön war. Elena konnte man als grazil, edel und anmutig bezeichnen, aber Arya war anders. Sie wirkte natürlich und stark. Wieder kam mir der Vergleich mit der Erdgöttin in den Sinn. Ilias hatte recht. Arya sah aus wie eine Kriegerin der Erde.

Nach ausgiebiger Betrachtung ihrer Beine schaffte auch ich es, mehr auf ihre Bewegungen zu achten als auf ihren Körper. Arya zeigte Ilias einige Schrittfolgen, die mich an einen Tanz erinnerten. Wo ich mich eher impulsiv und kopflos bewegte, wirkte es bei ihr geplant und präzise. Ich versuchte mir die Schritte zu merken, damit ich sie später üben konnte.

Am ersten gewitterfreien Abend ging ich unter dem Vorwand, einigermaßen brauchbares Feuerholz sammeln zu wollen, in den Wald, der sich hinter der Scheue erstreckte. Es war eine wirklich schlechte Ausrede, da ich weit und breit kein trockenes Holz finden würde. Doch bevor die anderen mich aufhalten konnten, war ich auch schon aus der Tür hinaus. Ein Stückchen abseits der Scheune nahm ich einen Stock in die Hand und versuchte mich an den Schritten, die Arya Ilias gezeigt hatte.

Ich versuchte es wieder und wieder, bis ich fast einen Knoten in den Beinen hatte. Wie machte sie das nur? Frustriert warf ich den Stock an den nächsten Baum, wo er mit einem dumpfen Geräusch abprallte und zu Boden fiel.

»Solltest du das Feuerholz nicht eher sammeln, als es durch die Gegend zu werfen?« Ich wirbelte herum. Arya lehnte an einen Baum und verspottete mich. Neben ihr stand Elena und grinste mich ebenfalls an, ehe sie sich abwandte und die zerdrückten Blumen um sie herum betrachtete. Vermutlich waren die beiden draußen, weil sie mal für kleine Mädchen mussten. Es war mir peinlich, dass sie mich bei meinen erfolglosen Versuchen, Aryas Schritte nachzuahmen, beobachtet hatten.

»Was … wie lange stehst du schon da?«, fragte ich empört.

»Lange genug. Du jedenfalls stehst falsch. Nimm die Grundhaltung ein.«

Grummelnd kam ich ihrem Befehl nach.

Sie ließ mich mein rechtes Bein etwas weiter nach hinten stellen, das andere weiter zur Seite. Mit dem Daumen drückte sie in meine rechte Kniekehle, damit ich an dieser Stelle nachgab. »Du musst dich lockerer machen.«

»Wenn du mich weiterhin anfasst, könnte das schwierig werden. Es sei denn, du willst, dass ich dir mal zeige, was *ich* gut kann.« Ich wackelte mit den Augenbrauen, um die Anspielung zu übertreiben und ins Lächerliche zu ziehen. Statt rot anzulaufen, wie es jedes andere Mädchen getan hätte, trat Arya mir in die Kniekehle und ich fiel um wie ein Stein.

Schadenfroh sah sie auf mich herab.

»Wirklich, Arya? Musstest du mich ein drittes Mal zu Fall bringen? Bis wir in Letilis sind, hast du mein Selbstbewusstsein komplett zerstört!«, beschwerte ich mich.

»Das wäre von Vorteil. Dein Selbstbewusstsein wird dich in einem Kampf nicht retten können. Ein sicherer Stand schon.«

Im Aufstehen klopfte ich mir den Dreck und das Gras von den Kleidern. Ich schmollte.

»Warum bittest du mich nicht einfach um Hilfe?«, fragte sie.

Ich antwortete ihr nicht.

»Weil ich eine Frau bin?«

Wieder sagte ich nichts.

Sie seufzte schwer. »Wenn du dir nicht helfen lassen willst, bitte sehr. Aber beschwer dich nicht, wenn ich dich noch mal flachlege.«

Das Grinsen über diese Wortwahl konnte ich mir nicht verkneifen.

Auch ihr wurde die Zweideutigkeit ihrer Worte bewusst, und sie rollte mit den Augen.

»Soso. Da sprechen wir also eine Sprache, was?« Kopfschüttelnd musterte sie mich.

Ich blieb standhaft und erwiderte nichts darauf. Das Grinsen stellte ich schnell wieder ein und kehrte zu einer unbewegten Miene zurück. Es war ungewohnt, einem sowohl mental, als auch körperlich ebenbürtigen Mädchen gegenüberzustehen. So jemand war mir noch nie begegnet. Mittlerweile war Arya auch entspannter als noch zu Beginn unserer Reise. Sie lachte mehr und ich hatte keine Scheu mehr davor, sie zum Spaß zu ärgern.

Arya warf die Hände in die Luft. »Nun gut, dann musst du damit leben können, dass nicht nur ein Mädchen, sondern bald auch ein siebenjähriger Junge besser kämpfen kann als du. In zwei Wochen wird es soweit sein, warte es nur ab.« Noch beim Reden drehte sie sich um und ging auf Elena zu, die so tat, als wären die Blumen vor ihr auf dem Boden das Interessanteste auf der Welt.

Ich fand endlich meine Sprache wieder. »Warte!« Sie drehte sich zu mir um und ich ging nah an sie heran. »Wenn du mit mir übst, darf ich dir dann auch mal zeigen, was ich gut kann?« Ich wackelte erneut provokativ mit den Augenbrauen.

»Ich würde gerne sehen, wie du Feuerholz sammeln kannst. Bisher bin ich von deinem Einsatz wirklich enttäuscht!«

»Ha, ha«, sagte ich enttäuscht darüber, dass sie nicht auf meinen Scherz eingegangen war.

»Ich meine das ganz ernst, Finn. Sollen wir gemeinsam üben?«

»Gerne«, sagte ich und meinte es auch so.

»Sehr gut. Deine erste Lektion lautet: Feuerholz sammeln. Viel Erfolg.« Bevor mir eine schlagfertige Antwort einfiel, hatte Arya sich längst lachend abgewandt und war mit Elena auf dem Rückweg zur Scheune.

Ich schlug mir mit der Hand an die Stirn. »Was hast du dir da nur eingebrockt?«, fragte ich mich selbst.

»Feuerholz!«, kam Aryas gerufene Antwort von weiter vorne. Da hatte ich wohl etwas zu laut mit mir selbst geredet.

»Ja doch!« Ich atmete einmal tief durch und machte mich daran, nach trockenem Holz zu suchen. So weit war es also gekommen. Finn, der Streuner, ließ sich von einer Frau unterrichten. Warum nur fühlte es sich nicht so schlimm an, wie ich immer befürchtet hatte?

In den kommenden Tagen entwickelte sich ein geregelter Ablauf innerhalb unserer Gruppe. Wir kamen gut voran und legten jeden Tag eine weite Strecke zurück. Am Nachtlager kümmerten wir uns gemeinsam um die Pferde und das Gepäck. Während Bero und Elena sich an die Zubereitung des Essens machten, übte Arya mit Ilias und mir. Auch Bero schloss sich nach anfänglichem Widerwillen an. Was ihm an Feingefühl fehlte, machte er durch seine Stärke wett. Elena kümmerte sich derweil alleine um die Zubereitung des Essens. Auf meine Frage, warum Arya denn nicht auch Elena unterrichtete, antwortete Arya mir geheimnisvoll.

»Es ist nicht ihre Aufgabe.«

Für mich ergab das keinen Sinn, aber ich fragte nicht weiter, weil Arya bestimmt ihre Gründe hatte, die sie mir offensichtlich nicht genauer erläutern wollte.

Wir fingen bei grundlegenden Dingen wie dem Stand an, den ich all die Jahre offensichtlich falsch gemacht hatte. Zum Glück hatte ich meine Fähigkeiten nie in einem Kampf um Leben und Tod anwenden müssen, denn nun war ich mir nicht mehr sicher, ob ich es gewesen wäre, der überlebt hätte.

Es ging weiter mit Beinarbeit, auch in Kombination mit den Armen, Gleichgewichtsübungen und dem Blocken und Ausweichen von Angriffen. Innerhalb weniger Tage bauten wir unsere Fähigkeiten sehr weit aus. Ich spürte Muskeln, von denen ich nicht gewusst hatte, dass ich sie besaß. Der anhaltende leichte Schmerz gab mir das Gefühl von Körperspannung und Kraft. Ich fühlte mich einfach gut. Arya war eine gute Lehrerin, doch auch mit jahrelangem Training würden wir nicht an das herankommen, was sie konnte.

»Das Ziel ist, dass ihr irgendwann nicht mehr nachdenkt«, erklärte sie uns immer wieder. Doch das war leichter gesagt als getan. Angefangen hatten wir unsere Übungen mit Stöcken, vor ein paar Tagen waren wir dann zu unseren Dolchen übergegangen. Ich hatte sie nur einen Augenblick aus den Augen gelassen und schon hatte sie ihren Dolch in der Hand gehalten. Ich dachte anstandshalber nicht darüber nach, wo sie ihn versteckt haben musste. Zumindest nicht lange. Ich verkniff mir auch jeglichen Spruch darüber, weil ich die Beziehung, die wir zueinander aufbauten, nicht gefährden wollte. Wobei ich nicht mal wusste, was das für eine Beziehung war. Ich wollte, dass Arya sich in meiner Gegenwart wohlfühlte. Sie wurde offener im Umgang mit uns und wirkte glücklicher und gelassener als noch zu Beginn unserer Reise. Ich wollte ihrer Veränderung nicht im Wege stehen und wenn das bedeutete, dass ich lernen musste, meinen Mund vorerst zu halten, dann sollte es so sein. Vor allem dann, wenn ich dafür noch mit einem Lächeln belohnt wurde.

Arya

Zunächst wollte ich mir nicht eingestehen, dass die Reise anfing, mir zu gefallen. Doch je länger wir unterwegs waren, umso besser fühlte ich mich. Ich genoss die gemeinsamen Abende und die Übungsstunden mit den Jungen. Sie lernten sehr schnell und es beruhigte mich zu wissen, dass sie sich im Notfall würden verteidigen können. Ilias war ohnehin immer bei der Sache, doch auch Finn und Bero stürzten sich mit einem Eifer in die Übungen, den ich ihnen gar nicht zugetraut hätte.

Wenn wir miteinander übten, verhielt Finn sich anders. Er nahm mich als Lehrerin und Übungspartnerin ernst, und hielt sich, was seine frechen Sprüche anging, bedeckt. Nur ab und an gerieten wir aneinander, doch es war jedes Mal schnell vorüber und wir versöhnten uns lachend wieder.

Eines Abends aber schrie er geradezu danach, eine Lektion erteilt zu bekommen.

Finn blickte hinauf zu den Sternen und schmunzelte. »In ein paar Tagen wirst du beim Kämpfen mit mir ganz schön ins Schwitzen kommen, Arya«, feixte er und grinste mich selbstzufrieden an. Ich beschloss, dass es wieder an der Zeit war, sein Selbstbewusstsein in seine Schranken zu weisen. Und ich wusste, wer mir dabei behilflich sein konnte.

Ich bat Ilias aufzustehen und bewaffnete ihn mit dem Stock, den wir kurz zuvor noch zum Üben verwendet hatten. Ilias schien zu wissen, was ich vorhatte, und folgte meinen Anweisungen ohne ein weiteres Wort. Ich ging zu

Finn hinüber und reichte ihm ebenfalls einen Stock, woraufhin er mich verwirrt ansah. Ich bat auch ihn aufzustehen und zu meiner Überraschung kam er der Bitte ohne Widerrede nach.

»Wer von euch dem anderen den Stock als erstes aus der Hand schlägt, hat gewonnen«, sagte ich knapp.

Finn sah mich fragend an. »Ist das dein Ernst? Ich soll mit ihm kämpfen?«

»Wenn du ihn schlagen kannst, dann kannst du mich in ein paar Tagen vielleicht zum Schwitzen bringen, wie du es so schön ausgedrückt hast«, erwiderte ich. Er sah keineswegs überzeugt aus, sondern blickte nur zu Ilias hinunter und wusste nicht recht, was er tun sollte. Er zögerte.

Ilias erkannte seine Chance und sauste auf Finn zu. Er tänzelte um ihn herum, duckte sich weg und wartete auf den richtigen Augenblick. Finn reagierte nicht sofort, seine Bewegungen waren zu fahrig und ziellos. Wenige Augenblicke später flog sein Stock weg und landetet mit einem dumpfen Geräusch auf der Erde.

Ilias platzte fast vor Stolz und drückte seine Freude durch einen Siegesschrei aus.

»Gut gemacht«, lobte ich ihn und legte ihm die Hand auf die Schulter. Finn sah gar nicht glücklich aus. Er wirkte wie ein schmollendes Kind.

»Ilias, würdest du Finn bitte erklären, was er falsch gemacht hat?«, bat ich.

Er nickte. In seiner allerbesten Imitation meiner Stimme sagte er: »Du hast gezögert, Finn. Und man sollte niemals zögern.« Damit marschierte er zu Bero und Elena, die ihm stolz auf die Schulter klopften.

Finn knirschte mit den Zähnen. Ich konnte mir gut vorstellen, wie schlecht es nach dieser Niederlage um sein Selbstbewusstsein stand. Aber es war gut so, denn nur so lernte man.

»Sei nicht beleidigt«, tröstete ich ihn. »Ich selbst habe lange gebraucht, bis ich diese Lektion gelernt habe. Es könnte sogar sein, dass ich sie selbst manchmal vergesse.«

Sein Blick wurde weicher. Er musterte mich interessiert. »Ist das auch etwas, das dein Onkel dir beigebracht hat?«

Ich nickte.

»Ihm habe ich es also zu verdanken, dass du meinem Selbstbewusstsein jeden Abend aufs Neue einen Schlag versetzt. Das tut weh, genau hier.« Finn legte sich die Hand aufs Herz und sah mich mit einem Mitleid erregenden Blick an.

»Ich glaube, es tut dir gut. Auch wenn du es nicht glauben willst, aber es hilft dabei, den Charakter zu stärken.« Ich tippte mit einem Finger auf seine Hand, die über seinem Herzen lag. Ehe ich reagieren konnte, hatte er meine Hand in seine genommen und betrachtete sie.

Wo unsere Haut sich berührte, fühlte sie sich angenehm warm an. Er hatte recht raue Hände, sein Griff aber war sanft. Keiner von uns sagte ein Wort, während wir unsere Hände betrachteten. Dann sah er zu mir auf und grinste. Ich erkannte sein Vorhaben, denn ich hatte ihm diese Ablenkungsmanöver beigebracht. Es versetzte mir einen kleinen Stich, dass unser gemeinsamer Moment nur eine Ablenkung war. Anmerken ließ ich es mir nicht.

Ich ließ ihn einem Moment in dem Glauben, dass ich nichts von seinem Plan ahnte. Erfolg glänzte in seinen Augen und er machte den ersten Schritt. Weit kam er nicht – schon einen Augenblick später fand er sich rücklings auf dem Boden wieder. Um es spaßeshalber noch zu übertreiben, stellte ich meinen linken Fuß auf seine Brust. Ich spürte das Vibrieren seines Brustkorbes, als er herzhaft lachte.

»Der Schüler war zu überheblich und dachte, er könnte seinen Meister überlisten«, sagte Finn resigniert.

»Vielleicht beim nächsten Mal«, erwiderte ich ohne Überzeugung in der Stimme.

Finn schnaubte. »Daran glaubst du doch selbst nicht.«

»Nicht wirklich. Doch man sollte nie die Hoffnung aufgeben.«

Finn seufzte und rappelte sich auf. »Mein Hintern tut unglaublich weh. Danke dafür.« Er streckte mir die Zunge raus und fasste sich mit der Hand an besagte Rückseite.

Ich folgte der Bewegung mit den Augen.

»Arya, hast du mir gerade auf den Hintern gestarrt?« Er riss die Augen auf. Auch die anderen hörten es und sahen amüsiert zu uns herüber.

Ich fühlte mich ertappt. Doch so schnell würde er mich nicht aus der Fassung bringen.

»Sieh es als Kompliment an«, sagte ich.

Finn wackelte anzüglich mit den Augenbrauen.

»Oder aber«, fügte ich hinzu, »als Warnung.«

Die Gesichtszüge entglitten ihm. Er starrte mich mit offenem Mund an, als ich an ihm vorbeilief und auf die anderen zuging.

»Was soll das heißen?« Er holte zu mir auf. »Arya, was meinst du damit?«

Ich zuckte mit den Schultern und lächelte böse.

»Hilfe! Entweder will Arya mir die Kleidung vom Leib reißen oder aber sie will mich grün und blau prügeln!« Schützend hielt er die Hände vor seine Rückseite.

Ich fiel in das Lachen der anderen ein.

»Warum sollte sie dir die Kleidung wegreißen wollen?«, fragte Ilias und brachte unser Lachen ins Stocken. Finn und Bero sahen sich ratlos an. Die Situation war ihnen sichtbar unangenehm. Verständlich, denn so etwas einem Kind zu erklären, war nicht einfach.

»Weißt du was, vergiss es einfach. Sie will mich verhauen, ganz eindeutig«, versuchte Finn die Situation zu retten. Er tat so, als würde er sich hinter Ilias vor mir verstecken. Seine Ablenkung funktionierte, Ilias fragte nicht weiter nach. Er lachte stattdessen vor Freude darüber, in diese kleine Inszenierung hineingezogen worden zu sein.

Wir atmeten erleichtert auf.

KAPITEL 12

ARYA

Am letzten Abend vor unserer Ankunft an der Akademie wollten wir in einer kleineren Stadt namens Munis Rast machen. Als wir uns ihr näherten, trafen wir viele Leute, die ebenfalls auf dem Weg dorthin waren. Von ihnen erfuhren wir, dass dort heute ein Marktfest gefeiert wurde. Elena wollte unbedingt dorthin und auch wenn Finn nicht so begeistert war, kam er ihrem Wunsch nach.

Wir wurden von fröhlicher Musik begrüßt, noch ehe wir die Häuser sahen. Diese waren mit bunten Flaggen verziert und auch zwischen den Häusern waren Schnüre mit farbigen Wimpeln gespannt. Die Straßen und Gassen waren voll mit Menschen und mit den Pferden gab es für uns kein Weiterkommen. Wir mussten bereits vor der Stadt absteigen und sie zurücklassen. Einige Dorfjungen und ein paar ältere Männer auf noch älteren Stühlen, die wohl dem Trubel entgehen wollten, hatten es sich zur Aufgabe gemacht, die Pferde der ankommenden Reisenden gegen eine kleine Entlohnung zu versorgen und ein Auge auf sie zu haben, während sich ihre Besitzer unter das Volk mischten.

Ich hielt es für keine gute Idee, die Pferde in der Obhut der Männer zu lassen, wurde aber von den anderen überstimmt. Ilias und Elena hatten ein freudiges Glänzen in den Augen und hätten wohl alles getan, um auf das Fest gehen zu können. Wir packten die wichtigsten und wertvollsten Sachen in Umhängetaschen, ehe wir uns auf den Weg in die Stadt machten. Mit einem ergebenen Seufzen fügte ich mich und folgte den anderen.

»Wenn unsere Sachen nachher weg sind, dann ist es alleine deine Schuld«, raunte ich Finn zu, kurz bevor wir in die Menge eintauchten.

»Wie immer«, antwortete er belustigt. Ich würde niemals verstehen, wieso manche Menschen so vertrauensvoll gegenüber anderen sein konnten.

Das Gedränge und Geschiebe in den Straßen war nichts für mich. Immer wieder verlor ich die anderen aus den Augen. Nach nur wenigen Schritten nahm ich Elenas Hand in meine, weil ich sie auf keinen Fall verlieren wollte. Gemeinsam mit den anderen Menschen strömten wir der Mitte der Stadt entgegen, immer weiter auf die Musik zu, die mit jedem Schritt lauter wurde.

Wir drängten uns an Ständen vorbei, die alles anboten, was die Leute selbst gekocht oder hergestellt hatten. Es roch verführerisch und mein Magen knurrte. Doch Elena war nicht aufzuhalten. Sie wollte weiter mitten hinein, hin zu der Musik. Ein schnelles und fröhliches Lied erklang vom Ende der Straße und verriet uns den richtigen Weg. Wir kämpften uns Schritt für Schritt vor und kamen am Marktplatz heraus. Dort lichtete sich die Menschenmenge und ich hatte endlich wieder genug Freiraum, um durchatmen zu können.

Eine aus Holz gezimmerte Plattform befand sich in der Mitte des Platzes. Einige Musiker hatten sich dort eingefunden und spielten. Um diese Plattform herum tanzten Paare zum Takt der Musik. Die Zuschauer standen in einem großen Kreis um sie herum. Sie wiegten sich im Rhythmus und klatschten. Freudige Ausrufe kamen aus der Menge, wenn ein Paar eine besonders schöne Figur tanzte. Ein Lächeln stahl sich auf mein Gesicht, ohne dass ich etwas dagegen tun konnte. Ich wippte mit dem Fuß im Takt der Musik und meine Finger, die noch immer mit denen von Elena verschränkt waren, zuckten ebenfalls. Ehe ich reagieren konnte, hatte Elena mich in den Kreis der Tanzenden gezogen und auch meine andere Hand genommen. Sie sah mich auffordernd an und ich konnte ihr die Bitte nicht abschlagen.

Wenig später waren wir zwei wirbelnde Röcke zwischen den anderen. Als Kinder hatten wir so miteinander getanzt, wenn die Musik aus dem Ballsaal im Schloss in Elenas Zimmer vorgedrungen war. Ich ließ mich in das schöne Gefühl fallen, das sich in mir ausbreitete. Damals war alles noch so einfach gewesen.

Uns ging der Atem aus und als ein langsameres Lied angestimmt wurde, hielten wir inne und holten Luft. Elena strahlte mich an, als sie sich die losen blonden Strähnen aus dem Gesicht strich. Auch meine Haare hatten sich ein wenig gelöst, aber es störte mich nicht. Sie sah über meine Schulter und ich drehte mich um, damit ich ihrem Blick folgen konnte. Die drei Jungen kamen auf uns zu. Bero ging zu Elena hinüber und bot ihr seine Hand an. Sie knickste lächelnd und nahm seine Aufforderung an. Ein neues Lied mit einem anderen Takt wurde angestimmt und die Paare stellten sich in Position. Ilias lief zu ein paar Kindern herüber, die in der Mitte des Platzes eine eigene Gruppe gebildet hatten und versuchten, die Erwachsenen nachzuahmen. Finn und ich blieben zurück. Er hielt mir seine Hand hin.

»Würdest du mir die Ehre erweisen und mit mir tanzen?«

Ich sah zu den anderen tanzenden Paaren hinüber und runzelte die Stirn. Diesen Tanz kannte ich nicht.

Finn bemerkte mein Zögern. »Sag bloß, du weißt nicht, was das für ein Tanz ist?«, fragte er ein bisschen zu erfreut.

»Ich muss zu meiner Schande leider gestehen, dass du damit richtig liegst.«

»Dann kann ich dir ja endlich auch mal was beibringen! Wenn du mich lässt«, schob er hinterher.

Ich nahm seine dargebotene Hand, meine andere legte ich auf seine Schulter. Er umfasste mit seiner Linken meine Hüfte.

»Folge mir einfach und denk nicht nach«, wiederholte er die Worte, die ich schon so oft bei unseren Übungen gesagt hatte. Es fiel mir nicht schwer. Finn lenkte mich und schon bald hatte ich die Abfolge der Figuren gelernt. Elena und Bero waren nur ein paar Schritte von uns entfernt und ich hatte sie immer im Blick. Doch dann passierte es wirklich. Ich stellte das Nachdenken ein und tanzte einfach. Ich genoss es. Die Luft, das Lachen der Menschen um mich herum und den weiten Himmel über mir. Das erste Mal genoss ich die Welt, die ich für so schrecklich gehalten hatte. Ich fragte mich, wie ich jemals annehmen konnte, dass die ganze Welt durch und durch schlecht war, wenn es so einfache und schöne Dinge wie einen Tanz unter freiem Himmel gab.

Ich war Finn dankbar dafür, dass er diesen Moment mit mir teilte. Es war auch dieser Moment, in dem ich beschloss, nicht mehr allem mit Misstrauen entgegenzutreten. Finns Hand in meiner war alles was ich brauchte, um jede Kleinigkeit über ihn und sein Leben in Erfahrung zu bringen. Doch stattdessen genoss ich die Wärme, die seine Haut ausstrahlte und auf meine übertrug. Mein erster Versuch, der Welt zu vertrauen, trug von da an den Namen Finn.

Es kribbelte in meinem Bauch, als er mich während der nächsten Figur aus seinen grauen Augen ansah. Statt der Figur entsprechend seine Hand loszulassen, drückte ich sie leicht und hielt seinen Blick fest. Nur kurz wirkte er irritiert, dann erwiderte er den Druck und besiegelte damit ein Versprechen, von dem er nichts ahnte. Ich wünschte mir nichts sehnlicher, als dass dieses Versprechen niemals gebrochen würde.

Finns legte seine Hand auf meine Hüfte. Dieses Mal war er es, der unseren Rhythmus unterbrach. Er fuhr mit der Hand sanft auf meinen Rücken und zog mich zu sich heran. Näher, als es schicklich war. Mir stockte der Atem, als wir nur noch eine Handbreit voneinander entfernt waren. Der Ausdruck, mit dem er mich musterte, war erwartungsvoll und fragend. Mein Herz schlug mir bis zum Hals. Wir standen reglos da uns sahen uns in die Augen. Es gab für mich nur noch das glänzende Grau. Mein ganzer Körper fühlte sich anders an.

Als hätte dieser Blick ihn verändert.

Finn sah kurz zu meinen Lippen hinunter und setzte zum Sprechen an. Seine Worte gingen in dem Schlagen einer Trommel unter, das sich bedrohlich über den Platz ausbreitete.

Mit einem Mal wurde es totenstill und alle Blicke richteten sich auf das hölzerne Podest. Während Schlag um Schlag der Trommel folgte, immer schneller, wurden die Leute unruhig und tuschelten miteinander. Doch niemand lief weg. Im Gegenteil, sie gingen auf das Podest zu und füllten die eben noch freien Flächen zum Tanzen aus.

Ich rückte von Finn ab und sah mich nach Elena um. Die Menschen waren so dicht an mir, dass ich nicht über ihre Köpfe hinwegsehen konnte. Bero und Finn waren es, die unsere Gruppe durch Handzeichen wieder vereinten. Elena trat an meine Seite und nahm meine Hand. Fragend sah sie mich an, doch ich wusste ebenso wenig wie sie, was vor sich ging. Die Trommel schlug weiter und weiter und dröhnte in meinen Ohren.

Weiter vorne in der Menge herrschte Unruhe. Bero, der die meisten Menschen um gut einen Kopf überragte, beobachtete das Geschehen.

»Zwei Männer, die einen dritten zwischen sich tragen, gehen auf das Podest zu.«

Als die Männer die Treppe zum Podest betraten, sah ich sie auch. Die zwei Äußeren waren älter, vielleicht um die vierzig, und edel gekleidet. Der dunkelhaarige von ihnen war ein stattlicher Mann, der andere eher durchschnittlich. Die Gestalt, die sie zwischen sich trugen, konnte man kaum als Mann bezeichnen. Er war vielleicht zwölf, auf keinen Fall älter. Fast noch ein Kind. Seine Kleidung hing in Fetzen an ihm und seine Hände waren gefesselt. Er wehrte sich nicht gegen die Männer, hing nur mit gesenktem Kopf zwischen ihnen.

Die Musiker machten den Ankommenden Platz. Nur der Mann mit der Trommel blieb wo er war und schlug weiter auf sein Instrument ein. Er musste die Männer kommen gesehen und dann seinen bedrohlichen Takt angeschlagen haben.

Die Leute strömten weiter auf das Podest zu und zogen uns mit sich. Anscheinend wussten sie, was kommen würde. Sie redeten aufgeregt miteinander und ich schnappte Fetzen ihrer Gespräche auf.

»Hat der Bursche schon wieder …«

»Das ist doch Zaras Sohn!«

»… lernt nichts …«

»… stand Samuel nicht erst vor …«

»Wie lange er wohl durchhält?«

Elena sah mich erschrocken an. Scheinbar ahnte sie, was los war.

»Bero!«, schrie Finn über die Trommel und das Gemurmel der Leute hinweg. »Schnapp dir Ilias und dann nichts wie weg hier!« Er legte Elena und mir je eine Hand auf die Schulter, während Bero Ilias auf seinen Rücken hob. Er wollte uns gegen den Strom, weg von dem Geschehen schieben, doch Elena weigerte sich.

»Was ist hier los, Finn?«

»Das solltet ihr euch nicht …«

»Finn!«, rief sie bestimmt. Er seufzte und ließ uns los.

»Das wird eine öffentliche Auspeitschung.«

Unsere Köpfe ruckten zum Podest. Erst jetzt sah ich den dritten älteren Mann, der hinter den anderen die Treppe hochgegangen war. Er hielt eine Peitsche in der der Hand und musterte den Jungen mit einer düsteren Grimasse.

Mittlerweile hatte man ihm das Hemd ausgezogen und sein dünner, kraftloser Körper strahlte blass in der Sonne. Erschrocken erkannte ich das Mal. Er war ein Gezeichneter. Grüne Linien hoben sich auf seiner Hüfte dunkel gegen die helle Haut ab. Ich war immer davon ausgegangen, dass Menschen mit Gaben außerhalb von Belessan ebenso mit Respekt behandelt wurden wie innerhalb der Stadt. Offensichtlich hatte ich mich getäuscht. Zwischen dem Leben in der Stadt und dem Leben im Rest des Königreiches gab es scheinbar mehr Unterschiede, als ich bisher angenommen hatte.

Sie stießen den Jungen zu Boden und der dunkelhaarige Mann stellte sich mit einem Fuß auf die Seile, um ihn am Aufstehen zu hindern. Seine Beine wurden gefesselt und wie seine Hände auf dem Boden fixiert. Der Junge gab keinen Ton von sich. Seinen Gesichtsausdruck sah ich nicht, weil ihm die langen braunen Haare verfilzt ins Gesicht hingen.

»Das ist doch noch ein Kind!«, protestierte Elena. »Sie können ihn doch nicht auspeitschen! Warum machen sie das?«

»Ich weiß nicht warum, aber das werden sie den Leuten gleich sagen. Das gehört zu diesem Spektakel dazu«, antwortete Finn bedrückt.

»Warum nennst du es so?«, wollte ich wissen. Bei dem Wort ›Spektakel‹ war mir ein Schauer über den Rücken gelaufen.

»Weil es genau das ist. Ein Spektakel, das mehrere Zwecke erfüllt. Einerseits schreckt es andere Verbrecher ab, andererseits dient es der Unterhaltung der Leute. Nicht für alle natürlich, aber viele finden es aufregend und freuen sich, dass nicht sie an seiner Stelle sind.«

Ich sah mich in der Menge um. Einige Beobachter schienen tatsächlich freudig erregt zu sein, andere sahen ausdruckslos zum Podest hinauf und manch anderer hatte die Augen geschlossen. Die Trommelschläge hallten weiter über den Platz und kündigten das kommende Unheil an.

»Selbst wenn der Junge etwas angestellt hat, welches Recht haben diese Männer, ihn dafür zu bestrafen? Sie sind ganz normale Bürger und keine Wachen oder Mitglieder der Armee«, wandte Elena ein. »Nach welchem Recht handeln sie?«

»Nach ihrem eigenen«, antwortete Finn düster. »Selbstjustiz ist in den kleineren Dörfern und Städten gang und gäbe. Es gibt nicht genug Wachen, um alle Orte dieses Königreiches zu kontrollieren. Deswegen kümmern die Menschen sich selbst darum. Das ist eins der Dinge, die in Maljonar gehörig schief laufen.«

»Aber wie kann das sein?«, fragte Elena verzweifelt.

»Der König stellt nicht genug Wachen ab. In Belessan und in seinem Schloss mag alles geregelt sein, aber hier draußen gelten andere Regeln. Die Kluft zwischen Arm und Reich ist groß und das da«, er deutete auf das Podest, »ist der Weg der Reichen, um ihren Reichtum zu schützen und den Armen Angst zu machen.«

Das Trommeln verstummte. Der kräftig aussehende Mann mit der Peitsche trat an den Rand des Podestes und sprach zur Menge.

»Bürger von Munis!«, rief er mit tiefer Stimme über unsere Köpfe hinweg. »Manche Menschen lernen einfach nicht dazu.« Seine Stimme triefte von gespieltem Bedauern.

»Es sind erst ein paar Wochen vergangen, seit Samuel uns unterhalten hat. Wir alle hatten unseren Spaß dabei, ihn mit faulem Obst und Pferdemist zu bewerfen. Und doch erweist er uns heute bereits wieder die Ehre.« Viele Leute lachten und machten sich über den Jungen lustig. Es waren aber viel mehr Leute, die keine Reaktion auf seine Worte zeigten, vor allem die ärmlich aussehenden unter ihnen. Was sie insgeheim wohl dachten?

»Samuel wurde beim Stehlen erwischt, das zweite Mal in kurzer Zeit. Deswegen wird er heute mit fünfzehn Peitschenhieben bestraft. Zur Feier des Tages darf er danach nach Hause gehen, sofern er es noch kann!«, lachte er.

Mir drehte sich der Magen um.

Der Mann ließ seine Peitsche einmal in der Luft knallen und trat dann hinter den Jungen. Samuel gab noch immer keinen Ton von sich. Er starrte auf den Boden und regte sich nicht.

»Das lasse ich nicht zu!«, rief Elena und wollte losstürmen. Finn hielt sie zurück. Sie wand sich in seinem Griff und wollte schreien, aber er presste ihr die Hand auf den Mund.

»Sei still, sonst landest du neben ihm und teilst sein Schicksal«, flüsterte er ihr zu. In der allgemeinen Aufregung ging Elenas Protest zum Glück unter. Sobald sie sich beruhigt hatte, ließ Finn sie los. Sie hatte Tränen in den Augen und starrte ihn verzweifelt an.

Der erste Knall. Ich sah nicht hin, aber Elena richtete ihren Blick zurück zum Podest. Ihr Königreich war für sie immer perfekt gewesen. Doch dieses Weltbild, das im Schutz ihres Zimmers und durch die Worte ihres Vaters entstanden war, bekam seinen ersten Riss. Der zweite Knall machte ihn noch größer.

Ich sah kein einziges Mal hin. Auch nicht zwischen den Peitschenhieben, wenn Totenstille unter den Zuschauern herrschte. Finn stand neben mir und starrte auf den Hinterkopf seines Vordermannes, Bero und Ilias hatten sich abgewandt. Finn erklärte Elena und mir, wie es so weit kommen konnte, während ich Elenas Profil betrachtete. Ich zählte jeden Knall mit. Sie wurden schon bald von den Schreien und dem Wimmern des Jungen begleitet. Finns Worte lenkten mich davon ab.

»Im Gegensatz zu Belessan ist die Hierarchie hier draußen nicht in Stein gemeißelt. Außer, dass die Reichen das Sagen und die Armen das Nachsehen haben. Der König und einige reiche Adelige mögen viel für die Unterstützung der Armen zur Verfügung stellen, aber sie kontrollieren nicht konsequent genug, ob es auch da ankommt, wo es hinsoll.«

Ein besonders lauter Knall ließ uns zusammenzucken.

»Die Hierarchie ist immer in Bewegung. An einem Tag kannst du ein reicher Mann sein, am anderen bist du Abschaum. Es ist etwas ganz anderes als in Belessan und deswegen nützen all die schönen Pläne nichts, wenn sie nicht an das wahre Leben angepasst sind.«

Drei weitere Peitschenschläge vergingen, ehe Finn fortfuhr.

»Die Kluft wird immer größer und die Leute werden immer unruhiger deswegen. Eben weil sich von den einen auf den anderen Tag alles ändern kann. Wenn sie ihren Frust nicht in solchen Darbietungen an den kleinen Leuten rauslassen, werden sie sich bald gegen die großen wenden. Genau so hat es in anderen Königreichen angefangen.«

»Was hat so angefangen?«, fragte ich.

»Aufstände, Rebellionen, Kriege. Nichts Gutes jedenfalls.« Mit einem Nicken deutete er auf das Podest. »Hier kann man nichts mehr ändern. Man muss ganz oben ansetzen und sich dann langsam runterarbeiten. Aber das ist nahezu unmöglich.«

Nicht für Elena, dachte ich. Sie wandte ihren Blick nicht ein einziges Mal von Samuel ab und zuckte auch nicht zusammen. Doch es lag bodenlose Qual in ihrem Blick. An so etwas hatte sie bestimmt nicht gedacht, als wir aufgebrochen waren, um Maljonar kennenzulernen.

Der letzte Knall verhallte und die Männer zerrten den reglosen Jungen vom Podest. Was weiter geschah, erfuhr ich nicht, da sie von der Menge verschluckt wurden. Es herrschte eine betretene Stille. Selbst den hartgesottensten unter den Zuschauern war es am Ende schwer gefallen, der Auspeitschung zu folgen. Kaum einer rührte sich.

Elenas Augen waren rotgeweint, aber sie sah entschlossener aus, als ich sie jemals zuvor gesehen hatte.

»Ich will alles wissen«, flüsterte sie heiser. Ich fühlte, dass sie zum ersten Mal auch die schlechten Dinge damit meinte.

»Es wird alles gut«, beruhigte ich sie und drückte ihre Hand.

Es war auch das erste Mal, dass ich wirklich davon überzeugt war.

Die Festlichkeiten setzten nahezu genau da an, wo sie unterbrochen worden waren. Die Musiker stellten sich neu auf und spielten wieder ein fröhliches Lied. Nicht viel später fanden sich auch die Paare wieder zusammen, als hätte es nie einen Zwischenfall gegeben. Uns war jegliche Freude am Fest vergangen und betrübt machten wir uns auf den Weg zurück zu den Pferden. Sie waren noch genau da, wo wir sie zurückgelassen hatten, ebenso unsere Sachen. Schweigend stiegen wir auf und ritten weiter.

Besorgt betrachtete ich Elena, deren Mund zu einer dünnen Linie gepresst war. Es würde eine Weile dauern, bis sie das Ereignis auf dem Marktplatz verkraftet hatte. Wahrscheinlich dachte sie jetzt schon darüber nach, wie sie mit ihrem Vater nach unserer Rückkehr darüber sprechen würde. Und darüber, wie man so etwas in Zukunft verhindern konnte. Sie sah zu mir hoch und verzog den Mund zu einem schwachen Lächeln.

»Sieh mich nicht so an«, sagte sie leise. »Es geht mir gut. Ich denke nur nach.«

Den Rest des Weges ließ ich sie in Ruhe ihren Gedanken nachhängen. Erst als wir an unserem Nachtlager, einer der Hüttenansammlungen, ankamen, sprach sie wieder.

»Finn, würdest du mir ein Versprechen geben?«, fragte Elena ihn, während er gerade dabei war, seine Taschen abzupacken. Er ließ davon ab und drehte sich zu ihr um.

»Kommt ganz drauf an?«, sagte er neugierig, halb Frage, halb Aussage.

»Wenn wir in Letilis sind, erzählst du mir dann alles darüber, was in Maljonar falsch läuft?«

»Wenn dir das so wichtig ist, werde ich es selbstverständlich tun«, antwortete er ernst. »Du müsstest aber ein bisschen Zeit mitbringen.«

Elena schluckte. »Reicht unsere Heimreise aus?«

Finn nickte.

»Danke«, flüsterte Elena und ging mit hängenden Schultern zu unserer Hütte hinüber. Finn sah ihr mit gerunzelter Stirn nach. Bevor er mir meine Bestürzung am Gesicht ablesen konnte, wandte ich mich ab und packte auch meine Taschen ab. Eine einzelne Träne lief mir über die Wange, ehe sie zu Boden fiel. Sie galt den zerstörten Träumen meiner Freundin.

KAPITEL 13

ARYA

Es musste mitten in der Nacht sein, als ich schlagartig aufwachte. Ich war sofort alarmiert. Etwas stimmte nicht, wenn ich so aus dem Schlaf hochschreckte. Neben Elenas ruhigen Atemzügen hörte ich zunächst nichts. Dann vernahm ich das Wiehern der Pferde draußen im Stall. Es klang, als wären sie nervös.

Ich stellte mich auf mein Bett und sah zu dem kleinen Fenster hinaus, konnte draußen in der Dunkelheit aber nichts Verdächtiges erkennen. Nur die Pferde waren zu hören. Auch wenn ich diese Tiere nicht sonderlich mochte, vertraute ich ihrem Gespür für drohende Gefahr.

Ich stieg vom Bett und weckte Elena recht unsanft, indem ich sie leicht schüttelte. Sie murmelte vor sich hin, bis auch sie die Augen öffnete. Sie setzte sich auf und blickte verträumt umher. »Was ist los? Hattest du einen Albtraum?«

»Ich möchte dich nicht beunruhigen, aber ich glaube, draußen ist jemand. Die Pferde sind nervös. Hörst du es?«

Elena lauschte angestrengt und nickte, als sie das Schaben der Hufe und Schnauben der Tiere hörte.

Schnell zog ich den Dolch unter meinem Kopfkissen hervor und überreichte ihn ihr.

»Bleib hier drin und schließ die Tür hinter mir ab. Ich gehe nach draußen und sehe nach, was los ist.« Sie wusste, dass ich keine Widerrede dulden würde und nickte nur. Rasch warf ich mir mein langärmeliges Kleid über und schlüpfte in meine Stiefel. Aus der Satteltasche am Ende des Bettes holte ich das Kurzschwert hervor. Ich zog es aus seiner Scheide und wiegte es kurz in der Hand, um ein Gefühl dafür zu bekommen. Ich hatte es lange nicht mehr benutzt. Damit bewaffnet trat ich durch die Tür. Draußen erschrak ich, als ich fast mit Finn zusammenstieß, der ebenfalls mit einem Schwert bewaffnet war und zu unserer Hütte geschlichen kam. Das Mondlicht spendete gerade genug Licht, um ihn erkennen zu können. Auch er hatte sich hastig ein Hemd übergeworfen.

Er sah das Schwert in meiner Hand und runzelte die Stirn. »Wessen Schwert ist das?«, flüsterte er.

»Meins?«, antwortete ich ebenso leise. Ich hatte vergessen, dass er und die anderen es noch nicht gesehen hatten, geschweige denn wussten, dass ich es besaß. Sie konnten ihre Waffen tagsüber am Gürtel tragen, ich hatte sie verstecken müssen. Jetzt war es zu spät, und unsere Sicherheit ging vor.

»Du hast ein Schwert? Von dem Dolch wusste ich ja, aber ein Schwert?«, fragte er verblüfft.

»Wie du siehst«, sagte ich verärgert darüber, dass er mich mit seinen Fragen aufhielt.

»Ich frage lieber nicht weiter nach. Hast du die Pferde gehört? Ich wollte gerade bei euch nachsehen, ob alles in Ordnung ist.«

»Bei uns ist alles gut. Aber bei den Pferden stimmt was nicht.« Wir blickten zum Stall hinüber. Er befand sich abseits der Lichtung unter einer Gruppe von Bäumen. Von unserer Position aus konnte man keine Einzelheiten erkennen.

»Was ist los?« Bero hatte den Kopf zur Tür herausgestreckt.

Finn deutete in Richtung der Pferde und Bero lauschte.

»Soll ich mich mit euch umsehen?«, bot er an.

»Es wäre mit lieber, wenn du und Ilias zu Elena in die Hütte gehen würdet und ihr euch dort einschließt«, bat ich.

»Machen wir.«

Die Hütte war der sicherste Ort, den ich Elena bieten konnte. Wenn es eine Bedrohung gab, wollte ich sie so weit entfernt wie möglich davon wissen. Alleine lassen konnte ich sie schlecht und es würde mich beruhigen, sie in der Obhut von Bero zu wissen.

Bero zog sich mit Ilias zurück in unsere Hütte, während Finn und ich in Richtung des Stalls gingen. Ich konnte nichts Verräterisches entdecken. Keinen Lichtschein einer Kerze oder etwas anderes, was auf die Anwesenheit anderer Menschen hingedeutet hätte. Waren es Tiere, die sich hier herumtrieben?

Wir betraten vorsichtig den Stall und Finn streichelte seinem Hengst Huck über den Hals, während er ihm gut zuredete. Das Tier beruhigte sich, aber Finn gab mir mit einem nervösen Kopfschütteln zu verstehen, dass in der Tat etwas nicht stimmte. Plötzlich riss er den Kopf zur Seite und atmete tief durch die Nase ein. »Riechst du das?«

Ich schnupperte in der Luft, konnte aber nicht nachvollziehen, was er meinte. Ich roch nur die charakteristischen Stallgerüche. Er musste eine sehr gute Nase haben, wenn er darüber noch etwas anderes wahrnehmen konnte.

Er ging um den Stall herum und als ich ihm folgte, bemerkte auch ich, was er zuvor gerochen hatte. »Es riecht nach Alkohol.«

»Wohl eher nach richtig billigem Fusel«, erwiderte Finn.

Es knackte im Unterholz zu unserer Rechten. Ich wirbelte herum und hob mein Schwert. Finn stellte sich neben mich und tat es mir gleich. Wir hatten die Holzhütten in unserem Rücken und standen dem Waldrand gegenüber.

»Wer ist da?«, rief Finn in die Nacht hinein. Für ein paar Augenblicke tat sich nichts. Das Knacken wurde lauter und ein Mann trat aus dem Unterholz. Zwei weitere Männer folgten ihm. Sie waren mit Schwertern bewaffnet, trugen normale dunkle Reitkleidung und mindestens einer von ihnen schob eine widerwärtige Alkoholfahne vor sich her. Soweit ich es erkennen konnte, grinsten die drei boshaft.

Doch viel unheimlicher fand ich ihre Schwerter. Die Spitzen glänzten nicht metallisch, sie wirkten klebrig und dunkel. Ich war der festen Überzeugung, dass es Blut war.

Es hatte den Anschein, als seien die Männer erst vor Kurzem in einen Kampf verwickelt gewesen und suchten nun nach weiteren Opfern, an denen sie ihre Mordlust ausleben konnten.

»Na, Prinzesschen, hast du hier eine Verabredung mit deinem Traumprinzen?«, witzelte der vorderste von ihnen mit klarer Stimme. Er war es nicht, der an diesem Abend zu tief ins Glas geschaut hatte.

Der Mann lachte und die anderen stimmten mit ein. Wir mussten auf der Hut sein. Die Männer allerdings schienen in uns keine Gefahr zu sehen. Sie hatten ihre Schwerter nicht einmal erhoben, sondern hielten sie locker an der Seite.

»Was wollt ihr?«, fragte Finn sachlich.

»Na, was wohl, Kleiner? Alles, was ihr habt. Und zwar schnell, dann lassen wir euch vielleicht in Ruhe.« Seinem hinterhältigen Grinsen nach zu urteilen, lag ihm nichts ferner als das. Alles in mir spannte sich an und ich machte mich bereit, auf die Männer loszugehen. Finn tat es mir nach und stellte sich in die Ausgangsstellung, wie ich es ihm gezeigt hatte. Er machte es nahezu perfekt und ich erlaubte mir einen winzig kleinen Augenblick lang, stolz auf ihn zu sein. Gemeinsam würden wir mit den Männern fertig werden.

»Ich würde sagen, dass ihr jetzt ganz schnell wieder verschwindet, dann lassen *wir euch* vielleicht in Ruhe«, erwiderte Finn.

Die Männer lachten uns aus.

»Das glaubst du ja selbst nicht«, sagte der, der schon die ganze Zeit mit uns sprach und anscheinend der Anführer war. Ich erkannte den Moment, in dem er beschloss, auf uns loszugehen, noch bevor er sein Schwert hob. So etwas konnte ich selbst im Dunkeln erkennen. Er gab seinen Kameraden mit einer Kopfbewegung zu verstehen, dass die Wartezeit vorbei war und riss seinen Schwertarm hoch.

»Jetzt!«, rief ich, und Finn und ich stürzten den Männern entgegen. Unsere Klingen trafen aufeinander und gaben ein entsetzliches Kreischen von sich. Ich kam einem Schwert so nah, dass ich das Blut riechen konnte, das daran klebte. Der Geruch trieb mich an. Finn schlug sich gut und gemeinsam hielten wir die drei Männer in Schach.

Wir hatten noch nie gemeinsam gekämpft, nur gegeneinander, und trotzdem mussten wir keine Worte wechseln. Wir stimmten unsere Bewegungen lautlos aufeinander ab. Finn traf einen der Männer am Schwertarm. Dieser ging zu Boden und griff sich an die Wunde, um das Blut zu stoppen, während seine Waffe neben ihn fiel. Ich versetzte ihm einen Tritt gegen die Schläfe und er kippte um. Nun kämpften wir zwei gegen zwei.

Ich nahm mir den Größeren der beiden vor. Den Anführer, der als erster aus dem Wald gekommen war. Aus der Nähe konnte ich selbst in der Dunkelheit erkennen, dass er nicht älter als dreißig sein konnte. Sein diabolisches Grinsen verzerrte sein Gesicht zu einer schrecklichen Fratze.

Er war stark, sehr stark, ich aber nutzte meine Schnelligkeit. Ich schaffte es, ihn mit der Klinge am Oberschenkel zu treffen und ihn zu verletzen. Er schrie kurz auf, ließ sich davon aber nicht aufhalten und schlug weiter nach mir. Die Wut, die hinter diesen Hieben steckte, machte ihn besonders gefährlich und unberechenbar. Ich hatte Mühe und Not, sie zu parieren.

Aus dem Augenwinkel sah ich eine Bewegung in der Nähe der Hütten. War Bero herausgekommen? Ich machte den Fehler und sah zu der Hütte hinüber. Es war jedoch nicht Bero, den ich dort erblickte.

Zwei weitere Männer schlichen sich an die Hütte an, in der Elena, Ilias und Bero sich eingeschlossen hatten. Das Blut rauschte mir in den Ohren und ich wurde panisch, als ich den Hinterhalt erkannte. Die drei Männer im Wald waren eine Ablenkung gewesen.

Ich konnte nur noch alarmiert Finns Namen rufen, bevor mich der Fuß meines Gegners in die Brust traf und ich unter Schmerzen zu Boden ging. Ich bildete mir ein, etwas knacken zu hören. Das Schwert fiel mir aus der Hand und landete neben mir im Gras. Ich bekam keine Luft mehr und röchelte. Fasste mir an die Brust, um den Schmerz zu lindern. Schwarze Punkte tanzten vor meinen Augen. Ich durfte nicht das Bewusstsein verlieren. Nicht jetzt!

Finn wehrte einen Hieb ab, der für mich bestimmt war. Der kleinere Mann, Finns Gegner, lag tot am Boden und Finn knöpfte sich den letzten von ihnen vor. »Arya, steh auf!«, rief er, als er auf den Mann zuging. Die Schwerter der beiden trafen aufeinander. Er verschaffte mir Zeit und die Möglichkeit, zu den Hütten zu rennen.

Ich hob mein Schwert vom Boden auf und rappelte mich zittrig auf. Meine Brust brannte. Das Atmen fiel mir schwer, aber meine Sicht war nicht länger getrübt.

Die beiden Männer waren an der Hütte angekommen. Ich sah Bero, der sie beide vor der Tür mit seinem Schwert in Schach hielt. Die Tür sah mitgenommen aus. Sie mussten versucht haben, sich Zutritt zu der Hütte zu verschaffen.

In der zweiten Hand hielt Bero einen Dolch. Er hatte eine Wunde am linken Oberarm, der Stoff glänzte dort verräterisch feucht, doch Bero ließ sich davon nicht irritieren.

Er hieb wieder und wieder auf die Männer ein, die unter der Kraft seiner Schläge zusammenzuckten. Kampfgeräusche füllten die Nacht und spielten ihre eigene Todesmelodie.

Ich schaffte es nicht, mich an Beros Gegner heranzuschleichen. Mein Atem rasselte und verriet mich, trotz des Kreischens von Metall auf Metall. Einer der Männer wirbelte zu mir herum und ging auf mich los.

Als sein Schwert mit meinem kollidierte, schrie ich vor Schmerzen auf. Ich blendete es aus und konzentrierte mich auf den Kampf, so gut ich konnte. Der Mann ließ weitere Schläge auf mich niederprasseln und ich merkte, wie es mich langsam aber sicher mürbe machte. Lange würde ich das nicht aushalten.

Der Mann schrie plötzlich auf und sein Kopf fuhr herum. Er sah auf die Rückseite seines linken Unterschenkels. Mein Dolch steckte tief darin. Hinter dem Mann hockte Ilias, die Hand noch auf Höhe des Dolches erhoben. Der Mann schlug Ilias mit der Rückseite seiner freien Hand ins Gesicht und er fiel zu Boden. Er rührte sich nicht.

Ich schrie auf und ehe ich mich zurückhalten konnte, hatte ich dem Mann auch schon mein Schwert mitten ins Herz gerammt. Mit einem schmatzenden Geräusch zog ich es wieder heraus und starrte auf den Leichnam, der vor mir zu Boden ging.

Totenstille.

Es war gefühlt genauso schnell vorbei, wie es begonnen hatte. Irgendwie unwirklich. Ich ging in die Knie und stützte mich auf meinem Schwert ab. Es war vorbei.

Finn rannte zu uns herüber und kniete sich auf den Boden neben Ilias, der langsam wieder zu sich kam. Seine Lippe und sein Kinn bluteten, mehr schien ihm aber nicht zu fehlen. Bero hielt sich den Arm und verhinderte einen größeren Blutverlust.

»Sind alle in Ordnung?«, fragte er leise. Ich nickte nur, weil ich nicht sprechen konnte. Meine Brust stand in Flammen. Finn bejahte und auch Ilias gab einen Laut von sich. Die Tür zu unserer Hütte öffnete sich und Elena trat heraus. Als sie die toten Männer am Boden liegen sah, entwich ihr ein unterdrückter Schrei.

»W…was war das?«, stotterte sie.

»Ein Überfall«, erklärte Finn. Er klang so erschöpft, wie ich mich fühlte.

»Sind sie alle tot?«, fragte Bero und setzte sich ebenfalls zu Ilias auf den Boden.

»Einer hat überlebt. Er war nur bewusstlos, nicht tot. Aber er hat sich unbemerkt aus dem Staub gemacht, als ich noch mit dem letzten Kerl beschäftigt war. Der ist längt über alle Berge«, schlussfolgerte Finn.

Das hier war es, wovor ich mich gefürchtet hatte. Wovor ich Elena gewarnt hatte. Unberechenbare Leute, die krank im Kopf waren. Ich stand kurz vor einer Panikattacke. Ich konnte nur kleine und schnelle Atemzüge machen.

Die nicht ausreichende Luftzufuhr machte sich bemerkbar. Mir wurde schwindelig. Hinzu kamen die Vorwürfe, die ich mir machte. Ohne Finn und die anderen wäre dieser Überfall unser Verderben gewesen.

Elena versorgte Ilias' Wunden an Lippe und Kinn. Bero kam zu mir und fragte mich etwas. Ich verstand kein Wort. Ich zitterte.

Wir hätten verdammt noch mal sterben können.

Bero redete immer weiter auf mich ein. Er versuchte meine Hand von meinem Schwert zu lösen, an das ich mich noch immer klammerte.

Ich war eine Versagerin. Egal ob Strafe oder Erlösung, mit dem nächsten Wimpernschlag fiel ich endlich in Ohnmacht.

Als ich aufwachte, stand die Sonne hoch am Himmel. Ich lag auf dem Bett in unserer Hütte. Elena war nicht da. Ich fasste mir an den Brustkorb, wo ein dicker Verband angebracht war, der nach Kräutern roch. Bestimmt hatte Elena mich mit einer Salbe eingerieben und dann verbunden.

Als ich aufstand, war ich erleichtert darüber, dass es nicht so schlimm wehtat, wie ich befürchtet hatte. Es war wohl doch nur eine Prellung. Ich wusch mich mit dem Wasser, das mir jemand in einer Schüssel hingestellt hatte und zog ein frisches Kleid an. Es kostete mich wegen des schmerzenden Brustkorbs einiges an Kraft. Daran würde ich mich in den nächsten Tagen gewöhnen müssen.

Ich band mir die Haare zu einem losen Zopf zusammen und trat vor die Hütte. Ich blieb stehen, als ich den riesigen dunklen Fleck im Gras sah, den ich als getrocknetes Blut identifizierte. Doch keiner der toten Männer war zu sehen, auch auf dem Rest der Lichtung nicht. Ihre Leichen waren verschwunden.

Ich erblickte Finn, der an der Feuerstelle dabei war, Holzscheite zu einem kleinen Turm aufzustapeln. Er bemerkte mich, als ich auf ihn zuging, und drehte sich zu mir um. Ein schwaches Lächeln stahl sich auf seine Lippen, als er mich ansah. »Wie geht es dir?«, fragte er besorgt. Ich nickte nur, da ich diese Frage nicht ehrlich beantworten konnte.

Mit der Hand wies ich auf die Lichtung. »Wo sind sie hin?«

»Hilf mir dabei, das Feuer vorzubereiten, und ich erzähle es dir.«

Ich hockte mich neben ihn und reichte die Holzscheite an.

»Wie spät ist es eigentlich?«, wollte ich wissen.

»Um es mit Beros Worten zu sagen: bald Abendessenzeit. Du warst ganz schön lange weg.« Er sah zu mir und sein Blick verriet mir, dass er sich Sorgen um mich machte. Er bedrängte mich aber nicht mit weiteren Fragen über meinen Zustand.

»Kurz vor Morgengrauen sind hier ein paar berittene Männer aus Brakan aufgekreuzt. Das ist die nächstgelegene Stadt, ungefähr ein halbe Stunde Ritt von hier. Sie hatten dort eine Gruppe toter Männer in einem Waldstück entdeckt und die Blutspur, die die Täter hinterlassen hatten, mit Hilfe von Bluthunden bis hierher verfolgt. Sie erkannten, dass wir die Guten sind, und haben uns erzählt, was in Brakan passiert ist. Die Männer haben dort eine andere Gruppe überfallen, sie getötet und nackt in einem Waldstück zurückgelassen. Die Männer aus Brakan haben die Leichen der Täter vorhin auf ihren Pferden mitgenommen.«

»Und sie haben euch einfach so geglaubt, dass wir, wie hast du es genannt, die *Guten* sind? Aber wir haben doch sie umgebracht, nicht andersherum.«

»Arya«, sagte er sanft, legte seine Hände auf meine Schultern und zog mich nach oben. Wir standen uns gegenüber und er sah mir tief in die Augen.

»Es war Notwehr. Das wussten sie und du weißt das auch. Ilias hat es ihnen noch mehrmals verdeutlicht und seine Rolle in dem Ganzen nicht gerade bescheiden dargestellt. Und du kennst ihn. Wie hätten sie ihm nicht glauben sollen? Außerdem gibt es ein paar Zeugen in Brakan, die die Gruppe der Männer beschreiben konnten. Sie haben es sich vor ihrem ersten Überfall in einem Gasthaus gutgehen lassen und mit ihrem ungehobelten Verhalten für Aufsehen gesorgt. Das haben die Leute sich gemerkt und auf Nachfrage der Stadtwache hin gaben sie es wieder.«

Ich nickte nur. Ich hatte so etwas die ganze Zeit erwartet und gedacht, dass ich darauf vorbereitet war.

Und trotzdem war der Schock bis in meine Knochen vorgedrungen.

»Macht es dir nichts aus?«, fragte ich Finn.

Traurig sah er mich an. »Es ist, leider, wie ich sagen muss, nicht das erste Mal, dass mir sowas passiert. Auf Reisen trifft man nicht immer nur auf nette Menschen. Es gibt auch solche wie diese Männer, die grundlos und abgrundtief böse sind. Es klingt vielleicht unsensibel, aber du darfst das nicht zu nah an dich heranlassen. Du hast dich entscheiden müssen: Du oder er. Und jeder andere Mensch hätte genau wie du entschieden. Wie wir alle.«

Ich sah ihm an, dass ihn dieser Vorfall, trotz seiner weisen Worte, nicht kalt ließ. Auch er dachte noch darüber nach.

»Dann war es einfach nur Pech, dass wir ihnen begegnet sind?«

»Wir waren zur falschen Zeit am falschen Ort, das ist alles.«

Er mochte recht haben. Es mochte einfach nur ein dummer Zufall gewesen sein. Und doch fühlte es sich schrecklich an, dass sich meine Befürchtung bewahrheitet hatte. Ich fragte mich, ob ich überhaupt dazu geschaffen war, eine Leibwächterin zu sein, wenn mich so ein zufälliger Zwischenfall schon an meine Grenzen trieb. Ich hatte Elena beschützt, wie es meine Aufgabe war, aber stolz war ich nicht.

Finn, Bero und Ilias war es zu verdanken, dass wir noch am Leben waren.

Zu seiner und meiner Überraschung schlang ich die Arme um ihn und drückte ihn an mich. Die Schmerzen in meinem Oberkörper waren mir völlig egal.

»Danke. Ich stehe tief in eurer Schuld. Ihr habt uns das Leben gerettet«, murmelte ich an seine Brust gepresst.

Er drückte mich zurück und strich mit der Hand sanft über meinen Rücken. Ich fühlte mich augenblicklich besser.

Es versetzte mich in den Moment zurück, den wir gestern auf dem Fest geteilt hatten und der so abrupt unterbrochen worden war.

»Wir hatten auch eine unglaublich gute Lehrerin. Vielleicht werde ich irgendwann doch mal besser als du«, erwiderte Finn und ich ließ ihn los.

»Aber sicher«, sagte ich ironisch. »Wo sind eigentlich die anderen?«

Finn deutete auf den Wald. »Sie waren Beeren holen oder so, aber da kommen sie.«

Ehe ich mich versah, kam Ilias auch schon auf mich zugerannt und umarmte mich stürmisch. Als er mich losließ, deutete er mit dem Finger auf die getrockneten Wunden an seiner Lippe und seinem Kinn.

»Schau mal, Arya, das wird meine erste Narbe geben! Und dann kann ich jedem erzählen, wie ich sie ehrenvoll im Kampf bekommen habe!«

Ich erinnerte mich an seinen gefährlichen Einsatz, mit dem er mir gestern geholfen hatte. Ich brachte es nicht übers Herz, ihn wegen seines unerlaubten Einschreitens zu tadeln. Immerhin hatte ich ihm beigebracht, wie man sich verteidigte und angriff. Er hatte sich nur wie der Musterschüler verhalten, der er war. Für ihn war es ein wahrgewordenes Abenteuer, das er sonst nur aus Geschichten kannte.

»Du hast dich sehr gut geschlagen«, sagte ich stolz.

Als nächstes drückte Elena mich an sich. Ihr Blick verriet mir, dass sie nicht über das Geschehene reden wollte.

Vermutlich hatten die Jungen auch ihr erklärt, dass so etwas passieren konnte. Ich hoffte, dass es bei diesem einen Mal blieb.

KAPITEL 14

FINN

Als wir am nächsten Tag aufbrachen, war die Stimmung getrübt. Jeder versuchte mit seinen eigenen Gedanken zurechtzukommen. Ich war mir sicher, dass dieser Zustand nicht ewig andauern würde. Es gab auf unserem Weg noch so viele schöne Dinge zu sehen, die uns von unseren trüben Gedanken ablenken würden.

Am diesem Nachmittag erreichten wir die Akademie. Es war ein imposantes Gebäude, das es in diesem Königreich so kein zweites Mal gab. Sie stand auf einer großen Lichtung, umgeben von Bäumen, die einer sehr seltenen Art angehörten. Sie reichten bis in den Himmel und überragten das Dach der ohnehin schon schwindelerregend hohen Akademie.

Diese Bäume waren etwas ganz Besonderes. Neben ihrem Erscheinungsbild mit cremefarbenen Stämmen, vielen Verästelungen und einem gold-grünen Blätterdach, besaßen sie magische Eigenschaften. Im Frühjahr waren die Blätter dieser Bäume grün, wie auch bei den nichtmagischen Vertretern ihrer Art. Im Sommer verfärbten sich einige dieser Blätter und nahmen einen Goldton an. Damit waren sie reif für die Ernte. Es gab gesondert ausgebildete Männer und Frauen, die die mit Blätter atemberaubenden Seil- und Kletterkonstruktionen von den Bäumen holten. Sie sammelten die Blätter in Körben und übergaben diese den Akademikern. Das eigentlich Magische passierte erst dann.

Wurden diese Blätter mit einer speziellen Tinte beschrieben, deren Zusammensetzung ein Geheimnis der Akademiker war, verwandelten sie sich in Papierbögen, die als unzerstörbar galten. Weder durch Feuer, Wasser noch sonst etwas. Auch die Bäume selbst waren robust.

Bis heute war nicht geklärt, ob zuerst einer dieser Bäume oder aber die Akademie an diesem Ort gestanden hatte. Eine Legende besagte, dass Saatlinge aus dem magischen Wald gestohlen und rund um die Lichtung angepflanzt worden waren. Ein damaliger Akademiker soll dafür verantwortlich gewesen sein und dieser habe der Legende zufolge auch die Akademie in unmittelbarer Nähe zu den Bäumen errichtet.

Andere wiederum meinten, dass die Bäume schon immer nur an dieser einen Stelle gewachsen waren und dass dies auch der Grund dafür war, warum man die Akademie an dieser Stelle errichtet hatte. Ihr ganzes Leben lang schrieben die Buchliebhaber der Akademie alles auf, was sie an Informationen finden konnten, nur ihre eigene Geschichte war und bleib ein Rätsel.

Welche Ironie.

Das Gebäude der Akademie war eine Mischung verschiedener Stile, die seltsamerweise gut zusammenpasste. Viel buntes Glas war in den Mauern verbaut, die aus dunklen, hellen, aber vor allem auch roten Steinen bestanden. Die meisten Fenster waren große Rundbögen, die sich über mehrere Etagen erstreckten. Das Dach war spitz zulaufend und die Ziegel leuchteten je nach Sonnenstand in unterschiedlichen Farben von gold- bis hellbraun.

Die Außenwände waren mit reliefartigen Mustern aus Steinen verziert, auf denen der eine oder andere Vogel sich häuslich niedergelassen hatte. Wurde man von den Ausscheidungen eines hier nistenden Vogels getroffen, hatte man angeblich eine große Erkenntnis vor sich. Vermutlich diente dieser Aberglaube aber nur Besänftigung der Bebeziehungsweise Getroffenen.

Ähnlich wie beim Tempel der Sonnengöttin gab es auch hier einen Vorplatz, der etliche Gelegenheiten zum Verweilen bot. Rund um die Akademie war allerdings fast niemand zu sehen. Die Leseratten zogen es vor, an den Schreibtischen im Inneren zu studieren. Der Eingang zur Akademie bestand aus einer fünf Schritt hohen und doppelflügeligen Tür am Ende einer kurzen Steintreppe.

»Ich würde sagen, wir Jungs kümmern uns um Pferde und Unterkunft, ihr könnt ja schon mal vorgehen«, schlug ich den anderen vor. Dass es Gästen möglich war, in der Akademie zu übernachten, war ein ungewöhnliches Angebot ihrerseits. In den Tempeln hatte dieses Angebot schon lange Einzug gehalten, doch viele der gelehrten Leute waren diesbezüglich skeptischer. Die meisten anderen solcher Institutionen sahen Gäste nicht gerne, noch weniger, wenn diese Unwürdigen in ihren heiligen Schriften wühlten. Doch unzerstörbares Papier machte scheinbar nachsichtiger. Und die Leute in der Akademie hatten wohl großes Verständnis für jeden, dessen Neugierde sich nicht an einem Tag befriedigen ließ.

Die Schriften, die noch auf normalem Papier festgehalten worden waren, wurden unter Verschluss gehalten und ohne Aufsicht kam man nicht an sie heran. Zwar gab es stets die Angst vor Diebstählen, aber bisher waren alle diesbezüglichen Vergehen aufgedeckt und die Täter bestraft worden. Es war nicht bekannt, wie die Akademiker das bewerkstelligten. Ich glaubte, es gab da einen Trick, mit dem sie die entwendeten Schriftstücke wieder aufspüren konnten. Ganz sicher war jedenfalls, dass Magie eine entscheidende Rolle dabei spielte. Ohne diese Sorgen konnten die Akademiker dieser Einrichtung Gäste unvoreingenommen in ihren heiligen Hallen willkommen heißen.

Vor allem wissensdurstige Menschen wurden hier gerne gesehen. Gerüchten zufolge hatten einige Besucher die

Akademie nie wieder verlassen, nachdem sie einmal darin verschwunden waren. Vermutlich saßen sie noch heute da, gefesselt von einem Buch.

Ich ließ meinen Blick über die eindrucksvolle Fassade schweifen. Wie viel Wissen und magische Dinge hinter diesen Mauern stecken mochten?

KAPITEL 15

ARYA

Hinter der Eingangstür zur Akademie lag ein großes Foyer. Der Boden bestand aus poliertem Marmor und spiegelte das durch die Fenster einfallende Sonnenlicht. Unsere Schritte hallten durch den Raum und ich fühlte mich angesichts der Ausmaße des Gebäudes winzig.

Auf der rechten Seite des Foyers befanden sich mehrere Sitzgruppen, bestehend aus Sesseln und Tischen. Es gab eine Anrichte, auf der man Karaffen mit Wasser und verschiedenen Säften bereitgestellt hatte.

Elena ging zu dem Pult hinüber, das auf der gegenüberliegenden Seite stand. Es befand sich vor einer langen Wand, die gänzlich mit Regalen zugestellt war. Schriftrollen, Bücher und Papierstapel füllten die Regalbretter auf. Hinter dem Pult saß eine kleine, rundliche Frau und beschrieb eifrig eine Seite Papier. Die Feder kratzte bei jedem Buchstaben.

»Ich grüße Euch! Mein Name ist Elena. Ich möchte bei Meister Ecrin vorsprechen. Er erwartet mich.« Sie überreichte der Dame einen versiegelten Brief. Elena hatte ihr Kommen angekündigt?

Wie lange im Voraus hatte sie diese Reise eigentlich geplant?

Die Frau nahm den Brief ohne ein weiteres Wort an sich, zerbrach das Siegel und las ihn. Sie musterte erst Elena und dann mich mit kritischem Auge. Aus einer Schublade rechts unter dem Schreibtisch nahm sie eine kleine Glocke heraus und klingelte damit. Das Geräusch breitete sich in der großen Halle aus und sein Echo hallte lange nach.

Nachdem sie das Schreiben zusammengefaltet und hinter sich ins Regal gelegt hatte, setzte sie sich zurück an den Schreibtisch und schrieb weiter, als wären wir gar nicht da. Elena sah mich verdutzt an, ich konnte allerdings nur mit den Schultern zucken.

Wir hörten Schritte näherkommen und bald bog ein Mann mittleren Alters um die Ecke. Er trug braune Schuhe, eine schwarze Hose und ein helles Hemd. Mit einer Verbeugung und einem Lächeln begrüßte er uns.

»Ich glaube, Ihr wollt zu mir. Mein Name ist Jonah Ecrin. Ich hoffe, die Damen hatten eine angenehme Reise.« Er tauschte mit Elena ein paar Nettigkeiten aus, ehe er uns darum bat, ihm zu folgen.

Elena und ich liefen hinter ihm einen langen Gang entlang, der rechts und links von Türen gesäumt wurde und dessen Decke hoch über unseren Köpfen schwebte. Sie war nach außen gewölbt und mit Malereien verziert, deren feine Einzelheiten man von unten aus nur schwer erkennen konnte.

Alle Farben, die man sich nur vorstellen konnte, waren vertreten. Von Schattenschwarz bis zu leuchtendem Sonnengelb, das mich an Relior denken ließ. Ich lächelte. Es hätte ihm hier gefallen.

Die Wände waren in einem warmen Braunton gehalten, der von einem feinen Muster durchzogen wurde. Linien, Kreise, Schwünge – alles verflocht sich zu einem endlosen Gebilde. Wenn man seinen Finger auf eine Linie legen und dieser folgen würde, welche Strecke man dann wohl hinter sich lassen würde?

Ich blickte wieder nach vorne, als Ecrin stehen blieb und uns mit einem »Nach Ihnen, meine Damen« in einen Raum auf der rechten Seite bat. Die schwere Holztür stand offen und wir gingen hinein, fasziniert von dem, was sich vor uns auftat.

Der Raum war riesig, die Decke genauso hoch wie die des Flures. Die Wand links von uns war bis obenhin mit Regalen voller Bücher gefüllt, deren obere Fächer nur durch eine Leiter zu erreichen waren. Auf der rechten Seite befand sich eine Feuerstelle. Vor dieser standen Armsessel, die zum Verweilen einluden. Sie waren abgenutzt, alt und konnten bestimmt unzählige Geschichten von den vielen Besuchern dieses Raumes erzählen, die ich nur zu gerne gehört hätte. Sie waren mit Sicherheit schöner als alles, was ich zu berichten hatte.

An der gegenüberliegenden Wand war eine weitere Tür eingelassen, die in einen abgegrenzten Raum führte. Ich entdeckte dahinter einen Schreibtisch, der vor einem großen Fenster stand. Ich sah Bücherstapel, Papierrollen und weitere Hinweise darauf, dass der Besitzer dieses Zimmers Stunden damit verbrachte, in diesen zu lesen und sein Wissen auszubauen.

Wieder betrachtete ich die vielen Bücher an der linken Wand. Wie viele Leben musste man leben, um all diese Bücher zu lesen? Ich schloss für einen Moment die Augen und konzentrierte mich auf den Geruch und die Geräusche um mich herum.

Papierrollen raschelten leise, wenn ein Lufthauch sie berührte. In der Ferne hörte man Schritte auf den Fluren. Besonders präsent war der Geruch von Papier und Tinte, der hier niemals verblassen würde. In diesem Moment beneidete ich Ecrin und die anderen Bewohner dieser Akademie. Dies war der ideale Rückzugsort, wenn man mit sich zufrieden war, sich ganz seinen Gedanken und seiner Neugierde widmen wollte. Ich konnte mir aber nicht vorstellen, alleine mein Leben inmitten dieser Bücher zu verbringen. Zumindest nicht mit dem Ich, das ich gerade war.

Ich schüttelte den Kopf, um meine Gedanken zu vertreiben, und konzentrierte mich wieder auf Ecrin. Er hatte in der Zwischenzeit einige Worte mit Elena gewechselt, die ich ausgeblendet hatte.

»… werde ich uns einen Tee bringen lassen. Ihre Freundin kann solange in diesem Raum warten. Bitte, nach Ihnen«, endete Ecrin seinen Satz.

Elena drehte sich zu mir um.

»Arya, warte bitte hier auf mich, bis ich mit Ecrin ein paar politische Sachen besprochen habe. Sie wären für dich sicherlich nur fürchterlich langweilig und es ist ja nicht so, als wärst du meine Leibwächterin, die mir überall hin folgen würde, nicht wahr?« Elenas Worte ließen mir keine andere Wahl als ihrer Bitte nachzukommen, auch wenn ich ihr lieber gefolgt wäre. Ich wollte sie hier und jetzt nicht hinterfragen. Mit gesenktem Kopf vollführte ich einen kleinen Knicks und gab ein widerstrebendes »Was immer Ihr wünscht, Herrin« von mir. Um Elenas tadelnden Blick nicht zu begegnen, blieb ich so lange in dieser Position, bis sie und Ecrin im angrenzenden Zimmer verschwunden waren und die Tür hinter sich schlossen. Erst dann stieß ich einen Seufzer aus und entspannte mich.

Ich sah mich um. Ließ meinen Blick über die Regale schweifen, nahm Titel und Namen in mich auf. Ich blieb an einem dünnen Buch hängen, das einen abgegriffenen dunkelgrünen Einband hatte. Ich zog es heraus und betrachtete verwirrt die Titelseite. Sie war leer. Ich drehte das Buch um, konnte aber auch auf der Rückseite nichts entdecken. Aus Neugierde schlug ich das Buch in der Mitte auf.

Ich fand im Buch dasselbe wie außen.

Nichts.

Die Seiten waren vergilbt, ansonsten aber leer. Stirnrunzelnd fragte ich mich, was ein leeres Buch im Regal zu suchen hatte. Es sah aus, als wäre es schon durch Hunderte von Händen gegangen. Vielleicht war es ein Notizbuch. Dann aber stellte sich die Frage, was so besonders daran war, dass viele Menschen es in die Hand genommen, aber nie etwas hineingeschrieben hatten.

Ich blickte auf, als ich auf dem Flur Schritte hörte, die sich dem Raum näherten. Wenige Augenblicke später stand mir ein älterer Mann gegenüber. Er war etwas größer als ich, hatte schneeweißes dichtes Haar und Augen, die mir warm und freundlich entgegenblickten. Es war fast unmöglich, sein Lächeln nicht zu erwidern.

In den Händen trug er ein Tablett aus Holz, auf dem sich eine gusseiserne Kanne befand, außerdem zwei Tassen, ein Schälchen voll mit Zucker und eine voll Milch. Er blieb kurz im Türrahmen stehen und musterte mich.

»Vermute ich richtig, wenn ich behaupte, dass du Arya bist? Die Nichte von Relior?«, fragte er.

Bei der Erwähnung des Namens meines Onkels wäre mir fast das Buch aus der Hand gefallen. Überall wo wir hinkamen, hatte mein Onkel bereits Spuren hinterlassen, die ich nun nach und nach entdeckte.

»Ihr kanntet meinen Onkel?«

»Er war ein alter und sehr guter Freund von mir. Bis unsere Wege sich eines Tages trennten, weil wir die Welt auf unterschiedliche Weise kennenlernen wollten.«

Etwas an diesen Worten schien mir vertraut. Ich hatte sie schon einmal gehört.

»Ihr seid Hawer«, erriet ich. Erst konnte ich mich nicht genau erinnern, doch dann fiel mir ein, dass Relior mir einmal von einem Freund erzählt hatte, den er nicht mehr oft gesehen hatte, seit er der königlichen Leibwache beigetreten war und besagter Freund sein Leben in die Akademie verlegt hatte.

»Genau der bin ich. So wie Relior es beim Kämpfen getan hat, so vermag ich es mit meinem Verstand, die Menschen in Staunen zu versetzen. Das ist ein schwacher Vergleich, aber ich glaube, du verstehst, was ich meine.«

»Ich denke schon. Relior versuchte die Welt durch sein Handeln zu verändern und Ihr versucht es über den Weg des Wortes«, sagte ich.

Er nickte zufrieden. »Du bist eine kluge Frau, Arya.« Er hatte das Tablett auf dem Tisch zwischen den zwei Sesseln abgestellt und die Tür geschlossen.

»Setz dich doch bitte. Wir beide sollten uns unterhalten.«

»Sollt Ihr diesen Tee nicht zu Meister Ecrin bringen?«

»Nein, dieser Tee ist für uns. Meister Ecrin bekommt den Tee immer von einem Diener serviert, der über eine weitere Tür in dessen Studierzimmer Zutritt hat.«

Eine weitere Tür? Davon war nicht die Rede gewesen. Eine weitere Tür bedeutete auch eine weitere Möglichkeit der Gefahr für Elena.

Ich legte das grüne Notizbuch auf einen Tisch neben dem Regal, blickte zum Studierzimmer und ging darauf zu. Ich konnte Elena nicht unbewacht lassen. Nicht, wenn ich nicht die Kontrolle über alle Zugänge zu dem Raum hatte. Ich dachte an die Nacht des Überfalls. Was keine gute Idee war, da mich das nur aufregte. Diese Situation war nicht damit zu vergleichen und ich verbannte meine Gedanken daran.

»Arya, du brauchst keine Angst zu haben. In dem anderen Raum, zu dem diese zusätzliche Tür führt, sitzen eure drei Begleiter zusammen mit zwei meiner Männer. Niemand wird deiner Freundin etwas tun.«

Einen kurzen Moment zögerte ich und blickte weiterhin auf die Tür. Einem Freund von Relior konnte ich vertrauen. Das hoffte ich zumindest. Ich ging zu den beiden Armsesseln und setzte mich in den, von dem aus ich die Tür zum Studierzimmer beobachten konnte. Seine Farbe war eine Mischung aus blau und grün und er war genau so gemütlich, wie er aussah. Meine geprellten Rippen schmerzten im

Sitzen, doch es ließ sich aushalten. Um mich abzulenken, wandte ich mich an Hawer, der sich im anderen Sessel niederließ.

»Worüber wollt Ihr mit mir reden?«

Er schenkte uns beiden Tee ein, nahm seine Tasse und lehnte sich in seinem Sessel zurück. Er blies gegen den aufsteigenden Dampf und nahm einen kleinen Schluck. Dann begann er endlich zu sprechen.

»Ich weiß nicht, ob dein Onkel es dir erzählt hat, aber nachdem unsere Wege sich trennten, blieben wir in Kontakt. Wir schrieben uns Briefe, trafen uns anfangs sogar einige Male, um zu reden und die ganzen alten Geschichten wieder aufleben zu lassen.« Er lächelte traurig und fuhr mit dem Daumen gedankenverloren über den Rand der Teetasse. »Er war ein guter Mann, dein Onkel. Ich habe erst vor ein paar Tagen von seinem Tod erfahren und bin sehr traurig darüber. Ich hätte ihn gerne noch einmal gesehen. Doch es kam immer etwas dazwischen … Das bereue ich zutiefst.« Er seufzte traurig und es brach mir fast das Herz, ihn so zu sehen. »Es tut mir schrecklich leid, dass du ihn verloren hast.«

Ich schluckte, konnte die Tränen aber zurückhalten.

Hawer bemerkte mein Unbehagen und sprach weiter. »In diesen Gesprächen und Briefen kamst natürlich auch du zur Sprache. Dein Onkel hat dich geliebt und er war so stolz auf dich. Er hat viel und gerne über dich geredet.«

Nun war ich es, die nach ihrer Teetasse griff. Ich brauchte eine Beschäftigung für meine Hände. Es fiel mir nicht leicht, über meinen Onkel zu reden. Ich fragte mich, ob es jemals wieder einfach werden würde.

Ich genoss den Duft des Tees. Er war von einer dunklen, orangenen Farbe und roch herb, aber gut. Ich trank einen Schluck und es ging mir besser, als sich die Wärme von meinem Bauch aus in meine Glieder ausbreitete.

»Er hat mir auch von deiner Gabe erzählt, Arya.«

Zum zweiten Mal innerhalb kürzester Zeit ließ ich fast etwas fallen. Ich konnte die Teetasse gerade noch mit meiner zweiten Hand festhalten, ehe sich ihr Inhalt über meine Beine ergoss. Ich starrte ihn an. Starrte dann zur Tür, hinter der Elena saß und hoffte, dass ihr Holz dick genug war, um Hawers Worte aufzuhalten.

»Keine Angst, sie kann uns nicht hören«, sagte er.

Ich sah ihn an. Mein Mund wollte keine Worte formen. Ich konnte einfach nicht. Er wusste es. Und er saß hier, mit mir, und trank Tee. Als wäre nichts dabei.

Er überging meinen Schreck und fuhr unbeirrt fort. »Ich weiß, dass deine Freundin nichts von der Natur deiner Gabe weiß. Relior hat mir auch das erzählt. Du kannst dir also meine Verwunderung vorstellen, als ich vor einigen Wochen einen Brief von ihr erhalten habe. In diesem schrieb sie mir, woher sie Relior und daher auch meinen Namen kannte und dass sie eine gezeichnete Freundin namens Arya hat, die nicht weiß, was ihre Gabe ist.

Sie schrieb mir auch, dass besagte Freundin manchmal Schmerzen hat, die von ihren Malen ausgehen. Sie glaubt, das Unwissen über die Art der Gabe sei die Ursache dafür. Und weil die Gabe deswegen nicht angewendet werden kann. Aber dem ist nicht so, oder?«

»Ihr wisst, was meine Gabe ist und was ich damit angerichtet habe, also könnt Ihr euch diese Frage auch selbst beantworten«, erwiderte ich gepresst. Ich war verärgert, sah aber in seinen Augen, dass er es nicht böse meinte.

»Ich weiß, dass du deine Gabe kennst und dass du sie anwendest. Und ich weiß auch, dass du Elena darüber im Unklaren gelassen hast und sie deshalb ihre eigenen Vermutungen anstellt. Die Fragen, die sich somit stellen, sind folgende: Wieso empfindest du diese Schmerzen, die ganz offensichtlich in Zusammenhang mit deiner Gabe stehen, und warum vertraust du dich ihr nicht an? Ich kenne die Antwort auf die erste Frage, aber die zweite kannst nur du mir beantworten.«

Auch auf diesen kleinen Vortrag konnte ich zunächst nichts erwidern. Er wusste, was es mit den Schmerzen auf sich hatte? Woher wollte er das wissen? War er selbst gezeichnet?

Ich suchte seine freiliegende Haut an Armen, Hals und Nacken ab. Versuchte zu erkennen, ob sich dort Ansätze einer Zeichnung befanden. Sie konnte sich natürlich auch an anderen Stellen befinden, aber mehr konnte ich nicht tun. Hawer bemerkte meine suchenden Blicke und beantwortete meine unausgesprochene Frage.

»Ich selbst trage kein Mal, kenne aber viele Leute, die so sind wie du. Wobei kennen vielleicht nicht der richtige Ausdruck ist. Ich habe sie studiert. Seit ich zum ersten Mal einen gezeichneten Menschen traf und näher kennenlernte, war ich fasziniert von den Malen und ihrer Geschichte. Ich sprach mit vielen von ihnen und las alles, was ich darüber finden konnte.

Der erste Gezeichnete, den ich kennenlernte, war Relior. Seine Kampfkunst war sagenhaft und seine Leidenschaft dafür ansteckend. Ich konnte nicht anders, als mich dafür zu begeistern. Und genau aus diesem Grund kann ich dir die Frage mit den Schmerzen beantworten. Im Gegenzug wüsste ich gerne von dir, wieso du dich Elena nicht anvertraust. Wissen gegen Wissen. Was hältst du davon?«

Da ich auf meine Gabe auch gut hätte verzichten können, hatte ich mich nie mit ihrem Ursprung und den Legenden beschäftigt, die man sich über die Gaben erzählte. Es war eine der wenigen Geschichten, die ich nicht von meinem Onkel hören wollte, weil ich den Sinn nicht sah. Es hätte mir auch nicht dabei geholfen, die meine loszuwerden. Man wurde mit seiner Gabe geboren und behielt sie ein Leben lang. So viel hatte ich von meinem Onkel gelernt.

Ich wusste, dass gezeichnete Menschen bereits mit kleinen Malen auf die Welt kamen. Bei mir waren es geschwungene und verschnörkelte, hellgraue Linien auf dem Unterarm gewesen. Die Zeichen unterschieden sich von Mensch zu Mensch in Position, Form und Farbe. Zunächst waren die Farben der Male blass. Benutze man seine Gabe zum ersten Mal, wurden die Farben kräftiger.

Die meisten Menschen konnten diese Farbveränderung mit einer vorangegangenen Handlung in Verbindung setzen und auf ihre Gabe schließen. Es gab aber auch Fälle, wo die Zusammenhänge nicht deutlich waren, und es weiterer Versuche bedurfte, bis man Rückschlüsse ziehen konnte. Manche der Gezeichneten erfuhren nie, was ihre Besonderheit war.

Gaben konnten die unterschiedlichsten Formen annehmen. Besonders gutes Kämpfen, Singen oder heilende Fähigkeiten. Alles war möglich. So viel hatte Relior mir als Kind erzählt, als ich ihn auf seine blauen Male am Bein ansprach. Ich hatte mich immer gefragt, was mein Talent war und mich auf den Tag gefreut, an dem ich es herausfinden sollte. Als es dann im Alter von zehn Jahren so weit war, hätte ich am liebsten alles vergessen, was damit zu tun hatte.

Hawer füllte meine Wissenslücken über die Geschichte der Gaben auf.

»Es gab eine Zeit, lange vor der unseren, in der die Menschen in den Königreichen sehr unglücklich waren. Sie litten Hunger, Krankheiten brachen aus und Wölfe rissen ihre Tiere. Sie machten die Götter dafür verantwortlich und begannen, den Glauben an sie zu verlieren. Die Menschen glaubten, die Götter wüssten nicht recht mit ihrer Macht umzugehen. Sie gingen sogar so weit zu behaupten, dass sie es selbst besser machen würden, wenn sie nur könnten.

Die Götter waren zornig geworden. Viele Ereignisse, die den Menschen widerfuhren, waren der natürliche Lauf der Dinge und sie wollten und konnten nicht eingreifen. Es hätte das Gleichgewicht der Natur zerstört. Doch sie wollten den Menschen eine Lektion erteilen und ihnen begreiflich machen, dass Macht zu haben nicht gleichzeitig bedeutete, sie einsetzen zu müssen. So verteilten sie verschiedene Gaben an die Menschen, die sich ungerecht behandelt fühlten und den Göttern die Schuld gaben. Sie gewährten ihnen Macht, mit der auch Verantwortung einherging.

Doch sie vermochten nicht mit dieser Verantwortung umzugehen. Sie nutzen ihre Gaben schamlos aus, bekämpften sich gegenseitig und waren sich selbst immer die Nächsten. Neid kam auf und ein neues Gefühl von Ungerechtigkeit wurde geboren. Es wurde schlimmer als vorher, da die Menschen sich ihr eigenes Unglück schufen. Sie erzeugten ein noch viel größeres Ungleichgewicht in der Natur, das ihnen zum Verhängnis wurde. Viele Kämpfe und Opfer später sahen die Menschen es ein. Sie waren an der Verantwortung gescheitert. Sie baten die Götter um Vergebung und um Hilfe, damit sie das Gleichgewicht wiederherstellen konnten.

Die Götter waren gnädig. Sie wollten den Menschen nur eine Lektion erteilen und sie nicht gänzlich zu Grunde richten. Sie nahmen ihnen die Gaben und stellten die Harmonie wieder her. Damals wurden die fünf Feste ins Leben gerufen, um den Göttern immer wieder aufs Neue zu danken und ihre Güte zu ehren.

Einige Jahre nach diesen Ereignissen wurden wieder Menschen mit Malen geboren. Es waren nur wenige, aber sie alle waren wieder im Besitz einer Gabe. Da sich niemand mehr traute, die Wege der Götter anzuzweifeln, nahm man an, dass dies zur Erhaltung des Gleichgewichts in der Welt notwendig war. Die gezeichneten Menschen galten als Geschenk der Götter und waren im ganzen Land hoch angesehen. Vorausgesetzt natürlich, sie setzen ihre Gabe verantwortungsbewusst ein.

Eine Gabe war wie ein Messer. Entweder du teilst mit seiner Hilfe das Brot mit anderen, oder du tötest andere und machst dir ihr Brot zu eigen. Was geschieht, liegt in der Hand des Besitzers. Doch etwas war anders als vorher. Im Gegensatz zu früher war es Gezeichneten mit gewissen Gaben nicht mehr möglich, andere gezeichnete Menschen zu beeinflussen, wenn diese Gabe beispielsweise einen Eingriff in den Willen und die Gedanken des anderen Menschen ermöglicht. So wie deine Gabe es tut. Und auch Familienmitglieder können nicht mit einer Gabe beeinflusst werden, sei sie nun gut oder schlecht. So ist es auch heute noch. Auch wenn der Ruf der Gezeichneten im Laufe der Jahrhunderte an Glanz verlor, sind sie auch heute noch sehr angesehen. Vom Heiler bis hin zum Kämpfer werden sie an den Königshof berufen, um ihrem König und ihrem Land zu dienen«, beendete Hawer seine Erzählung.

So war auch mein Onkel an seine Position bekommen. Er hatte erkannt, dass seine Gabe das Kämpfen war und schrieb einen Brief an den Obersten der Leibwache des Königs. Er wurde daraufhin eingeladen, um sich zu beweisen. Der Ausgang dieses Besuches am Hof war weithin bekannt.

Ich dachte an Samuel zurück, den Jungen auf dem Podest. Ihm war nicht so viel Glück vergönnt gewesen.

Ob Hawer wusste, wie sehr der Ruf der Gezeichneten an Glanz verloren hatte? Dass mittlerweile nur noch Reichtum zu zählen schien?

Auch bei mir hatte sich die Zeichnung verfärbt, als ich meine Gabe zum ersten Mal benutzte.

Elena hatte ich erzählt, dass ich die Verfärbung keiner genauen Handlung zuordnen konnte, was nicht vollständig gelogen war. Ich hatte es nicht erkannt, aber jemand anderes.

Nach dem ersten Gebrauch meiner Gabe breitete sich das Mal weiter über meinen Körper aus. Seit ich achtzehn war, hatte es sich nicht mehr verändert. Mein gesamter linker Arm sowie mein Rücken und der rechte Oberschenkel waren übersät von feinen dunkelgrauen Linien, die sich in einem Mustern vereinten. Wäre ihr Ursprung eine anderer, hätte ich sie sicherlich schön finden können. So aber versteckte ich sie unter meiner Kleidung und versuchte, sie zu vergessen.

»Wie hat dein Onkel das Gefühl beschrieben, das er beim Ausüben seiner Gabe hatte?«, fragte Hawer. Er nahm einen Schluck von seinem Tee und sah mich über den Tassenrand hinweg an.

»Sein Mal fühlte sich angenehm warm an. Außerdem sprach er von einem belebenden Kribbeln im Bauch.«

»Und wie ist es bei dir?«, wollte er wissen.

Ich verzog das Gesicht. »Es tut weh. Nicht nur, wenn ich die Gabe anwende, sondern manchmal einfach so. Und es wird schlimmer.«

»Kannst du dir denken, woher das kommt?«

»Weil ich dafür bestraft werde, was ich tue?« Ich wandte den Blick ab. Ich konnte ihm nicht in die Augen sehen. Mein schlechtes Gewissen plagte mich und ich wollte nicht, dass er es sah.

»Arya, stell dir deine Gabe wie ein Tier vor. Und den Gebrauch dieser Gabe als dessen Nahrung. Würde es für dieses Tier Sinn machen, immer Schmerzen zu bekommen, wenn es isst?«

»Das würde es nicht. Das Tier würde irgendwann nur allein wegen der Aussicht auf Schmerzen nicht mehr essen. Oder gerade so viel, dass es zum Überleben reicht.« Ich ahnte, worauf er hinauswollte, nur ob ich es hören wollte, wusste ich noch nicht.

»In Bezug auf deine Gabe ist es ähnlich. Sie will benutzt werden. Warum also sollte sie dich strafen, wenn du diesem Drang nachgibst? Das würde für sie keinen Sinn ergeben.«

Ich schwieg.

»Es liegt an dir. Du bekämpfst sie. Mit Leib und Seele. Und das gefällt ihr nicht. Dafür bestraft sie dich.«

»Meine Gabe ist kein Lebewesen!«, donnerte ich. Mit einem Scheppern stellte ich die Tasse auf dem Unterteller ab. Mir gefiel Hawers Andeutung, dass meine Gabe ein Eigenleben führte, absolut nicht.

»Und dennoch reagiert sie auf das, was du tust«, erwiderte er ruhig. In seinen Augen sah ich Mitgefühl.

Konnte das sein? Bestrafte meine Gabe mich, weil ich sie nicht akzeptierte? Mit den Fingern fuhr ich über den linken Ärmel. Wie als Antwort piksten die Linien darunter. Ich glaubte zu verstehen, was er meinte und beruhigte mich.

»Das bedeutet, die Schmerzen hören auf, wenn ich meine Gabe akzeptiere?« Nach Bestätigung suchend sah ich Hawer an.

Er nickte. »Nach allem, was ich bisher weiß, nehme ich das an.«

Konnte ich das? Oder vielmehr: Wollte ich das überhaupt?

»Und wenn ich es nicht schaffe?«, gab ich schwach von mir. Meine Stimme zitterte. Es schien unmöglich.

»Dann musst du damit rechnen, dass es immer schlimmer wird. Neben körperlichen Schmerzen kann es auch dazu führen, dass du für den Rest deines Lebens unglücklich wirst. Es ist nichts rein Körperliches. Es wirkt sich auch auf deinen Geist aus. Ist es das, was du willst?«

Natürlich wollte ich das nicht. Ich fühlte mich nur nicht in der Lage dazu, meine Gabe zu akzeptieren. Ich atmete tief durch und Hawer räusperte sich.

»Arya, in all den Jahren habe ich auch gelernt, dass ausgesprochene Worte ein wichtiger Schritt zur Akzeptanz sind. Ich merke dir an, dass dir dieses Thema unangenehm ist und du wahrscheinlich nie darüber sprichst. Und wenn es möglich wäre, würdest du vermutlich auch nicht daran denken. Ich glaube aber, dass du es aussprechen musst, um den ersten Schritt Richtung Besserung zu machen. Also, Arya, was genau ist deine Gabe?«

Zähneknirschend sah ich ihn an. Mitgefühl und Aufmunterung lagen in seinem Blick. Alleine würde ich es niemals schaffen, mich mit meinem Schicksal abzufinden.. Ich brauchte Hilfe. Ich vertraute Onkel Relior und damit auch Hawer, seinem Freund.

Mit einem letzten Blick zu der Tür, die mich von dem Menschen trennte, der niemals von meinem Geheimnis erfahren sollte, nahm ich all meinen Mut zusammen. Ich fixierte Hawer, um seine Reaktion auf meine Worte nicht zu verpassen.

»Ich kann die Erinnerungen und Gedanken von Menschen sehen, wenn ich sie berühre«, fing ich an.

Hawer betrachtete mich durchdringlich. Mit einer fast unmerklichen Geste seines Kopfes ermunterte er mich, weiterzusprechen. Er wusste, dass das nicht die ganze Wahrheit war. Dieser Teil meiner Gabe war nicht abscheulich. Es war der andere.

Der Teil, zu dessen Gebrauch ich gezwungen worden war.

»Ich kann sie sehen … und qualvoll zerstören.« Ich schluckte schwer und sammelte mich.

»Ich war zehn, als ich das erste Leben zerstörte. Ein Junge trat mich damals fast zu Tode und um mich zu verteidigten, umfasste ich seinen Knöchel und drückte zu. Da ist es zum ersten Mal passiert, dass ich in fremde Gedanken eingedrungen bin. Ich wollte ihm wehtun, ihm alles nehmen, was ihm lieb und teuer war. Und so nahm ich ihm seine schönsten Gedanken und Erinnerungen. Er wandte sich unter Schmerzen. Flehte mich an, aufzuhören. Doch da war es schon zu spät.« Ich räusperte mich.

»General Fanras erfuhr davon und zog anhand der stotternden Erzählungen des Jungen und meiner eigenen Rückschlüsse darauf, zu was ich fähig war. Er erpresste mich und meinen Onkel, weil er ein gutes Geschäft für sich witterte. Er ließ mich im Kerker arbeiten, wo ich all die Verbrecher zu Gesicht bekam, die nicht reden wollten. Auch Spione und andere Leute, die sich irgendwie verdächtig gemacht hatten. Sie alle musste ich quälen. Alle Informationen aus ihnen herausquetschen, die ich finden konnte und die für Fanras wichtig sein konnten. Er feierte sich selbst für seine Erfolge. Dabei habe ich so schrecklich viele Leben zerstört. Ich sehe all ihre leeren Augen vor mir.«

Hawer hörte mir zu und unterbrach mich nicht. Er nickte verständnisvoll und nahm an einer Stelle meine Hand und drückte sie, um mich zu ermuntern.

Ich war mir sicher, dass Relior ihm niemals so ausführlich von dem berichtet hatte, was ich tat. Es musste neu für ihn sein, ebenso erschreckend. An manchen Stellen riss er die Augen auf, um seinem Staunen Ausdruck zu verleihen. Doch nicht einen einzigen Moment lang sah ich Abscheu in seinem Gesicht. Ganz im Gegenteil.

Ich entdeckte Verständnis. Ich fühlte mich, als fiele mir ein riesiger Stein vom Herzen. Er hatte recht. Das Reden half mir. Dennoch waren da noch viele andere Steine, die ich so schnell nicht loswerden würde. Doch der erste

Schritt, wie ich überrascht feststellte, war getan. Ich wusste allerdings auch, dass die nächsten Schritte viel schwieriger werden würden.

Hawer war ein erfahrener und weiser Mann, dem das Wissen um die Gaben sehr wichtig war. Er sah in mir nicht nur die Nichte seines Freundes, sondern auch ein Studienobjekt. Er hatte mehr Abstand zu mir als Elena, weswegen er all das ganz anders aufnahm, als sie es tun würde. Für ihn war ich ein weiteres Bruchstück, das ihm beim Verstehen der Gaben half. Für Elena würde ich jedoch etwas anderes sein.

In ihren Augen würde ich ein verlogenes Monster sein.

Hawer beugte sich in seinem Sessel vor, während er mir zuhörte. Er verschränkte die Hände und machte einen nachdenklichen Eindruck.

»Ich verstehe deinen Zwiespalt. Aber wie willst du vorgehen, wenn ihr nach Hause zurückkehrt? Wirst du dich weiter Fanras Willen beugen, oder dich gegen ihn behaupten?« Diese Frage hatte ich mir auch schon gestellt.

»Ich weiß es nicht. Durch den Tod von Relior hat er nichts mehr gegen mich in der Hand. Ich werde abwarten, wie er reagiert und dementsprechend handeln.«

»Weiß König Trystan von dem, was du getan hast?«

»Ich glaube schon. Aber sicher bin ich mir nicht. Er hat mich nie darauf angesprochen. Aber es passierte alles in seinem Schloss unter der Führung seines Hauptmanns, also sollte er doch davon wissen, oder?«, vermutete ich.

Hawer strich sich mit den Fingern durch den Bart. Er dachte angestrengt nach.

»Ich glaube, diese Reise ist genau das Richtige für dich. Mit etwas Abstand kannst du dir viel besser Gedanken um all das machen. Und ich finde, dass du das auch tun und dich nicht wieder davor verschließen solltest. Ich glaube fest daran, dass du deinen Weg finden wirst.« Er nahm meine

Hände in die seinen. Seine Unterstützung tat mir gut und ich hoffte, dass seine Worte der Wahrheit entsprachen.

»Ich bin momentan von allem überwältig. Der Tod meines Onkels, diese Reise, die mich aus meiner gewohnten Umgebung gerissen hat, und diese Welt, die mir noch so fremd ist.« Ich lächelte traurig. Es war das erste Mal, dass ich es alles auf einmal aussprach. Er war erleichternd. An dieser Theorie mit den ausgesprochenen Worten war etwas Wahres dran.

»Du bist die Nichte von Relior, einem Mann, dessen Leidenschaft und Gabe das Kämpfen war. Etwas von seinem Kämpfergeist steckt auch in dir, da bin ich mir sicher.« Sein Zwinkern war fast schon verschwörerisch und brachte mich zum Lachen. Zudem freute es mich, mit meinem Onkel verglichen zu werden.

»Ich danke euch, Hawer. Von ganzem Herzen.«

Die Tür zu Ecrins Schreibzimmer öffnete sich wenig später. Er und Elena traten zu uns in die Bibliothek. Wie viel Zeit war vergangen? Eine Stunde, zwei?

»Wenn Ihr es erlaubt, Meister Ecrin, dann würden meine Begleiter und ich uns den Rest des Tages gerne in der großen Bibliothek umsehen. Ich habe unglaubliche Dinge darüber gehört«, schwärmte Elena, als sie bei uns stehen blieben. Sie wusste, wie man einem Buchliebhaber schmeichelte. Meister Ecrin schmunzelte.

»All diese unglaublichen Dinge sind wahr. Wenn Ihr mir folgen würdet, dann werde ich Euch direkt dorthin führen.«

Wir wechselten noch ein paar dankende Worte, ehe wir uns verabschiedeten.

»Einen Moment.« Hawer ging zu dem kleinen Tisch vor dem Regal, wo ich mich umgesehen hatte, und rief mich zurück. Er hielt das kleine dunkelgrüne Buch ohne Titel und Inhalt hoch.

»Hast du dieses Buch hier aus dem Regal genommen?« Erstaunen und Freude wechselten sich in seinem Gesicht ab.

»Ja. Tut mir leid, ich habe vergessen, es wieder zurückzustellen. Es hat mich vorhin angezogen, könnte man sagen.«

Nun war Hawers Freude offensichtlich, denn er lächelte. Mit dem Daumen strich er über den mitgenommenen Buchrücken. »Was du gefunden hast, ist etwas ganz Besonderes.« Er übergab mir das Buch. »Nimm es mit. Es kann dir helfen.« Zwinkernd gab er mir diesen mysteriösen Hinweis.

»Es ist ein leeres Notizbuch. Wie sollte mir das helfen?«, fragte ich verwirrt. War das ein Spaß, den nur Eingeweihte verstanden?

»Sieh dich in der Bibliothek nach einem Buch über Legenden um, und schlage *Fabulim* nach. Dann weißt du, wovon ich spreche.« Mit einer sehr herzlichen Geste nahm Hawer mich in den Arm und drückte mich.

»Alles wird gut. Das weiß ich«, flüsterte er. Er verließ die kleine Bibliothek und ich betrachtete das Buch kritisch. Auch Elena wunderte sich und blickte auf das Buch in meinen Händen. Ecrin hingegen lächelte wissend.

KAPITEL 16

FINN

Während wir in einem Nebenraum auf die Mädchen warteten, bekamen wir Tee serviert. Wie gut, dass dieses Getränk nicht nur meine Leidenschaft, sondern die von ganz Maljonar war. Es gab Sitzgelegenheiten, Schreibtische und eine Menge Bücher. An einem der dieser Tische saß ein Mann, auf einem Hocker vor einem Regal ein anderer. Beide blätterten in Büchern und nahmen von unserer Anwesenheit nicht im Geringsten Notiz. Der Raum bot genug Platz, um ihnen aus dem Weg zu gehen.

Wir hatten der wortkargen Dame am Empfang gesagt, dass wir auf unsere weibliche Begleitung warten wollten und sie hatte uns in diesen Raum gebracht, ohne irgendetwas zu erklären. Aber solange es Tee gab, wollte ich mich nicht beschweren.

Bero, Ilias und ich hatten uns in eine der Sitzecken verzogen, wo wir ungestört reden konnten. Es war das erste Mal seit langem, dass wir unter uns waren.

Wir saßen um einen kleinen Tisch herum und tranken unseren köstlichen Tee. Ilias lutschte auf einem Stück Kandiszucker herum und blätterte in einem Buch über Tiere. Auf einer Seite war eine Zeichnung, die ihn so faszinierte, dass ihm der Mund aufklappte. Das Zuckerstück fiel auf die Seite und blieb kleben. Vor Schreck klappte Ilias das Buch zu. Ich wollte ihn noch aufhalten, doch es war zu spät. Als er realisierte, was er getan hatte, schlug er das Buch schnell wieder auf der Seite auf. Der Kandisbrocken war weg, ebenso der unschöne Fleck, den er eigentlich hätte hinterlassen sollen.

»Scheint wirklich magisch zu sein, das Papier«, stellte ich fest.

Ilias sah hochkonzentriert aus. »Jaaa …«, murmelte er gedankenverloren.

Ich hätte meinen Tee darum verwettet, dass er in diesem Moment darüber nachdachte, was er als nächstes auf die Seiten kippen konnte, um diese Theorie zu überprüfen. Er musterte seine gefüllte Tasse für meinen Geschmack etwas zu lange. Bero schritt ein, bevor Ilias aus reiner Neugierde Chaos verursachen konnte.

»Mit den Büchern können wir uns nachher noch beschäftigen. Nutzen wir doch die Zeit, um zu reden. Wenn wir schon alleine sind.«

»Das ist eine gute Idee. Was willst du denn loswerden?«, sagte ich und nippte an meinem Tee.

»Ich gestehe, ich hatte meine Bedenken was diese Reise angeht. Aber ich muss sagen, bisher bin ich wirklich freudig überrascht. Wenn man von einem gewissen Zwischenfall mal absieht … Was denkt ihr?«

»Wenn mich jemand danach fragt, werde ich es abstreiten, aber ich muss dir zustimmen. Es läuft besser, als ich dachte«, gestand ich. Das tat es wirklich. Keine meiner Vorurteile oder Ängste bezüglich dieser Reise hatten sich bestätigt. Zumindest in der Hinsicht, die die Mädchen betraf. Der Überfall war eine andere Sache. Doch daran wollte ich nicht mehr denken.

»Ich muss aber auch sagen, dass ich es fast unheimlich finde, wie gut wir uns verstehen. Mal abgesehen von den kleinen Zankereien zwischen Arya und dir. Aber wir wissen ja alle, dass das im Grunde genommen etwas Gutes ist«, gluckste Bero.

»Ach ja?«

»Was sich liebt, das neckt sich. Das weißt du doch.«

»Ach komm, Bero. Du kennst mich doch.«

»Ganz genau. Ich kenne dich, Finn. Und genau deswegen weiß ich, dass es stimmt.«

»Tut es nicht.«

»Tut es doch. Du willst es dir nicht eingestehen, aber ich sage dir, das Mädchen bedeutet dir was.«

»Wie kommst du denn auf diese Idee? Sie ist stur, anstrengend …«

»Du magst sie«, mischte Ilias sich ein.

»Du hast ja recht. Ich mag sie«, gab ich kleinlaut zu. Da. Ich hatte es laut gesagt. Ich konnte doch schlecht ein Kind anlügen, das die Wahrheit erkannt und ausgesprochen hatte.

Ich mochte Arya. Sehr sogar. Ich hatte mich noch nie so gefühlt.

Ich genoss die Zeit mit ihr. Ich bewunderte, wie sie mit Ilias umging und ihre Loyalität gegenüber Elena. Vor ein paar Wochen hatte ich dieses Mädchen nicht mal gekannt und jetzt bekam ich sie nicht mehr aus meinem Kopf. Sie hatte sich im Laufe der letzten Tage eingeschlichen, ohne dass ich es bemerkt hatte. Wahrscheinlich war es passiert, als sie mich mal wieder zu Boden gerungen hatte und ich ihr völlig hilflos ausgeliefert gewesen war. Nur so konnte ich es mir erklären.

»Das ist für mich in Ordnung.« Ilias zuckte mit den Schultern, als wäre es keine große Sache. Aber ich wusste, es nagte an ihm. Er mochte Arya sehr gerne, das war nicht zu übersehen. Aber er war auch klug genug zu wissen, dass sie nur Freunde sein konnten. Seine erste Schwärmerei endete in Herzschmerz. Diese Welt war schrecklich ungerecht. Ich wuschelte ihm durch die Haare.

»Danke, Großer. Das bedeutet mir sehr viel. Aber bitte tut mir den Gefallen und erwähnt es ihr gegenüber nicht, in Ordnung?«

»Wieso nicht?«

»Genau, Finn, wieso nicht?«, fragte Bero süffisant.

»Wenn es ihr überhaupt jemand sagt, dann mache ich das. Falls eine klitzekleine Chance besteht, dass sie mich auch mag. Es ist schon schlimm genug, beim Kämpfen von ihr gedemütigt zu werden, ich muss mir nicht auch noch mein Herz brechen lassen.« Um das Thema zu wechseln, sprach ich etwas an, was mich schon die ganze Zeit beschäftigte. »Sagt mal, habt ihr auch das Gefühl, dass die beiden irgendetwas verheimlichen? Ich meine, sie sind irgendwie ganz anders, als ich erwartet hatte. Irgendwie sonderbar. Eine reiche junge Erbin, die kochen kann und ihre kämpfende Zofe mit Schwert? Ich meine … wieso schaust du so amüsiert, Bero?«

»Hast du dir schon mal überlegt, dass wir«, er deutete mit seinem Finger auf jeden von uns, »auch nicht gerade das sind, was man als normal bezeichnen würde?«

Damit lag er nicht falsch. Aber mittlerweile hatte ich mich schon daran gewöhnt, nicht normal zu sein. »Das mag stimmen. Aber trotzdem. Irgendetwas ist da faul. Elena trifft sich grade mit einem ganz hohen Tier der Akademie. Ich würde gerne wissen warum. Und wie wichtig muss sie sein, dass er sich auf ein Treffen mit ihr einlässt?«

»Vielleicht hat sie einfach genug Geld. Oder aber sie interessiert sich für etwas, worin er sich gut auskennt. Sie hat viele Interessen, wie du weißt, und es würde mich nicht wundern, wenn sie etwas lernen will.«

»Würdest du im Zuge deiner Rebellion freiwillig etwas lernen?« Darauf wusste er keine Antwort. Ich leider auch nicht.

»Ich habe eine Gegenfrage, Finn. Würde es dich stören, wenn sie irgendetwas anderes sind als Herrin und Zofe? Was würdest du sagen, wenn sie in Wirklichkeit zwei Elitesoldatinnen sind, die in geheimem Auftrag unterwegs sind?«

»Dann wäre mein Selbstbewusstsein nicht ganz so zerstört«, schnaubte ich. Bero und Ilias mussten lachten. Dann wurde Ersterer jedoch ernst.

»Und was würdest du sonst noch machen?«

Ich überlegte einen Moment. Was würde ich tun, wenn sie uns angelogen hatten? Würde ich es wieder genauso machen? Würde ich die beiden trotzdem noch mögen? Ich kam schneller zu einem Entschluss, als ich gedacht hätte.

»Ich würde sie fragen …« Ich machte eine theatralische Pause, um die Spannung zu erhöhen. Meine beiden Freunde sahen mich erwartungsvoll an, ehe ich fortfuhr. »… wann wir zusammen in das nächste Königreich aufbrechen wollen.« Die beiden grinsten sich an und stimmten mir im Chor erfreut zu.

Wir drei mussten uns eingestehen, dass schnell geschlossene und bedeutsame Freundschaften nicht nur unter Männern möglich waren. Vielleicht hatten wir aber auch die zwei einzigen weiblichen Wesen gefunden, mit denen es möglich war.

ARYA

Wir sammelten die Jungen ein und gingen dann gemeinsam mit ihnen in die große Bibliothek. Groß war meiner Meinung nach jedoch kein hinreichendes Wort für diese Einrichtung. *Gigantisch* hätte diese Bibliothek weitaus besser beschrieben.

Über mindestens vier Stockwerke erstreckten sich an drei Seiten Galerien, die nur aus Buchregalen bestanden. Überall, wo man hinsah, waren Bücher. Auf der vierten Seite befand sich eines der riesigen Rundglasfenster, die die gesamte Höhe des Gebäudes einnahmen, und die man bereits von außen hatte bestaunen können. Ich hatte drei dieser riesigen Fenster gezählt, als wir auf die Akademie zugeritten waren. Das bedeutete, es gab noch mindestens zwei weitere Säle wie diesen, in denen die Bücher aufbewahrt wurden.

Der Geruch von Papier umwehte und rief nach uns. Auf jeder Galerieebene standen viele Stühle und Tische, auf denen man die gesammelten Schätze seiner Suche ablegen und studieren konnte. Im Gegensatz zu dem ruhigen Vorplatz wimmelte es hier von Menschen, die Bücher aus den Regalen zogen, lasen und sich Notizen machten. Das Kratzen der Federn auf Papier hing wie das Summen eines Bienenschwarmes in der Luft. Es verlieh diesem Raum etwas Natürliches. Lebendiges Wissen, das war es, was ich hier vor mir sah.

»Schaut mal!« Ilias, der ganz begeistert umhersprang, deutete auf etwas auf dem Boden. Zu unseren Füßen war ein Mosaik aus bunten Steinen in den Marmorboden eingelassen. Erst auf den zweiten Blick erkannte ich, was es darstellte.

»Ein Lageplan der Bibliothek«, sagte ich aufgeregt, aber leise. Die einzelnen Etagen waren als lange Reihen dargestellt. Durch Farben wurden die einzelnen Bereiche hervorgehoben und Schriftzüge verrieten, wo man welche Bücher finden konnte. Ilias lief die Reihen aufgeregt rauf und runter, fand aber nicht das, was er suchte. Er rannte zu einem der Schreibtische in der Mitte des Saals, an dem ein junger Student saß und über einem Buch brütete. Als Ilias schlitternd vor ihm zum Stehen kam, sah er verärgert auf. Dem Kleinen war das egal, er stellte seine Frage trotzdem.

»Gibt es hier auch Märchenbücher?«, wollte er wissen. Er wippte auf seinen Schuhsolen auf und ab. Der Student beäugte ihn kritisch. Man sah ihm an, dass er ein Kind in der Akademie völlig fehl am Platze fand. Ilias konterte, wie es seiner direkten Art entsprach.

»Jeder muss mal klein anfangen.«

Daraufhin konnte der Student sich ein Lächeln nicht verkneifen. Er steckte seine Feder in ein Tintenfässchen und ging mit Ilias in Richtung des nächsten Saales voller Bücher, der durch einen Rundbogen zu erreichen war.

»Tja, so schnell kann man abgeschrieben sein, nicht wahr, Bero?« Nach Unterstützung suchend drehte Finn sich zu Bero um, doch dieser war bereits auf und davon.

»Kochbücher, wollen wir wetten?«, witzelte Finn.

»Willst du dir auch ein bestimmtes Buch anschauen?«, fragte ich.

»Nicht wirklich. Wenn überhaupt, dann eins mit vielen Bildern. Ich bin nicht so ein Buchrückenstreichler wie die ganzen anderen hier.« Mit einer Armbewegung fasste er alle um uns herum ein. Elena und ich kicherten. Die vorwurfsvollen Blicke einiger Anwesenden brachten uns schnell zum Schweigen. Ich freute mich darüber, dass Elena fröhlicher aussah, als in den letzten Tagen. Auch ich fühlte mich besser. Es würde noch einige Zeit dauern, ehe wir den Überfall und das Geschehen auf dem Fest ganz hinter uns lassen konnten. Auch wenn die Spuren, die sie hinterlassen hatten, niemals ganz verblassen würden.

Finn salutierte spielerisch vor uns, dann ging er zu einem der Sofas hinüber, die vor den Regalen standen und machte es sich gemütlich.

»Lass uns erst dieses Buch über Legenden suchen und dann müssen wir beide uns mal unterhalten«, tat Elena kund. So wie sie das sagte, klang es gar nicht gut. Bestimmt wollte sie wissen, wie mein Gespräch mit Hawer gelaufen war. Wie sollte ich ihr darauf antworten?

Fünf Bücher später wurden wir fündig und hielten den Eintrag über das Buch *Fabulim* in den Händen. Elena las ihn vor.

»Das Papier des Buches Fabulim wurde aus Pflanzenmaterial geschöpft, das aus dem magischen Wald stammt. Die Fertigung des Umschlags, sowie die Bindung des Buches, wurden von einem Mann namens Orneus durchgeführt.

Orneus war Berichten zufolge ein herzensguter Mensch, der sein ganzes Leben lang anderen Menschen in Not half. Zu diesem Zwecke stellte er eines Tages auch das Buch Fabulim her.

Er überreichte es vor mehreren hundert Jahren einem Mann, der dringend Hilfe brauchte, dem Orneus selbst aber nicht weiterhelfen konnte. Dieser Mann verstand nicht, wie ein leeres Buch ihm weiterhelfen sollte, aber Orneus versprach ihm Hilfe, wenn er sich nur etwas gedulden könnte.

Der genaue Wortlaut ist nicht überliefert, aber am vierten Tag nach der Übergabe erschienen Wörter im Buch, die dem Mann weiterhalfen. Er konnte sein Problem lösen und wollte das Buch an Orneus zurückgeben, doch Fabulim verschwand spurlos. Später fand es sich in den Händen eines anderen Menschen wieder, der ebenfalls Hilfe brauchte. Als das Buch auch dort seinen Dienst getan hatte, passierte dasselbe wie zuvor. Das Buch verschwand, bis es bei einem anderen Hilfesuchenden wieder auftauchte.

Seitdem ist das Buch Fabulim unterwegs und sucht sich die Menschen aus, denen es in die Hände fällt und hilft. Es erfüllt seine Aufgabe und verschwindet dann wieder.«

Unter dem geschriebenen Eintrag war eine Farbzeichnung des Buches vorhanden, die dem Buch glich, das ich aus dem Regal gezogen hatte und welches sich nun in Elenas Umhängetasche befand. Nur war es mittlerweile viel abgegriffener.

Fabulim fand mich hilfebedürftig. Wenn ich es richtig verstand, dann hatte es nicht die ganze Zeit dort im Regal gestanden, sondern war erst mit meiner Ankunft dort aufgetaucht. Das erklärte auch Hawers Verwunderung, als er das Buch fand. Ein Buch mit leeren Seiten sollte also die Lösung für mein Problem sein? Ich war mehr als nur skeptisch.

»Wird das Buch dir helfen, deine Gabe zu ergründen?« Elena war sichtlich erfreut über unseren Fund und darüber, dass ich im Besitz eines Buches war, das mir helfen konnte. Da ich ihre beste und älteste Freundin war, verstand ich, wieso sie so sehr darum bemüht war, mir zu helfen. Dennoch störte es mich, dass sie so stark darauf beharrte, die Natur meiner Gabe zu ergründen. Was hatte sie davon und was würde sich für sie ändern?

»Vielleicht hilft es mir bei meinem Problem, vielleicht auch nicht. Wir werden sehen«, sagte ich schulterzuckend und mit einem kleinen Funken von schlechtem Gewissen. Ich klappte das Buch mit dem Eintrag über Fabulim zu und stellte es zurück ins Regal.

»Bist du denn gar nicht aufgeregt? Du solltest dich freuen! Du könntest endlich herausfinden, was deine Gabe ist!«

»Ich komme auch gut ohne sie zurecht«, gab ich patzig zurück. Das war nur teilweise gelogen. Hätte ich meine Gabe nicht oder wüsste nicht um ihre Natur, wäre ich wirklich gut damit zurechtgekommen.

»Aber sie ist doch ein Teil von dir. Sie ist Teil von dem, was du bist und was dich ausmacht …«, lenkte Elena ein.

»Warum ist dir das so wichtig? Reicht es dir nicht, wie ich ohne meine Gabe bin?« Ich wurde wütend. Sie konnte nichts dafür, aber dieses ganze Gerede um meine Gabe hatte mich aufgewühlt. Zu allem Überfluss fing mein Mal an zu schmerzen. Wie kleine Flammen brannten sich die Linien in meinen Rücken.

»Natürlich reicht mir das, Arya. Aber so eine Gabe ist doch etwas Besonderes! Willst du denn nicht wissen, was sie ist?« Aufgeregt lief sie um mich herum, während ich am Regal entlangging. Es reichte mir. Ich wollte nichts mehr darüber hören.

»Nein! Ich will nichts Besonderes sein! Ich will einfach normal sein und mir keine Gedanken darüber machen. Meine Gabe kann mir gestohlen bleiben!«, zischte ich und bemühte mich, nicht zu laut zu sein.

Mein rechter Oberschenkel stand in Flammen. Ich ging in die Knie, weil meine Beine mich nicht mehr trugen. Auch mein Rücken schmerzte und mir entfuhr ein unterdrückter Schrei. So schlimm war es noch nie gewesen.

»Arya! Oh, nein! Hilfe! Finn!« Elena schrie die Galerie hinunter. Ich konzentrierte mich nur noch auf das Atmen. Meine Muskeln zogen sich vor Schmerzen zusammen und ich bemühte mich, nicht in Ohnmacht zu fallen. Nicht schon wieder.

Elena streckte ihre Hand nach mir aus, doch ich hielt sie mit einem gepressten »*Nicht*« davon ab, mich zu berühren. Der Schmerz ebbte gerade ab, als Finn neben mir zum Stehen kam.

»Was ist passiert?«, fragte er außer Atem.

»Arya, sie … auf einmal …«, stotterte Elena unter Tränen. Sie passten zu denen, die meine Wangen hinunterliefen. Ich war wütend auf alles und jeden, vor allem aber auf mich selbst. Finn wollte mir hochhelfen, doch ich schüttelte seinen Arm ab und schaffte es, alleine aufzustehen. Auch Bero stieß zu uns. Er sagte nichts, sah nur fragend von einem zum anderen.

»Es tut mir leid«, flüsterte Elena. Wieder wollte sie mich beruhigend berühren, doch ich wich vor ihr zurück. Sie ließ sich erschrocken in einen der Stühle sinken.

»Ich … du verstehst das nicht«, platzte es aus mir heraus. Ich war schon drei Schritte in Richtung Treppe gegangen, als mein Gewissen sich einschaltete und mir mitteilte, dass ich Elena nicht alleine zurücklassen durfte. Mit dem Rücken zu den anderen blieb ich stehen.

»Geh nur, wir passen auf«, beruhigte Finn mich. Er schien meine Gedanken erraten zu haben. Normalerweise hätte ich jemandem wie ihm dieses Versprechen nicht abgenommen. Normalerweise wäre ich hier geblieben und hätte für mein Wort eingestanden. Normalerweise … Aber was war an mir schon normal? Ich murmelte einen Dank, dann verließ ich die Bibliothek und ärgerte mich auf dem gesamten Weg zu unserem Quartier über mich selbst. *So hilfst du niemanden. Du vernachlässigst deine Aufgabe!* Vor lauter Verzweiflung war mir das zum ersten Mal in meinem Leben egal.

FINN

Ich sah Arya lange nach, als sie sich von uns abwandte und die Treppe hinunterging. Mein Herz raste und ich würde den Anblick, wie sie mit schmerzverzerrtem Gesicht am Boden kauert, niemals vergessen. Ich hatte mich hilflos gefühlt und das hatte mir einen ebenso großen Schrecken eingejagt wie Elenas Hilferuf.

Nur langsam fiel mein Herz in seinen normalen Rhythmus zurück. Es musste etwas sehr Ernstes zwischen den beiden vorgefallen sein, wenn es Arya dazu brachte, dass sie Elena mit uns zurückließ. Es war eine Entscheidung, die ihr überhaupt nicht ähnlich sah.

Bero fragte Elena, was geschehen sei. Sie rückte zunächst nicht mit der Sprache raus. Sie erklärte uns nur, dass sie sich gestritten hatten, aber nicht, aus welchem Grund. Elena war aufgelöst und hatte Mühe und Not, sich zu fassen.

Ich bat Bero darum, Ilias abzuholen und sich mit uns zum Essen in unserem Quartier zu treffen. Dann kniete ich mich neben Elenas Stuhl und wartete, bis sie sich soweit gefangen hatte, dass sie mir mehr erzählen konnte.

»Sie tut so viel für mich, Finn. Mehr als du dir vorstellen kannst. Und was mache ich? Ich bedränge sie mit Fragen, die ihr ganz offensichtlich unangenehm sind«, schniefte sie zwischen den Tränen. »Ich dachte, nach dem Tod ihres Onkels wäre sie für lange Zeit am Boden zerstört. Aber auf unserer Reise war sie zwischenzeitlich so fröhlich. Ich habe sie in den letzten Jahren nie so oft lachen gehört wie in den letzten Tagen.

Diese Reise tut ihr gut, wie ich es mir erhofft hatte. Auch du tust ihr gut, was mich noch mehr freut. Und mir fällt nichts Besseres ein, als es zu verderben.« Frustriert fuhr sie sich mit den Händen über das Gesicht.

Ein Satz hatte meine Aufmerksamkeit erregt und ich spürte, wie mein Herz darauf reagierte. »Was meinst du damit, dass ich ihr gut tue? Ich kenne sie doch gerade mal ein paar Tage. Und die meiste Zeit davon liegen wir uns gegenseitig in den Haaren. Ich denke, sie kann mich nicht ausstehen.«

»Hast du noch nie von der Redewendung ›was sich liebt, das neckt sich‹ gehört?«, fragte sie. Diesen Spruch zum zweiten Mal an nur einem Tag zu hören, fühlte sich komisch an. Natürlich hatte ich diese Redensart schon vorher gekannt und wusste um ihre Bedeutung. Ich hatte es nur noch nie selbst erlebt.

»Wenn ›necken‹ in diesem Falle ›zu Boden ringen‹ meint, dann könnte man drüber reden«, lenkte ich spaßeshalber ein.

»Du solltest dich glücklich schätzen, dass sie dich für würdig genug hält, um von ihr nur zum Spaß auf den Boden gerungen zu werden. Das bedeutet etwas.«

»Soll das heißen, dass das ihre Form der Anerkennung ist?«

»Das könnte man so sagen.«

»Das ist ziemlich verkorkst«, stellte ich fest.

Sie zuckte mit den Achseln, so als wollte sie mir sagen, dass das eben Aryas Art war.

Ich lachte leise auf.

»Wenn das ihr Ausdruck von Anerkennung ist, dann will ich gar nicht wissen, wie sie sich verhält, wenn sie jemanden mag.«

Lügner, dachte ich. *Es gibt nichts, was du lieber wissen willst.*

ARYA

Als Elena später in unser Quartier zurückkam, stellte ich mich schlafend.

Sie setzte sich zu mir ans Bett und strich mir sanft übers Haar. »Es tut mir leid. Ich hätte dich nicht so bedrängen dürfen.« Sie seufzte schwer.

»Ich will nur das Beste für dich und ich hoffe, dass du dir dessen bewusst bist. Ich weiß, dass mehr hinter all dem steckt. Dass es da etwas gibt, was du mir nicht sagen willst oder noch nicht kannst. Sobald du dafür bereit bist, bin ich für dich da. Immer.« Sie zupfte meine Bettdecke zurecht, flüsterte »Schlaf gut« und legte sich dann in ihr eigenes Bett.

Ich fühlte mich elend.

Ich hatte ihre Entschuldigung nicht verdient. Nicht, wenn ich mich nicht mal traute, sie richtig entgegenzunehmen.

»Elena«, sagte ich und richtete mich auf. Sie stieg aus ihrem Bett, kam zu mir zurück und setzte sich neben mich. »Mein Verhalten tut mir leid. Ich wollte dich nicht so anfahren«, fuhr ich fort.

»Mir tut es auch leid. Und ich meine, was ich eben gesagt habe. Wann immer du darüber reden willst und mich brauchst, bin ich für dich da.«

Ich nahm sie ihn den Arm und drückte sie. Es erleichterte mich, dass wir uns wieder vertragen hatten. So schaffte ich es wenig später endlich einzuschlafen.

FINN

Mit Tagesanbruch waren die Wogen des Vorabends geglättet. Arya und Elena hatten sich wohl noch am Abend versöhnt und auch, wenn noch ein winziger Rest Spannung zwischen ihnen zurückblieb, erleichterte mich das sehr.

Ilias berief sich auf seinen kindlichen Charme, um seinerseits zu einer besseren Stimmung beizutragen. Er erzählte Arya unterwegs von den Märchenbüchern, die er in der Bibliothek gefunden hatte. Er war sehr traurig darüber, dass wir wieder gehen mussten und nur das Versprechen, eines Tages zurückzukommen, brachte ihn dazu, auf sein Pferd zu steigen. Arya hörte geduldig zu und stellte die eine oder andere Zwischenfrage, was Ilias sehr freute.

Ich ertappte mich immer wieder dabei, wie ich Arya beobachtete. Wenn sie lächelte, bekam sie auf der rechten Wange ein kleines Grübchen, was mir vorher noch nie aufgefallen war. Um mich selbst wachzurütteln, schüttelte ich den Kopf. *Auf den Weg achten, Finn!*

Hätten Elena und Bero doch bloß nichts gesagt. Seit die winzig kleine Möglichkeit bestand, dass Arya mehr in mir sah als nur ihren Übungspartner, dachte ich die ganze Zeit darüber nach. Die beiden hatten mir einen Floh ins Ohr gesetzt, der jetzt ununterbrochen auf mich einredete. Als ich vor ein paar Tagen mit Arya getanzt hatte, hatte ich ihr sagen wollen, dass ich sie mochte, mich dann aber nicht mehr getraut. Sie hatte mich seitdem nicht mehr so angesehen. Aber jetzt? Konnte es sein, dass sie mich auch mochte?

Ich schwor mir, mich nicht mehr davon ablenken zu lassen. Ich sah nur noch ab und an nach Arya. Nur alle zwanzig Schritte. Das war besser als alle zehn Schritte. Das nannte sich Disziplin.

Als wir an diesem Abend Halt machten, wusste ich nicht, was ich erwarten sollte. Würden wir wieder in unseren eingespielten Rhythmus verfallen? Oder hatte sich etwas grundlegend verändert und alles würde anders sein?

Ich hielt mich länger bei den Pferden auf, als nötig gewesen wäre. Sanft strich ich über die schwarze Mähne von Huck und redete mit ihm.

»Ich bin ja sonst kein unsicherer Charakter, aber ich weiß einfach nicht, was ich machen soll. Soll ich den ersten Schritt wagen oder sie?«

Huck blinzelte.

»Ich meine, mehr als *nein* sagen kann sie nicht. Da wäre auch nichts Komisches dran.«

Erneutes Blinzeln.

»Du hast ja recht, ich bin der Mann. Ich sollte den ersten Schritt machen. Sie wird mir sicherlich nicht widerstehen können.«

Huck schnaubte.

»Naaaa gut. Ich übertreibe. Aber jetzt mal ehrlich …«

Aryas Stimmte unterbrach mich. »Finn! Du wirst dich doch nicht etwa vor den Übungen drücken wollen?«, rief sie.

Ich grinste Huck an, der ebenfalls zufrieden aussah, wie ich mir einbildete.

»Genau das wollte ich hören, mein Freund. Es war wie immer nett, mit dir zu plaudern.« Mit einem Klaps auf seinen Hals verabschiedete ich mich und schlenderte zu Arya, die sich mit ihrem Kurzschwert bewaffnet hatte. Es war komisch, sie damit zu sehen. Es erinnerte mich an die Nacht, in der ich es zum ersten Mal gesehen hatte. Die Nacht des Überfalls.

Ich dachte über Beros Theorie mit den Elitekämpferinnen in geheimem Auftrag nach. Dann aber dachte ich, dass ich es lieber lassen sollte. Sonst würde ich mich eines Tages nicht mehr trauen, mit ihr zu üben.

Stattdessen bewaffnete ich mich mit meinem eigenen Schwert und machte mich bereit. Erheitert sah ich Arya an. Oh, ich freute mich auf den Kampf. Ihre Bereitschaft dazu zeigte mir, dass sie mit den Erfahrungen des Überfalls umzugehen lernte. Wenn sie wieder Kämpfe halb zum Spaß austragen konnte, war sie auf dem Wege der Besserung. Sie war stark und das nicht nur in einer Hinsicht. Sie übertrieb es sogar ein bisschen mit ihrem Enthusiasmus.

»Wer zuerst auf dem Boden liegt«, sagte sie mit schadenfrohem Grinsen auf dem Gesicht, »der verliert!«

Diese Frau war verrückt. Vollkommen, schlichtweg und hoffnungslos verrückt.

Ich war es auch – verrückt nach ihr.

ER

Verärgert schlug er mit der Faust auf den Tisch. Viel lieber hätte er sie dem Mann ins Gesicht gerammt. Dieser war jedoch noch nicht fertig mit seinen Erzählungen und ein gebrochener Kiefer hätte ihn bestimmt nicht schneller reden lassen. Er konnte seinen Zorn kaum zügeln und fiel dem Mann brüllend ins Wort.

»Ich hatte euch genaue Anweisungen gegeben! Wieso habt ihr sie nicht befolgt?«

Der Mann trug seinen rechten Arm in einer Schlinge und hatte eine halb verheilte Platzwunde am Kopf. Gerade hatte er seinem Herrn erzählt, was in der Nacht geschehen war, in der er und die anderen Reiter Trystans Männer fanden und unschädlich machten. Wie sie danach zu den jungen Leuten gegangen waren und über die Stränge schlugen. Seinen Aussagen zufolge sei alles die Idee des Anführers gewesen, der bei dem Überfall ums Leben gekommen war, wie auch die drei anderen.

Er war außer sich. Dieser Wicht kam doch tatsächlich bei ihm angekrochen, nachdem er ihn verraten hatte, und hoffte auch noch auf Gnade.

»I… ich wollte ihn aufhalten, Herr, aber er hat nicht auf mich gehört. Er hatte zu viel getrunken … Eigentlich wollte er die Mädchen nur gefangen nehmen und ein Lösegeld erpressen, aber dann konnte er keinen klaren Gedanken mehr fassen und ist ausgerastet. Und wir anderen haben es ihm nachgemacht, immerhin war er unser Anführer.«

Vier. Vier seiner Männer waren von den Kindern umgebracht worden. Auch wenn sie es verdient hatten, so war es doch eine unglaubliche Verschwendung.

Als nichts weiter aus dem Mann herauszubekommen war, tötete er ihn. Verräter konnte er nicht gebrauchen. Um sie kümmerte er sich selbst.

Er wischte das Blut vom Dolch und rief nach seinem Diener. Der war über die Leiche im Zimmer nicht überrascht. Der Schrei musste ihn vorgewarnt haben.

»Schaff ihn hier raus. Und dann rufst du neue Männer her.« Auch wenn er damit das Risiko erneut einging, war er doch auf die Hilfe von anderen angewiesen. Sein Diener war gerade dabei, den Toten unter den Schultern zu packen und anzuheben, als ihm ein Einfall kam.

»Warte. Lass ihn liegen. Die anderen sollen sehen, was mit Verrätern passiert.«

Der Diener ließ den Leichnam zu Boden fallen.

Er trauerte dem guten Teppich hinterher, der sich langsam mit Blut vollsog.

KAPITEL 17

ARYA

Finn lag als erstes auf dem Boden. Er machte bei der Übung einen Flüchtigkeitsfehler und stolperte über seine eigenen Füße. Schlimmer als seinen zerkratzten Arm schien es aber sein Selbstbewusstsein getroffen zu haben und er schämte sich für seinen Ausrutscher in Grund und Boden.

Ich gab ihm das Versprechen, es den anderen gegenüber nicht zu erwähnen und es als meinen ›Verdienst‹ hinzustellen. Damit gab er sich zufrieden.

Die Erleichterung, die er darüber ausstrahlte, brachte mich zum Schmunzeln. Er schaffte es immer wieder, mich auf die unterschiedlichsten Weisen aufzumuntern.

Finn wirkte seit der Abreise aus der Akademie verändert. Ich bildete mir ein, dass er mich öfter und anders ansah, als er es bisher getan hatte. Bei meinem Zusammenbruch am vorigen Abend hatte er bewiesen, dass er mich gut einschätzen konnte, als er mir genau die Hilfe gab, die ich brauchte. Ich vertraute ihm, was der Grund dafür war, dass ich Elena überhaupt seiner Obhut überlassen hatte. Seit seinem Einsatz beim Überfall wusste ich, dass ich das konnte. Voll und ganz.

Doch war es möglich, dass mein Zusammenbruch in der Akademie ihn verstört hatte? Hielt er mich jetzt für eine Verrückte und vergewisserte sich mit jedem Blick, dass ich nicht wieder einen Anfall bekam?

Obwohl er mich mit seinen Sprüchen manchmal an die Grenzen meiner Geduld brachte, mochte ich sie insgeheim. Ich mochte ihn. Der Gedanke, dass er mich für eine Irre hielt, löste ein ungutes Gefühl in mir aus.

Ich hatte mich daran gewöhnt, von ihm und den anderen zum Lachen gebracht zu werden. Hoffentlich hatte ich das durch den Zwischenfall nicht verspielt.

Mittlerweile hatte ich nicht nur ein schlechtes Gewissen, weil ich Elena die Wahrheit vorenthielt, sondern auch, weil ich meine Gabe vor Finn, Bero und Ilias verbarg.

Die Schmerzen meines Mals waren wieder verschwunden. Nur ein Pulsieren, ähnlich einem Herzschlagen, erinnerte mich daran, dass es noch da war. Meine Gabe ließ mich nicht vergessen, dass ich ihr niemals entkommen konnte.

Elena schlief schon eine Weile, als ich in unserer Hütte den Riegel vorschob und die Kerze löschte. Ich lag nur für einen Moment auf dem Bett, als es an unserer Tür klopfte. Schnell griff ich unter dem Kissen nach meinem Dolch und schlich lautlos zur Tür.

»Arya, bist du noch wach?«, flüsterte eine Stimme, die verdächtig nach Ilias klang. Es war wirklich unglaublich, wie gut er im Anschleichen war. Kein Geräusch hatte ich hören können.

Ich öffnete die Tür. Er stand in einem Hemd vor mir, das ihm viel zu groß war und weit über seine Knie reichte. Seine blonden Locken standen in alle Richtungen ab. Er hielt etwas in der Hand, was ich im schwachen Licht des Mondes nicht genau erkennen konnte.

»Ilias! Ist etwas passiert?« Ich schaute mich vor der Tür nach Anzeichen einer Gefahr um.

»Ich konnte nicht schlafen, weil Bero schnarcht«, seufzte er. Tatsächlich. In der anderen Hütte hätten den Geräuschen nach auch Bäume gefällt werden können.

»Na dann komm rein. Das kann man ja niemandem zumuten.« Verschwörerisch zwinkerte ich ihm zu. Er tapste barfuß in den Raum und setzte sich auf mein Bett.

Elena regte sich nicht. Einmal eingeschlafen, bekam sie nichts mehr um sich herum mit. Ich zündete die Kerze mit einem Feuerwetzstein erneut an.

»Liest du mir noch eine Geschichte vor?« Mit ausgestreckten Armen hielt Ilias mir den Gegenstand hin, den ich zuvor bemerkt hatte. Es war ein Buch. Es sah jenem Buch, dass er in der Akademie gemeinsam mit dem Studenten aus dem Regal geholt hatte, zum Täuschen ähnlich. Eigentlich hatte er es kurz vor unserer Abreise zurückstellen wollen.

»Hast du das Buch etwa geklaut?«

»'Tschuldigung«, nuschelte er in seinen Hemdkragen. »Aber ich hatte nicht alle Geschichten durch, weil ich noch nicht so schnell lesen kann. Und ich muss doch wissen, wie die Geschichte mit dem Prinzen und der Drachenfreundin ausgeht.« Flehend sah er mich aus seinen blauen Augen an. Ich nahm ihm kopfschüttelnd das Buch aus der Hand und setzte mich zu ihm aufs Bett. Die Situation war heute sowieso nicht mehr zu ändern und ich konnte ihm seine Begeisterung für Geschichten nicht übel nehmen.

»Na gut. Aber versprich mir, dass du es irgendwann zurückbringst und nie wieder etwas klaust. In Ordnung?«

Er nickte eifrig.

»An welcher Stelle hast du denn mit dem Lesen aufgehört?«

Er blätterte auf eine Seite mit der Kohlezeichnung eines Drachen, dann legte er sich ins Bett. Ich breitete die Decke über ihm aus, setzte mich im Schneidersitz mit dem Rücken zur Wand an das Bettende und las ihm vor.

FINN

Manchmal wunderte ich mich über mich selbst. Beros Schnarchen machte mir nichts aus, aber das Tapsen von Kinderfüßen weckte mich. Mein erster Gedanke war, dass Ilias mal für kleine Abenteurer musste und ich ihn schlecht alleine nach draußen gehen lassen konnte. Darum stand ich auf, warf mir rasch ein Hemd über und folgte ihm, als er schon zur Tür hinausgeschlüpft war.

Ich wollte ihn gerade zum Warten auffordern, als ich sah, dass er zur anderen Hütte lief und an deren Tür klopfte. Sie öffnete sich, ich konnte mich noch rechtzeitig im Schatten verstecken, bevor Arya den Kopf hinausstreckte.

Im nächsten Moment kam ich mir dämlich vor. Ich hatte keinen Grund, mich zu verstecken. Ich trat wieder aus dem Schatten, als sie die Tür hinter sich und Ilias schloss. Eigentlich hätte ich wieder ins Bett gehen können, aber meine Neugierde war größer.

Ich schlich zu dem kleinen Fenster hinüber, das sich im oberen Viertel der Wand befand, und lauschte. Ich verdrehte die Augen, als ich mitbekam, dass Ilias ein Buch aus der Akademie gestohlen hatte. Dieser Schlingel. Und doch verstand ich ihn. Auch ich wollte immer das Ende einer Geschichte kennen.

Arya las die Geschichte eines Prinzen vor, der die letzten Drachen im Land bekämpfte, um seinen Vater stolz zu machen.

Ich lehnte mich vorsichtig an die Wand unter dem Fenster, um ihrer Stimme zu lauschen.

Das Bekämpfen der Drachen gelang dem Prinzen, aber glücklich machte es ihn nicht. Doch er wollte lieber unglücklich sein, als seinen Vater zu enttäuschen.

Was für ein Dummkopf, dachte ich.

Die Geschichte des Prinzen bekam eine Wendung, als er eine Frau kennenlernte, die das genaue Gegenteil von ihm war. Sie zog umher, um die Drachen vor Menschen wie ihm zu beschützen. Nicht, um irgendjemanden stolz zu machen oder zu beeindrucken, sondern nur um der Drachen willen. Weil sie das gleiche Recht auf Leben hatten wie die Menschen. Die Ungerechtigkeit, die hinter der Drachenjagd steckte, wollte und konnte sie nicht hinnehmen. Sie besaß einen starken Willen und setzte ihre Ideale durch, so gut sie es konnte.

Wieso nur kam mir das so bekannt vor … Ich schmunzelte. Weil ich genau das erlebte. Ich, der fehlgeleitete Prinz, kreuzte den Weg mit einer starken Frau, die es locker mit mir aufnehmen konnte. Die in mehr als nur einer Hinsicht besser war als ich.

»Wie gut, dass ich nicht der Einzige bin, dem so etwas wiederfährt«, sagte ich leise zu mir selbst. Das sich anbahnende Lachen musste ich unterdrücken, damit Arya mich nicht hörte. Ich wollte nicht, dass sie die Geschichte abbrach.

Das Ende der Geschichte war, dass der Prinz und die Frau sich trotz aller Unterschiede ineinander verliebten. Der Prinz verzichtete auf den Stolz seines Vaters und er gab seinen Thron auf, um mit der Frau zusammen zu sein. Sie stellten sich gemeinsam all jenen in den Weg, die den Drachen etwas antun wollten.

Für den Rest ihres Lebens bestritten der Prinz und die Frau gemeinsam die Abenteuer, die ihre Welt für sie bereithielt.

»Vielleicht«, flüsterte ich, »werden wir das auch.«

Es war schön zu sehen, dass ab dem darauffolgenden Morgen alles wieder seinen gewohnten Gang ging. Es herrschte eine ausgelassene Stimmung und das gemeinsame Frühstück verbrachten wir plaudernd und lachend.

Es war schon interessant, dass ich mich so gut mit Menschen verstand, die ich gerade mal ein paar Tage kannte. Dafür kam ich mit dem Menschen, den ich mein ganzes Leben lang schon kannte, nicht mal annähernd so gut zurecht. Meinem Vater. Vielleicht würde es mir mit dem Geld, das ich noch von Elena bekommen sollte, endlich gelingen, weit weg zu gehen und ihn hinter mir zu lassen. Was allerdings auch bedeuten würde, dass ich Arya nie wieder sah. Der Gedanke gefiel mir überhaupt nicht.

»Finn, ist alles in Ordnung bei dir? Du siehst irgendwie zerknirscht aus«, merkte Elena an. Ihr Bauchgefühl, von dem sie uns zuvor schon berichtet hatte, konnte scheinbar auch Gedanken erraten.

»Wahrscheinlich ist er immer noch frustriert darüber, dass er gestern mal wieder gegen mich verloren hat«, erwiderte Arya an meiner Stelle. Sie grinste mich verschmitzt an.

Sie wusste genau so gut wie ich, dass dies nicht der Wahrheit entsprach. Wir hatten unser erstes kleines Geheimnis.

»Ha, ha, sehr witzig. Tritt nur weiter zu, das geht schon in Ordnung.« Ich schniefte theatralisch und wischte mir imaginäre Tränen von der Wange. Ich war froh darüber, dass sie mich ablenkten. Ich wollte nicht mit trüben Gedanken in den wieder einmal sonnigen Tag starten.

»Vielleicht solltest du noch mal gegen mich kämpfen! Vielleicht gewinnst du ja diesmal«, rief Ilias, sprang auf und ging in die Ausgangsposition, das Stück Brot wie ein Schwert erhoben.

»Mach ihm keine falschen Hoffnungen, Ilias. Ich glaube, Finn ist noch nicht so weit«, sagte Bero und lachte.

»Also, das ist ja wohl die Höhe! Na wartet!«, beschwerte ich mich. Ich sprang auf und schlang Ilias die Arme um den Bauch. Ich hob ihn hoch, sodass er mit dem Kopf nach unten baumelte. Er kicherte vergnügt.

»Bero, nimm dich in Acht vor meiner Geheimwaffe. Dem Rippenkitzler!« Ich trug Ilias zum sitzenden Bero hinüber und hielt ihn so, dass er Bero kitzeln konnte. Eigentlich hätte sich unser großer Freund wehren können, aber Ilias zuliebe machte er den Spaß mit. Es dauerte nicht lange, da purzelten wir drei auf dem Boden übereinander und lachten. Es tat so gut.

Als ich mich wieder aufrichtete, erhaschte ich einen Blick auf die beiden Mädchen, die uns kichernd beobachteten.

»Manche Leute werden wohl nie erwachsen«, feixte Elena.

Arya antwortete ihr leise, sodass ich mir nicht sicher sein konnte, ob ich sie richtig verstand. Aber wenn ich mich nicht irrte, dann sagte sie: »Hoffentlich wissen sie, welch großes Glück das ist.«

KAPITEL 18

ARYA

Nachdem die Jungs sich wieder sortiert und wir zusammengepackt hatten, ritten wir weiter in Richtung Letilis. Unser Weg führte uns an diesem Tag mitten durch den Wald. Die Luft und die Geräusche waren hier ganz anders als am Waldrand. Alles wirkte beruhigend und idyllisch. Wir sprachen kaum miteinander und genossen stattdessen die Atmosphäre um uns herum.

Zu Beginn begegneten wir noch vielen Leuten, die ebenso wie wir von einer Stadt zur nächsten unterwegs waren. Doch mit jeder Kreuzung, mit jedem gewählten Weg, wurden es weniger.

Als einige Stunden später eine Lichtung vor uns auftauchte, waren wir schon seit einer Weile niemandem mehr begegnet. Die Lichtung war recht groß, vielleicht fünfzig Schritt im Durchmesser. Sie war überfüllt mit Blumen, Gräsern und einigen großen Steinen an den Rändern. Selbst von Weitem aus sah man die vielen verschiedenen Farben. Auch einen Steinbogen an einer der Seiten konnte man schemenhaft ausmachen.

Die Bäume standen hier so dicht, dass nur wenig Sonnenlicht hindurchfiel und der Wald in ein eigenartiges Licht getaucht wurde. Es war eine Mischung aus kühlem Gelb, warmem Orange und schimmerndem Grün. Ich schaute nach oben, konnte aber keinen Himmel erkennen.

Kurz bevor wir die Grenze zur Lichtung überschritten, stiegen wir von unseren Pferden ab und gingen zu Fuß weiter, während wir sie an den Zügeln führten. Keiner sagte ein Wort und die Erwartung in der Luft war nahezu greifbar. Selbst Finn, der sonst nie um ein Wort verlegen war, schwieg.

Der Steinbogen am anderen Ende der Lichtung hob sich immer deutlicher von seiner Umgebung ab. Er schien der letzte Teil einer ehemaligen Ruine zu sein und stand auf einer Anhöhe. Seine Steine waren abgenutzt und er war über und über mit Ranken und Flechten bewachsen. Am oberen Rand fehlte ein ganzes Stück der Mauer, in die er eingelassen war. Diese Mauer verlief rechts und links davon nur noch ein paar Meter weiter und war bis zur halben Höhe heruntergebrochen. Ein paar steinerne Stufen führten zu ihm hoch und der Weg setzte sich dahinter fort. Doch es lag etwas in der Luft, das ich nicht zuordnen konnte. Es fühlte sich besonders an. Ein Blick auf die anderen verriet mir, dass es ihnen ähnlich ging.

»Was ist das für ein Ort?«, erkundigte ich mich bei Finn.

»Das, meine liebe Arya, ist der Weg in den magischen Wald«, antwortete er mit Überraschung in der Stimme.

Ich sah zu Elena, die ebenso verdutzt dreinsah wie ich. »Magischer Wald? Ich dachte, wir reiten daran vorbei und nicht mitten hindurch?«, fragte ich verwundert. Wir hatten an unserem ersten Tag im Wirtshaus über diesen Teil des Waldes gesprochen, der auf Finns Karte markiert gewesen war. Unsere geplante Strecke hätte eigentlich nicht hierherführen sollten. Wir hatten ein paar Umwege machen müssen, doch Finn hatte uns versichert, dass wir wieder auf dem ursprünglichen Weg angekommen waren. Dass wir diesem steinernen Bogen gegenüberstanden, konnte nur bedeuten, dass er sich geirrt hatte.

»Es sieht ganz so aus, als würde magisch im Falle des Waldes auch bedeuten: Eure Pläne sind mir egal, ich bin jetzt hier und ihr müsst durch mich durch. Es ist nun mal ein magischer Wald, der macht, was er will«, sagte Finn. Seine Worte sollten witzig klingen, aber ich merkte, dass er nicht so entspannt war, wie er uns Glauben machen wollte. Er hatte nicht gerade vom magischen Wald geschwärmt. Er war ihm gegenüber eher misstrauisch. Sollte unser tapferer Finn etwa Angst vor ein paar Bäumen haben?

Er lief neben mir, den Blick stur geradeaus gerichtet. Mein Blick blieb an seinem Profil hängen und ich sah einige Schritte lang nicht wieder weg. Er sah konzentriert aus, mit in Falten gelegter Stirn. Plötzlich ruckte sein Kopf in meine Richtung. Unsere Blickte trafen sich und ein verschmitztes Grinsen umspielte seine Lippen.

»Gefällt dir, was du siehst?« Das Funkeln in seinen Augen provozierte mich.

»Ich wollte nur sehen, wie du vor lauter Ehrfurcht und Angst zu zittern anfängst.«

Seine linke Augenbraue hob sich verdächtig nahe an den Haaransatz.

»Du meinst wegen des Steinbogens?« Grinsend zeigte er mit dem Finger auf den Bogen. Wir waren auf der Lichtung stehen geblieben und die Pferde machten es uns nach.

»Ganz genau. Ich könnte wetten, dass du dich bisher noch nicht in diesen Teil des Waldes getraut hast, oder irre ich mich da?« Diesmal war ich es, die eine Augenbraue in die Höhe zog und ihn spöttisch ansah. Ich versuchte mich an dem für ihn typischen ein-Mundwinkel-Grinsen, doch es gelang mir nicht.

Er lachte mich aus. »Ha! Natürlich war ich schon im magischen Wald. Der Ruf des *Streuners*, der alle Teile des Königreiches bereist hat, kommt nicht von irgendwoher. Verstehst du? *Alle* Teile des Königreiches. Das schließt den Wald mit ein. Als ob ich mich vor einem Stück Wald fürchten würde.« Er rollte mit den Augen und sah mitleidsvoll zu mir.

»Ich glaube eher, dass du Zwerg Angst vor dem Wald hast und dich versichern willst, dass ich da bin, um dich vor den fürchterlichen Bäumen zu beschützen«, frotzelte er. Er warf einen bösen Blick über meine Schulter und sagte sehr ernst: »Entschuldigen Sie, ehrenwerter Herr Baum, aber würden sie diese junge Dame bitte nicht so schief ansehen? Davon bekommt man ja Albträume. Ich danke Ihnen.« Finn verbeugte sich vor besagtem Baum und ich muss so komisch dreingeschaut haben, dass er zu lachen anfing, als er mir wieder ins Gesicht sah. Auch Bero stimmte mit ein und Ilias kicherte ein wenig. Männer hatten einen komischen Humor. Wenn er wirklich glaubte, dass ich wegen ein paar Bäumen auf seine Beschützerqualitäten angewiesen war, täuschte er sich gewaltig. Ich hatte keine Angst vor ihnen, ob nun magisch oder nicht.

Obwohl er es abstritt, war ich mir sicher, Angst, oder zumindest Vorsicht in seinen Augen gesehen zu haben, als die Lichtung und der Steinbogen in unser Blickfeld gekommen waren. Irgendwo unter diesem männlichen Gehabe versteckte sie sich, dessen war ich mir sicher. Mit einem Mal war mir nichts wichtiger, als Finn das Grinsen aus dem Gesicht zu wischen und ihm zu beweisen, dass ich im Wald keinen Beschützer brauchte und dass ich nicht nur stärker, sondern auch mutiger war als er. *Ich* wusste, dass ich mutiger war, aber *ihm* musste ich es zeigen. Wenn es nur halb so viel Spaß machte, wie mit ihm zu üben, dann würde dies noch ein herrlicher Tag werden.

Ich sah mich nach Elena um, und als sich unsere Blicke trafen, zwinkerte ich ihr zu. Es dauerte nicht lange, bis sie begriff, was ich vorhatte. Sie zwinkerte mir auffordernd zurück. Sie erinnerte sich genau wie ich daran, wie solche »du traust dich nicht, ich aber schon« Argumente früher bei uns ausgegangen waren.

Wenn es darum ging, Mut zu beweisen, indem man dumme Sachen machte, wollte ich nicht nur immer die Mutigste, sondern auch die Erste sein. Als es bei Elena und mir früher einmal darum gegangen war, auf den größten Baum im Schlossgarten zu klettern, was uns strengstens verboten war, hatte ich einfach »Wer als erster oben ist!« gerufen und war losgerannt. Ich hatte unbedingt gewinnen und mich beweisen wollen, weswegen ich geklettert war, als hinge mein Leben davon ab.

Rückblickend betrachtet wirkt das Bezwingen eines Baumes vielleicht nicht besonders mutig, aber im Alter von acht war ich mächtig stolz darauf, dass ich mich getraut und Elena besiegt hatte. Ich war die erste am Baum gewesen und hatte auch vor ihr mit dem Klettern begonnen. Es hatte zwar mit einem aufgeschrammten Knie und einer langen Standpauke von Onkel Relior geendet, aber das Gefühl von Stolz war es mir allemal wert gewesen.

Bei der Erinnerung daran lächelte ich vor mich hin. Diese kindliche Begeisterung hatte ich heute Morgen bei den drei Jungs gesehen und war neidisch gewesen. Beim Tanz auf dem Fest hatte ich sie das erste Mal seit langem selbst wieder spüren können und es war schön gewesen. Nun wurde mir die Möglichkeit gegeben, sie erneut zu empfinden. Mein Bauch kribbelte voll Vorfreude. Ilias bemerkte den stummen Austausch zwischen Elena und mir. Er sah erst mich an, dann Elena, dann wieder mich.

»Warum kichert Elena?«, fragte er. Elena beugte sich zu ihm herunter und flüsterte ihm etwas ins Ohr. Er schlug sich die Hände vor den Mund, um ein Lachen zu unterdrücken, doch seine Augen strahlten.

»Darf ich auch?« Flehend sah er Elena mit seinen großen blauen Augen an und zupfte an ihrem Kleid. Sie schüttelte den Kopf und flüsterte ihm erneut etwas zu. Ilias nickte ernst und richtete sich zu seiner vollen Größe auf. Er sah mir in die Augen und lächelte mich an.

»Du schaffst das!«, sagte er. Scheinbar hatte Elena ihm von meinem Plan erzählt. Erst in diesem Moment wurde ich mir wieder der Anwesenheit von Finn und Bero bewusst, denen ihre Verwirrtheit ins Gesicht geschrieben stand. Sie betrachteten uns, als wäre uns nicht mehr über den Weg zu trauen.

»Was genau ist hier los?« Finn gefiel nicht, dass er nicht im Bilde war. Argwöhnisch sah er Ilias an und stemmte empört seine freie Hand in die Hüfte.

»Wobei willst du mitmachen, Ilias? Was haben sich die beiden ausgedacht?«

Ilias spielte die reine Unschuld. »Ich weiß leider nicht, wovon du sprichst, Finn.«

Finn schüttelte übertrieben den Kopf und legte sich eine Hand auf die linke Brust, ungefähr auf Höhe des Herzens. Mit entsetztem Gesichtsausdruck rief er: »Ilias, ich bin schockiert! Bero, ich befürchte, diese beiden jungen Damen haben Ilias verzaubert! Was sollen wir bloß tun?«

»Nun ja«, brummte Bero vergnügt, »vielleicht kann ihn ein Stück Nusskuchen ja wieder umstimmen?«

Doch bevor wir erfuhren, ob Ilias Elena und mich für einen seiner geliebten Nusskuchen verraten würde, überbrückte ich die verbleibende Distanz zu Finn. Ich stellte mich so dicht vor ihn, dass kaum noch Platz zwischen uns war. Ich fixierte seine grauen Augen, die er vor Überraschung aufriss. Einen Atemzug lang sah ich ihn einfach nur an. Seine Augen, seine Nase und auch kurz seine Lippen, die leicht geöffnet waren. So als hingen seine unausgesprochenen Worte noch daran. Ich sah auf sein dunkelgraues Hemd, bevor ich erneut seinen Blick suchte. Ich wartete zwei Atemzüge ab, ehe ich rief »Wer als erster da ist!« und losrannte.

FINN

Einen Augenblick lang war ich wie gefangen in meinem Körper. Aryas Nähe und der provozierende Blick ihrer grünen Augen machten mich für einen Moment sprachlos. Als ich endlich begriff, was vor sich ging, war Arya auch schon einige Schritte vorgerannt. Beros »Finn, Lauf!« riss mich dann endgültig aus meiner Starre. Ich ließ Hucks Zügel los und rannte Arya hinterher. Das aufgeregte Schnauben von Huck hörte ich noch, dann blendete ich alles um mich herum aus.

Arya war schnell, sehr schnell. Sie hatte ihren Rock hochgerafft und war wie ein Wirbelwind aus dunkelbraunen Haaren und grünem Stoff. Wieder einmal kam mir Ilias' Vergleich mit der Erdgöttin in den Sinn. Doch für solche Gedanken war keine Zeit. Ich rannte und rannte, meinen Blick starr auf den Steinbogen gerichtet. Wenig später holten mich meine Gedanken dennoch ein, während ich über das Gras lief.

Arya hatte recht gehabt. Ich hatte diesen magischen Teil des Waldes noch nie betreten. Ich hatte von seiner Magie nur gehört. Sowohl von der guten als auch von der schlechten Magie. Die schlimmsten mir bekannten Fälle waren Menschen, die bei bester Gesundheit hineingegangen und als verwirrte Reste ihrer selbst wieder herausgekommen waren. Ich wollte eigentlich nicht herausfinden, was dieser Wald mit mir vorhatte.

Doch lieber wollte ich ein wenig verrückt werden, als dass ein Mädchen im ganzen Land herumerzählte, es sei mutiger als der *Streuner* Finn. Ich redete mir ein, dass ich keine Angst zu haben brauchte. Gleichzeitig war mir aber auch bewusst, dass ein Mädchen der Grund für diese Einsicht war.

Es war unheimlich, dass einem in so kurzer Zeit so viel durch den Kopf gehen konnte. Mittlerweile waren Arya und ich fast gleichauf und nur noch wenige Schritte von den steinernen Stufen des Bogens entfernt. Ich nahm all meine Kräfte zusammen und sprintete sie hoch. Arya war nur noch knapp vor mir und der Steinbogen schon fast in Reichweite. Ich hörte wie sie angestrengt Luft holte und hätte am liebsten gelächelt, wenn ich selbst nicht so sehr mit Atmen beschäftigt gewesen wäre. Sie war verrückt. Und ich ließ mich mitreißen.

Wir kamen gleichzeitig beim Steinbogen an und rannten hindurch. Nur kurz kam mir der Gedanke, dass wir diesen Ort geradezu respektlos betreten hatten. Meine Schritte wurden kleiner und langsamer, bis ich zum Stehen kam. Ich stützte die Hände auf die Knie und beruhigte meinen Herzschlag durch langsame Atemzüge. Zur selben Zeit bahnte sich ein Lachen seinen Weg durch meinen Bauch, was das Atmen erschwerte.

Arya ließ sich neben mir auf die Knie fallen, ebenfalls um Atem ringend und heiter prustend. Sie warf den Kopf in den Nacken und schloss die Augen. Ihr Brustkorb hob und senkte sich schwer. Bei diesem Anblick blieb mir das Lachen im Halse stecken. Bevor sie die Augen öffnete, hatte ich mich wieder im Griff und betrachtete ihr Gesicht. Um meine Unsicherheit zu überspielen, tat ich, was ich gut konnte. Ich provozierte sie.

»Ich habe gewonnen, Zwerg!«

Ihr Kopf flog nach vorne, sie sah mich entsetzt an. »Wie bitte? Ich war zuerst hier!«

Ich sah ihr gerne dabei zu, wenn sie sich so künstlich aufregte. Es war ein schöner Anblick und ich lachte weiter.

»Du spinnst ja, Zwerg. Ich war ganz klar Erster!«

Sie schnaubte verächtlich und deutete mit dem Finger auf mich.

»Rede dir das ruhig ein, Finn, aber wir beide wissen, dass ich gewonnen habe!«

Sie stand auf und klopfte sich Staub und Blätter vom Kleid. Auch sie konnte sich das Lachen nicht verkneifen und ich merkte, dass es ihr egal war, wer gewonnen hatte. Ihr reichte es wohl, mich in diesen kleinen Wettkampf hineingezogen zu haben. Ich hoffte, sie erkannte mein Verhalten als das, was es war – eine Form der Anerkennung.

Ich betrachtete Arya als ebenbürtig. Sie war bisher das einzige Mädchen, das mich zu einer solchen Aktion hatte überreden können. Ich konnte sie nicht mit einem geschenkten Gewinn beeindrucken. Dass ich ehrlich versucht hatte sie zu schlagen, bedeutete ihr viel mehr.

»Wir fragen einfach die anderen«, meinte sie. »Vielleicht können sie ja Licht in die Sache bringen.«

Ich konnte es nicht lassen. Ich musste sie weiter ärgern. »Dann hast du schon verloren, denn Bero ...«

»Finn.«

»... ist immer auf meiner Seite und für Ilias legen wir einfach noch einen Kuchen obendrauf. Und Elena wird meinem Charme ...«

»Finn!« Aryas Stimme lies mich stutzen und ich schloss den Mund. Sie klang anders als noch vor ein paar Augenblicken. Geradezu panisch. Ich sah zu ihr hinüber. Sie stand mit dem Blick Richtung Steinbogen, die Augen weit aufgerissen. Ihre rechte Hand hatte sie in meine Richtung gestreckt, so als würde sie mich jeden Moment an der Schulter berühren wollen. Alarmiert sprang ich auf und drehte mich zum Steinbogen um. Doch alles, was ich sah, waren Bäume. Sie standen dort, wo gerade noch der Bogen gewesen war. Er war weg. Keine Spur von einer Lichtung. Keine Spur von Bero, Ilias und Elena. Der Weg, auf dem wir standen, endete nach ein paar Schritten im Nichts. Mir stockte der Atem.

»Was ist passiert?« Suchend blickte Arya sich um. »Wo ist der Steinbogen?«, fragte sie noch einmal, diesmal eindringlicher und lauter. Ich konnte nichts anderes tun, als auf die Bäume vor uns zu starren. Sie packte meinen Arm und schüttelte mich leicht.

»Finn! Wo sind sie hin? «

Ich suchte ihren Blick. Ihre Augen. So grün. Für einen Moment verlor ich mich darin, wusste nicht, was ich sagen sollte. Vorhin hatte ich sie mit den Worten über einen bösen dunklen Wald geneckt, nun waren sie Wirklichkeit geworden. Ich musste schlucken, als ich begriff, dass ich ihr nicht helfen konnte. Ich fühlte mich so, wie bei ihrem Zusammenbruch in der Akademie. Als Zuschauer, der nichts tun konnte. Wieder sah ich nach vorne, noch immer waren dort nur Bäume zu sehen.

»Ich weiß es nicht, Arya. Ich weiß es nicht.«

Gemeinsam standen wir da und starrten Löcher in die Bäume. Wir warteten darauf, dass etwas passierte. Dass der Steinbogen so lautlos wieder auftauchte, wie er verschwunden war. Aber er tat uns diesen Gefallen nicht. Wir waren allein. Im magischen Wald.

Die Bäume starrten uns an.

Das nächste Mal würde ich mich hüten, den Wald zu beleidigen und Scherze mit ihm zu treiben. Vorausgesetzt, es würde ein nächstes Mal geben.

KAPITEL 19

ARYA

Ich wartete und wartete und wartete auf irgendetwas. Darauf, dass der Steinbogen wieder auftauchen würde. Darauf, dass Elena und die anderen jeden Moment wieder erschienen. Darauf, dass Finn mich auslachte und mir offenbarte, dass dies nur einer seiner Scherze war. Oder das dieses »Verhalten« des Waldes ganz normal war. Doch es war vergeblich.

Kein Steinbogen tauchte auf, keine Elena kam mir entgegen und Finns Miene blieb eisern. Ich ließ seinen Arm los und ging zu der Stelle, an der eben noch der Bogen gestanden hatte. Vielleicht konnte man von dort aus dahin zurückblicken, wo man hergekommen war. Es konnte eine Illusion sein oder eine optische Täuschung. Doch auch als ich die eben noch magische Grenze überschritt, passierte nichts.

Das Atmen fiel mir schwer. Ich fühlte mich beengt.

Ich besah mir einen Baum nach dem anderen. Blumen wuchsen auf den mit Sonnenlicht besprenkelten Flecken am Boden. Ich konnte Vögel zwitschern hören. Im Unterholz knackte es und der Wind brachte die Blätter zum Rascheln. Der Einzige, der keinen Laut von sich gab, war Finn. Er, der doch sonst immer einen passenden Spruch auf den Lippen hatte. Wo war sein unbegreiflich großes Selbstbewusstsein, wenn man es mal brauchte?

»Du hast keine Ahnung was hier vor sich geht, oder?« Ich drehte mich zu ihm um und wartete auf eine Antwort. Vor Wut und Verzweiflung hatte ich die Hände zu Fäusten geballt. Finn fasste sich mit einer Hand an den Hinterkopf, mit der anderen gestikulierte er wild in der Luft herum.

»Nun, was das angeht … also es ist nicht so, dass … aber ich … äh …«

»Finn!«

»Was willst du denn von mir hören?« Er klang genauso verzweifelt, wie ich mich fühlte.

»Einfach nur die Wahrheit, Finn. Und zwar schnell«, sagte ich schroff.

Er stemmte die Hände in die Hüfte und wich meinem Blick aus.

»Ja, du hattest recht. Ich war noch nie in diesem Wald. Und ich habe auch keinerlei Ahnung, was hier vor sich geht. Ich weiß nicht, ob das Verschwinden des Bogens normal ist. Ich weiß auch nicht, wie und ob wir wieder hier herauskommen. Bisher habe ich noch nie von so etwas gehört. Ich weiß nur, dass dieser Wald kein unbeschriebenes Blatt ist, was den schlechten Umgang mit Menschen angeht. Haha, *unbeschriebenes Blatt*, du verstehst?«

Ich warf ihm einen hoffentlich vernichtenden Blick zu. Fand er das wirklich witzig? Jetzt?

»Wegen der Bäume und den ganzen Blättern? Weil es ja nicht nur Blätter aus Papier, sondern auch … Ach, Arya, komm schon, das ist witzig!«, rief er.

Da platzte mir der Kragen. »Witzig? Du findest das witzig? Du bist doch wirklich … Argh!« Mit einem Laut der Verzweiflung warf ich mir die Hände vor das Gesicht.

»Dass ich in einem Wald gefangen bin, der Leute verschluckt, reicht natürlich nicht. Nein, ich hänge hier auch noch mit zwei Idioten fest!«

»*Zwei* Idioten? Arya, hast du Wahnvorstellungen?« Finn sah mich ehrlich besorgt an.

»Nein, ich rede von dir und deinem riesigen Selbstbewusstsein! Ein Wort. Ein Wort von dir Finn, und ich hätte niemals einen so respektlosen Schritt in diesen Wald gesetzt! Wieso hältst du deinen Mund, wenn man dein Gerede mal gebrauchen könnte? Sonst redest du doch auch die ganze Zeit!«

»Erstens: Du hast genauso gut wie ich gesehen, dass es keinen anderen Weg gab. Und zweitens: Wer von uns beiden musste denn unbedingt wie ein Rotte Wildschweine hier reintrampeln? Meine Idee war das nicht!« Auch er hatte die Stimme erhoben und funkelte mich böse an.

»Aber du hättest mich warnen können! Wieso hast du mich vorhin nicht aufgehalten?« Ich war ihm gegenüber ungerecht, das wusste ich. Das hier war kein normaler Wald und dennoch hatte ich meinen kindlichen Impulsen nachgegeben. Aber woher hätte ich denn ahnen sollen, dass es so enden würde?

»Ich wollte gegen dich gewinnen …«, gab er kleinlaut zu. Und genau zu diesem Impuls hatte ich ihn antreiben wollen. Meine Wut verschwand so schnell wie sie gekommen war.

Mit einem Streit würden wir nicht weiterkommen. Der Bogen war verschwunden und wir beide hatten unseren Teil zu diesem Dilemma beigetragen. Das Wichtigste war, dass wir wieder heraus und zurück zu Elena kamen. Erneut versagte ich als ihre Leibwächterin und die Scham darüber entkräftete mich. Ich seufzte und versuchte, von da an versöhnlicher zu sein.

»Was genau meintest du damit, dass dieser Wald schlecht mit Menschen umgeht?« Ich ging zurück zu Finn, der noch immer keinen Schritt gemacht hatte und verloren herumstand. Auch wenn ich es mir nicht eingestehen wollte, aber in seiner Nähe fühlte ich mich sicherer. Wenn ich das hier schon durchstehen musste, dann doch lieber nicht alleine.

»Mit Sicherheit ist dir mittlerweile aufgefallen, dass ich nicht der einfachste Mensch bin, den es auf der Welt gibt. Manche würden sogar sagen, dass ich ein schlechter Mensch bin. Mich manchmal eingeschlossen«, brummelte er und sah dabei nicht glücklich aus. »Nun, gleich und gleich gesellt sich gern. Deswegen habe ich mich schon des Öfteren in der Anwesenheit anderer, nicht so einfacher Menschen wiedergefunden. Einige von ihnen waren selbst schon mal im magischen Wald, andere hatten Bekannte, die wiederum jemanden kannten … du verstehst worauf ich hinauswill.« Er unterbrach sich kurz und sah mir betrübt in die Augen.

»Die Geschichten, die sie über ihre Zeit hier im Wald erzählt haben … sie waren nicht schön anzuhören, das kann ich dir sagen.«

»Aber woher kommen dann die guten Geschichten über diesen Wald? Elena kennt ein paar von ihnen, das hat sie uns doch am ersten Tag erzählt. Stimmten nur die einen und die anderen sind gelogen?«

»Das ist nicht so leicht zu beantworten.«

»Wie meinst du das?«, hakte ich nach.

Finn sah sich um, als suche er die Antwort im Wald selbst. »Ich glaube, dass dieser Wald den Menschen, die ihn betreten, einen Spiegel vorhält. Dass er sich ihnen gegenüber so verhält, wie sie sich dem Rest der Welt. Bist du ein guter Mensch, dann wird dir in diesem Wald nichts zustoßen. Bist du allerdings ein nicht ganz so feiner Mensch, dann sind die Tiere hier vermutlich dein kleinstes Problem. Manchen Leuten hilft dieser Wald, für andere macht er es nur noch schlimmer. Zumindest ist das meine Meinung, wenn ich all mein Wissen in Betracht ziehe.« Misstrauisch sah er sich um, als erwartete er jeden Moment, etwas aus dem Gebüsch springen zu sehen.

Ich wägte seine Worte ab, kam aber nur zur einer nicht gerade hilfreichen Feststellung: Egal, wie uns dieser Wald behandeln würde, wir konnten für den Moment nichts daran ändern. Uns blieb keine andere Wahl, als es auf uns zukommen zu lassen. So wenig mir das gefiel.

Da erinnerte ich mich an die Entstehungsgeschichte des kleinen grünen Buches Fabulim, das sorgsam in meiner Satteltasche verstaut war. Es war vollständig aus Materialien des magischen Waldes gefertigt worden und seine Aufgabe bestand darin, würdigen Menschen zu helfen. Da es mich auserkoren hatte, konnte ich nur hoffen, dass auch der Wald mich in gewisser Weise für würdig hielt. Nicht, dass ich an eine Logik in magischen Dingen glaubte, aber es gab mir den Funken Hoffnung, der mich vor der absoluten Verzweiflung bewahrte.

Auch wenn ich die Antwort schon kannte, fragte ich Finn, was mir in den Kopf kam.

»Hast du wirklich gar keine Vermutung, was auf uns zukommen wird?«

»Nein, leider nicht. Aber was auch immer es ist, wir sind vermutlich die Ersten und Einzigen, denen es passiert.«

»Ich bin mir nicht sicher, ob ich das gut oder schlecht finden soll.«

»Doch genau das, meine liebe Arya, ist ja das Aufregende daran!« Finn fand langsam zu seinem Selbstbewusstsein zurück.

»Wieso wundert es mich nicht, dass du das auch noch aufregend findest?« Über Finns Einstellung konnte ich nur die Augen verdrehen. Wie konnte er an dieser Sache etwas Gutes entdecken? Eben gerade war er doch selbst noch aufgelöst gewesen.

»Ich sehe es als eine Art Prüfung!«, rief er aus und betrachtete die Bäume. Dieses Mal lag darin keine Scheu.

»Und was für eine Art Prüfung soll das deiner Meinung nach sein?«

»Das ist doch sonnenklar!« Er strahlte mich an und breitete seine Arme aus. Innerlich wappnete ich mich gegen das, was er als nächstes sagen würde. Ich hatte das ungute Gefühl, dass es mich nicht unbedingt aufbauen würde.

»Endlich kann ich beweisen, dass mein Charme so unwiderstehlich ist, dass sogar der sagenumwobene magische Wald ihm nicht widerstehen kann!«

Ich wusste es. Wir waren verloren. Ich, Finn und sein schwindelerregend großes Selbstbewusstsein.

FINN

Ich stand noch mit ausgebreiteten Armen da, als Arya die Augen verdrehte, angespannt seufzte und leise grummelnd an mir vorbeilief. Ich meinte, das Wort ›Männer‹ herauszuhören. Ich konnte mir das Lächeln nicht verkneifen und sah, dass es ihr ähnlich ging. Man mochte über meine Sprüche denken, was man wollte, aber für Unterhaltung konnte ich damit doch immer sorgen. Es gab bestimmt schlimmere Eigenschaften, die ein Mann haben konnte. Ich hatte sie aufbauen wollen und war überzeugt, dass es mir ein wenig gelungen war.

»Wo willst du denn hin? Willst du mir nicht dabei zusehen, wie ich meine Magie auf diesen Wald wirken lasse?« Um meine Worte zu unterstreichen, verbeugte ich mich vor dem nächsten Baum. Ich trieb es auf die Spitze, indem ich ihm auch noch verführerisch zuzwinkerte. Die guten Vorsätze, meine blöden Sprüche in gewissen Situationen zu unterlassen, waren vergessen. Für ein Lächeln von ihr würde ich alles tun.

»Ich bin schon ganz gespannt«, meinte Arya sarkastisch. »Vor allem wenn ich sehe, was uns dein Charme bisher eingebracht hat. Ich jedenfalls werde jetzt diesem Weg folgen, irgendwohin muss er uns führen. Es ist auch nicht so, als hätten wir eine andere Wahl. Es gibt nur diesen einen.«

Damit drehte sie sich um und folgte dem Weg, der vor uns lag. Ich schloss hastig zu ihr auf.

»Hast du Angst alleine?«, verspottete sie mich. So ungern ich es zugab, aber sie hatte recht. Ein bisschen unwohl fühlte ich mich und ich wollte nicht alleine durch diesen Wald streifen. Aber das würde ich niemals vor ihr zugeben.

»Nein, habe ich nicht. Aber falls uns doch ein paar Tiere angreifen sollten, dann hätte ich gerne einen Köder, den ich nach ihnen werfen und mit dem ich sie ablenken kann«, gab ich zurück. Ich versuchte, eine ernste Miene zu bewahren, konnte mir aber ein Grinsen nicht verkneifen. Ein Seitenblick auf Arya verriet mir, dass sie mich voller Hohn ansah.

»Wenn, dann bist du eher der Köder, so langsam wie du rennst. Ich bin viel schneller als du!«

»Was? Ich glaube wirklich, dass du unter Wahnvorstellungen leidest! Der Wald hat schon von dir Besitz ergriffen! Jetzt kann mich nur noch ein Wunder retten!« Ich blieb stehen und machte eine übertrieben flehende Gebärde zum vom Blätterdach verdeckten Himmel, während sie weiterlief. Dieses Mädchen war einfach nicht zu fassen und nun lachte sie auch noch. Ob über ihre eigenen Worte oder meine kleine Vorstellung, wusste ich nicht.

Doch von da an wirkten die Schatten des Waldes seltsamerweise nicht mehr ganz so bedrohlich wie noch einen Augenblick zuvor.

Wir folgten dem Weg schweigend, jeder in seine eigenen Gedanken versunken. Arya beobachtete aufmerksam die Umgebung. Sie sah aus, als wäre sie auf jede Überraschung gefasst, die der Wald uns bereiten könnte.

Mittlerweile konnte ich mir denken, dass dieses aufmerksame Verhalten von der Ausbildung durch ihren Onkel kam. Dass sie es auch nach Jahren in ihrer Anstellung als Zofe so intensiv tat, fand ich bemerkenswert.

Mein Bauchgefühl sagte mir, dass es da noch sehr viel gab, was ich nicht über sie wusste. Eine Vermutung von mir war, dass sie uns um Elenas Willen nicht die ganze Wahrheit verrieten. Vielleicht wollten sie nicht, dass wir Rückschlüsse auf ihre Familie zogen. Möglicherweise war ihr Vater jemand mit viel Einfluss.

Konnte es sein, dass sie davon ausgegangen waren, ich hätte den Auftrag nicht angenommen, wenn ich das gewusst hätte? War ihr Vater in der Lage, mir mein Leben schwer zu machen, wenn er von meiner Rolle in diesem Abenteuer erfuhr? Alles Grübeln würde mir doch nicht weiterhelfen. Die Antwort auf diese Fragen kannten nur zwei Personen. Und diese waren, was ihre Herkunft anging, bisher nicht gerade gesprächig gewesen.

Ich überlegte, ob ich Arya nicht einfach noch mal danach fragen sollte. Vielleicht war sie ohne den wachenden Blick von Elena redseliger, was ihre Geschichte anging. Einen Versuch war es zumindest wert.

Ich bereitete mich auf Aryas bösen Blick vor, den mit der einen hochgezogenen Augenbraue. Doch kaum hatte ich den Mund geöffnet, kam sie mir zuvor.

»Sag mal, Finn, hast du Hunger? Oder Durst?« Sie sah mich nicht an, sondern ließ ihren Blick weiter über den Weg und die Bäume schweifen. Ihre Frage machte mich stutzig.

»Ähm … Nein. Ehrlich gesagt nicht. Du?«

»Nein. Und das ist komisch. Wir sind schon eine gefühlte Ewigkeit unterwegs, aber ich habe keinerlei Bedürfnisse, obwohl eigentlich das Gegenteil der Fall sein sollte. Meinst du, dass auch das durch den Wald bedingt ist?«

»Das könnte sein. Mich wundert in diesem Wald gar nichts mehr. Und ich werde es auch nicht hinterfragen, sonst wirfst du mir wieder vor, ich beschimpfe den Wald und sei an allem schuld.«

»Wer auch sonst.«

Es war nur ein Murmeln, dennoch verstand ich es.

»Wie bitte? Komm schon, du kannst mich ja nicht für alles verantwortlich machen!«

Sie blieb stehen und stemmte die Hände in die Hüfte. Da war er, der Augenbrauen-Hochzieh-Blick. Jetzt war Vorsicht angesagt. Doch sie fing keine Diskussion mit mir an, sondern schüttelte nur den Kopf und seufzte resigniert. »Lass uns nicht wieder damit anfangen. Wir werden uns dahingehend wohl niemals einig werden.« Sie blickte zum Himmel, den man zwischen all den dichtstehenden Baumkronen nur streifenweise erkennen konnte. »Es wird bald dunkel«, meinte sie mit besorgter Stimme. »Und da es danach aussieht, als würden wir die Nacht hier verbringen, sollten wir uns einen sicheren Platz zum Schlafen suchen.« In diesem Punkt waren wir uns einig.

»Dazu müssen wir aber wohl oder übel ein Stück abseits des Weges in den Wald gehen. Ich denke, direkt am Weg werden wir nichts finden. Außerdem wären wir hier für alles und jeden auf dem Präsentierteller«, gab ich zu bedenken.

Arya sah nicht begeistert aus, aber sie nickte und gemeinsam bahnten wir uns einen Weg zwischen den Bäumen hindurch.

Das Land war flach, die Bäume standen dicht an dicht, aber das Gras war nicht einmal knöchelhoch.

Durch die Abendsonne herrschte im Wald eine warme Atmosphäre. Mit jedem weiteren Schritt, den wir gingen, veränderte sich das Bild, das sich uns bot. Die normalgroßen Bäume wurden durch immer größere Bäume abgelöst. Nach einiger Zeit fanden wir uns Bäumen gegenüber, die so groß waren, dass es mindestens zehn Menschen gebraucht hätte, um ihren Stamm zu umfassen.

Sie standen nicht direkt auf dem Waldboden, sondern wurden durch ihre oberirdischen Wurzeln in die Höhe gedrückt. Die dicken Wurzeln wölbten sich so, dass man durch sie hindurch unter den Stamm gelangen konnte. An manchen Stellen waren sie so breit, dass sie den Anschein einer Wand erweckten. An anderen befanden sich Freiräume, die einen Durchgang zum Inneren bildeten. Dieser Anblick gab dem Wort Baumhaus eine ganz neue Bedeutung. Wir waren stehen geblieben und bestaunten dieses Wunderwerk der Natur. Es mochte sich um magische Natur handeln, aber das machte es nicht weniger beeindruckend.

»Wenn ich beschreiben müsste, worin Waldelfen wohnen, dann wären es diese Bäume.« Damit sprach Arya genau das aus, was auch ich dachte. Ilias hätte dieser verzauberte Ort, der aus einem seiner Märchenbücher entsprungen zu sein schien, gefallen. Ich hoffte allerdings sehr für uns, dass diese Bäume unbewohnt waren.

»Ich glaube nicht, dass hier jemand wohnt. Sonst hätten sie uns bestimmt schon entdeckt und sich gezeigt.«

»Leben in diesem Wald denn andere Wesen als Tiere?«, fragte Arya, nicht ohne Besorgnis in der Stimme.

»Ich habe keine Ahnung. Soweit ich weiß, sind neben uns und den Tieren nur die inneren Dämonen hier, die wir selbst mitbringen.« Arya spannte sich an. Ich hatte ihr mit diesen Worten keinen Schrecken einjagen wollen und bereute bei ihrer Reaktion die Erwähnung von Dämonen. In dem Blick, den sie mir nur ganz kurz zuwarf, erkannte ich Erschütterung.

Besorgt betrachtete sie unsere Umgebung und strich sich mit ihrer rechten Hand über ihren linken Unterarm. Es war eine Geste, die mir schon des Öfteren aufgefallen war. Es war derselbe Arm, den sie am Abend in der Akademie vor

Schmerzen an sich gepresst hatte. Ich hatte meine Theorien dazu, fand sie in diesem Moment jedoch nicht wichtig.

Bedeutsam war nur dieser Ausdruck, den ich zuvor noch nie an ihr gesehen hatte.

Vor welchen Dämonen fürchtest du dich, Arya?

KAPITEL 20

ARYA

Nachdem wir mit angemessener Vorsicht und Sorgfalt einen der Baumstämme erkundet hatten und uns einig waren, dass er von keinen Elfen oder sonstigen Wesen bewohnt war, schlugen wir dort unser Lager für die Nacht auf. Da unser gesamtes Gepäck bei den Pferden war und diese außer Reichweite, beschränkten sich die Vorbereitungen auf das Sammeln von dickem, grünen Moos, welches wir auf dem Boden ausbreiteten.

Da wir noch immer keinen Hunger, Durst oder Kälte verspürten, begaben wir uns nicht auf die Suche nach Nahrung oder Wasser und auch das Feuermachen unterließen wir aus Angst, damit vielleicht irgendetwas oder irgendwen anzulocken.

Sobald wir uns unsere Moosbetten fertiggestellt hatten, ließ Finn sich auf seines sinken. Er lag auf dem Rücken und hatte die Hände hinter dem Kopf verschränkt. Er starrte auf den Unterboden des Stammes, der über uns schwebte.

»Von all den Nächten, die ich schon unter freiem Himmel geschlafen habe, könnte diese die außergewöhnlichste sein, die ich jemals erlebt habe. Und dazu verbringe ich sie auch noch in der Anwesenheit eines hübschen Mädchens.«

Ich sah ihn nicht an, als er zu sprechen anfing, weil ich keine Lust auf seine Späße hatte. Ich machte mir zu viele Sorgen um Elena und um Bero und Ilias.

»… das offensichtlich nicht zu Scherzen aufgelegt ist«, beendete er seinen Satz.

Ich stand an eine der dicken Wurzeln gelehnt, die den Stamm stützten und betrachtete die Umgebung außerhalb. Es war dunkel geworden, doch ein schwaches Schimmern lag in der Luft, das die Nacht erhellte. Es sah magisch aus und schön.

Nichtsdestotrotz wich meine Anspannung nicht. Ich wusste nicht, was diese Nacht bringen würde. Ich hatte keinerlei Kontrolle darüber und das beunruhigte mich sehr.

Alles, was ich zur Verteidigung bei mir trug, war mein Dolch. Es war fraglich, ob ich damit gegen die Magie dieses Waldes ankommen könnte. Denn wenn es wirklich so war, wie Finn sagte, und uns in diesem Wald nur unsere eigenen Dämonen heimsuchten, dann würde mein Dolch mir keine große Hilfe sein.

Finn erhob sich von seinem Moosbett und kam zu mir herüber. Er stellte sich neben mich und folgte meinem Blick nach draußen. Das goldene Schimmern, das weder von der Sonne noch von den Sternen kommen konnte, fiel auch ihm auf.

»Es sieht sehr geheimnisvoll aus, findest du nicht? Vielleicht auch ein bisschen unheimlich«, murmelte er.

»Ja. Es ist auf seine Weise wunderschön.«

»Vielleicht ist es schön, gerade weil es geheimnisvoll ist.«

Ich glaubte, dass er bei diesen Worten erst das Licht und dann mich betrachtete. Ich traute mich nicht, meinen Kopf zu ihm zu drehen und konnte es nicht mit Gewissheit sagen. Vielleicht war es auch nur Wunschdenken.

Wünschte ich mir, dass Finn mich schön fand? Ich bekam das Gefühl, dass der Wald mich wirklich vernebelte, denn so einen Gedanken hätte ich normalerweise nie gehabt. Oder doch? Um mir zu beweisen, dass mir dieser Wald nichts anhaben konnte, beäugte ich Finn dann doch. Mein Blick traf auf seinen. Tatsächlich, er hatte mich beobachtet.

Wir sahen einander in die Augen und für einen kurzen Moment vergaß ich alles um mich herum. Den Wald, meine Angst und meine Sorgen.

»Manchmal sind es die Gegensätze, die etwas interessant machen«, gestand ich. Er lächelte, als ich das sagte, und ich hoffte, er verstand, dass ich damit nicht nur das Schimmern meinte. Ich meinte ihn. Auf der einen Seite war er stark und selbstbewusst, auf der anderen konnte er einfühlsam sein, was vor allem in Bezug auf Ilias zum Vorschein kam.

Und da war diese Seite, die mich an mich selbst erinnerte. Ich verstand, was er mit den inneren Dämonen meinte. Dass auch er sie hatte und sich vor ihnen fürchtete. Wieso sonst sollte er diesen Wald bisher gemieden haben? Und weil Finn einfach Finn war, und zwischen seinen verschiedenen Seiten hin und her sprang, war seine nächste Aussage das genaue Gegenteil von seiner vorherigen.

»Vielleicht herrscht dieses magische Licht im Wald aber auch nur, weil ihr, der Wald und du, dann die ganze Nacht lang mein hübsches Gesicht anschauen könnt. Das würde ich auch, wenn ich könnte.« Damit schenke er mir ein verschmitztes Grinsen und auch ich konnte es mir nicht verkneifen. Ich schlug ihm mit meiner rechten Faust leicht gegen seinen linken Oberarm.

»Du sollst dich doch nicht mehr über den Wald lustig machen, Finn.«

»Wenn es dich zum Lachen bringt, dann lohnt es sich.« Ich blickte in seine grauen Augen, um zu sehen, ob er es auch wirklich so meinte.

Ich sah kein schelmisches Grinsen und auch nichts Spöttisches in seinem Gesicht. Er meinte es ernst. Das war eines der nettesten Dinge, die er bisher zu mir gesagt hatte.

Bevor ich diesen kleinen Schock überwinden konnte, kam auch schon der nächste. Er fasste mit seiner rechten Hand ganz sanft in meinen Nacken, trat langsam vor und gab mir einen ebenso sanften Kuss auf die Stirn. Bevor ich das richtig wahrnehmen konnte, war es auch schon wieder vorbei.

»Versuch zu schlafen, Arya. Morgen wird ein langer Tag. Ich werde die ersten paar Stunden Wache halten, danach wecke ich dich und du bist dran.« Er drehte sich um und ging zu seinem Moosbett zurück.

Ich war sprachlos. Hatte Finn mir gegenüber gerade seine empfindsame Seite gezeigt? Nun war ich mir ganz sicher, dass dieser Wald einen großen Einfluss auf uns ausübte.

Ich machte mir wirklich Sorgen, denn so sehr ich diese Seite von Finn mochte, so sehr mochte ich doch auch seine andere, witzige Seite, mit der er mich zum Lachen brachte. Ich beobachtete ihn, als er sich hinlegte. In diesem Moment wünschte ich mir nichts sehnlicher, als dass ihm nichts zustieß. Weder körperlich, noch was seinen Geist betraf. Er sollte genau so bleiben wie war, denn so mochte ich ihn.

»Ach, Arya. Pass auf, dass dich die Mooskäfer nicht beißen. Kleine Zwerge sind ihre Leibspeise«, sagte er in meine Gedanken hinein.

Ich seufzte und war erleichtert. Nicht einmal ein magischer Wald konnte diesem Mann ernsthaft etwas anhaben.

Ich war nicht sonderlich müde, als ich mich auf mein provisorisches Bett legte, und doch schlief ich wenig später ein. Auch wenn es nur dabei half, zeitweise nicht über unsere Situation nachdenken zu müssen.

Nach ein paar Stunden weckte Finn mich und ich übernahm die nächste Wache, während er sich schlafen legte. Er schlief schnell ein und atmete tief und gleichmäßig. Viel sah ich in der Dunkelheit mit ihrem schwachen Schimmer nicht, aber es reichte aus, um zu erkennen, dass er auf der Seite lag.

Während ich ihn musterte, fragte ich mich, was in seiner Vergangenheit geschehen war, dass auch er von inneren Dämonen sprach. Ich konnte mir nicht vorstellen, was er verbrochen haben sollte. Doch was auch immer es war, schlimmer als das, was ich getan hatte, konnte es kaum sein.

Um nicht weiter darüber nachdenken zu müssen, stand ich auf und trat durch die Wurzeln hinaus auf die Wiese. Ich blieb nah an unserem Unterschlupf stehen, damit ich Finn im Auge und in Hörweite behalten konnte. Außerhalb des Baumes war das Schimmern kräftiger, und ich konnte recht weit sehen, sofern die anderen Bäume es zuließen.

Kaum ein Geräusch war zu hören. Es schien, als schliefe der ganze Wald.

Um mich zu entspannen und um meine Gedanken auszublenden, wollte ich eine Übung durchgehen, die mein Onkel mir gezeigt hatte. Normalerweise benutzte man dazu ein Schwert, aber mein Dolch würde auch genügen. Ich zog ihn hervor und betrachtete, wie er in dem magischen Licht funkelte. Ich schüttelte meine Schultern und Beine aus, dann stellte ich mich in die Ausgangsposition.

Augenblicke später waren da nur noch ich, mein Dolch und das Schlagen meines Herzens.

FINN

Ich sah sie tanzen.

Dieser Tanz, in den sie vollkommen versunken war, war anders als jeder Tanz, den ich jemals gesehen hatte. Sie sprang nicht herum, drehte sich nicht wirbelnd im Kreis, lachte nicht schallend. Sie hatte einen verschlossenen Gesichtsausdruck, wirkte zugleich aber entspannt. Es war eine außergewöhnliche Mischung, die ich an ihr bisher noch nie gesehen hatte.

Sie war konzentriert, aber nicht auf ihre Umgebung, so wie ich es bisher erlebt hatte. Es war eine Konzentration auf ihr Inneres, ihre Bewegungen. Ich beobachtete ihre Schritte, die einem komplizierten Muster folgten.

Ich fühlte, dass ich sie bei etwas beobachtete, das eigentlich nicht für meine Augen bestimmt war. Niemals ahnte ich, dass Kämpfen auch diese Form annehmen konnte. Es war schön. Diesen Tanz musste sie ebenfalls von ihrem Onkel gelernt haben.

Ich verstand immer noch nicht, wieso er ihr das alles beigebracht hatte. Wieso sollte eine Zofe solche Fähigkeiten brauchen? Vielleicht war Arya doch mehr als das. Wenn dem so war, warum erzählte sie es uns nicht einfach? Es war nichts Ungewöhnliches, das die Töchter von reichen Adligen gut bewacht wurden. Das Einzige, was man in diesem Fall außergewöhnlich finden konnte war, dass Arya ein Mädchen war.

Ich verlagerte mein Gewicht im Moos so, dass ich sie durch die Wurzeln hindurch beobachten konnte. Da es unter dem Baum dunkler war, würde Arya mein Spionieren hoffentlich nicht bemerken.

Ich aber sah sie. Sie schien von innen heraus zu glühen. Das goldene Licht verstärkte diesen Eindruck. Ich konnte außer meinen leisen Atemzügen nichts hören, Arya aber hielt plötzlich in ihrer Bewegung inne. Die Augen noch geschlossen, neigte sie den Kopf leicht in meine Richtung. Ich hielt den Atem an. Mein Herz klopfte stärker und schneller. Hatte sie mich gehört? Ich flehte, dass dem nicht so war. Ich wollte nicht, dass sie meinetwegen aufhörte.

Nach einer gefühlten Ewigkeit nahm sie ihren Tanz wieder auf und ich wagte einen Atemzug. Es faszinierte mich, ihr zuzusehen. Sie bewegte sich anmutig und selbstbewusst zugleich. Ich betrachtete ihre geflochtenen Haare, die ihr glänzend über ihre Schulter auf den Brustkorb fielen. Sie bewegten sich mit ihr und durch das Spiel von Licht und Schatten sahen sie geradezu lebendig aus. Zu gerne hätte ich gewusst, wie ihre grünen Augen in diesem Licht aussahen.

ARYA

Linkes Bein zur Seite.

Ich spürte, dass er mich beobachtete. Meine Sinne waren im Dunkeln und besonders bei dieser Übung geschärft. Da ich sie schon öfter vor Publikum vorgeführt hatte, störten mich Beobachter nicht. Dennoch brachte sein Blick mich in Verlegenheit. Ich wollte nicht versagen, wenn er mir dabei zusah. Nicht noch einmal.

Den linken Fuß in einem weiten Bogen nach hinten.

Er wollte bestimmt nicht von mir entdeckt werden, weil er vermutete, dass ich dann böse werden und ihm die Leviten lesen würde. Ich hätte aufhören können. Ich hätte aufhören und ihm nur so zum Spaß Ärger machen können.

Rechter Arm über den Kopf, die Dolchspitze zeigt zu Boden.

Aber ich tat es nicht.

Der linke Arm beschreibt einen Bogen.

Ich ließ ihn im Glauben, dass er mich unbemerkt beobachtete. Ich ließ ihm diesen kleinen Triumph als Ausgleich für die vielen Male, die er sich im Kampf hatte geschlagen geben müssen.

Auf das linke Bein stützen, Kopf zur Seite.

Als er sich bewegte, um seine Position erneut zu verändern, war er dabei wirklich laut. Er mochte es nicht hören, aber ich hörte es genau. Das kurze Aussetzten seines

Atmens, das Geräusch des Mooses, das Rascheln seiner Kleidung. Ich blieb stehen und neigte den Kopf in seine Richtung. Ich merkte, wie seine Atmung stoppte und seine Haltung sich verkrampfte. Einen kleinen Moment überlegte ich, ob ich ihn nicht doch bloßstellen sollte. Nur um ihm zu zeigen, dass er vorsichtiger sein musste.

Ich stand da und atmete. Ein. Aus. Dann ließ ich ihn davonkommen.

Der Dolch lag leicht in meiner Hand. Ich spürte das kühle Metall und ertappte mich dabei, wie ich mir wünschte, nicht den kalten und tödlichen Dolch zu halten, sondern seine warme, raue Hand.

Ein weiterer Atemzug. Ein. Aus.

Ich verfiel in den Rhythmus der Übung und tat so, als wäre er nicht da.

KAPITEL 21

ARYA

Am nächsten Morgen verloren weder Finn noch ich ein Wort darüber, was in der vorigen Nacht geschehen war. Ich hatte mich nach meiner Übung hingelegt und war so unruhig gewesen, dass ich kein Problem damit hatte, den Rest der Nacht Wache zu halten.

Am Morgen fühlte ich mich trotz der Bewegung müde, steif und hatte das dringende Bedürfnis, mich zu waschen. Abgesehen davon verspürte ich auch an diesem Tag weder Hunger noch Durst. Auch Finn sah ziemlich erschöpft aus, beklagte sich aber nicht.

Wir sprachen nur wenig, nachdem wir aufgestanden waren. Es schien uns am sinnvollsten, wieder zum Weg zurückzugehen und von dort aus weiterzusehen. Finn konnte mir nicht sagen, wie lange wir noch gehen mussten, um unser Ziel, die Stadt im Wald, zu erreichen. Er schien sich aber recht sicher zu sein, dass wir letzten Endes wirklich dort ankommen würden.

Wenn ich ihn richtig verstand, dann brachte der magische Wald seine Besucher immer so nahe wie möglich an ihr Endziel, wenn sie dem Weg folgten. Aber wie lange das dauern würde, das konnte er nicht vorhersagen. Zumal es nur eine Vermutung war, die Finn aufgrund der Geschichten über den Wald aufstellte. In unserem Fall könnte auch alles ganz anders sein. Es heiterte mich nicht gerade auf, aber es blieb uns nichts anderes übrig, als darauf zu hoffen, dass er recht hatte und wir bald aus dem Wald herauskamen.

Ich fragte mich, wieso Menschen freiwillig diesen Teil des Waldes betraten. Ich verstand, dass hier sowohl Gutes als auch Schlechtes passierte. Warum aber das Risiko eingehen? Was erhofften sich die Leute davon? Wenn wirklich so viele schreckliche Geschichten umhergingen, wieso kamen dann immer noch Leute hierher? Überwogen die guten Geschichten die schlechten?

Allerdings war dies ein magischer Wald, der seinen eigenen Kopf hatte. Wir waren ja auch nicht aus freien Stücken hier.

Der alte Weg war unser einziger Anhaltspunkt für den kommenden Tag. Doch auch dieser erwies sich als flüchtig, als wir an die Stelle kamen, an der wir am Vorabend den Weg verlassen hatten. Anstelle des Weges fanden wir nämlich einen kleinen Fluss vor, der sich zwischen den Bäumen hindurchschlängelte und fröhlich vor sich hin plätscherte. Während Finn sich wieder über den unberechenbaren Wald aufregte, freute ich mich über das Wasser.

Ich kniete mich an den Rand des kleinen Flusses und tauchte meine Hände hinein. Es war kalt, aber nicht eisig. Ich schöpfte mir Wasser ins Gesicht und fühlte mich gleich munterer. Nachdem ich auch Hals und Nacken benetzt hatte, zog ich meine Schuhe aus, hob meinen Rock ein Stück hoch und trat ins Wasser. Ich stieß ein wohliges Seufzen aus. Das Wasser fühlte sich wundervoll an. Ich wackelte mit meinen Zehen und genoss den Moment.

Bis Finn ihn zerstörte.

»Wurde aber auch Zeit, dass du dich wäschst. Das war kaum noch auszuhalten.« Er wedelte mit seiner Hand vor dem Gesicht herum, wie um einen unangenehmen Duft zu vertreiben.

»Ach, und du meinst tatsächlich, du stinkst nicht?«

»Ich rieche immer wie der Frühlingswind, gepaart mit den Blüten des Sommers!«

Da hatte jemand nicht nur eine Wäsche, sondern auch einen frischen Kopf nötig. Um meinen Standpunkt zu verdeutlichen, spritze ich ihm mit dem Fuß Wasser entgegen. Die Ladung, die bei ihm ankam, war größer als angedacht. Er war von oben bis unten nass und sah nicht gerade glücklich aus.

»Das wirst du bereuen, du Zwerg.« Er blickte verärgert drein, seine Stimme aber sprach von Belustigung. Er nutzte den Saum seines Hemdes, um sich die Wassertropfen aus dem Gesicht zu wischen. Dabei ermöglichte er mir einen Blick auf seinen nackten Bauch, der mich kurzzeitig sprachlos machte. Nur zu gerne hätte ich seine weiche Haut dort berührt.

Ich sah schnell weg, um mir mein Verlangen nicht anmerken zu lassen. Das hätte er mir sonst den Rest des Tages vorgehalten.

»Das hast du schon mal gesagt, aber wie du siehst, lebe ich immer noch. Verzeih mir, wenn ich deswegen nicht vor Angst erzittere«, höhnte ich so unberührt, wie ich konnte. Ich lachte und folgte dem Fluss in die Richtung, in die das Wasser floss. Es war die Richtung, in die wir auch gestern gegangen waren. Zumindest glaubte ich das. Finn kam mir ohne ein Wort des Protestes hinterher.

Obwohl ich mich frischer fühlte, war mir nicht nach reden zumute. Finn schien es ähnlich zu ergehen. So liefen wir eine ganze Weile, ohne dass jemand ein Wort sagte. Und ohne, dass sich irgendwas in der Landschaft veränderte. Es war frustrierend. Nur der Fluss und Bäume, Fluss und Bäume. Ich konnte diesen Wald nicht mit dem in Einklang bringen, was ich von Finn und Elena darüber gehört hatte. Bisher hatte er uns verschluckt und seine Gestalt geändert, aber von Bedrohungen oder einer Form von Hilfe war weit und breit nichts zu sehen. Was, wenn dies eine Strafe war? Für immer in diesem Wald herumzuwandern und nie zu wissen, ob und wann man ihn verlassen würde? Immer in der Erwartung zu sein, dass doch noch etwas passieren würde. Ich hielt das Schweigen nicht mehr aus. Ich wandte mich Finn zu und lächelte ihn aufmunternd an. »Ich finde, bisher schlagen wir uns ganz gut, oder?«

»Wenn ich an die vielen üblen Geschichten denke, die sich hier schon abgespielt haben, dann ja. Vielleicht sind wir beide doch nicht so schlimm, wie wir vielleicht denken.« Er antwortete mit einem Lachen in der Stimme, aber ich bemerkte den ernsten Unterton, der darin mitschwang. Er zweifelte an seinen Worten, ob nur in Bezug auf sich oder auch auf mich, konnte ich nicht sagen.

»Erzähl mir von diesen Geschichten. Ich möchte wissen, worauf ich mich vorbereiten muss, sollte es sich dieser Wald anders überlegen«, forderte ich Finn auf.

»Bist du dir sicher, dass du sie hören willst? Sie sind wirklich nicht schön. Nicht gerade das, was hübsche Mädchenohren hören sollten.«

»Ich bin mir ganz sicher.«

Und dann erzählte er sie mir. Geschichte für Geschichte. Und ich hoffte, dass wir den Ausgang aus diesem verfluchten Wald bald finden würden.

FINN

Eines musste man Arya lassen, sie bewahrte die Haltung, als ich ihr erzählte, was ich über den magischen Wald wusste. Es waren nur schlechte und düstere Geschichten, keine einzige, die aufmunternd gewesen wäre. Dafür hätten wir Elena gebraucht. Ich redete und sie hörte mir zu, ohne eine Miene zu verziehen.

Ich konnte nachvollziehen, warum sie so viel wie möglich über den Wald erfahren wollte, weswegen ich ihrem

Wunsch nachkam. Im selben Moment fragte ich mich, wieso wir bisher verschont geblieben waren. Wir hatten keine Wahnvorstellung, es ging uns körperlich gut und wir waren fernab davon, uns gegenseitig an die Gurgel zu gehen. Von außen betrachtet hätte es ein friedlicher Waldspaziergang sein können.

Wir liefen nah am Fluss entlang und beobachteten unsere Umgebung aufmerksam und misstrauisch. Die Geschichten waren eine Ablenkung, wenn auch keine schöne, und die Zeit schien schneller vorüberzuziehen.

Die Landschaft veränderte sich kein bisschen. Ich fragte mich, wie lange das wohl noch so weitergehen würde. Andererseits hatte ich auch nichts dagegen, einfach neben Arya herzugehen. Ich genoss ihre Gesellschaft. Ich mochte es, sie zu necken, aber ich wusste, ich konnte auch normal mit ihr reden, wenn ich es wollte. Ersteres war aber viel amüsanter.

Es wurde dunkler, als ich die Geschichte über einen Mann erzählte, der ganze zwei Sommer in diesem Wald verbracht hatte. Plötzlich blieb Arya stehen und stöhnte vor Schmerzen auf. Sie hielt den linken Arm mit dem anderen an ihre Brust gepresst. Ihr Gesicht war vor Schmerzen verzerrt.

Ich stellte mich vor sie, wieder einmal ohne eine Ahnung, was ich tun sollte.

»Ist es dasselbe wie das letzte Mal? Kann ich dir irgendwie helfen?«, fragte ich. Sie schüttelte den Kopf, sagte aber nichts weiter. Ich machte mir große Sorgen. Das war nicht normal. Ich mochte es nicht, wenn ich nur hilflos danebenstehen konnte. In der Akademie hatte sie es heruntergespielt, aber dieses Mal würde sie mir nicht so leicht davonkommen.

»Arya, lass mich dir helfen, bitte!« Ihr Lächeln war schwach. Schweißperlen standen ihr auf der Stirn.

»Ich glaube, das ist das erste Mal, dass du »bitte« zu mir gesagt hast.«

»Und ich meine es auch völlig ernst. Zeig mir bitte deinen Arm.«

»Finn, es ist nichts …«

»Es sieht mir aber nicht nach nichts aus.«

»Wirklich, ich …«

»Arya! Bitte!« Drei Mal »bitte« in so kurzer Zeit. Ich machte mir wirklich Sorgen. Blöder Wald. Er machte mich weich. Das musste es sein. Arya sah mir in die Augen. Sie hielt den Arm noch immer an die Brust gepresst, aber die schlimmsten Schmerzen schienen vorbei zu sein. Ich verzog keine Miene, als ich ihren Blick erwiderte. Sie zögerte.

Arya zögerte! Sie musste große Angst haben. Ihr Atem ging schwer, sie biss sich auf die Unterlippe und sah auf ihren Arm hinunter. Ich wollte schon aufgeben und das Thema fallen lassen, als sie endlich antwortete.

»Aber nur, wenn du dann nicht weiter fragst.« Ich wusste zwar nicht, was sie damit meinte, aber das war mir in diesem Moment egal. Ich wollte etwas tun. Irgendetwas. Ich fühlte mich nicht gerne hilflos, schon gar nicht jetzt.

Sie streckte mir ihren linken Arm entgegen, der bis über das Handgelenk mit dem Stoff ihres Ärmels bedeckt war. Ich nahm ihren Arm sachte in meine Hände und drehte die Handinnenfläche nach oben. Von außen sah ich nichts Auffälliges. Ich schob den Ärmel ein Stück nach oben und musste nicht lange suchen.

Ich hielt inne, als ich die ersten grauen Linien entdeckte. Vom Handgelenk aus verliefen sie in verschlungenen Formen ihren Arm hinauf. Arya war gezeichnet. Sie hatte eine Gabe. Es überraschte mich nicht. Wieso überraschte es mich nicht?

Weil es passte, dachte ich mir. Arya war etwas Besonderes, wieso sollte sie dann nicht auch eine Gabe haben? Ein paar Begebenheiten, die ich bisher nicht hatte einordnen können, ergaben auf einmal Sinn.

»Das ist es, worüber du dich mit Elena gestritten hast, oder?« Ich ließ ihren Arm nicht los. Sie sah mir nicht ins Gesicht, sondern auf ihre Füße. Sie nickte.

»Weißt du, was deine Gabe ist?«, fragte ich sie unsicher.

Ein kurzes Zögern, dann bejahte sie abermals mit einem Nicken.

»Aber Elena weiß nicht, dass du es weißt, oder?«, vermutete ich.

Auch das bestätigte sie mir.

»Warum sagst du es ihr nicht?«

Endlich hob sie den Kopf. Erneut biss sie sich auf die Unterlippe. Sie war verlegen, vielleicht sogar verunsichert. Dann flüsterte sie so leise, dass ich es kaum hören könnte: »Weil ich es hasse, Finn. Ich hasse meine Gabe. Und Elena würde mich hassen, wenn sie darüber Bescheid wüsste.«

Das also war Aryas Schwachpunkt. Das war der dunkle Fleck ihrer Vergangenheit. Diese Gabe war es, die sie so ernst machte. Ich konnte es aus ihrer ganzen Haltung ablesen, der Art wie sie sprach.

Ich strich mit dem Daumen der Hand, in der ich immer noch ihren Arm hielt, sanft über die grauen Linien.

»Ich kämpfe gegen meine Gabe an. Da sie ein Teil von mir ist, kämpfe ich auch gegen mich selbst. Daher kommen die Schmerzen. Zumindest ist das die Theorie von Hawer«, erzählte Arya gefasst.

Daraufhin sagte ich das Dümmste, was ich jemals hätte sagen können, aber ich konnte die Worte nicht mehr rechtzeitig aufhalten. Sie fielen aus mir heraus.

»Die Zeichnung ist wunderschön. Sie passt zu dir.«

Im nächsten Moment hatte sie mir ihren Arm entrissen und stapfte an mir vorbei.

Ich war so dumm!

Sie hatte mir offenbart, dass sie diese Gabe hasste und ich sagte ihr, dass die Zeichnung zu ihr passte, was die Gabe mit einbezog. Ich Idiot.

»Arya, es tut mir leid, so war das nicht gemeint!«

Sie wirbelte zu mir herum. »Lass mich einfach in Ruhe, Finn, du hast ja keine Ahnung!« Tränen standen in ihren Augen.

Das war gar nicht gut. Ich musste sie zum Lachen bringen. Irgendwie. Doch mein Kopf war leer. Mir fiel nichts ein, was ich hätte sagen können, um es wieder gutzumachen. Wie oft in solchen Situationen sagte ich das Nächstbeste, das mir in den Sinn kam.

Und wieder war es genau das Falsche.

»Arya, so schlimm kann es doch gar nicht sein, oder? Erzähl es mir und ich werde dir sagen, dass ich viel schlimmer bin als du!«

Sie schüttelte nur den Kopf und drehte sich um, entfernte sich von mir. Ich flehte mich selbst an, mir etwas Versöhnliches einfallen zu lassen. Doch mir wollte absolut nichts in den Kopf kommen und dann hatte ich den Moment verpasst. Arya war schon weit vorausgelaufen. Ich folgte ihr wie ein geprügelter Hund und verfluchte mich innerlich dafür, dass ich so dumm war.

So liefen wir eine kleine Weile, sie vor mir, ich ein paar Schritte dahinter. Das angespannte Schweigen machte mich wahnsinnig. Es war mir gar nicht bewusst gewesen, *wie* sehr ich ihre Gegenwart genoss, wenn sie nicht wütend auf mich war.

Ich vergaß meine Gedanken für einen Moment, als der Fluss eine Biegung machte und nach rechts abknickte. Was dahinter kam, konnte man nicht sehen, da die dicht stehenden Bäume den Blick versperrten. Arya wartete, bis ich zu ihr aufgeschlossen hatte. Sie würdigte mich keines Blickes, lief dann aber Seite an Seite mit mir weiter.

Zusammen liefen wir den Fluss entlang und konnten am Ende der Biegung, links vom Fluss, ein Gebäude sehen. Beim Näherkommen erkannte ich, dass es eine Ruine war. Es standen nur noch die Wände. Sie waren zu einem Quadrat angeordnet und die vordere war wie eine Arkade gebaut. Dahinter befand sich eine Art Flur, ungefähr fünf Schritt breit, dann kam wieder eine Wand, in der zwei Rundbögen eingelassen waren. Die Decke gab es nicht mehr, sie war über der gesamten Fläche eingestürzt. Bäume breiteten sich darüber aus, als würden sie die Ruine mit ihren Ästen und Blättern schützen wollen.

Erst da wurde mir bewusst, dass es schon wieder dunkel wurde. Ohne einen klaren Blick auf den Himmel war die Tageszeit sehr schwierig einzuschätzen. Meinem Gefühl nach würde die Nacht bald hereinbrechen.

»Ich denke, wir sollten hier unser Nachtlager aufschlagen«, legte ich Arya nahe. Ich wartete auf eine Reaktion von ihr. Widerspruch, Zustimmung, irgendetwas. Es kam nichts von ihr zurück.

Stattdessen zog sie ihr Kleid am rechten Unterschenkel hoch und entnahm dem dort befestigten Futteral einen Dolch. Ich versuchte nicht zu auffällig hinzusehen. Sie ging auf die Ruine zu, den Dolch in der Hand. Offensichtlich wollte sie nachsehen, ob sie unbewohnt war.

»Arya, ich glaube nicht …«, setzte ich an, doch weiter kam ich nicht. Sie drehte sich um und schaute mich so finster an, dass ich mitten im Satz abbrach. Langsam reichte es mir.

»Gut, dann spiel weiter den beleidigten Zwerg und geh da alleine rein, wenn du meinst. Ich suche uns eine Unterlage, auf der wir schlafen können.« Damit stapfte ich in die entgegengesetzte Richtung zurück und machte mich auf die Suche nach Moospolstern oder etwas Ähnlichem. Ein Blick zurück verriet mir, dass Arya die Ruine bereits betreten hatte. Ich wollte sie nur ungern alleine hineingehen lassen, aber ich konnte genauso gut sturer Bock spielen wie sie.

In der Zwischenzeit wurde es immer dunkler. Es ging viel zu schnell. Das gefiel mir gar nicht.

Ich fand ein geeignetes Moospolster und rupfte es sorgsam aus der Erde. Auf dem Weg zurück zur Ruine wurde mein Blick von etwas auf der Erde festgehalten. Neben einem Stein wuchs eine blaue Blume, die mir bekannt vorkam. Ich kniete mich neben sie und legte das Moos ab. Ich betrachtete die Blume eine Weile, ehe ich beschloss, sie für Arya mitzunehmen und sie ihr als Friedensangebot anzubieten. Was war nur los mit mir?

Ich hatte in der letzten Zeit »bitte« und »danke« und »tut mir leid« öfter gesagt als jemals zuvor. Bei dem Gedanken an Aryas Gesicht, wenn ich ihr die Blume überreichte, musste ich lächeln. Ich dachte, entweder würde sie sich freuen und meine Entschuldigung gleich annehmen, oder aber sie würde mir einen Vortrag halten, dass man damit nichts wieder gutmachen konnte. Und dann würde sie mir sagen, dass sie mir ganz eventuell irgendwann verzeihen würde. Wenn ich mich benahm. Ich hoffte auf die erste Möglichkeit, wusste aber, dass die zweite wahrscheinlich eher eintreten würde. Alles andere hätte mich auch maßlos enttäuscht. Ich pflückte die Blume und roch daran. Dieser Geruch … war … mir … bekannt … Diese Erkenntnis schoss mir noch durch den Kopf, ehe ich das Bewusstsein verlor und auf das gesammelte Moos fiel.

KAPITEL 22

ARYA

Ich war nicht wütend auf Finn. Ich war wütend auf mich selbst. Finns Worte waren lieb gemeint und sie schmeichelten mir, aber ich sträubte mich noch immer gegen alles, was mit meiner Gabe zu tun hatte. Und das ärgerte mich maßlos.

Hawer hatte recht. Ich musste lernen, sie endlich als einen Teil von mir zu akzeptieren. Sonst würde ich mir für den Rest meines Lebens im Weg stehen und mir mein Glück verbauen. Aber viel zu lange hatte ich schon von meiner Gabe Gebrauch gemacht und Schaden angerichtet. Viel zu lange verachtete ich mich selbst.

Auf der Reise musste und wollte ich meine Gabe nicht einsetzen. Doch was würde passieren, wenn wir wieder nach Hause kamen? Würde alles so sein wie vorher? Würde *ich* so sein wie vorher? Ich hatte mich immer für einen starken Menschen gehalten, aber nun fühlte ich mich schwach und verwirrt.

Ich hielt den Dolch auf Hüfthöhe und ging Schritt für Schritt in die Ruine hinein. Überall lagen Gesteinsbrocken von der heruntergestürzten Decke. Die Natur holte sich ihren Lebensraum zurück. Auf den Steinhaufen wuchsen kleine Pflanzen, ebenso in allen Ritzen in den Wänden. Kleinere Tiere wie Mäuse und Eidechsen hatten sich hier niedergelassen und huschten von Versteck zu Versteck, als ich sie aufscheuchte. In keinem der Räume, die ich betrat, fand ich etwas anderes als Steine. Bis auf den letzten.

Es war der kleinste Raum, ebenfalls ohne Decke, doch es waren keinerlei Steinhaufen oder Geröll vorhanden. In der Mitte des Raumes stand ein Schreibtisch. Hinter ihm in der Wand war eine große Öffnung, die einmal als Fester gedient haben musste. Man hatte einen guten Blick auf die Bäume dahinter. Erst beim zweiten Blick sah ich, dass etwas auf dem Schreibtisch lag. Als ich erkannte was es war, lachte ich auf.

»Du scheinst deine Aufgabe sehr ernst zu nehmen, Fabulim.« Wunderbar, jetzt redete ich auch noch mit einem Buch.

Ich streckte meine Hand nach Fabulim aus, doch bevor ich es berühren konnte, klappte es ohne mein Zutun auf. Seine Seiten blätterten von selbst um, bis sie eine Doppelseite in der Mitte erreichten. Auf den aufgeschlagenen Seiten stand etwas geschrieben. Die Schrift war sehr klein. Ich beugte ich mich näher heran, um sie lesen zu können. Es waren Namen. Viele Namen.

Ich las einen nach dem anderen, wusste aber zunächst nichts damit anzufangen. Ich war in der Mitte angekommen, als mein Blick wieder zum ersten Namen zurücksprang.

Costin. Ich kannte ihn. Ich hatte ihn und seinen Namen jahrelang nicht mehr gesehen, aber ich kannte ihn. Mit ihm hatte alles angefangen. Er war es, durch den ich meine Gabe entdeckt hatte. Ich überflog die anderen Namen und ihr Zusammenhang wurde mir schlagartig klar.

All diese Namen, all diese Menschen waren mit meiner Gabe in Berührung gekommen. Ich hatte ihre Erinnerungen und Gedanken gelesen, sie ihnen teilweise genommen. Ihre Leben zerstört.

Die Wucht meiner Schuld traf mich und ich taumelte zurück. Mein Herz schlug schnell und heftig. So viele Menschen. Ich hatte nie mitgezählt, wie viele es waren. Es nun schwarz auf weiß zu sehen schockierte mich. Tränen traten mir in die Augen. Ich war ein Monster.

Meine Hand mit dem Dolch zitterte. Was hatte ich getan? Ich war wie vor den Kopf gestoßen, konnte mich nicht bewegen. Ich sah auf das Buch hinab.

»Das ist grausam, Fabulim. Aber nichts anderes habe ich verdient.« Meine Stimme zitterte. Ich wollte nicht nachdenken und sprach zur Ablenkung mit dem Buch.

»Sind das die einzigen zwei Seiten?«, fragte ich. Einen Moment passierte nichts, dann blätterte Fabulim eine Seite weiter. Ich kniff die Augen zusammen. Wollte das Ausmaß meiner Schuld nicht sehen.

Nach einem tiefen Atemzug öffnete ich sie wieder. Ich war bereit, mich meiner Schuld zu stellen. Es zu sehen war hart, aber es würde mir helfen. Die Anzahl der Menschen zu kennen, verlieh mir Kontrolle und genau diese wollte ich haben.

Als ich die Augen öffnete, war ich überrascht. Auf der Seite standen nur zwei weitere Namen, was aber nicht die eigentliche Überraschung war.

Es waren die Namen an sich. Finn. Und Ilias. Ich runzelte die Stirn.

»Ich verstehe nicht … was soll das bedeuten?« Sie waren doch gar nicht mit meiner Gabe in Berührung gekommen. Würde ich sie bei ihnen anwenden? Wenn ja, aus welchem Grund? Da formte sich ein Satz unter ihrem Namen. Buchstabe für Buchstabe erschien er aus dem nichts.

Um die Vergangenheit hinter dir zu lassen, musst du sie zu einem Teil deiner Gegenwart machen.

Bevor ich etwas sagen konnte, blätterte Fabulim auf die Seiten mit der langen Namensliste zurück. Der erste Name, Costin, leuchtete in einem sanften gelben Licht. Ich wusste, was das Buch von mir wollte. Bücher erzählten Geschichten und Fabulim erzählte *meine* Geschichte. Jene, die ich all die Jahre verdrängt hatte und an die nicht einmal denken wollte.

Um das zu beheben, musste ich das Gegenteil von dem tun, was ich bisher getan hatte. Ich musste mir meine eigene Geschichte erzählen lassen.

Ich sammelte mich einen Augenblick und atmete tief durch. Ich war bereit, mich den Geistern und Dämonen meiner Vergangenheit zu stellen. Ohne Zögern hob ich meine Hand und strich dann mit dem Finger über den leuchtenden Namen Costins. Ich spürte ein Prickeln in den Fingerspitzen, bevor alles schwarz wurde und die Erinnerungen über mich herfielen wie ein hungriges Rudel Wölfe.

KAPITEL 23

ARYA

Du dreckige kleine Ratte!« Costins Stimme war wie ein Bellen, das zu seinem ausladenden Körper passte. Er hatte mich am Unterarm gepackt und zerrte daran. Ich hatte im Garten ein paar Kräuter für Yusra gesammelt und Knollen aus der Erde gegraben, als Costin und sein Gefolge auftauchten. Costin mochte mich nicht. Einfach aus dem Grund, weil ich besser kämpfen konnte als er und das, obwohl er mit seinen zwölf Jahren schon zwei Jahre älter war als ich. Außerdem war ich ein Mädchen, was für ihn wahrscheinlich das Schlimmste an der ganzen Sache war.

Wann immer er mich alleine antraf, ließ er seine Wut an mir aus und beschimpfte mich. Seine heutige Verfassung stellte allerdings alles Vorangegangene in den Schatten. Es war das erste Mal, dass ich Angst vor ihm hatte. Sein verzerrtes Gesicht war schaurig anzusehen, er wirkte fast wahnsinnig. Die Hand, die nicht an meinem Arm zerrte, war zur Faust geballt und ich wartete darauf, dass er mich schlug. Doch er schrie mich nur weiter an.

»Wie konntest du es wagen, mich vor meinen Freunden bloßzustellen?«

»Du hast Silas wehgetan und es verdient!«, brüllte ich zurück. Costin hatte Silas einen Schlag ins Gesicht verpasst, einfach weil er es lustig fand und Silas schwächer war als er. Als Sohn der Köchin lernte man keine Kampfkunst und Silas konnte sich dementsprechend nicht wehren.

Costin war der Sohn eines hohen Generals der Armee, weswegen er im Schloss ausgebildet wurde und niemand es wagte, etwas gegen sein Verhalten zu unternehmen. Zu sehr fürchteten sie sich vor dem Zorn seines Vaters.

Ich konnte nicht mit ansehen, was er Silas antat und deswegen hatte ich mich zwischen die beiden gedrängt und Costin nicht nur einen Schlag ins Gesicht, sondern auch in den Bauch verpasst. Relior war stinksauer gewesen, doch das Zucken seiner Mundwinkel und das Funkeln seiner Augen verrieten den Stolz, den er insgeheim verspürte. Ich hatte mich für meinen Freund eingesetzt und die Handgriffe richtig angewendet.

Die Schläge verfehlten ihre Wirkung nicht und Costin war vorzeitig außer Gefecht gesetzt worden. Von diesem Zwischenfall zeugte noch Costins blau geschwollener Kiefer, der ihn nicht gerade hübscher machte. Schlimmer als das empfand er aber die Peinlichkeit, dass er vor seinen Freunden von einem Mädchen verprügelt worden war. Seine Abneigung gegen mich war von Hass abgelöst worden.

»Ich warne dich! Wenn du das noch mal machst, dann werde ich dich so lange verprügeln, bis dir Hören und Sehen vergeht! Hast du das kapiert? « Er schrie so laut, dass alle um uns herum es gut hören konnten. Doch was er konnte, konnte ich schon lange.

»Du weißt ganz genau, dass du immer gegen mich verlieren wirst, Costin!«

Sein Blick durchbohrte mich. »Das ist eine Lüge!«

»Ist es nicht, und das weißt du ganz genau! Du bist ein Feigling, Costin! Immer nur prügelst du dich mit jemandem, der schwächer ist als du! Jemandem, der dir ebenbürtig ist, gehst du doch zehn Schritte aus dem Weg. Selbst mir trittst du gerade nur in Anwesenheit deiner blöden Freunde gegenüber.«

Ich sah den Schlag kommen und versuchte, mich dagegen zu wappnen, wurde aber von der Wucht zu Boden gerissen. Ich blieb bei Bewusstsein, doch kleine Lichtpunkte tanzten am Rande meines Sichtfeldes umher. Der Schlag hatte gesessen. Mein Kopf dröhnte. Ehe ich mich versah, traf mich ein Tritt in den Bauch, dann noch einer.

Meine Muskeln verkrampften sich und ich krümmte mich zusammen. Ich hatte zu lange gewartet. Ich hätte Costin überwältigen können, wenn ich den ersten Schritt gemacht hätte. Aber das wollte ich nicht. Er hatte mir bis dahin nichts getan, außer mich anzuschreien. Jetzt war es zu spät.

Vor lauter Schmerzen konnte ich mich kaum bewegen. So schlimm hatte mich noch niemand verletzt. Der Hass machte Costin grausam und unberechenbar. In dieser Situation würden mir meine Kampfkünste nur bedingt weiterhelfen. Es war ein dreckiger Kampf, wie er unter den Auszubildenden strengstens verboten war.

Verzweifelt suchte ich nach etwas, das ich als Waffe verwenden konnte. Einen Stock oder einen Stein, irgendetwas in meiner Reichweite! Der nächste Tritt traf mich und ich brach fast in Panik aus. Ich musste etwas tun, sofort! Sonst würde Costin mich umbringen!

Ich sammelte all meine Kräfte. Im Hintergrund hörte ich die Jungs lachen, was mich anspornte. Costin holte zum nächsten Tritt aus, doch bevor sein Bein mich berühren konnte, schnappte ich mit meiner linken Hand nach seinen Unterschenkel, berührte dort nackte Haut und drückte mit all meiner Kraft zu. Costins Fuß traf mich trotzdem. Der Aufprall war nur leicht abgeschwächt. Ich schmeckte Blut auf meinen Lippen und war kurz davor mich zu übergeben.

Dieser Mistkerl! Ich hasste ihn. Ich hielt sein Bein umklammert und hinderte ihn daran, zu einem neuen Tritt auszuholen. Er wollte sich aus meinem Griff herauszuwinden, doch so leicht würde ich es ihm nicht machen! Ich würde es ihm zeigen. Ein für alle Mal! Die Frage war nur, wie ich das anstellen sollte. Ich hatte nicht genug Zeit, um mich zu erholen und mir etwas zu überlegen. In diesem angeschlagenen Zustand würde ich nichts ausrichten können. Die aufkommende Panik brach gänzlich über mich hinein. Im selben Augenblick breitete sich ein stechender Schmerz in meinem linken Handgelenk aus. Ich ließ Costin trotz allem nicht los und klammerte mich an sein Bein. Da passierte es zum ersten Mal.

Ich sah Erinnerungen, die nicht meine eigenen waren. Ich sah Bilder, die ich nie zuvor gesehen hatte, aus einer mir unbekannten Perspektive. Mein Gefühl verriet mir, dass es sich um Momente handelte, die Costin erlebt und gesehen hatte. Es waren seine Erinnerungen und Gedanken.

Ich sah seine Mutter, seinen Vater. Sah wie er spielerisch mit ihm kämpfte. Er saß lachend auf dem Schoß seiner Mutter, die ihn aus denselben braunen Augen wie den seinen anblickte und lächelte. Ich sah Bilder aus seiner Kindheit und aus der Gegenwart. Gute und böse Dinge, schöne und schlimme Momente, die Costin zu dem gemacht hatten, was er war. Eine Erinnerung nach der anderen nahm ich in mich auf und entzog sie ihm. Immer tiefer und tiefer grub ich mich in seine Vergangenheit hinein. Solange, bis ein Schrei mich in die Wirklichkeit zurückholte.

Costin lag auf dem Boden vor mir, die Hände an die Schläfen gepresst. Er schrie wie unter Folter.

»Hör auf!«, kreischte er mit erstickter Stimme. Das reichte aus, um den Bann zu lösen. Ich ließ sein Bein los und merkte, wie mir im nächsten Moment Tränen in die Augen schossen. Dann wurde ich mir der Schmerzen in meinem linken Unterarm bewusst. Ich presste ihn mit der anderen Hand an meinen Körper und versuchte zu verstehen, was gerade passiert war.

Die Bilder von Costins Erinnerungen waberten durch meinen Kopf und vermischten sich mit meinen eigenen.

Ich war verwirrt. Was hatte ich getan? Warum schrie Costin so? Letztendlich gab ich dem Drängen meines Magens nach und übergab mich auf das Gras. Alle Kraft entwich mir und ich brach zusammen. Schmiegte mich in die sanfte Berührung der Grashalme. Ich wusste nicht, wie viel Zeit verging oder was danach passierte, aber kurz bevor ich das Bewusstsein verlor, hörte ich Reliors verzweifelte Stimme, die meinen Namen rief. Er nahm mich in seine Arme und trug mich davon.

Als ich wieder zu mir kam, war Relior noch da. Wenig später erkannte ich auch die Stimme von Fanras, dem Hauptmann der Schlosswache. Wir befanden uns im Zimmer des Heilers. Der starke Geruch nach Pfefferminze war charakteristisch für diesen Ort.

Fanras und mein Onkel waren in einen heftigen Streit verwickelt. Ich hörte gerade noch wie mein Onkel sagte »Ich lasse das nicht zu«, ehe die beiden bemerkten, dass ich zu mir gekommen war, und ihre Auseinandersetzung beendeten. Relior wollte mir etwas sagen, doch weiter als mein Name kam er nicht, da Fanras ihn durch einen Blick zum Schweigen brachte und zu mir herüberkam. Er wollte wissen, was genau im Garten geschehen war. Bevor Costin angefangen hatte zu schreien. Ich sah zu Relior, der resigniert zu Boden blickte und leicht den Kopf schüttelte.

»Arya, du musst es mir erzählen. Es ist wichtig. Das ist das Mindeste, was du jetzt tun kannst, nachdem du Costin so zugerichtet hast«, sagte Fanras mit vorwurfsvollem Unterton. Seine Worte verfehlten ihre Wirkung nicht, denn sogleich fühlte ich mich schuldig und Schuld tat verdammt weh.

Ich erzählte ihm alles, an das ich mich erinnern konnte. Fanras eröffnete mir anschließend, dass ich die Natur meiner Gabe enthüllt hatte. Ich betrachtete die Zeichnung auf meinem Arm, die nicht mehr aus hellen, sondern dunklen grauen Linien bestand. Meine Gabe hatte sich tatsächlich manifestiert.

»Ganz offensichtlich kannst du Erinnerungen von Menschen sehen und sie ihnen auch nehmen, wenn du es willst. Es muss eine sehr schmerzhafte Prozedur sein, wenn ich mir das Häufchen Elend ansehe, zu dem Costin geworden ist«, schlussfolgerte Fanras und das freudige Glitzern in seinen Augen gefiel mir gar nicht. Gerade war er noch wütend gewesen und nun sah er aus, als führte er etwas durch und durch Böses im Schilde.

»Das war ein Versehen! Ich wusste es doch nicht! Ich wollte nur, dass er aufhört.«

»Ich weiß, dass dir leid tut, was du Costin angetan hast. Du willst es doch sicherlich wieder gutmachen, oder?«

Ich nickte schwach. Ich hatte Costin verletzen wollen, um mich zu verteidigen. Doch bei dem Anblick, wie er sich unter Schmerzen auf dem Boden wandte, hatte ich Mitleid empfunden. Und Reue. Bevor Fanras noch etwas sagen konnte, mischte Relior sich ein.

»Fanras, sie ist noch ein Kind. Das kannst du nicht machen!«

»Ich kann und ich werde, Relior, und du wirst mich nicht daran hindern! Diese Gabe ist ein unglaubliches Geschenk, erkennst du das denn nicht? Ich habe es erkannt, Arom ebenfalls und auch König Trystan wird es noch einsehen. Es tut mir wirklich leid, aber dieses Mal hast du nicht das letzte Wort.«

Man sah Fanras genau an, dass es ihm alles andere als leid tat. Dieser Mann widerte mich an und ich wünschte mir, dass er nicht so viel Macht im Schloss besaß, wie es leider der Fall war.

Er wandte er sich wieder an mich. »Arya, wenn du es wiedergutmachen könntest, indem du deine Gabe noch einmal anwendest, würdest du es dann tun?«

»Fanras! Das geht zu weit!«, versuchte mein Onkel es noch einmal. Offensichtlich hatten die beiden über Fanras Pläne gesprochen und sie missfielen meinem Onkel sehr.

»Schweig! Arya, ich sage es anders. Wenn du deine Gabe in Zukunft nicht nach meinen Anweisungen anwendest, dann wirst du deinen Onkel und Elena nie mehr wiedersehen.«

Fassungslos sah ich zu Fanras auf. Onkel Relior und Elena nie mehr wiedersehen? Das war unvorstellbar! Ich sah zu Relior, der so erschüttert aussah, wie ich mich fühlte. Er wagte es nicht, sich Fanras zu widersetzen. Daran erkannte ich, dass Fanras seine Drohung wahr machen konnte, wenn er wollte. Ich nickte und stimmte damit seinen Bedingungen zu. »Ich würde alles tun, um bei meinem Onkel zu bleiben«, bekannte ich.

Fanras grinste diabolisch.

»Das weiß ich doch. Ich werde dir zwei Tage geben, damit du wieder auf die Beine kommst, und dann wirst du deine neue Aufgabe bekommen. Arom, der Kerkerwächter, wird dann diesen Teil deiner besonderen Ausbildung übernehmen. Ich will nicht grausam sein, deswegen darfst du deine andere Ausbildung als Leibwächterin ebenfalls weiterhin verfolgen.«

Er drehte sich um und verließ das Zimmer. Als die Tür hinter ihm ins Schloss fiel, trat Onkel Relior dagegen und warf eine Schale um, die daneben auf einem Hocker gestanden hatte. Er zitterte vor unterdrückter Wut und fing an zu schluchzen.

»Onkel?« Als er zu mir herüberkam, sah ich Tränen, die auf seinen Wangen glitzerten und sich in seinem struppigen schwarzen Bart verfingen. Er setzte sich an mein Krankenbett und strich mir übers Haar.

»Mein Kind. Ich wollte dich immer beschützen und das Beste für dich. Aber ich befürchte, vor dieser Sache kannst nur du selbst dich schützen. Es tut mir so leid.« Seine Stimme zitterte und ich weinte mit ihm. Ich wusste nicht, was er mit der Sache meinte, die auf mich zukommen sollte. Aber darum ging es in diesem Augenblick nicht. Ihn so traurig zu sehen, brach mir das Herz. Ich wollte stark sein für den Mann, der sonst immer stark für mich gewesen war. Ich schlang meine Arme um seinen Oberkörper und drückte ihn fest an mich. Meine Muskeln schmerzten höllisch, doch das war mir egal. Onkel Relior drückte mich etwas sanfter, aber doch fest zurück.

»Solange du da bist, Onkel, werde ich alles schaffen. Ich bin doch deine starke Arya!«, sagte ich mit so viel Kraft in der Stimme, wie ich aufbringen konnte.

»Das bist du. Ich glaube fest an dich. Und ich werde immer für dich da sein.«

Doch keine Worte dieser Welt konnten mich auf jene Schrecken vorbereiten, die diesem Tag folgten und mein Leben von Grund auf veränderten.

Meine Aufgabe, wie Fanras es nannte, war im Grunde genommen so einfach wie furchtbar. Ich sollte in die Erinnerungen von Gefangenen eindringen. Ich sollte nach Hinweisen zu Mittätern und anderen Auskünften suchen, die sie bisher verschwiegen hatten. Ich sollte mir ihre Erinnerungen ansehen und so an die gewünschten Antworten gelangen. Doch es erwies sich gerade am Anfang als schwierig.

Bei Costin hatte ich meine Gabe eingesetzt, weil ich in Gefahr gewesen war und mich verteidigen wollte. Nun aber ging keine Gefahr von den Gefangenen aus. Sie waren gefesselt, wurden von zwei Männern aus der Kerkerwache festgehalten, hatten einen Knebel im Mund und trugen eine Augenbinde, um mich nicht zu sehen. Sie wirkten hilflos und alles in mir sträubte sich dagegen, meine Gabe bei ihnen anzuwenden. Ich konnte es einfach nicht.

Fanras war frustriert, brüllte mich an und schlug mich sogar ein paar Mal, um mich in einen panischen Zustand zu versetzen. Dieses Vorgehen half allerdings nur dabei, meinen Hass gegen Fanras zu schüren. Ich hasste ihn von ganzem Herzen und mit jedem Tag mehr.

Ich musste lernen, meine Gabe kontrolliert einzusetzen. Dafür bedurfte es einiger mehr oder weniger freiwilligen Gefangenen, die auf mich losgingen, weil man sie dazu provozierte und ihnen Folter androhte, sollten sie verweigern. Ich steckte viele blaue Flecken und Kratzer ein, bevor ich die ersten Fortschritte machte.

Das Erste, was ich lernte, war, ihre Gedanken und Erinnerungen zu sehen, dann sie gezielt zu durchsuchen und zum Schluss konnte ich sie den Menschen nehmen. Nicht viele auf einmal, so wie es bei Costin der Fall gewesen war, sondern eine nach der anderen.

Bei vielen Gefangenen reichte es aus, einfach in ihre Gedanken einzudringen und nach bestimmten Erinnerungen zu suchen. Die Schmerzen alleine brachten sie dazu, alles offenzulegen. Bald war ich aber so weit, dass ich in die Erinnerungen sehen konnte, ohne der Person damit wehzutun. Sie hörten auf, sich unter meiner Berührung zu winden. Fanras allerdings bevorzugte die andere Variante und zwang mich dazu, sie zu nutzen.

Andere wussten ihre Erinnerungen gut zu verstecken, sodass ich nur schwer an sie herankam, wenn überhaupt. In diesem Fall zwang Fanras mich, ihnen die guten Erinnerungen zu nehmen und nur die schlechten zu lassen. Wenn man nichts mehr hatte, was man liebte und beschützen wollte; wenn es da draußen in der Welt nichts Wertvolles für einen gab, dann erschien das Leben auf grausame Art sinnlos. Das lernte ich auf bedrückende Weise, als ich die Reaktionen der Menschen beobachtete, deren guten Erinnerungen ich nahm. Sie sackten in sich zusammen und ihre Augen wurden kalt und leer. Für sie war es wie eine Erlösung, wenn sie gestanden. Ihr Blick ähnelte dem von Costin, der seit dem Zwischenfall mit mir seine Augen verschleierte.

Zurück blieb ein Mensch, dessen Sinn ich gestohlen und dessen Leben ich zerstört hatte. Nur noch ein Schatten seiner selbst und ohne Identität. Es war grauenhaft.

Nach jedem Mal ekelte ich mich vor mir selbst und egal was ich tat, ich konnte die Schreie und leeren Augen der Menschen niemals vergessen. Ich verdrängte es so gut es ging und doch holte es mich immer wieder ein. Am Anfang weinte ich viel. Vor allem um die Erinnerungen, all die Leben, die ich ausgelöscht hatte. Im Laufe der Jahre weinte ich kaum noch, dazu fehlte mir die Kraft. Stattdessen fraß ich alles in mich hinein und verabscheute mich selbst.

Als ich lernte, mich selbst aus den Erinnerungen der Menschen zu streichen, verzichtete man auf die Augenbinde. Ich besaß zu viel Stolz und bat deshalb nicht darum, sie ihnen wieder anzulegen. Aber ihnen in die Augen zu sehen war furchtbar.

Die fremden Erinnerungen in mir durchlebte ich immer und immer wieder, bis sie endlich verblassten und nur noch meine eigenen übrig waren. Erinnerungen von mehreren Menschen in mir zu tragen war zu viel und mein Körper löschte die fremden mit der Zeit aus. Unwiderruflich. Doch jedes Mal blieb ein winziger, fremder Rest zurück. Gerade so viel, dass ich meine Taten nie vergessen konnte und sie mich unterschwellig begleiteten.

Ich hasste es. Ich hasste meine Gabe und ich hasste mich für das, was ich tat. Für das, wozu Fanras und Arom mich zwangen. Ich konnte und wollte nicht aufhören, weil ich Relior nicht verlieren wollte.

Er sprach mit mir immer wieder über die Ereignisse und sah dabei so schuldbewusst aus, wie ich mich fühlte. Ich betonte jedes Mal, dass es mir gut ginge und dass ich es gerne auf mich nahm, wenn ich nur bei ihm und Elena bleiben konnte. Er bezeichnete sich selbst als egoistisch, weil er mich bei sich behalten wollte und mich deswegen die Gabe benutzen ließ. Doch das wollte ich nicht hören. Er hatte mich immer für eine starke Person gehalten und ich wollte ihm beweisen, dass er recht damit hatte. Nicht nur ihm, sondern auch mir selbst.

Nur wenige im Schloss wussten darüber Bescheid, was meine Gabe war und wie ich sie anwendete. Neben König Trystan, Arom, Fanras und ein paar seiner Untergebenen nur Relior und ich. Ich sprach mit niemandem darüber.

Fanras wollte nicht, dass zu viele Menschen von mir erfuhren. Er hegte die Angst, man würde mich entführen oder töten. Auch andere würden sich meine Gabe zu Nutze machen oder sie ausmerzen wollen. Nach außen hin machte es den Anschein, als wäre Fanras für den gesteigerten Erfolg in der Aufklärung von Verbrechen verantwortlich. So stellte er es zumindest dar.

Natürlich dachte ich nicht nur einmal darüber nach, Fanras und seinen Männern die Erinnerungen an mich und meine Gabe zu nehmen, aber auch er war auf diesen Gedanken gekommen. Um dem vorzubeugen hatte er alles, was mich und meine Gabe betraf, aufgeschrieben und hielt diese Schriften und mehrere Abschriften davon gut versteckt. Ich versuchte nicht nur einmal, diese Schriften zu finden und zu vernichten, doch ich blieb erfolglos.

Kurze Zeit später fand ich heraus, dass ich meine Gabe bei Fanras niemals hätte anwenden können, selbst, wenn ich irgendwann den Mut dazu aufgebracht hätte. Er selbst besaß eine Gabe und konnte nicht durch meine beeinflusst werden.

Schamvoll dachte ich auch darüber nach, Fanras zu töten. Ihn und all jene, die von mir wussten. Doch damit wäre ich niemals durchgekommen und hätte noch am selben Tag durch den Strick selbst den Tod gefunden. Auch mein Onkel stieß in unbedachten Momenten Morddrohungen aus und ich musste ihn jedes Mal beruhigen und ihm das Versprechen abnehmen, dass er nichts in dieser Hinsicht unternehmen würde. Wäre Relior meinetwegen gehängt worden, wäre alles umsonst gewesen und ich hätte nicht mehr leben wollen.

Eines Tages zog ich es gar nicht mehr in Betracht, etwas zu ändern. Ich ergab mich meinem Schicksal und gab mich als der Feigling zu erkennen, der ich war. Mit jedem Tag der verging, mit jedem Tag, an dem ich meine scheußliche Gabe einsetzte, fühlte ich mich mehr wie ein Monster. Ich drang in das Einzige ein, das an einem Menschen eigentlich unantastbar sein sollte. Seine Erinnerung.

Ich redete mir jeden Tag aufs Neue ein, dass ich keine andere Wahl hatte als zu tun, was man von mir verlangte. Ich schaffte es nicht, mich von diesen Worten zu überzeugen. Lediglich die Notwendigkeit, den Schein vor Elena zu wahren, hielt mich zusammen. Für sie gab ich mein Bestes, wenn ich meinen anderen Pflichten nachkam, auch wenn die Koexistenz meiner beiden Leben auf Dauer entkräftend war.

Je mehr ich mit mir selbst und meinem inneren Dämon kämpfte, der mich nach außen hin zu einem Monster machte, desto öfter und schlimmer traten die Schmerzen in meinem Arm auf. Je mehr ich mit mir selbst haderte, desto schwieriger fiel es mir, andere an mich heranzulassen. Es war wie ein Fluch.

Ich erwachte aus meiner Vergangenheit mit Tränen auf den Wangen und unzähligen Gefühlen, die mich durchströmtem. Meine Gedanken wirbelten umher und fanden keinen Platz, an dem sie zur Ruhe kommen konnten. Ich schloss die Augen und atmete tief durch.

Für eine kleine Weile stand ich da und wartete, bis ich wieder in Ruhe denken konnte. Das Chaos meiner Gefühle hatte sich gelegt und zurück blieben zwei, die mich auf besondere Art ausfüllten. Das eine Gefühl war Stolz. Ich war stolz, dass ich mich diesen Erinnerungen gestellt hatte, die ich sonst verdrängte. Sie hatten mich von den Haarspitzen bis in die Zehen erfüllt und ich hatte ihnen standgehalten. Es war großartig.

Das andere Gefühl war ein Kribbeln, das durch meinen Körper floss. Ich wusste, dass ich hier und jetzt die Möglichkeit bekam, mit meiner Vergangenheit abzuschließen und mich selbst zu akzeptieren. Hawer hatte mir nahegelegt, dass dies der einzige Weg war, um in Zukunft glücklicher zu werden.

Ich dachte an Elena, die all die Jahre für mich da gewesen war, obwohl sie selbst eine schwere Last auf ihren Schultern trug und obwohl ich sie oft zurückgewiesen hatte. Ich dachte auch an Relior, der zu mir gestanden, mich bedingungslos geliebt und sich ein anderes Leben für mich gewünscht hatte. Diese beiden waren die wichtigsten Menschen im meinem Leben und auch wenn ich Onkel Relior nie wiedersehen würde, trug ich ihn im Herzen immer bei mir. Für diese beiden würde ich es wagen, meine Ängste und Dämonen hinter mir zu lassen. Dann würde ich Elena endlich die Wahrheit erzählen. Auch wenn ich mich noch immer vor ihrer Reaktion fürchtete, war ich bereit, mich ihr zu stellen. Sollte sie mich verabscheuen und mich verstoßen, würde ich es akzeptieren und gehen. Ich hatte ohnedies nicht vor, mich erneut Fanras Willen zu beugen. Nie wieder. Das war ein Versprechen, dass ich mir in diesem Moment gab.

Ich blickte auf Fabulim und die aufgeschlagene Seite hinunter. Der Name neben Costins leuchtete auf. Es waren noch viele Namen und viele Erinnerungen, die ich vor mir hatte. Ich musste sie mir alle ansehen und erneut durchleben. Ich war bereit. Ich wollte nicht mehr vor mir selbst davonlaufen.

Ich hob die Hand um den nächsten Namen zu berühren, als ein Gedanke mich innehalten ließ. Finn.

Meine Finger schwebten über der leuchtenden Schrift. Was würde geschehen, wenn Finn mich fand und mich fragte, was ich da tat? Ich hatte ihn mit meinem Benehmen in die Flucht geschlagen, aber so hartnäckig wie er war, würde er früher oder später hier auftauchen, mir auf die Nerven gehen und so tun, als wäre er die Unschuld selbst. Ich musste schmunzeln. Nichts anderes erwartete ich von ihm. Und ich freute mich darauf. Ich würde schon damit umgehen können und wenn ich ihm die Ohren lang ziehen musste.

Es war der Gedanke an Finn, der mich zum Lächeln brachte, als ich den nächsten Namen berührte und die damit verbundene Erinnerung heraufbeschwor.

KAPITEL 24

FINN

Ich hörte das Schreien einer Frau und das hässlichste Lachen eines Mannes, das mir jemals zu Ohren gekommen war. Es klang vernichtend und durch und durch grausam. Gemischt mit der Stimme der Frau, fuhr es mir durch alle Glieder und ich erschauerte. Meine Augen ließen sich schwer öffnen und ich musste ein paar Mal blinzeln, bevor ich sehen konnte.

Meine Umgebung war unscharf und hatte einen Großteil ihrer Farben verloren. Alles wirkte dunkel und traurig. Ich sah die Frau, die geschrien hatte. Sie beugte sich über einen Mann, der leblos auf dem Boden lag. Blut quoll aus einer Wunde auf Höhe seines Herzens und die Frau versuchte verzweifelt, es aufzuhalten. Ihre Hände fanden keinen Halt, sie wusste nicht, was sie tun sollte. Sie nahm das Gesicht des Mannes in die Hände. Ich sah, dass ihre Schultern vom Weinen bebten.

»Jarec! Nein, bitte nicht, bleib bei mir!« Ihre Stimme war schrill und verzweifelt.

»Bitte, ich liebe dich! Es tut mir so leid!«

Doch Jarec antwortete ihr nicht mehr. Sie stieß einen weiteren herzzerreißenden Schrei aus. Sie fixierte mich und ich schreckte vor ihrem Blick zurück. In ihren Augen lag purer Hass. »Du Monster! Wieso hast du das getan? Wieso hast du mir das angetan?!«

Sie schrie es mir entgegen und ich taumelte zurück. Was hatte ich getan? Eine zweite Stimme ließ mich herumfahren. Hinter mir stand ein Mann. Er stand im Schatten und man konnte seine Umrisse nur erahnen. Ich verstand nicht, was er sagte und hörte lediglich ein gedämpftes Murmeln. Ich versuchte näher an ihn heranzugehen, doch es gelang mir nicht. Es war, als wäre ich an den Boden gefesselt.

Ich sah zu der Frau zurück und verstand, dass ihr Hass dem Mann hinter mir galt und nicht mir. Sie antwortete auf seine Worte, schrie ihm entgegen und klammerte sich an das Hemd ihres Mannes. Was sie sagte, hörte ich nicht. Stattdessen vernahm ich ein Kreischen, das sich anhörte, als käme es von einem kleinen Kind. Ich suchte nach ihm.

Alles wirkte gedämpft und ich erkannte meine Umgebung nur sehr schwer. Ich befand mich in einem Wohnraum, dessen Ausmaße ich nicht genau ausmachen konnte. Ein Esstisch mit Stühlen, von denen einer auf dem Boden lag, stand an einer Wand. Auf der anderen Seite sah ich eine Kommode, darauf eine Vase mit blauen Blumen. Links davon stand ein Kinderbett. Darin befand sich das schreiende Kleinkind. Je länger ich hinüber sah, desto mehr konnte ich erkennen. Es war noch sehr klein und strampelte aufgeregt. Ich war einen Moment wie gebannt von diesem Anblick, bis die Frau hinter mir zu einem erneuten Schrei ansetzte. Ich drehte mich um und wurde Zeuge, wie sie sich ein Messer in die Brust rammte.

Bevor sie in sich zusammensackte und neben ihren Mann auf den Boden fiel, flüsterte sie dem Mann im Schatten etwas zu. Durch das Geschrei des Kindes verstand ich es nicht. Entsetzt betrachtete ich die Szene vor mir und versuchte zu begreifen, was ich gesehen hatte.

Das kranke Lachen des Mannes erschütterte mich. Ich sah zu ihm, versuchte seine Züge auszumachen, doch es blieb alles verschwommen und unkenntlich. Dann machte er einen Schritt auf mich zu und erneut wurde ich von Schwärze verschluckt.

Ich schreckte hoch und riss die Augen auf. Auf dem Rücken liegend sah ich das Blätterdach über mir. Hatte ich geschlafen und geträumt?

Ich rappelte mich auf und versuchte mich zu erinnern. Es nützte nichts. Zurück blieb nur ein Gefühl, das ich nicht beschreiben konnte. Es war, als hätte ich etwas Wichtiges vergessen. Ich schüttelte den Kopf und versuchte die Gedanken abzustreifen. Es half nicht wirklich.

Während ich mich fragte, ob der Zwerg noch böse auf mich war, sammelte ich das Moos auf und klemmte es mir unter die Arme. Ich warf einen Blick zur Ruine hinüber, konnte Arya aber nicht sehen. Mit den Gedanken noch bei meinem Traum, trat ich langsam den Rückweg an. Ich hatte die Ruine gerade betreten, als ich ein Schluchzen aus einem der hinteren Räume hörte. Ich legte meine Last ab und ging in die Richtung, aus der ich es vermutete. Arya saß am anderen Ende des Gebäudes auf dem Boden, hatte die Beine an den Körper gezogen und hielt sie mit den Armen umklammert. Ihr Kopf ruhte auf ihren gefalteten Armen und ihre Schultern bebten. Sie weinte. Das gefiel mir überhaupt nicht. Mit weinenden Frauen konnte ich nicht umgehen.

»Arya, ist alles in Ordnung?« Nachricht an Finn: Natürlich war *nicht* alles in Ordnung.

»Warte, vergiss das. Das war dumm«, schob ich schnell hinterher. »Was ist passiert? Hast du dich verletzt?« Ich ging zu ihr und kniete mich neben sie.

Sie schüttelte schwach den Kopf, erwiderte aber nichts.

»Ist es wegen dem, was ich vorhin zu dir gesagt habe? Das tut mir wirklich leid. Ich weiß, ich hätte das nicht sagen sollen.«

Auch das verneinte sie.

»Bist du dir da ganz sicher? Es würde mich mehr als überraschen, wenn es nicht meine Schuld ist!«

Sie drehte den Kopf, um mich anzusehen. Ihre Wangen glänzten von den Tränen und sie schniefte kurz, bevor sie den Mund zu einem kleinen Lächeln verzog. »Glaub mir, Finn, mich überrascht es auch. Aber es ist nicht deine Schuld«, sagte sie leise.

»Es geschehen also doch Wunder. Dieser Wald ist wirklich magisch!«, entfuhr es mir und ich entlockte ihr ein weiteres kleines Lächeln.

»Du bist unmöglich.«

»Das ist mein zweiter Name, falls dir das bisher entgangen ist.« Ich sah sie einen Moment lang einfach nur an.

»Sagst du mir, wieso du weinst?«, fragte ich leiser.

Sie wandte den Blick von mir ab und auf den Schreibtisch zu, der vor uns im Raum stand. Sie überlegte einen kurzen Augenblick.

»Ich werde es dir erzählen. Aber nicht heute. Ich bin so fürchterlich müde. Ich kann nicht mehr.«

Dies war erst das zweite Mal, dass Arya zugab, dass etwas zu viel für sie war und es traf mich sehr. Sie war sonst so stark. Jetzt allerdings brauchte sie meine Hilfe. Bei ihrem Sturkopf würde es mich aber nicht wundern, wenn sie diese nicht freiwillig annahm und mir stattdessen eine verpasste. Um das Überraschungsmoment auf meiner Seite zu haben, zögerte ich nicht lange und streckte meine Arme aus. Ich schob sie unter ihre Kniekehlen und hinter ihren Rücken. In einer schnellen, aber behutsamen Bewegung hatte ich sie auf meine Arme gehoben. In Erwartung eines Schlages kniff ich meine Augen zusammen und drehte meinen Kopf weg. Es passierte nichts. Arya hatte ihren Kopf an meine Schulter gelehnt und die Augen geschlossen. Ich musterte sie und bewegte mich nicht.

»Es geschehen hier wirklich noch Wunder«, flüsterte ich.

Als ich mit Arya bei unserem Lager aus Moos ankam und sie auf ihren Teil legte, schlief sie schon tief und fest. Sie sah friedlich und entspannt aus. Ich lehnte mich an die Wand neben ihr. Näher, als sie es mir erlaubt hätte, wenn sie wach gewesen wäre. Ich beschloss, kein Auge zuzumachen, wenn es nötig war, um ihr eine ganze Nacht lang ruhigen Schlaf zu verschaffen. Es fühlte sich an, als wäre dies mein wichtigster Auftrag seit langem.

KAPITEL 25

FINN

Um mein Glück am nächsten Morgen nicht auszureizen, sprach ich Arya nicht auf den vergangenen Abend an. Ich wollte sie zu nichts drängen und würde ihr alle Zeit der Welt geben. Und wenn sie nicht mit mir darüber reden wollte, würde ich es verstehen.

Nachdem sie die ganze Nacht durchgeschlafen hatte, zeugte ihre Haltung von der Stärke, die ich von ihr gewohnt war. Doch dass auch sie ihre Schwächen hatte, machte sie mir noch sympathischer. Ich schwor mir, niemals einen Scherz über diesen Abend zu machen. Damit würde ich die Nähe, die wir aufgebaut hatten, sicher zerstören. Und nichts lag mir ferner als das. Die ganze Nacht über hatte ich kein Auge zugemacht und glücklicherweise war es zu keinerlei Zwischenfällen gekommen.

Ich hatte Aryas Atemzügen gelauscht und über meinen Traum nachgedacht. Zumindest glaubte ich, dass es ein Traum war. Eine andere Erklärung fiel mir nicht ein. Die Frau und ihr Mann Jarec waren mir nicht bekannt. Das Gleiche galt für den Mann im Schatten und das Kleinkind. Ich fragte mich, woher diese Bilder gekommen waren. Und wieso ausgerechnet, während wir im magischen Wald herumstolperten.

Ich wollte nicht mehr darüber grübeln. Das brachte mich nicht weiter. Nach der schlaflosen Nacht war ich müde, fühlte mich aber insgesamt so gut wie lange nicht mehr. Ich freute mich auf die weitere Reise. Wenn wir denn aus diesem verflucht… schönen Wald herauskamen. Ich war mir sicher, dass wir es schaffen würden. Irgendwie.

Arya und ich beschlossen, dem Fluss weiter in Fließrichtung zu folgen. Auch wenn sie nicht viel sprach, sah sie doch zufrieden und ausgeruht aus. Unter normalen Umständen hätte ich versucht, sie aus der Reserve zu locken. Doch mein Gefühl sagte mir, dass ich sie lieber in Ruhe lassen sollte. Was immer sie gestern Abend erlebt hatte, war nicht leicht für sie gewesen. Da erst kam mir der Gedanke, dass auch sie einen Traum oder etwas Ähnliches gehabt haben könnte. Vielleicht würde sie es mir noch erzählen.

Ich bemerkte, dass Arya den Wald zwar genauestens beobachtete, wie es ihre Art war, aber sie tat es ohne die Anspannung, die gestern vorhanden gewesen war. Ihre ganze Ausstrahlung verriet die altbekannte Stärke und doch war es anders. Ich konnte einen gewissen Stolz in ihrer Haltung erkennen, der vorher nicht dagewesen war.

»Finn, wenn du aufhören könntest, mich von oben bis unten zu mustern, wäre mir das sehr recht.«

Ich schreckte aus meinen Gedanken. Sie hatte mich erwischt. Ich erwartete einen vorwurfsvollen Blick, als sie mir das Gesicht zuwandte. Was ich stattdessen bekam, war ein Grinsen. Sieh einer an, dachte ich. Da hatte jemand gute Laune.

»Ich genieße nur die Aussicht!« Im selben Moment, in dem die Worte meinen Mund verließen, bereute ich sie. Das war zu weit gegangen.

Doch Arya lachte nur und sagte: »Dann pass auf, dass du nicht stolperst«, sagte sie.

Von da an war ich überzeugt, dass dieser Tag ein guter Tag werden würde.

Arya

Name für Name hatte ich meine Erinnerungen heraufbeschworen. Ich hatte jedes einzelne Einsetzen meiner Gabe erneut durchlebt und mich nicht davor verschlossen. Ich nahm jede Kleinigkeit in mich auf und gab mich den Gefühlen hin, die mich durchströmten. Es war schrecklich, aber mit jedem Namen wurde ich mutiger. Der Gedanke, dass ich meine Gabe nie wieder auf diese Weise einsetzten wollte, trieb mich an. Ich fühlte mich schuldig, ich schämte mich und akzeptierte es. Ich versuchte, mir endlich zu verzeihen.

Als nur noch Finn und Ilias Namen übrig gewesen waren, war es vorbei. Sie leuchteten nicht auf wie all die anderen. Sie blieben schwarz. Die Wucht der vielen Erinnerungen hatte mich zu Boden gezwungen und ich wusste nicht, ob ich lachen oder weinen sollte. Eine neue Leere war in mir entstanden, die Platz für Gefühle bot, die ich erst noch erleben sollte. Ich war mich sicher, dass es gute Gefühle werden würden.

Ich akzeptierte endlich meine Vergangenheit und fühlte mich in der Lage, meine Zukunft zu gestalten. Ich weinte. Einerseits aus Trauer und Wut über das, was ich getan hatte, andererseits aus Erleichterung, die von einem bittersüßen Beigeschmack begleitet wurde.

Bevor Finn mich fand, hatte ich eine ganze Weile auf dem Boden gesessen. Die Zeit war schneller vergangen, als es sich angefühlt hatte. Meine Knie hatten mich nicht mehr tragen können. Vielleicht mussten auch sie sich erst an das gewöhnen, was sich in mir verändert hatte. Finns Gegenwart hatte mich auf andere Gedanken gebracht und ich war froh gewesen, dass er da war. Er schaffte es, mich selbst in dieser Situation zum Lachen zu bringen. Deswegen wehrte ich mich nicht, als Finn mich in unser kleines Lager trug. Ich schlief in dieser Nacht so gut wie schon lange nicht mehr und sah das als ein gutes Zeichen an.

Als ich aufwachte, war ich erholt, obwohl meine Augen vom Weinen geschwollen waren. Ich fühlte mich gut, atmete die frische Waldluft ein und beschloss, den heutigen Tag willkommen zu heißen. Ohne darüber nachzugrübeln, was alles passieren könnte. Es war ein ganz ungewohntes Gefühl.

Bevor wir aufgebrochen waren, hatte ich mich in dem kleinen Raum nach Fabulim umgesehen, doch das Buch war verschwunden. Ob es zurück in meine Satteltasche gelangt war oder sich einen neuen Besitzer gesucht hatte, konnte ich nicht sagen. Früher oder später würde ich es herausfinden.

Finn und ich gingen den Weg zurück, den wir gekommen waren, und stellten erfreut fest, dass heute der normale Weg vom ersten Tag vorhanden war und nicht der Fluss, dem wir gestern gefolgt waren. Obwohl ich nicht wusste, wo wir am Ende des Tages landen würden, freute ich mich auf das Laufen. Ich genoss es regelrecht. Den kleinen Windhauch, das Farbenspiel des Lichts, das sich seinen Weg durch das Blätterdach bahnte, die schönen Blumen. Zu meiner Überraschung freute ich mich besonders darüber, dass Finn da war. Es ging mir heute sogar so gut, dass ich auf alle seine Witze einging und mitmachte, was nicht nur mich, sondern auch ihn überraschte. Wir redeten nicht viel, aber es war kein angespanntes Schweigen. Alleine zu wissen, dass er da war, half mir. Das zu erfahren, hatte er sich verdient. Auch wenn es seinem Selbstbewusstsein nicht gut tun würde.

»Finn, ich möchte mich bei dir bedanken. Ich weiß, ich bin kein einfacher Mensch und dennoch hast du es die letzten zwei Tage alleine mit mir ausgehalten und warst auch noch nett zu mir.« Ich legte im Gehen kurz meine Hand auf seinen Arm. »Und das bedeutet mir sehr viel.« Ich schenkte ihm ein Lächeln, aus dem er hoffentlich ablesen konnte, wie ernst es mir war. »Ich meine, abgesehen davon, dass du es warst, der uns in diese Situation gebracht hat, weil du deine Klappe einfach nicht halten konntest«, schob ich hinterher, um ihn nicht zu sehr zu verwöhnen. Um meine Worte zu unterstreichen, aber auch um Finn zu zeigen, dass ich seine Art akzeptierte und mochte, blieb ich stehen. Ich machte einen Knicks vor den Bäumen, die sich rechts von uns erstreckten.

»Meine Damen und Herren, ich bedanke mich für die freundliche Aufnahme in ihrem Wald und entschuldige mich für meinen Begleiter, der leider des Öfteren schneller spricht, als er denkt. Aber im Grunde ist er wirklich in Ordnung«, sagte ich zu den Bäumen. Als ich mich aufrichtete und zu Finn umdrehte, schaute dieser mich mit großen Augen an. Als könnte er nicht fassen, was er gerade gesehen hatte. Er brach in ein lautes und schönes Lachen aus, in das ich nur zu gerne einstimmte.

KAPITEL 26

ARYA

Wir unterhielten uns über die Kochkünste von Bero, als ich ein Gefühl verspürte, das ich in den letzten Tagen ganz vergessen hatte.

»Finn, das ganze Gerede über Beros Eintopf hat mich hungrig gemacht.«

»Ja, ich könnte auch etwas zu essen vertragen.« Dann dämmerte ihm, warum mich das stutzig machte. Seit wir den Wald betreten hatten, waren weder Hunger noch Durst ein Thema gewesen. Bedeutete das Zurückkommen dieses Bedürfnisses, dass wir den Wald bald verlassen würden? Sicher konnten wir uns nicht sein und doch gingen wir hoffnungsvoll einen Schritt schneller.

Es dauerte nicht lange, bis sich hinter einer Wegbiegung tatsächlich ein Steinbogen in unser Blickfeld schob, der dem von unserem Eintrittspunkt verblüffend ähnlich sah. Die Bäume lichteten sich und wurden von größeren abgelöst, deren Blätterdach weit über unseren Köpfen schwebte. Auf dem Gelände hinter dem Bogen konnte ich weiße Gebäude erkennen, die zu Fuß schnell zu erreichen waren.

Es gab sehr große Häuser, die aber nicht annähernd so hoch waren wie die Bäume, von denen sie umgeben wurden. Auch kleinere Gebäude, die zwei Stockwerke hoch waren, konnte ich sehen. Ihre roten Dächer leuchteten in der Sonne und die weißen Wände waren mit vielen Fenstern durchsetzt. Es gab viele Balkone und überall standen eingetopfte Blumen und Efeu, der die Wände der Häuser hochkletterte. In der Ferne konnte ich einen kleinen See ausmachen. Die Stadt bot einen sehr friedlichen und einladenden Anblick.

»Willkommen in Udalis, der Stadt im Wald!«, verkündete Finn mit einem Strahlen, als wir auf den Steinbogen zugingen. Ich war erleichtert, den magischen Wald endlich verlassen zu können. Auch wenn ich bereits daran dachte, was auf mich zukommen würde, wenn wir über die magische Grenze traten.

Ich hatte meine guten Vorsätze nicht aus den Augen verloren. Wenn ich Elena wiedersah, wovon ich überzeugt war, würde ich ihr die ganze Wahrheit sagen. Sie hatte ein Recht darauf und ich würde mich nicht länger verstellen müssen. Ihre Reaktion konnte ich nicht vorhersehen, doch egal wie diese ausfiel, ich würde mich ihr stellen. Ich musste es endlich loswerden und sie musste es wissen.

Finn, der schon einige Schritte vorausgegangen war, bemerkte meinen verlangsamten Gang und kam zu mir zurück. Er klopfte sich nicht sichtbaren Staub von seinem Hemd.

»Ich finde, wir sollten diesen magischen Wald genauso verlassen, wie wir ihn betreten haben.« Er stellte sich neben mich und bot mir seinen rechten Arm an. Als er meinen fragenden Blick bemerkte, lächelte er.

»Ich meine natürlich gemeinsam. Und gleichzeitig.« Er zwinkerte mir zu und wippte mit seinem mir dargebotenen Arm leicht auf und ab. Ich hakte mich lachend bei ihm ein.

»Na dann mal los.«

KAPITEL 27

FINN

Udalis war voller Leben. Menschen tummelten sich auf den Wegen und liefen zwischen den Marktständen hin und her, die allerlei Waren anboten. Früchte, Fleisch, Lederwaren und vieles mehr. Es rocht nach gutem Essen und einer Vielzahl von Gewürzen, die mir das Wasser im Mund zusammenlaufen ließen. Bevor wir uns diesem Treiben widmen konnten, so hatten Arya und ich uns geeinigt, wollten wir in das Gasthaus einkehren, in dem ich üblicherweise abstieg, wenn ich in diese Stadt kam. Wenn die anderen vor uns hier angekommen waren, was ich sehr hoffte, würden wir sie dort finden. Das Gasthaus stand auf der anderen Seite der Stadt und wir mussten uns erst einen Weg durch den Markt bahnen.

»Sind hier immer so viele Menschen?«, erkundigte Arya sich.

»Nicht jeden Tag. Der Markt findet nur in der Mitte der Woche statt. An den restlichen Tagen gibt es auch einige Stände, aber es sind bei Weitem nicht so viele Menschen hier.«

Arya runzelte die Stirn. »Mitte der Woche? Das würde bedeuten, dass wir drei Nächte im Wald verbracht haben. Es waren aber nur zwei!«

»Scheinbar vergeht die Zeit in den beiden Teilen des Waldes anders.«

Als wir durch den Steinbogen aus dem magischen Teil des Waldes getreten waren, hatte er sich – wie bei unserem Eintreten – in Luft aufgelöst. Es hatte sich nicht ungewöhnlich angefühlt. Und doch schien mehr passiert zu sein, als wir ahnten.

Kurze Zeit später kamen wir am Gasthaus an, das den Namen *Unter den Bäumen* trug. Einfallsreichtum schien den Gastwirten nicht im Blut zu liegen. Im Vergleich zu den umstehenden Häusern war es mit seinen drei Stockwerken niedrig, aber es strahlte trotz des weißen Steines, aus dem es gebaut war, Wärme aus. Das Licht aus dem Inneren schien in die Dunkelheit, die sich mit der näherkommenden Nacht ausbreitete. Vor dem Eingang des Gasthauses standen einige Tische und Bänke, auf denen reges Treiben herrschte. Viele Männer saßen dort und tranken Grog und Bier, während ihre Frauen den Markt unsicher machten.

Der Innenraum des Gasthauses war ebenfalls gut gefüllt und es dauerte einen Moment, bis ich alle Tische abgesucht hatte. Ich entdeckte Bero an einem in einer der Ecken, die durch Holzbalken vom Rest des Raumes abgetrennt waren. Ich gab Arya mit einem Kopfnicken zu verstehen, dass ich unsere Freunde gefunden hatte, und wir schlängelten uns durch die Gäste zu ihnen durch. Alle drei sahen ziemlich zerknirscht aus. Das Essen vor ihnen hatten sie kaum angerührt. Ilias entdeckte uns als erstes und sprang von seinem Stuhl auf.

»Finn!« Er rannte auf mich zu und umarmte mich. Bevor ich die Umarmung erwidern oder etwas sagen konnte, lief er an mir vorbei und auf Arya zu, die er ebenso stürmisch begrüßte.

Bero stand auf und klopfte mir freundschaftlich auf die Schulter. »Ich gebe es nicht gerne zu, aber ich habe mir Sorgen gemacht. Um euch beide. Was ist passiert? Mit einem Mal wart ihr verschwunden!«

»Das erzähle ich dir gleich, Bero! Erst mal muss ich was essen. Mir knurrt der Magen.« Ich freute mich wirklich, die drei wohlbehalten wiederzusehen.

Elena begrüßte mich zaghafter und es war offensichtlich, dass sie gleich zu Arya wollte.

»Geht es euch beiden gut? Ist euch etwas passiert?«

»Es ist alles in Ordnung. Uns geht es gut«, beruhigte ich sie und trat zur Seite, damit sie zu ihrer Freundin gehen konnte. Ilias nahm ihren Platz ein und ich setzte mich auf den Stuhl neben ihn. Bero schob mir sein Essen herüber und ich griff gierig zu.

»Finn, wo seid ihr gewesen? Was habt ihr erlebt?«, fragte Ilias aufgeregt.

»Langsam, Ilias. Lass den armen Finn doch erst mal was essen«, zügelte Bero ihn.

Arya und Elena standen sich angespannt gegenüber.

»Willst du nicht erst etwas essen?«, fragte Elena ihre Freundin.

»Nein, es wäre mir lieber, wenn ich gleich mit dir reden könnte. Bitte. Ich muss dir etwas wirklich Wichtiges sagen und ich habe schon viel zu lange gewartet.«

Elena merkte, dass es ihrer Freundin ernst war und kam ihrer Bitte nach. Sie machte sich auf den Weg zur Treppe, die in die oberen Stockwerke führte.

Arya wandte sich an uns. »Ich bin froh, dass wir wieder zusammen sind. Entschuldigt bitte, dass ich mich nicht zu euch setze und die Runde auseinanderreiße, aber es gibt etwas, um das ich mich kümmern muss.« Sie schenkte uns ein schwaches Lächeln und folgte dann ihrer Freundin. Sie wirkte verunsichert. Ich wollte etwas Aufmunterndes sagen, entschied mich dann aber dagegen. Egal, was sie hinter sich bringen wollte, es ging mich nichts an und sie würde es sicher alleine schaffen. Ich widmete mich meinem Essen.

»Sagst du mir jetzt, was los ist? Was ist in den letzten Tagen passiert?«, fragte Bero erneut. Ilias wurde ebenfalls ungeduldig und rutschte auf seinem Stuhl hin und her. Ich berichtete ihnen von allem, was mich betraf. Auch von meinem Traum, auf den sich die beiden keinen Reim machen konnten. Was Arya anging, hielt ich mich bedeckt. Ihren Tanz und ihren Zusammenbruch in der Ruine erwähnte ich nicht.

»Na, das ist ein Ding.« Bero pfiff durch die Zähne. »Damit könnte man eines von Ilias' Abenteuerbüchern füllen!«

Ilias nickte euphorisch und erzählte mir seinen Teil der Geschichte.

»Nachdem ihr durch den Steinbogen gerannt seid, Arya war übrigens schneller als du, da habt ihr euch einfach in Luft aufgelöst. Und der Bogen gleich mit.«

Ich ignorierte den kleinen Seitenhieb und lauschte weiter.

»Kaum wart ihr weg, da hat es rechts von der Lichtung zu rumpeln und zu knacksen angefangen und dann war auf einmal ein Weg da, den es vorher nicht gegeben hatte. Als hätte ihn jemand gezaubert.« Er zeichnete mit den Händen Muster in die Luft und murmelte vor sich hin. Das schien seine Vorstellung davon zu sein, wie jemand Magie angewendet hätte, wenn es möglich gewesen wäre. Schade, dass es nur magische Dinge gab und keine Menschen, die Magie wirken konnten. Ilias hätte sich hervorragend dafür geeignet.

Er verlor sich in seiner kleinen Aufführung und Bero musste einspringen.

»Wir sind dem Weg gefolgt. Nicht, dass wir eine andere Wahl gehabt hätten.«

»Ihr hättet auf uns warten können«, warf ich ihm vor, meinte es aber nicht so ernst, wie es sich anhörte.

Bero sah mich entschuldigend an.

»Auf der Lichtung hatten wir aber kein Dach über dem Kopf, geschweige denn eine vernünftige Feuerstelle und von etwas richtigem zu Essen will …«

»Bero, es ist alles gut. Das war ein Scherz. Natürlich konntet ihr da nicht auf uns warten.«

»Schön zu sehen, dass du deinen Humor nicht verloren hast, du Witzbold«, sagte Bero ironisch. »Jedenfalls – wir sind diesem Weg gefolgt, kamen an eine beschilderte Gabelung und haben den Weg hierher eingeschlagen. Wir sind gestern hier angekommen und seitdem haben wir auf euch gewartet. Wir haben uns die ganze Zeit Sorgen gemacht, waren uns aber einig, dass ihr das schaffen werdet. Solange ihr euch nicht gegenseitig eure Köpfe einschlagt. Was kein abwegiger Gedanke war«, scherzte Bero. »Aber wie ich sehe«, fuhr er fort, »sind eure Köpfe noch in einem einwandfreien Zustand. Es gab keine bösen Zwischenfälle?«

Ich dachte an unsere zwei Tage zurück und daran, dass ich Aryas Nähe sehr genossen hatte. »Nein, keine nennenswerten Vorkommnisse«, antwortete ich und schlürfte grinsend einen Löffel Suppe. Ilias musterte mich skeptisch. Es sah nicht furchteinflößend aus, sondern goldig.

»Ihr beide seht anders aus«, stellte er fest.

»Wir tragen doch noch dieselbe Kleidung wie vor zwei Tagen. Was, wenn ich es recht bedenke, ein Umstand ist, den ich schnellstmöglich ändern sollte. Ein Bad wäre großartig.«

»Nein, nein. Das meine ich nicht. Ihr seht … zufriedener aus. Warum?«

Auch Bero wandte sich interessiert an mich.

Ich blickte vom einen zum anderen. War ich in einem Verhör gelandet? Ich aß zwei weitere Löffel von der Suppe, ehe ich den beiden antwortete. Ich verzichtete auf einen Scherz und versuchte es stattdessen mit der Wahrheit.

»Ich glaube, wir haben im Wald etwas Wichtiges gelernt«.

Die beiden sahen mich erwartungsvoll an. Ilias hatte es sich von Bero abgeschaut, den Kopf leicht zu Seite zu neigen, wenn er sein Gegenüber interessiert musterte.

»Und was genau wäre das?«, fragte er, als er die Spannung nicht mehr aushielt.

»Dass auch verkorkste Menschen noch Wunder erleben können.« Ich lächelte ihren stirngerunzelten Gesichtern zu und widmete mich meiner Suppe.

KAPITEL 28

ARYA

Elena und ich betraten eines der Gästezimmer, die sie und Bero gemietet hatten. Es war nicht besonders groß, aber sehr gemütlich. Neben einem großen Bett befanden sich darin eine alte Kommode, ein Waschtisch und ein kleiner Tisch mit zwei Stühlen. Elena saß auf einem von ihnen, während ich vor ihr auf und ab lief und ihr alles erzählte. Angefangen bei dem Zwischenfall mit Costin, bis hin zu der gestrigen Nacht. Ich ließ die grausamen Einzelheiten der Verhöre weg. Auch ohne sie war meine Geschichte schlimm genug.

Das Reden befreite mich. Es war ein großer Schritt für mich. Ich vermied den Blickkontakt zu Elena, während ich sprach. Ich wollte ihre Abscheu erst im Nachhinein sehen, bevor mein Mut mich verlassen konnte. Während ich redete, schwieg sie und unterbrach mich kein einziges Mal. Sie hörte mir zu, so wie ich es viele Male für sie getan hatte. Als ich zum Ende meiner Erzählungen kam, blieb ich am Fenster stehen und sah hinaus.

Ich konnte Elena jedoch nicht länger ausweichen und dass sie so still war, machte mich nervös. Ich drehte mich zu ihr um und erschrak. Sie hatte Tränen in den Augen und knetete den Stoff ihres Kleides mit ihren Händen. Sie sah nicht mich an, sondern den Fußboden. Ich wusste nicht, wie ich ihre Haltung deuten sollte.

»Elena, es tut mir so leid, dass ich es dir all die Jahre nicht gesagt habe. Aber ich hatte riesige Angst, dass du mich dann hasst. Du bist meine einzige Freundin. Ich wollte und will dich nicht verlieren und nichts möchte ich lieber, als deine Leibwächterin zu werden.«

Sie stieß einen verzweifelten Laut aus.»Ach, Arya.«

Dann sah sie mir endlich in die Augen und in ihnen lag so viel Zuneigung, dass es mich vor Freude fast zum Weinen brachte. Ich war kein Monster.

Sie hasste mich nicht.

»Wieso sollte ich Angst vor dir haben? Du bist wie eine Schwester für mich. Und selbst die lügen sich manchmal an. Ich habe dich vor wenigen Wochen auch hintergangen, als ich dich in diese Sache hineingezogen habe. Ich verstehe, wieso du es getan hast. So wie du mich verstehst. Ich wünschte mir nur, dass du es mir früher erzählt hättest. Dann hätte ich etwas dagegen unternehmen, oder zumindest für dich da sein können.«

Sie kam auf mich zu und umarmte mich fest. »Dass du dich nach so vielen Jahren immer noch dagegen sträubst, beweist doch nur, dass du dir deine Menschlichkeit erhalten hast. Du bist ein guter Mensch, Arya, rede dir nichts anderes ein!« Sie schob mich von sich und umfasste meine Schultern. Ich lächelte sie dankbar an und konnte die Tränen nicht mehr zurückhalten.

»Danke, Elena. Du glaubst nicht, wie viel mir deine Worte bedeuten. Ich fühle mich so erleichtert und besser.«

»Das sieht man dir an. Deine Augen leuchten und ich sehe nicht mehr diesen Schmerz. Dessen Grund ich nun endlich kenne.«

»Kannst du mir verzeihen?«

»Aber natürlich!«

Wir umarmten uns und die tausend Steine, die ich auf meinem Herzen mit mir herumgetragen hatte, fielen endlich davon ab. Doch dann schob sich die Pflicht in meine Gedanken, der ich in den letzten Tagen nicht nachgekommen war.

»Es wird Zeit, dass ich meine Position als Leibwächterin wieder einnehme. Durch die Umstände der letzten Wochen habe ich kläglich versagt und das kann ich mir einfach nicht erlauben. Ich …«

»Arya, an dieser Stelle möchte ich dich gleich unterbrechen. Ich weiß, worauf du hinauswillst. Dahingehend sind wir aber unterschiedlicher Meinung.«

»Was meinst du damit?«

»Bis auf einen schlimmen Vorfall musstest du mich in den letzten Wochen nicht beschützen. Du konntest dich amüsieren und hast Zeit ohne mich verbracht. Und sieh nur, wohin dich das gebracht hat. Du hast es endlich geschafft, mir die Wahrheit zu sagen und Hilfe anzunehmen. Ich habe dich selten so oft lachen gehört wie in der letzten Zeit. Das hier tut dir gut. Alles davon.« Ihr Zwinkern verriet mir was, oder vielmehr wen sie damit meinte.

»Elena …«

»Nein, keine Widerrede. Wie du siehst, bin ich noch an einem Stück. Selbst nach den Tagen, die ich alleine mit Bero und Ilias verbracht habe. Es geht mir gut. Und dir auch. Ich finde, wir sollten unsere kleine Vereinbarung auch für den Rest der Reise beibehalten. Zumindest bis zum Lichterfest. Du kannst mich ruhig mit Bero und Ilias alleine lassen, wenn dir der Sinn nach jemand anderem steht.«

»Elena!« Mit gespielter Empörung zwickte ich sie in den Arm.

»Mir kannst du nichts vormachen. Bauchgefühl und so.«

Alles Leugnen half ja doch nichts. Sie hatte recht.

»Er ist doch ein bisschen mehr als ein Kerl mit zu viel Selbstbewusstsein«, gestand ich. Bei dem Gedanken an Finn freute ich mich. »Er macht mich mit seinen Sprüchen manchmal wahnsinnig, aber in seiner Gegenwart fühle ich mich irgendwie … mehr. Ausgesprochen klingt das total daneben.« Ich fuhr mir mit der Hand durch die Haare.

»Ich denke, ich weiß, was du meinst. Ich habe dahingehend zwar wenig bis gar keine Erfahrung, aber ich habe genug Bücher gelesen, denke ich«, erwiderte Elena. Sie lachte.

»Was man nicht alles aus Büchern lernen kann.« Ich stimmte in das Lachen ein. Einen Moment lang war es wie früher. Nur Elena und ich, die über einen gemeinsamen Witz lachten. Wir hingen eine Weile unseren eigenen Gedanken nach, ehe Elena das Wort an mich richtete. Sie wirkte nachdenklich und der Zug um ihre Lippen war mir bekannt. Er drückte Entschlossenheit aus. Egal, was sie mir jetzt sagen würde, ihr Entschluss stand fest und war unumstößlich.

»Es gibt auch etwas, über das ich mit dir reden wollte.« Sie nahm auf einem der Stühle Platz und forderte mich dazu auf, mich ebenfalls zu setzen.

»Ich habe mir in den letzten Tagen viele Gedanken gemacht. Über alles. Über dich und mich, über das Königreich, die Zukunft und Vergangenheit. Ich weiß, dass ich meinem Schicksal als Königin nicht entgehen kann, auch wenn ich es wollte. Ich befürchte nur, dass der Anfang meines Weges dorthin durch das Handeln meines Vaters, seine Lügen und das Versteckspiel holprig sein könnte. Die Leute werden sich fragen, wieso ihr König ihnen das Geheimnis um seine Tochter nicht anvertraut hat. Wenn sie anfangen zu glauben, dass mein Vater ihnen misstraut und Angst hat, dann werden sie mit demselben Misstrauen gegenüber dem Königshaus reagieren.«

»Meinst du nicht, dass sie die Gründe deines Vaters verstehen?«

»Wahrscheinlich werden sie das. Fraglich ist aber, wie sie es auffassen, dass er sich so von seinen Gefühlen hat leiten lassen. Sehen sie in ihm nur einen besorgten Vater oder einen verängstigten König, den man leicht unter Druck setzen kann? Ich kann leider nichts rückgängig machen und auch nicht in die Zukunft sehen. Ich werde ihre Reaktionen so akzeptieren müssen, wie sie kommen. Ich würde gerne jede noch so kleine Chance nutzen, die sich mir bietet, um meine Zukunft selbst zu gestalten.«

»An was denkst du?«

»Ich möchte damit beginnen, meinem Volk Vertrauen entgegenzubringen. Nur dann kann ich von ihnen dasselbe verlangen.« Sie bemerkte mein Schmunzeln und fragte: »Was ist? Wieso schaust du so?«

»Ich finde es nur immer wieder erstaunlich, welche Zuneigung du für dein Volk hast. Du willst das Beste für alle und fängst schon lange vor deiner Krönung an, erste Zeichen zu setzen. Das ist großartig, Elena, und genau deswegen werden die Leute dich lieben und akzeptieren. Wenn sie auch nur ein bisschen von dem sehen, was ich gerade sehe, werden sie es niemals wagen, auch nur einen Finger gegen dich zu erheben.«

»Danke, Arya. Das bedeutet mir wirklich sehr viel. Genau deswegen wollte ich raus in die Welt.« Sie lachte. »Und wenn mir doch einer zu nahe kommt, dann habe ich ja immer noch dich. Du kannst ihm dann die Leviten lesen.«

»Ich werde mehr als das. Mit meinem Dolch kann ich auch unglaublich gut kitzeln, weißt du?« Es war absurd, wie sehr wir darüber lachten.

»Worauf ich eigentlich hinauswollte, ist folgendes: Ich möchte den Jungs die Wahrheit sagen.«

Das machte mich sprachlos. Sinn der ganzen Aktion war es doch, unerkannt zu reisen. Doch nach unserem Gespräch verstand ich, wieso Elena das wollte. Ich dachte einen Moment darüber nach. Vor ein paar Wochen wäre ich alleine bei der Vorstellung an die Decke gegangen. Heute sah das allerdings anders aus. Ich hatte gelernt, wie gut es sich anfühlte, sich nicht verstellen und verstecken zu müssen. Welche Befreiung die Wahrheit sein konnte. Natürlich war es mit einem Risiko verbunden, aber dann dachte ich an Ilias ehrliche Kommentare, Beros herzliches Lachen und an Finn, dem nichts mehr am Herzen lag, als das Wohl seiner beiden Freunde. Die drei hatten uns wohlwollend in ihrer Mitte aufgenommen und die zwei komischen Mädchen, die Ausbrecher spielten, nicht abwertend behandelt. Ich dachte an die gemeinsamen Stunden am Lagerfeuer, die Übungsstunden und all die kleinen Momente, in denen wir Spaß gehabt hatten. So komisch unsere Konstellation auch sein mochte, sie hatte uns allen Freude bereitet. Ich konnte mir einfach nicht vorstellen, dass die drei uns verraten würden.

»Ich glaube, ich weiß jetzt, wie sich dieses berühmt-berüchtigte Bauchgefühl von dir anfühlt. Mir fällt kein Grund ein, warum wir es nicht zumindest versuchen sollten.« Ich stockte. Ein kalter Schauer lief mir den Rücken herunter. Ich erinnerte mich an Fabulim und die letzten beiden Namen, die auf der Seite gestanden hatten. Finn und Ilias.

Elena sah meine Veränderung und war besorgt.

»Was ist los?«

»Erinnerst du dich, was ich dir eben über Fabulim erzählt habe? Es hat mir die Namen aller Menschen gezeigt, die mit meiner Gabe in Berührung gekommen sind. Und auf einer Seite standen die Namen Ilias und Finn. Mit ihnen war keine Erinnerung verbunden, weil ich meine Gabe nicht bei ihnen angewendet habe, aber vielleicht bedeutet ihr Auftauchen im Buch, dass ich es noch tun werde. Vielleicht muss ich ihnen die Erinnerung an uns oder unser Geheimnis nehmen. Vielleicht würden sie uns sonst verraten. Welchen anderen Grund sollte es geben, dass ich meine Gabe bei ihnen anwende?«

»Dann hätte aber auch Beros Name auftauchen müssen. Wenn, dann sagen wir es ihnen gleichzeitig«, überlegte Elena.

»Ich weiß nicht. Vielleicht will er uns nicht verraten, oder er entkommt uns.«

»Meinst du wirklich, dass er dir entwischen würde?«

»Nein. Ja. Ich weiß nicht.« Ich fuhr mir mit den Händen über das Gesicht. Gerade als ich dachte, endlich viele Antworten bekommen zu haben, tauchten schon die nächsten Fragen auf. Allein der Gedanke daran, meine Gabe bei ihnen einsetzen zu müssen, bereitete mir Bauchschmerzen. Das würde bedeuten, dass wir uns maßlos in ihnen täuschten. Es heiße auch, dass ich mich in Finn täuschte und ihn nie wieder sehen würde. Dieser Gedanke gefiel mir überhaupt nicht.

»Arya, vertrau auf dein Bauchgefühl. Fabulim hin oder her. Was denkst du?«

Ich seufzte. »Wir sollten es tun!«

Sie strahlte. Damit war es beschlossene Sache. Wir würden ihnen die Wahrheit sagen. Komme, was wolle.

»Ich denke«, fügte sie hinzu, »wir sollten uns jetzt einen Rat von der lieben Yusra zu Herzen nehmen.«

»Welchen? Den ›Zimt schmeckt zu fast allem gut‹-Rat?«

»Nein. Obwohl der wirklich gut ist. Yusra sagt, dass Einkaufen sie nach einem solchen Tag immer entspannt. Ich bin außerdem der Meinung, dass wir dir Kleidung besorgen sollten, in der du dich wohl fühlst. Danach kümmern wir uns um die ernsten Angelegenheiten.«

»Kein Kleid mehr? Die Idee gefällt mir ausgesprochen gut!«

Wir standen auf und sie hakte sich bei mir unter.

KAPITEL 29

FINN

Bero und Ilias merkten schnell, dass aus mir kein weiteres Wort herauszubekommen war. Sie ließen mich in Ruhe essen und hakten nicht weiter nach. Sie wussten, wenn ich so weit war, würde ich ihnen mehr erzählen. Dennoch war es für sie ungewohnt, dass ich nicht ununterbrochen redete und über mein Abenteuer prahlte. Damit keine unangenehme Stille aufkam, fragte ich sie über die letzten Tage aus.

Wir kamen erneut zu dem Entschluss, dass diese Reise und unsere Begleiterinnen ungewöhnlich waren. Normal konnte man an diesen beiden so gut wie nichts bezeichnen. Gerade das war es aber, was sie so interessant machte. Es passte außerdem zu uns. Diese erste Reise in Begleitung von anderen war genauso eigenartig wie wir. Ich grübelte darüber nach, als die beiden Mädchen vom Zimmer kamen und kurz an unserem Tisch stehen blieben. Ich vergaß meine Gedanken, als ich Aryas Blick auffing. Sie wirkte erleichtert und strahlte, trotz der geröteten Augen. Auch Elena war in bester Laune. Was auch immer die beiden besprochen hatten, es hatte ein gutes, wenn auch tränenreiches Ende gefunden.

»Arya, Finn will uns nicht erzählen, was alles im magischen Wald passiert ist. Erzähl du uns was«, beschwerte sich Ilias bei Arya.

Arya wuschelte ihm durch die Haare.

»Ich kann dir sagen, warum er das nicht macht. Ich würde auch nicht erzählen wollen, dass ich mich hinter einem Mädchen versteckt habe, als ich ein Kaninchen mit einem wilden Tier verwechselt habe. Es sah so niedlich aus, als es aus dem Busch hüpfte.«

»Das ist erstunken und erlogen! Das ist überhaupt nicht passiert«, protestierte ich spaßeshalber. Es fühlte sich gut an, gemeinsam mit den anderen zu lachen. Die Leute sahen uns schief an. Dass man beim Essen hemmungslos lachen konnte, war ihnen wohl noch nicht bekannt.

»Ich erzähle dir alles andere morgen, ja? Elena und ich wollen jetzt erst noch mal in die Stadt.« Ilias war ein wenig enttäuscht, gab sich aber damit zufrieden. Er sah schon müde aus und es war Zeit, ihn ins Bett zu bringen. Arya sah zu Elena, die ihr aufmunternd zunickte, und wandte sich dann wieder an uns.

»Wir würden morgen nach dem Frühstück gerne etwas mit euch besprechen. Unsere Abreise würde sich also ein klein wenig verzögern. Wenn das für euch in Ordnung ist. Es ist uns wirklich sehr wichtig.«

Bevor Bero oder ich etwas sagen konnten, kam Ilias uns zuvor.

»Nur, wenn du mir danach die Geschichten aus dem Wald erzählst.«

»Das mache ich. Wenn du sie dann noch hören willst.«

»Warum sollte ich nicht?«, fragte Ilias verwirrt.

Arya zuckte mit den Schultern. »Man kann nie wissen.«

Ich las Besorgnis aus ihrem Blick, wusste aber nicht, woher sie rührte. Würden sie uns morgen die ganze Wahrheit verraten? Machte Arya sich Sorgen, dass wir uns ihnen gegenüber dann anders verhielten? Ich war unheimlich gespannt darauf, was sie zu sagen hatten. Andererseits fürchtete ich mich ein bisschen. Die Angst vor dem Ungewissen war etwas, das ich nicht abschütteln konnte. Mit fiel nichts ein, was ich dazu sagen konnte und so gab ich ihr mit einem Kopfnicken zu verstehen, dass es in Ordnung ging.

Sie lächelte mich an, dann verschwanden sie und Elena draußen im Getümmel.

»Hast du eine Ahnung, worüber sie mit uns reden wollen?«, fragte Bero, als die beiden das Gasthaus verlassen hatten.

»Nein, keine Ahnung. Das wurmt mich ein bisschen, wenn ich ehrlich bin.«

»Was immer es auch ist, wir werden damit klarkommen«, meinte er.

Ich sah ihn an. Das Szenario, dass wir uns in der Akademie erdacht hatten, schien Wirklichkeit zu werden. Wir würden die Wahrheit erfahren und mussten dann eine Entscheidung treffen.

»Warum bist du dir da so sicher?«, wollte ich wissen. Was ich in der Akademie gesagt hatte, meinte ich ernst, aber wie Arya schon sagte: *Man kann nie wissen.*

Beros Antwort war ganz sachlich formuliert. »Weil wir es ihnen schuldig sind. Wir haben ihnen unsere kuriose Geschichte erzählt und trotzdem sind sie noch hier. Sie sehen uns als Freunde, nicht als eigenartige Leute, wie so manch anderer.« Mit diesen Worten fixierte er einen Mann zwei Tische weiter, der uns abschätzig mustere. Als dieser Beros Blick bemerkte, beugte er sich schnell wieder über seine Suppe und tat so, als wäre nichts gewesen.

Bero fuhr fort. »Und eben weil sie uns so akzeptieren wie wir sind, mit all unseren Macken, werden wir ihnen denselben Gefallen tun. Glaubst du denn wirklich, es geht noch komischer als wir drei?«

Ich besah mir Bero, den kochenden Riesen, Ilias, der buchstäblich vom Himmel gefallen war und meine Hände. Die Hände eines Kerls, der mit diesen beiden zusammenlebte und sich kein besseres Leben vorstellen konnte.

»Nein. Wir übertreffen alles.«

Am nächsten Morgen saßen wir Jungs an einem der Tische im Gasthaus und warteten auf unser Frühstück. Da Arya und Elena spät von ihrem Einkauf zurückgekommen waren, gingen wir davon aus, dass sie länger schlafen würden und bestellten ohne sie. Sie hatten sich eine lange erholsame Nacht voll Schlaf redlich verdient. Arya nach unserem Abenteuer im Wald und Elena, die sich tagelang Sorgen um ihre Freundin gemacht hatte. Aber wir Männer, und solche die es noch werden wollten, brauchten eine richtige Mahlzeit für den Start in den Tag.

So kam es, dass wir uns gerade über das Essen hermachten, als Arya und Elena dann doch zu uns in den Gastraum kamen. Bero saß mir gegenüber und hatte freie Sicht auf die Treppe zu den Schlafräumen. Dass etwas anders war wusste ich, als er beim Essen innehielt und das Brot auf dem halben Weg zum Mund verharrte. Das passierte ihm beim Essen nie. Verwundert drehte ich mich um und sah in dieselbe Richtung wie er. Ich würde niemals den Augenblick vergessen, in dem ich Arya an diesem Morgen das erste Mal sah. Sie war … sie. Voll und ganz. Sie trug sandfarbene Hosen, dazu kniehohe dunkelbraune Stiefel, ein hellblaues Hemd und eine dunkelgrüne ärmellosen Weste. Sie machte einen anmutigen und zugleich starken Eindruck. Ihre Kurven wurden betont und sie wirkte trotz der Hosen weiblich. Es war ein ungewohnter Anblick. Das alleine war aber nicht der Grund, warum ich die Augen nicht von ihr lassen konnte.

Ich konnte nicht sagen, was sich vorher falsch angefühlt hatte, aber in diesem Moment wusste ich: Das hier war richtig. Das war die echte Arya. Und sie schaffte einmal mehr, was sonst niemandem gelang: Sie machte mich sprachlos.

»Finn, mach den Mund zu. Es zieht«, murmelte Bero

Tatsächlich stand mir der Mund offen. Ich machte ihn schnell zu und wandte mich wieder meinem Frühstück zu.

Bero betrachtete mich mit wissendem Blick. Er schmunzelte.

In Ilias' Gesicht sah ich die gleiche Überraschung und Begeisterung über Aryas Veränderung. Nein, keine Veränderung. Es war vielmehr, als hätte sie eine Verkleidung abgelegt.

Ilias war auch der Erste, der das Wort an Arya richtete, als die beiden sich zu uns an den Tisch gesellten.

»Du hast Hosen an. Wie ein Mann. Warum?« Es lag kein Vorwurf in diesen Worten, nur pure Neugierde.

Ich hätte nicht gewusst, wie ich sie darauf hätte ansprechen sollen. Für Ilias und seine kindliche Naivität war falsche Scham allerdings kein Hindernis. Ich versuchte, nach außen hin unbeeindruckt zu wirken, aber ich wartete ebenfalls gespannt auf ihre Antwort. Ich suchte ihren Blick, doch der war auf Ilias gerichtet. Ihre langen Haare waren zu einem lockeren Zopf geflochten und lagen über ihrer rechten Schulter. Sie überlegte einen Moment. Dann verschränkte sie die Hände ineinander und legte sie vor sich auf den Tisch.

»Das und alles andere werden wir euch nach dem Frühstück erklären, Ilias. Lasst uns aber erst etwas essen und dann gehen wir nach oben.«

So sehr ich es auch versuchte, ich konnte mich nicht entspannen. Aryas Auftreten hatte auf eine positive Art Aufregung in mir hervorgerufen. Ich war neugierig auf das vor uns liegende Gespräch. Es lag eine gewisse Anspannung in der Luft. Auch Bero und Ilias waren nicht sie selbst. Ich hoffte, dass unser Umgang miteinander nach dem Gespräch wieder so werden würde wie früher. Was für ein seltsames Wort. Früher. Das klang, als kannten wir die beiden schon eine Ewigkeit. Ich hatte mich so an ihre Anwesenheit gewohnt, dass ich einen Moment überlegen musste, wie das *Früher* ohne sie ausgesehen hatte. Viel schlimmer fand ich aber die Vorstellung, wie das *Danach* sein würde. Das *Danach* ohne sie.

KAPITEL 30

ARYA

Im Zimmer erreichte die Anspannung ihren Höhepunkt. Selbst Ilias, der sonst die Fröhlichkeit in Person war, rutschte unruhig auf dem Bett hin und her. Bero setzte sich neben ihn und legte ihm eine Hand auf die Schulter. Finn wollte lieber stehen und lehnte sich an das Bettende. Auch mir war nicht nach Sitzen zumute und ich stand am Fensterrahmen. Ich überließ Elena das Reden. Sie war darin viel besser als ich und es war ihr Geheimnis, das gelüftet werden sollte. Sie zog sich einen Stuhl heran und stellte ihn gegenüber der Jungs auf. So hatte sie alle drei im Blick und konnte ihnen in die Augen sehen.

Ich hoffte, sie wusste, was sie tat.

Wir hatten uns am Abend darauf geeinigt, dass wir meine Gabe nicht erwähnen würden. Es gab keinerlei Grund, sie deswegen zu verunsichern. Finn wusste zwar, dass ich eine Gabe besaß, aber nach dem letzten gescheiterten Gespräch darüber vertraute ich darauf, dass er es nicht ansprach. Ich wollte ihn über den Rest gerne selbst in Kenntnis setzten. Darüber wollte ich aber erst später nachdenken. Für den Moment reichte ein großes Geheimnis, das gelüftet wurde.

Elena erzählte alles ganz langsam und ruhig. Es hätte auch eine Geschichte aus einem Buch sein können. Es waren einmal eine Prinzessin und ihre Freundin und so weiter. Märchenstunde mit Elena. Obwohl ich unsere Geschichte kannte, war ich von Elenas Worten gefesselt. Sie sprach offen und ehrlich. Sie erzählte von ihrem Wunsch nach Freiheit, nach Abenteuern und ihrer Angst vor der Zukunft. Dass sie so offen mit den Jungs sprach, bewies mir erneut, wie wichtig es ihr war. Elena, die zukünftige Königin von Maljonar bat um die Anerkennung dreier Untertanen. Es könnte ihr egal sein, was sie von ihr dachten. Sie könnte durch die Welt reiten und allen Hass auf sich ziehen, Königin würde sie trotzdem werden. Doch so war sie nicht. So war sie noch nie gewesen. Sie würde ihr ganzes Leben lang auf dem Thron sitzen, immer für Recht und Ordnung sorgen und dennoch das Gefühl haben, dass es nie genug war.

Es war erstaunlich, dass ein Mensch, der sich sein ganzes Leben nur um sich selbst kümmern musste, so selbstlos war. Mit den gelegentlichen Ausnahmen, wenn man seine Freundin zu einer Reise zwang … Doch auch das war in ihren Augen genauso wichtig für mich wie für sie gewesen. Ich war Elena unheimlich dankbar dafür, dass sie sich mit meinem Dickschädel auseinandergesetzt und gewonnen hatte.

Zu gerne hätte ich die Gesichter der Jungs bildlich festgehalten. Ilias lauschte gespannt und mit großen Augen. Bero hatte ein kleines Lächeln auf den Lippen und die Arme vor dem Bauch verschränkt. Und Finn … der grinste mich an. Ab und an schüttelte er ungläubig den Kopf. Ich hätte mehr Überraschung ihrerseits erwartet, als sie letzten Endes zeigten. Mich wunderte es allerdings nicht, dass sie nicht vor Elenas Füße fielen und ihre Treue gegenüber dem Königshaus schworen. Sie wussten mittlerweile genauso gut wie ich, dass das bei Elena nicht nötig war. Sie hatten sie als einfaches Mädchen kennengelernt und ihr Verhalten zu ändern würde keinen Sinn machen. Das wollte Elena auch nicht, wie sie betonte.

Elena erzählte ihnen viel über das Leben im Schloss. Auch darüber, wie wir beide uns kennengelernt hatten und wie das unsere Leben beeinflusst hatte. Es klang nicht so aufregend wie ein vom Himmel gefallener Junge, aber interessant genug, um Ilias zu fesseln. Sie kam zu dem Punkt, wieso sie ihnen das alles erzählte. Wieso sie ihnen vertraute. Sie blickte einen nach dem anderen an und bezeichnete sie als unsere Freunde. Sie dankte ihnen dafür, dass sie diese Reise mit uns unternahmen. Ohne die Jungs, das betonte sie, hätte etwas Wichtiges und Schönes gefehlt. Bei diesen Worten blickten alle drei berührt zu Boden. Die Herren waren doch tatsächlich verlegen.

»Das ist eine Menge zu verdauen. Ich hoffe ihr versteht uns und unsere Gründe. Jetzt überlassen wir es euch, wie es weitergeht. Wir haben euch unter falschen Tatsachen zu dieser Reise überredet. Es ist nur gerecht, euch an diesem Punkt die Wahl zu lassen.«

Als sie mich ansah, lächelte ich ihr aufmunternd zu.

»Wir lassen euch gerne alleine, wenn ihr darüber reden wollt. Ihr könnt …«

Finn unterbrach mich. »Ich denke, das wird nicht nötig sein.« Er setzte das für ihn typisch verschmitzte Grinsen auf. Gleich würde uns die Ehre zuteilwerden, einem seiner Sprüche zu lauschen.

»So, wie ich das sehe, haben wir keine andere Wahl, als euch zu begleiten. Es ist quasi unsere Pflicht dem Königreich gegenüber. Elena, wenn wir dich alleine mit Arya herumirren lassen, dann landet ihr am Ende wieder im magischen Wald und dann war es das mit unserer Prinzessin.«

Ich war empört. Und verdammt noch mal erleichtert.

»Ich entscheide das allerdings nicht alleine, Bero und Ilias haben auch ein Wörtchen mitzureden. Bero, was sagst du?«

»Ich kann es nicht so charmant ausdrücken wie du, bin aber derselben Meinung. Wir hatten lange keine so interessante Reise wie in den letzten Wochen. Insofern beruht der Dank auf Gegenseitigkeit. Ich sage, wir bleiben zusammen. Und reisen alle in geheimem Auftrag.« Er zwinkerte Ilias zu. Dieser sah ungewöhnlich nachdenklich aus. Sie sagten es zwar nicht, aber ich wusste, Finn und Bero würden Ilias das letzte Wort in dieser Entscheidung überlassen. Er musterte uns aufmerksam. Er hatte seine Nase ein bisschen gerümpft, was wirklich niedlich aussah. Ich hielt es nicht mehr aus.

»Ilias, was sagst du?«

Es war komisch, dass er so lange schwieg. Hatten wir ihn so sehr gekränkt, dass er nichts mehr mit uns zu tun haben wollte? Auch Finn und Bero sahen sich erwartungsvoll an.

Statt zu antworten, stand Ilias auf und umarmte Elena. Dann kam er zu mir und klammerte sich an mich. »Ich habe euch beide wirklich gern. Aber dafür, dass ihr gelogen habt, habe ich was gut bei euch. Wenn wir auf dem Lichterfest sind, dann müsst ihr mir das größte Zimtbrötchen kaufen, das wir finden.« Da er seinen Kopf an meinen Bauch presste, kamen die Worte nur gedämpft und genuschelt hervor. Dennoch verstand man sie. Ich atmete erleichtert auf.

»Abgemacht.« Ich wuschelte in seinen Haaren herum. »Und einen großen leckeren Kakao kaufe ich dir gleich noch dazu.«

»Danke.« Er ließ mich los und wandte sich an die anderen. »Was steht ihr hier noch rum? Lasst uns losreiten! Je schneller wir da sind, desto schneller bekomme ich mein riesiges Zimtbrötchen.« Damit stiefelte er an uns vorbei und ließ uns wieder einmal staunend zurück. Dieses Kind war wirklich einmalig. Bei seinen »Eltern« war das aber nicht verwunderlich. Die Stimmung entspannte sich und wir widmeten uns der mittlerweile gut organisierten Abreise. Dennoch bemerkte ich die Sorge in Finns Augen, als er Ilias hinterhersah. Etwas belastete ihn. Als wir beim Satteln der Pferde außer Hörweite waren, sprach ich Finn darauf an.

»Machst du dir Sorgen um Ilias? Du siehst nicht gerade glücklich aus.«

Er fuhr sich mit der Hand durch die Haare.

»Ich weiß nicht. Seine Reaktion vorhin war seltsam, findest du nicht? Ich hätte schwören können, dass er Purzelbäume macht, weil er in ein Abenteuer geraten ist. Stattdessen war er so ruhig. Das sieht ihm nicht ähnlich.«

»Wirst du mit ihm darüber sprechen? Ich mache es auch, wenn du möchtest.«

»Danke, das ist nett. Aber ich bekomme das schon hin. Das ist so ein Männerding, weißt du. Wir reden nicht gerne über Gefühle. Schon gar nicht mit Frauen. Die verstehen immer alles falsch.«

»Ha, ha. Wie gut, dass wir Frauen gerne über Gefühle reden.« Ich griff nach seiner Hand und flüsterte. »Ich bin froh, dass ihr bleibt. Dass du bleibst.«

Wir sahen uns in die Augen. Er senkte seinen Kopf zu mir herunter und mein gesamter Körper spannte sich an.

»Mal sehen, ob du das immer noch sagst, wenn ich dir beim Kämpfen bald auf der Nase herumtanze«, feixte er.

Ich seufzte. Dann stellte ich mich auf die Zehenspitzen und gab ihm einen kleinen Kuss auf die Nase.

»Wovon träumst du eigentlich nachts?«

KAPITEL 31

FINN

Wenn man sah, wie wir in unseren eingespielten Ablauf verfielen, wäre man nicht auf die Idee gekommen, dass ein riesiges Geheimnis gelüftet worden war. Trotz der vielen Überlegungen im Vorhinein war ich etwas schockiert darüber. Sie hatten tatsächlich ein Geheimnis gehütet. Und was für eines. Eine ausgerissene Prinzessin und ihre zukünftige Leibwächterin. Das würde mir niemand glauben. Selbst wenn ich es jemandem erzählen wollte, was ich natürlich nicht vorhatte. Ich selbst glaubte es ja kaum. Und doch war es, wie Bero vorhergesagt hatte. Herkunft hin oder her, für unsere Freundschaft spielte das keine Rolle. Das hätte es auch nicht, wenn ihr großes Geheimnis gewesen wäre, dass sie in Wirklichkeit verzauberte Eichhörnchen waren.

Na ja, dann vielleicht doch.

Ich konnte mir nun Sachen erklären, die vorher unstimmig gewesen waren. Vor allem in Bezug auf Arya. Und doch wusste ich, dass da noch mehr war. Aryas Gabe war mir noch immer ein Rätsel. Doch was das Geheimnis darum auch war, es hatte Zeit.

Für meinen Kopf war das Ganze zu viel und er stellte das Nachdenken in diese Richtung nach nur wenigen Stunden vollkommen ein. Vielleicht war das aber auch einfach nur Akzeptanz.

Das nächste Ziel war die letzte Etappe nach Letilis zu schaffen. Es waren nur noch anderthalb Tagesreisen und trotz unseres Umweges würden wir es gerade noch rechtzeitig zum Lichterfest schaffen. Das Wetter spielte glücklicherweise mit. Es war, als hätte es den letzten Abend und sein Geheimnis gar nicht gegeben. Es war wir früher. Bis auf Ilias, der erstaunlich wenig redete.

Am Abend, als wir ein Gasthaus bezogen hatten, setzte ich mich zu Ilias ans Bett, während Bero für kleine Köche war. »Was ist denn los, Ilias? Du bist heute schon den ganzen Tag so still«, fragte ich. Ilias blätterte in dem Märchenbuch, das er aus der Akademie gestohlen hatte. Er antwortete mir nicht.

»Hat es was mit dem Geheimnis von Elena und Arya zu tun? Wenn du deswegen nicht …«

»Was passiert, wenn wir wieder zu Hause sind?«, schluchzte Ilias. Tränen standen in seinen Augen und es brach mir das Herz, ihn so zu sehen.

»Was meinst du?«

»Ich habe gedacht … Ich dachte, dass wir auch zu Hause öfter etwas mit ihnen machen könnten. Mit normalen Mädchen geht das, aber …«

»Aber weil die beiden im Schloss leben, denkst du, dass das nicht möglich ist.«

»Ja. Elena ist eine Prinzessin. Wie in meinem Märchenbuch.« Er strich mit seinen Fingern über die illustrierten Seiten. »Die Prinzessinnen darin erleben ein großes Abenteuer, doch dann gehen sie in ihr Schloss zurück und sind dort glücklich bis an ihr Lebensende. Was …«, sein Schluchzen wurde schlimmer, »… wenn das mit uns ihr großes Abenteuer ist und wir sie danach nie wiedersehen?« Tränen platschten auf die Seite und wellten das Papier, ehe es sich von selbst trocknete.

Ich zog ihn auf meinen Schoß und legte die Arme um ihn.

»Glaubst du wirklich, die beiden werden ohne dich auskommen, sobald wir zurück sind? Sie sind vernarrt in dich! Bero und mich, pff, uns brauchen sie nicht. Aber dich können und werden sie ganz sicher nicht vergessen.«

»Mich gibt es aber nicht ohne euch«, sagte er entschlossen.

»Tja, dann müssen sie das wohl oder übel in Kauf nehmen. Und wenn nicht, dann sind sie selbst daran schuld.«

»Du willst sie doch auch weiterhin sehen, oder, Finn?«

»Natürlich will ich das.« Das wollte ich mehr als alles andere. Doch egal was kommen würde, ich konnte nichts daran ändern. Im Königshaus galten Regeln, die über meinen Einfluss erhaben waren. Ich beschloss, den Moment zu genießen und ihn mir nicht mit den Gedanken an die Zukunft zu verderben. Ein kleines gebrochenes Herz war für einen Abend genug.

Unsere Unterhaltung am Abend munterte Ilias ein wenig auf. Am nächsten Tag war er wieder er selbst. Aryas fragendem Blick wich ich aus. Ich würde ihr ein anderes Mal von dem Gespräch erzählen. So wie ich sie kannte, würde sie ein schlechtes Gewissen gegenüber Ilias bekommen und ich wollte ihr den Tag nicht verderben. Wir hatten nur noch einen halben Tagesritt vor uns. Am späten Nachmittag würden wir die Stadt im Wasser erreichen, was uns noch genügend Zeit gab, eine Unterkunft zu finden, ehe das Lichterfest begann. Ich hatte schon einige Male daran teilgenommen und freute mich immer wieder darauf. Ich erinnerte mich noch an das erste Mal und wie fasziniert ich von allem gewesen war. Wie aufregend es dann erst für Arya und Elena sein musste. Ich war auf ihre Gesichter gespannt.

KAPITEL 32

FINN

Letilis lag in einer Talsenke, die auf einer Seite von einem steilen Hang begrenzt wurde, über den wir in die Stadt reiten würden. Serpentinenmäßig ging dort ein Weg bis zur Stadt hinunter. Es war ein anstrengender Ritt, aber der Ausblick war atemberaubend.

Das fanden auch die Mädchen, denn als wir den Hang erreichten und die in Sonne getauchte Stadt sahen, wurden ihre Augen groß. Die Sonnenstrahlen spiegelten sich in den unzähligen kleinen Flüssen und Seen, die sich durch die Stadt zogen. Diesen Anblick gab es im ganzen Königreich nur ein einziges Mal. Viele kleine Brücken führten über die Flüsse und die Bewohner bewegten sich hauptsächlich mit Booten voran. Künstlich angelegte Gräben verbanden auf der fast senkrechten Fläche wichtige Plätze miteinander. Im Gegensatz zu Belessan, wo es reiche und arme Viertel gab, sahen hier fast alle Häuser gleich aus. Sie waren relativ klein, höchstens zwei Stockwerke hoch und kunterbunt. Natürlich gab es auch große Gebäude wie die Markthalle, die Tempel und andere Verwaltungsgebäude. Und es gab die großen Häuser der sehr reichen Leute. Eines davon gehörte meinem Vater. Ich war erleichtert, ihn weit weg zu wissen und auch um das dunkle Haus würde ich einen weiten Bogen machen. Ich wollte mir den Abend von nichts und niemandem verderben lassen.

»Da wären wir. Letilis. Die Stadt im Wasser«, sagte ich stolz.

»Woher kommen eigentlich diese Zweitnamen wie *Stadt im Wasser?*«, erkundigte sich Arya.

»Diese Namen sind auf die Zeit zurückzuführen, in der auch die Gaben entstanden sind und die Feste für die Götter, die damals gnädig zu den Menschen waren. Um ihre Verbundenheit mit der Natur und ihrem Gleichgewicht auszudrücken, benannten die Menschen damals einige große Städte nach der Landschaft, die sie umgab. Die Stadt im Wasser und die Stadt im Wald sind zwei der ältesten Städte, die es in Maljonar gibt. Deswegen heißen sie so«, erklärte Bero.

»Wenn ich also eine Stadt gründe, dann muss ich sie ›Stadt vom charmanten und gutaussehenden Finn‹ nennen?«, hakte ich nach.

»Wenn du mal eine Stadt gründest«, meinte Bero, »dann kann mein Schweinebraten fliegen.«

»Ha, stellt euch das mal vor! Meine charmante Stadt, in der es fliegende Schweinebraten gibt. Das wäre fabelhaft!«

ARYA

Im roten Licht der Abendsonne wurden die freudigen Gesichter der Menschen in Letilis in warmes Licht getaucht. Unzählige Unterhaltungen wurden geführt und sie vermischten sich zu einem Gemurmel, das über der gesamten Stadt lag. Die Menschen lachten, liefen in kleinen Gruppen umher oder verweilten an einem der vielen Essensstände, die an den Uferpromenaden aufgebaut waren. Die Stadt war nicht nur für das Lichterfest bekannt, sondern auch für ihre Liebe zu gutem Essen.

Finn, Bero und Ilias waren in ihrem Element. Um ihn nicht aus den Augen zu verlieren, nahm Bero Ilias auf die Schultern und folgte mit erhobener Nase einer Geruchsspur. »Ilias, sobald du von da oben einen Stand mit Gebäck siehst, sag mir Bescheid! Es riecht hier verdächtig nach

Zimtbrötchen. Die Damen sollten schon mal ihre Geldbeutel zücken.«

Ilias übernahm seinen Posten auf dem Ausguck mit großer Freude. Es war schön, ihn wieder fröhlich zu sehen. Was auch immer er mit Finn besprochen hatte, war hilfreich gewesen. Ich hätte zu gerne gewusst, worüber die beiden geredet hatten. Aber ich wollte mich nicht in die Männersachen, wie Finn es nannte, einmischen.

Elena und ich sahen uns staunend um und sogen den bunten Trubel in uns auf, als wir hinter Bero herliefen. Ich wusste, dass es ihr genau wie mir ging. Wenn ich ihren Blick auffing, sah ich darin dieselbe Aufregung, die auch ich verspürte. Man konnte gar nicht anders, als diese fröhliche Stimmung in sich aufzunehmen. Die in der Luft liegende Begeisterung war geradezu ansteckend. Und es gab kein Gegenmittel.

Ich sah die unterschiedlichsten Menschen mit Kleidern, die von eher schlicht bis hin zu sehr ausgefallen reichten. Auch die Frisuren und Schmuckstücke variierten in ihrer Ausführung. Ich hörte Dialekte, die ich noch nicht kannte, und lauschte Musik, die ich noch nie gehört hatte. Ein Tag würde niemals ausreichen, um alle Eindrücke zu sammeln, die diese Stadt zu bieten hatte. Einmal verlor ich fast den Anschluss an unsere Gruppe, weil ich an einem Stand mit bunten Tüchern, Kleidern und Taschen stehen blieb. So wundervolle Farben. Schnell schloss ich zu den anderen auf. Mein Blick traf den von Finn. Er lächelte mich an und forderte mich mit einem leichten Nicken auf, ihnen zu folgen.

»Glaub mir, diese Zimtbrötchen willst du nicht verpassen.« Kaum ausgesprochen, hörte ich auch schon den aufgeregten Ruf von Ilias.

»Zimtbrötchen zu deiner Rechten, Bero! Klarmachen zum Entern!«

Elena stattete uns alle mit Zimtbrötchen aus, die einfach herrlich waren. Ilias bekam das Größte. Mitsamt unserer Verpflegung gingen wir zu einer kleinen Brücke, von der Finn behauptete, dass man von dort einen tollen Blick über den See hätte, in den der Fluss mündete, über den sich besagte Brücke spannte. Der See lag in der Mitte der Stadt und war das Zentrum des Lichterfestes. Dort würde die erste Kerze zu Wasser gelassen werden. Da sich der Sonnenuntergang näherte, hatten sich bereits viele Menschen rund um den See eingefunden. Die meisten von ihnen bevorzugten es zu sitzen und hatten es sich überall, wo Platz war, mit Kissen und Decken gemütlich gemacht. Die wenigsten Leute wollten stehen und das Geländer der Brücke bot genug Raum für uns. Finn hatte recht. Man hatte einen wunderschönen Blick auf den See. Gut für uns, dass nicht viele auf dieselbe Idee kamen und die meisten nahe am Wasser sein wollten.

Mein Magen kribbelte vor Aufregung und ich hatte Gänsehaut an den Armen. Ich konnte das Leben um mich herum spüren. Ich fühlte mich selbst so lebendig wie nie zuvor. Die Masse an Menschen machte mir keine Angst mehr. Ich genoss sie.

Elena lehnte sich neben mich an das Brückengeländer und sah sich fasziniert um. An den Ufern sah man keinen Boden mehr, nur Menschen.

»Verstehst du jetzt, wieso ich hierherkommen wollte? Alle geschriebenen und mündlichen Berichte werden der eigenen Erfahrung nicht gerecht. Ich wollte es mit eigenen Augen sehen. Ich kann kaum glauben, dass es in meinem Königreich so etwas Schönes gibt und ich es noch nie gesehen habe. Nur so verstehe ich die Menschen. Wenn ich erlebe, was sie erleben. Wenn ich ein Teil von ihnen bin.«

Ich verstand sie mittlerweile nur zu gut. Noch vor ein paar Wochen war es mein schlimmster Albtraum gewesen, in diese Stadt zu kommen und Teil von etwas Neuem zu sein. Doch jetzt war alles anders.

»Es ist unbeschreiblich. Und ich verstehe, was du meinst. Danke.«

Sie lächelte mich an, sagte aber nichts weiter. Sie verstand mich. Dachte sich all die Worte, die ich nicht formen konnte. Ich dankte ihr, weil ich dieses Ereignis miterleben durfte. Am meisten dankte ich ihr aber dafür, dass sie mich dazu gezwungen hatte, die Welt kennenzulernen.

Ich sah mich nach Finn um, der mit Bero und Ilias sprach.

Die Welt und ihre sonderbaren Leute.

ER

Seine Warnung zeigte Wirkung. Die neu einberufenen Männer dachten nicht mal daran, ihn zu verraten. Er schickte sie mit demselben Auftrag weg, wie zuvor die anderen. Sie sollten Trystans Männer von der Gruppe fernhalten. Diesmal allerdings mit dem Befehl, niemanden umzubringen. Sollten sich solche Vorfälle häufen, würde das zu viel Aufsehen erregen. Es war Glück, dass man den Überfall nicht auf ihn zurückführen konnte. Er wollte das nicht noch einmal riskieren.

Während die Männer sich um ihre Aufgabe kümmerten, ritt er mit seinem Diener in die Stadt. Regen und Unwetter hielten ihn nicht auf. Er preschte mit seinem Pferd voran und erreichte die Stadt im Wasser rechtzeitig.

Er bereitete dort alles vor. Ein paar Tage später war es so weit. Er vernahm die magischen Worte. Sie waren da. Und er war bereit. Er gab seinen Männern die letzten Anweisungen und zog sich in sein Arbeitszimmer zurück. Wartete. Goss sich einen alten, sehr guten Branntwein ein und nahm zwei große Schlucke. Der Alkohol brannte in seiner Kehle. Im Magen angekommen, erfüllte er seinen Körper mit Wärme. Er trank noch mehr Branntwein. Einen Schluck für jedes Leben, das er in den kommenden Tagen zerstören würde. Er hatte das Warten satt. Es war endlich Zeit zu handeln.

KAPITEL 33

FINN

Während Arya und Elena die Aussicht genossen, bat ich Bero und Ilias um einen Gefallen. Beros wissendes Lächeln ignorierte ich. Bevor ich ausreden konnte, wusste er, worum ich ihn bitten wollte. Er legte mir eine Hand auf die Schulter.

»Keine Sorge, Finn, wir werden auf Elena aufpassen. Wir werden ihr die vielen Delikatessen zeigen, die diese Stadt zu bieten hat. Dann könnt ihr beiden ein bisschen alleine sein.« Er zwinkert Ilias zu.

Ich wuschelte dem Kleinen durch die Haare und gab ihm einen weiteren Auftrag.

»Pass bitte darauf auf, dass Bero den armen Leuten mit seinem endlosen Appetit nicht die Haare vom Kopf frisst.«

Ilias strahlte und bevor Bero eine brüskierte Antwort geben konnte, wandte ich mich in Richtung der Uferpromenade ab.

Letilis faszinierte mich immer wieder aufs Neue. Auch an einem ganz normalen Tag tummelten sich hier viele Leute aus den unterschiedlichsten Ecken des Landes. Es wurde gehandelt, Wissen ausgetauscht oder es wurden alte Beziehungen wieder aufgefrischt. Ich fragte mich immer, woher die Leute kamen und wohin sie ihr Weg noch führen würde. Tag für Tag trafen hier viele Geschichten aufeinander, verwoben sich für kurze Zeit und trennten sich dann wieder, auf immer miteinander verbunden.

Mein Blick wanderte von Stand zu Stand, während ich an der Promenade entlanglief. Für einen Moment glaubte ich, ein mir bekanntes Gesicht in der Menge zu sehen. Bevor ich weiter darüber nachdenken konnte, war es auch schon wieder in der Masse verschwunden. Ich erreichte einen Teestand und bestellte zwei Becher mit heißem Wasser. Ich fragte den Händler auch nach zwei kleinen leeren Sieben ohne Tee.

»Ist dir unser Tee hier nicht gut genug?«, fragte er. Es war nicht böse gemeint, denn er lachte. An einem Tag wie heute waren die Menschen viel zu gut gelaunt, um sich verärgern zu lassen.

»Das ist es nicht, aber ich habe hier einen ganz besonderen Tee. Für eine ganz besondere Person«, erklärte ich ihm. Der Händler lächelte. Er war um die vierzig, groß und für einen Mann in sehr grelle Farben gekleidet.

»Na, wenn das so ist.« Er drapierte alles auf einem kleinen hölzernen Tablett und reichte es mir. Als er es vor mir abstellte, hielt er einen Moment inne. Er rief nach der Verkäuferin am benachbarten Blumenstand.

»Ana, seid doch so lieb und reich' mir mal eine von den Lichtblüten herüber. Dieser junge Mann hier«, er wies mit der Hand auf mich, »möchte das Herz einer Dame erobern.«

»Woher …«

»Na, na. Hör auf den alten Vilo. Das Herz einer Dame erobert man nicht im Sturm, sondern mit Kleinigkeiten. Eine Blume hier, ein kleines Gebäck da und du wirst sehen, mit jeder kleinen Aufmerksamkeit wird das Interesse ihrerseits größer.«

Die Frau, Ana, kam zu ihnen herüber. Man sah auf den ersten Blick, dass die beiden zusammengehörten. Sie trug ein Kleid in denselben Farben wie das Hemd ihres Mannes. Und der liebevolle Blick, den die beiden sich zuwarfen, erzählte den Rest. In den Händen trug sie eine Lichtblüte.

Es war die robuste und große Blüte einer Wasserpflanze, die auf der Oberfläche von Wasser schwimmen konnte.

Fruchtknoten und Staubblätter waren entfernt und an ihrer Stelle eine flache Kerze eingesetzt worden, die Ana mithilfe einer anderen anzündete. Die sonst weißen Blütenblätter waren mit farbigen Mustern verziert, die mich an Aryas Mal erinnerten.

»Mein Mann hat tatsächlich recht.« Sie gab Vilo einen Kuss auf die Wange und legte dann die Blüte mit auf das Tablett. Vilo legte Ana liebevoll einen Arm über die Schultern.

»Vor zwanzig Jahren fing auch bei uns alles mit einem Tee auf dem Lichterfest an. Allerdings haben wir ihn nicht getrunken. Vilo hat ihn mir aus Versehen über mein Kleid geschüttet!« Bei der Erinnerung mussten beide lachen und in ihrem Blick lag Zuneigung, die durch jahrelange gute Pflege entstand.

»Ich sag's ja, mein Junge. Es sind die Kleinigkeiten, die Frauen sich merken!« Ana stupste ihren Mann leicht in die Seite und lächelte. Ich holte meinen Geldbeutel heraus, aber Vilo winkte ab.

»Lass mal gut sein. Wir Männer müssen doch zusammenhalten. Es reicht, wenn du mir die Sachen nachher wiederbringst. Hab' einen schönen Abend! Und grüß' dein Mädchen von uns.«

»Danke, das ist überaus großzügig von Euch. Ganz ohne eine Gegenleistung möchte ich es aber nicht annehmen. Ich habe da etwas, das Euch vielleicht interessiert.« Ich holte ein Stoffsäckchen aus meiner Tasche, in das ich eine kleinere Portion des Tees gefüllt hatte, den ich mit Arya trinken wollte.

»Das ist der besondere Tee, von dem ich sprach. Ich hoffe, er schmeckt Euch genauso gut wie mir.«

Vilo nahm das Säcken an sich, öffnete das Band und roch am Inhalt. Er schloss die Augen und seufzte genüsslich.

»Ana, meine Liebe, wenn der Junge einen genauso guten Geschmack bei den Frauen hat wie beim Tee, dann dürfte sein Mädchen etwas ganz Besonderes sein.«

Als ich wieder an der Brücke ankam, sah Bero mich schon von Weitem kommen. Mit einem Nicken gab er mir zu verstehen, dass alles wie geplant laufen würde. Elena sprach gerade mit Arya, als ich bei der kleinen Gruppe ankam.

»Ich bin mir sicher. Bero und Ilias werden gut auf mich aufpassen. Denk an unsere Abmachung. So lange wir unterwegs sind, gelten andere Regeln.« Sie lächelte und umarmte ihre Freundin. Sie grinste mich an und ging dann mit den anderen beiden fort.

Arya sah unbehaglich drein, doch als sie sich zu mir umdrehte, hellte sich ihr Gesicht auf. »Was hast du denn da?« Neugierig betrachtet sie das Tablett.

»Du weißt es noch nicht, aber das hier ist der beste Tee der Welt. Und du wirst ihn gleich kosten. Übrigens soll ich dir liebe Grüße von Vilo und Ana vom Teestand ausrichten.«

»Dann sage ich mal danke zu beidem, dem Tee und den Grüßen.« Arya wirkte fröhlich, sah sich aber über ihre Schulter noch mal in die Richtung um, in die die anderen gegangen waren.

»Mach dir keine Sorgen. Sie ist in guten Händen«, beruhigte ich sie. Ich füllte den Tee in die Siebe und ließ ihn im Wasser ziehen, bis er seine charakteristische Farbe bekam, die an dunkles Karamell erinnerte. Arya sah mir schweigend dabei zu. Ich reichte ihr eine Tasse.»Danke.« Sie umschloss sie mit ihren Händen und roch dann am Tee. »Er riecht schon mal sehr gut.«

Ich war fürchterlich aufgeregt. Normalerweise konnte ich es nicht erwarten den Tee zu trinken, doch heute war es anders. Heute war mir nichts wichtiger, als dass er Arya schmeckte. Dass sie hier war. Hier mit ihr zu stehen und gemeinsam den Abend zu genießen fühlte sich richtig an. Sie nahm ihren ersten Schluck.

»Mmh. Finn, er schmeckt wundervoll.« Sie sah mich mit großen Augen an und ich war erleichtert. Ich blickte auf meine eigene Tasse und musste loslachen. Dass mir das nicht früher aufgefallen war.

»Was ist?«, fragte sie mich mit einem Lächeln auf den Lippen.

»Es ist nur … Weißt du wie dieser Tee genannt wird? *Tee der Liebenden*. Er ist für Paare gedacht, nicht für einen alleine. Ich habe es immer falsch gemacht. Ich habe ihn noch nie mit jemandem geteilt.«

Ihr Lächeln erstarb. »Finn, ich …«, setzte sie an. Erst da wurde mir bewusst, was ich gerade gesagt hatte.

»Oh! So war das nicht gemeint. Vielleicht ein bisschen … Ich meine …« *Großartig, Finn. Mach es nur noch schlimmer*, dachte ich. *Das schmeichelt ihr bestimmt*. Ich spürte ihre Hand auf meinem Arm und sah zu ihr auf.

Sie betrachtete mich verständnisvoll.

»Ich verstehe dich. Mir geht es auch so.« Sie schaute auf den See hinaus. Die Sonne war kurz davor unterzugehen und tauchte Aryas Gesicht mit ihren letzten roten Strahlen in ein warmes Licht. »Es ist nur so … Ich muss dir etwas sagen und ich weiß nicht, ob du danach immer noch so fühlst.« Sie suchte meinen Blick. Als ich ihr in die Augen sah, erkannte ich, dass es mir egal war. Was auch immer sie mir beichten wollte, es würde nichts an dem ändern, was ich für sie fühlte.

»Arya, ganz egal, was …«, doch weiter kam ich nicht. Ich wurde von einem kleinen Mädchen unterbrochen.

»Mama, schau! Die Lichter!« Es war so weit. Die Sonne versank und beleuchtete nur noch indirekt den Himmel. Die Leute am Ufer setzten die schwimmenden Blüten mit den Kerzen auf den See. Die lauten Gespräche gingen in ein leises Gemurmel über und alle Augen richteten sich auf das Wasser. Als die Dunkelheit der Nacht das Licht des Tages ablöste, befanden sich tausende Lichtpunkte darauf. Die kleinen Flammen tanzten im Wind, der die Blüten über den ganzen See verteilte. Die Leute lachten, Kinder liefen aufgeregt umher. Andere hielten sich einfach nur im Arm. Arya neben mir schaute fasziniert auf das Bild, das sich ihr bot. Ich nahm den ersten Schluck Tee und hätte vor lauter Glück platzen können. Arya seufzte zufrieden und ich sah zu ihr herüber.

»Es ist wunderschön«, sagte sie.

Ohne den Blick von ihrem Gesicht abzuwenden antwortete ich: »Das Schönste auf der Welt.«

KAPITEL 34

ARYA

Das Lichtermeer der schwimmenden Kerzen war atemberaubend. Ebenso die Atmosphäre, die sich über die Stadt legte. Alle Menschen richteten ihren Blick auf den See. Sie waren ausgelassen und fröhlich. Dies war mehr als nur ein Ritual, das den Göttern galt. Es war ein Tag, an dem das Leben gefeiert wurde. Überall konnte man es spüren.

Ich war mir der Nähe zu Finn mehr als deutlich bewusst. Es fühlte sich schön an, und doch konnte ich nicht in diesem Gefühl aufgehen. Es gab da dieses eine, nicht gerade kleine Geheimnis, das zwischen uns stand.

»Du magst meine Witze nicht«, sagte Finn in meine Gedanken hinein.

»Wie bitte?«

»Ist das dein dunkles Geheimnis? Dass du meine Witze nicht magst und nur aus Mitleid mit mir lachst?«

Mir stand der Mund offen vor Fassungslosigkeit. »Ich … was?!«

»Ich komme mit allem zurecht, aber wenn du mir jetzt beichtest, dass du mich gar nicht witzig findest …« Er legte sich die Hand auf die Brust und sah mich flehend an. »Das würde mir das Herz brechen!«

Er war unmöglich. »Natürlich ist es das nicht!«, sagte ich halb verzweifelt, halb lachend.

Sein Gesichtsausdruck wurde sanft. Er machte einen Schritt auf mich zu und legte seine rechte Hand auf meine Wange, sah mir tief in die Augen.

»Mit allem anderen werden mein Selbstbewusstsein und ich klarkommen.«

Er überbrückte die letzte Distanz zwischen uns und unsere Lippen trafen sich. Für einen Moment war ich wie erstarrt, dann setzten meine Sinne ein. Ich schmeckte den Tee auf seinen Lippen, roch die Reste von Sonne auf seiner Haut und fühlte, wie mein Herz raste. Ich umarmte ihn und erwiderte den Kuss. Erst zögerlich, dann intensiver. Noch nie hatte ich mich gleichzeitig so geborgen und aufgeregt gefühlt. Es fühlte sich richtig an. Und einfach wunderschön. Er legte seinen anderen Arm auf meinen Rücken und drückte mich an sich. Sanft, aber nah. Mein Körper kribbelte, wo wir uns berührten, und ich verlor mich in dieser Umarmung. Als unsere Lippen sich widerwillig voneinander lösten, spürte ich sein Lächeln an meinem Mund, während er mir mit dem Daumen sanft über meine Wange strich.

»Wer hätte gedacht, dass du mit diesem schönen Mund auch etwas anderes machen kannst, als mich zu ärgern«, neckte er mich leise.

»Gib doch zu, dass dir das auch gefallen hat.«

»Ausnahmsweise hast du recht. Aber das hier gefällt mir noch besser.« Er gab mir noch einen Kuss, dann wandte er sich von mir ab und räusperte sich.

»Jetzt ist es aber gut, Zwerg. Schließlich sind wir wegen der Lichter hier. Nicht damit du über mich herfallen kannst.«

Ich zog eine Augenbraue hoch und sagte nichts weiter, bis er einlenkte.

»Na gut. Vielleicht, aber nur vielleicht, war es auch andersherum. Komm schon her.« Er legte mir seinen Arm um die Schultern und zog mich an sich. Ich lehnte meinen Kopf an seine Brust, schloss die Augen und legte meine Arme um seinen Oberkörper. So fühlte sich Geborgenheit an. Ich schob die Ungewissheit über die Zukunft ganz weit weg. Früher oder später musste ich darüber nachdenken, aber nicht heute und nicht jetzt. Dafür war dieser Tag zu schön.

Wir schwiegen eine Weile und selbst das fühlte sich gut an. Wie so oft kamen mir Worte meines Onkels in den Sinn. Er war der Meinung gewesen, dass man einen Menschen für sich finden musste, mit dem man schweigen konnte, ohne dass es komisch wurde. Ich verstand jetzt, was er damit gemeint hatte.

Das fröhliche Gemurmel zu unserer rechten Seite veränderte sich. Einige Leute gaben erschrockene und empörte Ausrufe von sich. Sie traten einen Schritt zu Seite oder wurden zur Seite gestoßen. Ehe ich sehen konnte, was vor sich ging, hörte ich ihn. Ilias.

»Lasst mich durch!« Auch Finn bemerkte die Unruhe und löste sich aus unserer Umarmung. Im nächsten Moment durchbrach Ilias die Wand aus Leuten und kam zu uns auf die Brücke gerannt. Sein Aussehen schockierte mich. Er hatte eine Platzwunde an der Schläfe, und Blut verklebte seine blonden Haare. Sein Hemd war an einigen Stellen gerissen. Wir rannten Seite an Seite auf ihn zu. Finn kniete sich vor ihn und tastete ihn ab, wie um sich zu versichern, dass Ilias auch wirklich da war.

»Bei den Göttern, Ilias! Was ist passiert? Geht es dir gut?«, fragte Finn mit zitternder Stimme.

Ich konnte nichts anderes tun, als stocksteif dazustehen. Ich wurde wütend. Wer tat so etwas? Erst dann wurde mir bewusst, was es außerdem bedeutete.

Elena. Ihr musste etwas zugestoßen sein. Mein Herz raste und in meinem Kopf schrie eine Stimme: *Deine Schuld. Deine Schuld!*

Ilias fing atemlos an zu erzählen.

»Wir waren gerade auf dem Weg zu euch, als sich uns ein paar Männer in dunklen Uniformen in den Weg stellten. Sie sagten, Elena solle mit ihnen kommen. Und Bero auch. Der hat sie gefragt, wer sie sind und was sie wollen. Da hat der eine ihm einen Schlag mit dem Schwertknauf verpasst und Bero ist umgefallen. Wie ein Stein. Es ging so schnell, er konnte nicht reagieren!« Tränen rannten über Ilias' Gesicht und er schniefte bitterlich.

»Ich habe dem Mann gegen das Schienbein getreten. Er hat mich geschubst und ich bin mit dem Kopf auf die Straße geknallt. Aber ich bin nicht ohnmächtig geworden!« Stolz sprach aus seiner Stimme und es brach mir fast das Herz. Finn strich Ilias über den Rücken und nickte anerkennend.

»Elena ist wütend geworden und hat die Männer angeschrien. Dann hat sie gesagt, dass sie mitkommt, wenn sie mich in Ruhe lassen. Und das haben sie gemacht. Sie haben mich fortgescheucht und sie und Bero mitgenommen.«

»Und keiner der Umstehenden hat etwas unternommen?«, fragte Finn wütend.

»Nein. Die haben alle nur blöd geguckt. Und der Mann hat ihnen erzählt, dass wir Verbrecher seien und sie uns mitnehmen müssten.«

Elena war in der Gewalt von Fremden. Mir lief es kalt den Rücken herunter. *Du hast versagt. Versagt!* Wieder diese Stimme. Ich hatte einen einzigen Schwur in meinem Leben geleistet. Das Leben von Elena mit meinem zu beschützen. Und ich war kläglich gescheitert. Ich hatte sie aus den Augen gelassen und musste nun den Preis dafür zahlen.

»Weißt du, wo sie hingebracht wurden?«, fragte Finn.

Ilias nickte.

»Ich habe mich hinter einer Straßenecke versteckt und bin ihnen dann wieder hinterher. Sie haben nicht gemerkt, dass ich ihnen gefolgt bin. Ich war ganz leise.«

»Das hast du sehr gut gemacht, auch wenn das wirklich gefährlich war! Und wo sind sie hingegangen?«

»Zum Haus von Areth.«

Finn wich alle Farbe aus dem Gesicht.

»Wer ist Areth?«, fragte ich aufgeregt.

Finn schluckte und sah mich verwirrt an.

»Mein Vater«, antwortete er ungläubig.

»Was bitte hat dein Vater damit zu tun?« Ich verstand gar nichts mehr. Meine Welt stand Kopf.

»Ich weiß es nicht. Aber ich traue ihm alles zu. Bist du dir wirklich ganz sicher, dass es das Haus meines Vaters war, Ilias?«

Dieser nickte voller Überzeugung. »Ich war erst einmal da, aber ich bin mir ganz sicher.«

Finn schüttelte immer noch ungläubig den Kopf. »Dann wird uns nichts anderes übrig bleiben, als ihnen dorthin zu folgen. Ilias, du gehst dort die Straße hinunter und dann nach rechts. Dort gibt es einen Teestand, wo du warten kannst. Frag nach …«

»Aber …« Ilias wollte ihm widersprechen. Er wollte helfen. Untätiges Herumsitzen würde ihm nicht guttun. Aber mitnehmen konnten wir ihn nicht, es war zu gefährlich.

»Warte. Ich habe eine Idee. Ilias kann uns helfen«, wandte ich ein. Finn war nicht glücklich damit, aber er erkannte, dass wir jede Hilfe gebrauchen konnten. Ich holte meinen Siegelring der königlichen Leibwache aus meiner Tasche und gab ihn an Ilias weiter. Jeder in der Wache trug so einen Ring, um sich identifizieren zu können. Zum Glück hatte die umsichtige Elena diesen auch eingepackt.

»Lauf damit zur Stadtwache. Sag ihnen, dass ich dich schicke und dass wir Verstärkung brauchen. Erzähl ihm die ganze Wahrheit über Elena, wenn es nötig ist!« Ich zog meinen zweiten, kleineren Dolch aus dem Stiefel und übergab ihn an Ilias. Dank meiner neuen Kleidung konnte ich zwei Futterale am Körper tragen und damit auch zwei Dolche.

»Nimm ihn zur Sicherheit mit. Und pass auf dich auf!« Ich gab ihm einen Kuss auf den Kopf.

Er sprintete los. Ich konnte nur hoffen, dass sie ihm glaubten und ihn nicht als Dieb darstellten. Doch eine andere Möglichkeit gab es nicht.

»Moment!«, rief ich ihm hinterher, doch er war schon außer Hörweite. »Kennt er denn den Weg?«

»Ilias findet immer einen Weg, mach dir keine Sorgen.«

»Mir ist unwohl dabei, ihn alleine gehen zu lassen. Das war eine dumme Idee«, sagte ich verärgert.

»Besser er hält sich in der Menge und bei der Stadtwache auf, als bei den Leuten meines Vaters. Er schafft das. Glaub mir.«

Finn berührte mich am Arm. »Egal, was hier vor sich geht, ich verspreche dir, dass wir das zusammen hinbekommen. Alles wird gut.«

Ich wollte ihm so gerne glauben. Statt einer Antwort nickte ich nur kurz.

Wir liefen in die andere Richtung los. Finn voran, ich hinterher. Durch die vielen Menschen war das Vorwärtskommen schwierig und wir ernteten viele fragende und vorwurfsvolle Blicke. Das Einzige, was mich interessierte und antrieb, war der Gedanke an Elena.

Zu spät. Zu spät, dachte ich. Nein, ich konnte nicht zu spät sein. Ich würde sie finden. *Musste* sie finden. Das *Warum* und das *Wer* waren mir in diesem Moment egal. Das Wichtigste war, dass ich es wiedergutmachen konnte. Danach war Zeit für Fragen.

Ich rannte Finn die vielen kleinen Straßen hinterher. Wir ließen die Menschen hinter uns und drangen immer tiefer in die Stadt hinein. Dorthin, wo sich an diesem Abend kaum jemand aufhielt. Es dauerte nicht lange, da hatten wir die Straßenecke erreicht, hinter der das Haus seines Vaters lag. Wir versteckten uns in einer dunklen Ecke und sahen uns um. Es brannte Licht, aber keine Geräusche waren zu vernehmen. Keine Uniformierten weit und breit. Das Haus war groß, eher eine Art Villa. Es bestand aus dunklen Backsteinen und hatte zwei Etagen. Finn sagte mir, dass es außerdem über einen großen Keller verfügte. Mein Plan war gewesen, einfach hineinzugehen, doch er winkte ab. Wir würden uns erst einen Überblick über die Lage verschaffen und in Ruhe entscheiden. Wir hockten in der Gasse und beobachteten das Haus.

Ich nutzte die Gelegenheit, um Finn leise zu fragen, was mir auf der Seele lag.

»Finn, was um alles in der Welt hat dein Vater mit Elena zu tun?«

Während er überlegte, dachte ich darüber nach, was ich von Finns Vater wusste. Es war so gut wie nichts. Die beiden verstanden sich nicht und Finn vermied es, über ihn zu sprechen. Dass er ihn so schnell verdächtigte, mit Elenas Entführung in Zusammenhang zu stehen, verdeutlichte seine Meinung ihm gegenüber.

»Wenn ich das wüsste. Es gibt keinerlei Verbindung zwischen ihnen. Aber ich traue ihm alles zu.«

»Ist das ein Missverständnis, ein Zufall? Oder meinst du, dein Vater weiß, wer Elena ist und hat sie deswegen entführt? Was hat er mit ihr vor?«

»So berechnend wie mein Vater ist, kann es kein Missverständnis und auch kein Zufall sein. So etwas ist nicht sein Stil. Er weiß genau, was er tut. Ich habe nur leider keine Ahnung, warum.«

Ein dunkel gekleideter Mann lief am Haus vorbei. Er war mit einem Schwert bewaffnet und sah sich sorgfältig um. Finns Vater hatte eine Wache abkommandiert. Und wo eine war, waren noch mehr. Wir mussten auf der Hut sein und in Erfahrung bringen, was uns erwartete. Eine Gruppe von Leuten lief am anderen Ende unserer Gasse vorbei und schreckte uns auf. Finn und ich drückten uns noch tiefer in die Schatten.

»Arya, ich hoffe du weißt, dass ich nichts damit zu tun habe. Was auch immer es ist. Ich will Elena und dir nichts Böses. Das musst du mir glauben!«

Ich nahm seine Hand und drückte sie. »Das weiß ich. Ich werde dich nicht für etwas verantwortlich machen, für das du überhaupt nichts kannst. Aber wenn dein Vater wirklich dahintersteckt, kann ich für ihn nicht dasselbe behaupten.« Finn verschränkte seine Finger mit meinen.

»Wenn er seine Hand mit im Spiel hat, dann hat er nichts anderes verdient. Allein für das, was seine Männer Ilias angetan haben, könnte ich ihn umbringen«, knurrte er leise.

Ich drückte beruhigend seine Hand.

»Wenn Elena in Sicherheit ist, dann können wir ihm all die Fragen stellen, die uns auf der Zunge brennen. Aber erst mal müssen wir unbemerkt in das Haus reinkommen. Wir können uns nicht ewig hier verstecken.«

»Auf der anderen Seite ist ein Zugang zum Keller. Vielleicht können wir durch ihn in das Haus gelangen. Es ist ein Schacht, der normalerweise für Kohlesäcke verwendet wird, aber wir könnten durchpassen.«

»Einen Versuch ist es wert. Wie kommen wir hin?«

Er hob meine Hand an seinen Mund und gab mir einen Kuss auf die Finger. »Bleib dicht bei mir.«

»Immer.«

Finn ließ meine Hand los und trat geduckt aus den Schatten. Ich folgte jeder seiner Bewegungen. Wir liefen die Gasse zurück. An ihrem Ende bogen wir rechts ab und liefen zwei Straßen weiter, ehe wir in eine andere Gasse einbogen. Wir versteckten uns in den Hauseingängen und arbeiteten uns langsam vor. Finn sah um die Ecke, als wir auf der anderen Seite ankamen.

»Ich kann keine Wachen sehen. Wir sollten zur Sicherheit noch einen Moment warten«, flüsterte er.

»Wie weit ist es bis zu dem Schacht? Kannst du sehen, ob er offen ist?«

»Es sind ungefähr …«

Ein Geräusch hinter uns ließ uns herumfahren. Wir waren so sehr auf das Haus fixiert gewesen, dass wir nicht bemerkten, wie sich jemand von hinten angeschlichen hatte. Drei Männer versperrten uns den Weg zurück und zogen ihre Schwerter.

»Es ist nicht nett, sich an das Haus des eigenen Vaters anzuschleichen«, sagte der rechte von ihnen. Finn zog seinen Dolch und ich griff nach meinem, den ich am Gürtel befestigt hatte. Unsere Schwerter lagen im Gasthaus, da es verboten war, sie auf dem Fest zu tragen. Es war dumm von uns gewesen, nicht dorthin zurückzugehen und sie zu holen. Doch dafür war die Zeit zu kostbar gewesen.

Ich sah mich zum Haus um. Es machte keinen Sinn, zum Schacht zu rennen. Wir waren entdeckt worden und wenn die Luke verschlossen war, wären wir leichte Beute für die Männer gewesen. Doch für einen Kampf standen die Karten schlecht. Drei Männer mit Schwertern gegen uns beide, nur mit Dolchen bewaffnet, war ein ungünstiges Verhältnis.

»Am besten ist, ihr ergebt euch gleich. Das erspart uns allen eine Menge Ärger«, sagte ein anderer der Männer, während sie auf uns zukamen.

»Was habt ihr mit uns vor, Koran?«, wollte Finn von ihm wissen. Er kannte also mindestens einen von ihnen.

»Wir sollen dich zu deinem Vater bringen. Nichts weiter.«

Finn sah mich an und nickte. Wir wollten ins Haus, wenn auch nicht unter diesen Bedingungen. Doch waren wir erst mal drin, konnten wir weitersehen.

Wenn uns niemand vorher umbrachte.

Wir ließen unsere Dolche zu Boden fallen und erhoben die Hände. Koran, der größte der drei, packte Finns Hände und bog sie ihm auf den Rücken.

Einer der anderen beiden, ein Mann mit riesigen Pranken, packte mich unterm Kinn und besah sich mein Gesicht im Mondschein.

»Du würdest prächtig auf meiner Matratze aussehen, Kleine.«

Finn bäumte sich in Korans Griff auf. »Nimm deine dreckigen Hände von ihr, du Mistkerl!«

Der dritte im Bunde verpasste Finn einen Schlag gegen den Kopf und Finn erschlaffte. Aus Wut darüber versuchte ich besagtem Mistkerl die Finger in die Augen zu rammen. Doch so weit kam ich nicht. Sobald ich mich regte, hob er sein Schwert und verpasste mir mit dem Schwertknauf ebenfalls einen Schlag und ich teilte Finns Schicksal.

KAPITEL 35

FINN

Das Erste, was ich fühlte, waren meine Augenlider. Es kostete mich alle Kraft, meine Augen zu öffnen. Mein ganzer Körper brannte und ich konnte mich nicht bewegen. Ich blinzelte ein paar Mal und erkannte schemenhaft meine Umgebung. Dann erkannte ich den Raum, in dem ich auf dem Bett lag. Es war mein ehemaliges Zimmer im Haus meines Vaters.

Bruchstückhaft kamen meine Erinnerungen zurück. Das Lichterfest, der Kuss mit Arya, Ilias mit blutverklebtem Haar, die dunkle Gasse und dann die Schwärze, die nach dem Schlag über mich hereingebrochen war. Arya. Wo war Arya? Sie war nicht in meinem Zimmer. Auch keiner der anderen. Ich musste sie finden.

Unter größter Mühe brachte ich mich in eine aufrechte Position. Mein Kopf drohte zu platzen. Dennoch schwang ich die Beine aus dem Bett und stand langsam auf. Das Zimmer schwankte um mich herum, aber ich schaffte es bis zur Tür und zog diese mit letzter Kraft auf. Auf der anderen Seite stand einer der Handlanger meines Vaters, der in eine dunkle Uniform gekleidet war und einen düsteren Ausdruck im Gesicht trug. Es war der Kerl, der mir den Schlag verpasst hatte. Ehe ich etwas sagen konnte, packte er mich am Kragen und zerrte mich hinter sich her. Es hätte keinen Sinn gemacht, Fragen zu stellen. Ich war noch viel zu schwach.

Auf unserem Weg durch das Haus schaute ich mich um und versuchte eine Spur von Arya oder den anderen zu finden. Doch ich sah nichts, was ich nicht schon kannte.

Der lange Flur der zweiten Etage war fensterlos. Viele Türen führten in andere Räume. Schwarze Holzplatten waren auf dem Boden verlegt. Am Ende des Ganges kamen wir zu einer großen geschwungenen Treppe, die uns in die untere Etage des Hauses führte. Dort lagen der Saal, den mein Vater eigentlich nie benutzte, sowie das Arbeitszimmer und diverse andere Räume.

Horek, ich erinnerte mich wieder an den Namen des Handlangers, schleifte mich vor die Tür des Arbeitszimmers und ließ mich los. Ich konnte mich gerade noch am Türrahmen festhalten, um nicht umzufallen. Horek klopfte an, öffnete die Tür dann ohne zu warten, und schob mich in das Zimmer. Es war so dunkel wie der Rest des Hauses. Dunkler Boden, dunkle Möbel und verhangene Fenster. Draußen war es immer noch dunkel, daher konnte nicht allzu viel Zeit vergangen sein, seit …

»Ah, Finn. Wie ich sehe, hast du dich erholt. Schön.« In der Stimme meines Vaters lag so viel Gefühl wie in einem Eisklotz. Die Beine übereinander geschlagen und die Hände vor dem Oberkörper zusammengefaltet, saß er in einem Sessel vor dem Kamin. Er griff nach einem Tonbecher, der auf einem Tisch stand, und trank einen Schluck daraus. Er sah mich nicht ein einziges Mal an. Ich wankte zum Schreibtisch hinüber und hielt mich an der Kante fest, meinen Vater fest im Blick. Mein Kopf war wie vernebelt und das Denken fiel mir schwer. Ich fühlte mich schwach und obwohl ich meinen Vater am liebsten angeschrien hätte, kamen die Worte nur leise und langsam aus meinem Mund.

»Was hast du mit meinen Freunden gemacht?«

»Na, na, mein Sohn. Wo sind denn deine Manieren? Willst du deinen Vater nicht erst mal richtig begrüßen?« Sein Lächeln war süffisant. Es war eine höhnische und rhetorische Frage. Ich erkannte meinen Vater kaum wieder.

In den letzten Wochen war sein Haar noch grauer, seine Statur noch dünner geworden. Er war noch nie ein herzlicher Mensch gewesen, aber so wie er mich jetzt ansah, machte er mir Angst. Ich konnte ihn nicht einschätzen. Er war unberechenbar. Ich fand nicht schnell genug eine Antwort und mein Vater sprach einfach weiter.

»Meine Männer waren wohl etwas zu streng mit euch, wenn du es nicht mal mehr schaffst, zusammenhängende Sätze zu bilden.« Er warf Horek einen finsteren Blick zu. »Dennoch scheint es mir eine gerechte Strafe zu sein. Sich an sein eigenes Haus anzuschleichen, gehört sich wirklich nicht.« Er zischte ein verächtliches *tststs* und trank lächelnd einen weiteren Schluck.

Mein Kopf pochte und es rauschte in meinen Ohren. »Was soll das? Wo ist Arya?«

»Sie und ihre kleine ›Freundin‹ sind genau da, wo ich sie haben wollte. Wo du sie mir netterweise hingebracht hast.« Er machte eine dramatische Pause.

»Sie sind in meiner Gewalt.« Ein grausames Lachen brach aus ihm hervor, das mich bis in die Knochen erschütterte. Meinem Kopf reichte es endgültig und ich fiel vornüber. Ich war bereits ohnmächtig, als ich auf dem Boden aufkam.

KAPITEL 36

ARYA

Zerren, Reißen, Stemmen – es half alles nichts. Die Fesseln um meine Handgelenke lösten sich nicht. Sie hielten mich aufrecht stehend an eine Steinwand gefesselt. Mein Rücken war nass von Schweiß und der Feuchte des Gemäuers. Wieder und wieder rief ich nach Elena und Finn, aber niemand antwortete mir. Niemand tauchte hinter den Gitterstäben auf, die die provisorische Kerkerzelle an der Vorderseite begrenzte. Rechts und links von mir waren gemauerte dunkle Wände.

Ich war gefesselt aufgewacht. Niemand war dagewesen und nach einem ersten panischen Anfall hatte ich mich wieder beruhigt. Nun war ich wütend. Ich wusste nicht, was los war, oder ob es den anderen gut ging. In meinem ganzen Leben hatte ich mich noch nie so hilflos gefühlt. Selbst an unserem ersten Tag in Freiheit nicht und auch nicht dann, als Finn und ich unfreiwillig vom magischen Wald verschluckt worden waren. Es gab kein uns mehr. Es gab nur mich. Und das machte mir Angst. Ich sollte mich wie eine Leibwächterin benehmen, stattdessen hing ich nutzlos an eine Wand gefesselt und überließ meine Freundin ihrem Schicksal. Ich schämte mich, wusste aber auch, dass ich gefesselt nichts ausrichten konnte. Ich stieß einen frustrierten Schrei aus und stemmte mich gegen die Ketten, die in meine Haut schnitten und rote Striemen hinterließen.

»Das ist aber kein gebührendes Verhalten für eine junge Frau.«

Ich riss meinen Kopf nach oben. Vor lauter Frust hatte ich nicht mitbekommen, dass jemand an mein Verließ herangetreten war. Es war ein Mann um die fünfzig, mit dunklem, grau melierten Haar und dunklen Augen. Das konnte ich in der spärlichen Fackelbeleuchtung erkennen.

»Wer seid Ihr? Was wollt Ihr? Wo ist Elena?« Ich brüllte ihm meine Fragen entgegen.

»Du hast offenbar zu viel Zeit mit meinem Sohn verbracht und dir seine nicht vorhandenen Manieren abgeschaut. Auch er hält nichts von einer angebrachten Begrüßung.«

Ich hörte auf, mich gegen die Ketten zu stemmen. Das war er. Areth. Finns Vater und der Mann, der Elena entführt hatte.

»Deinem Gesichtsausdruck zufolge weißt du, wer ich bin. Das ist gut. Damit befinden wir uns auf gleicher Ebene. Ich weiß auch, wer du bist, Arya. Tochter von Helen, Nichte von Relior«, sagte er.

Es verschlug mir die Sprache. Er kannte meine Mutter und meinen Onkel?

»Woher wisst Ihr das?«

»Ich kenne sie von früher. Vor meiner Zeit als Areth.«

»Was soll das bedeuten?«

»Dass ich mal ein anderer war.«

»Eure Lebensgeschichte ist mir egal. Wo sind Elena und die anderen? Und was, verdammt noch mal, wollt Ihr von uns?«

»Auch die Ungeduld scheinst du dir bei meinem Sohn abgeschaut zu haben. Meine Lebensgeschichte sollte dich interessieren, wenn du wissen willst, was das alles zu bedeuten hat. Ich erzähle es dir gerne. Du scheinst nichts Besseres zu tun zu haben, als hier rumzuhängen.« Er lachte tatsächlich über seinen eigenen, bescheuerten Wortwitz. Ich kochte vor Wut.

Dass er diese Situation lustig fand, machte es noch schlimmer.

Er wollte mir Geschichten erzählen, während Elena wer weiß was zustieß. Es machte mich wahnsinnig. Doch vielleicht war es besser, er war hier bei mir, als bei ihr. Solange er redete, konnte er Elena nichts antun. Außerdem war es ohnehin aussichtslos. Ich konnte nicht fliehen. Meine Hoffnung verließ mich, als ich den kalten Mann vor mir betrachtete. Niemals würde er mich gehen lassen, wenn es ihm nicht in seine Pläne passte. Ich sackte in mich zusammen und Areth bemerkte es.

»Du musst es mir nachsehen. Ich habe diese Geschichte nicht vielen Menschen erzählt. Dabei macht es so Spaß, in die fassungslosen Gesichter zu sehen, wenn ich es tue. Mach es dir gemütlich. Es könnte etwas länger dauern.« Er zog sich einen Hocker heran und stellte diesen in die Mitte vor die Gitterstäbe. Er sah mich die ganze Zeit an und grinste ein boshaftes Lächeln. Wie hatte Finn es auch nur einen Tag mit diesem Mann ausgehalten? Hatte sein Vater sich die ganze Zeit verstellt und auch ihn hintergangen? Was war er bloß für ein Mensch? Ich senkte meinen Blick zu Boden und ergab mich meinem Schicksal.

»Wie gesagt gab es eine Zeit, bevor ich Areth war, Händler und Vater von Finn. Davor war mein Name Magnus«, begann er seine Geschichte.

Ich hob den Kopf und starrte ihn an. Magnus? Der Magnus? Das konnte nicht sein. Aber wenn doch … Dann war es die fehlende Verbindung zwischen ihm und Elena. Wenn das stimmte, war er ihr Onkel.

»Aber Magnus ist …«

»Tot? Offensichtlich nicht.«

»Aber wieso …«

»Psst! Ich will es dir ja gerade erzählen. Geduld, Mädchen. Aber es ist, wie ich gesagt habe. Dein Gesichtsausdruck ist unbezahlbar. Schade, dass Finn das nicht sehen kann.« Er rieb sich die Hände und genoss die Überlegenheit und die Macht, die er über mich hatte.

Ich konnte nicht glauben, dass ich Magnus vor mir hatte. Den älteren Bruder von Trystan, der für die Liebe auf den Thron verzichtet hatte? Der sich dafür hatte verstoßen lassen? Selbst wenn der Teil mit dem Unfall und seinem Tod nicht stimmte, konnte ich mir diesen Mann nicht verliebt vorstellen. Gegen meinen Willen wurde ich neugierig.

»Auch wenn meinen Bruder und mich nur zwei Jahre trennen, so war ich doch der rechtmäßige Thronfolger nach unserem Vater. Aber ich habe auf den Thron verzichtet, wurde deswegen verstoßen und verwirkte jegliches Recht, das ich jemals auf den Thron hatte. Es geschah aus Liebe, sagen die meisten. Das stimmt aber nur teilweise. Ich war ein Feigling. Ich fürchtete mich vor der Macht«, sagte er und klang, als konnte er es selbst nicht glauben.

»Wie dumm ich damals war. Dabei ist Macht das Einzige, was zählt. Nur weil ich sie damals abgelehnt habe, musste ich heute deine Elena entführen. Weil sie mir dabei helfen kann, meinen Thron zurückzubekommen.«

»Warum? Ich meine, warum wollt Ihr die Macht jetzt doch? Was hat sich geändert?«

»Weil ich diese Macht brauche, Arya. Ohne sie kann ich nicht leben. Nicht mehr.«

»Wieso nicht?« Dass der Mann wahnsinnig war, lag auf der Hand. Aber selbst ein Wahnsinniger hatte Gründe für sein Verhalten.

»Ah, eine gute Frage. Hier kommt die Liebe ins Spiel. Ich war so dumm mich zu verlieben. Dann wurde mir mein Herz gebrochen. Es war wie ein innerliches Sterben.«

Er hatte also doch geliebt. Ich konnte es mir einfach nicht vorstellen. Ein gebrochenes Herz würde aber diesen unbändigen Hass erklären, den er verströmte.

»Kennst du den Spruch, dass Verliebte nur von Luft und Liebe leben? Das tat ich. Aber als mir die Liebe genommen wurde, nahm etwas anderes ihren Platz ein. Macht. Ich konnte mich nur noch glücklich fühlen, wenn ich Macht hatte. Mit meiner Gabe konnte ich mir diese …«

»Halt! Gabe? Ihr habt eine Gabe?«

Sein verzerrtes Lächeln ließ mir das Blut in den Adern gefrieren.

»Etwas, das wir gemeinsam haben. Ist das nicht schön? Was glaubst du, wieso du hier unten bist? Du bist zu gefährlich. Genau wie ich.« Er stand auf und drehte sich mit dem Rücken zu mir. Er hob sein Hemd und gab den Blick auf seinen Rücken frei. Ich erschrak vor dem Bild, das sich mir bot. Blutrote Striemen bildeten ein dichtes Muster auf seinem Rücken, aufgewölbt wie Narbengewebe. Das Muster war kaum erkennbar, aber es bestand aus harten Linien und unschönen Formen. Auf dem linken Schulterblatt, ungefähr auf Höhe des Herzens, war es am dichtesten. Es sah aus, als hätte an dieser Stelle jemand ein Loch in seinen Oberkörper gebrannt, das dann langsam zugewachsen war.

»Was ist es?«, fragte ich tonlos.

»Macht über Menschen. Ich kann Menschen dazu bringen, Dinge zu tun, die sie nicht tun wollen. Das reicht von einer kleinen Verbeugung, bis hin zum Führen eines Schwertes. Einfach nur, weil ich es denke.« Er tippte sich an den Kopf. »Ich brauche sie nur ansehen und die Menschen sind wie Wachs in meiner Hand, das ich nach Belieben formen kann.« Er saß wieder bekleidet auf seinem Hocker und sah mich an. Ich wusste nicht, was ich sagen sollte. Eine solche Gabe war schrecklich in der Hand eines Mannes wie ihm. Das erste Mal in meinem Leben war ich für meine Gabe dankbar, weil sie mich vor dem Einfluss dieses Mannes beschützte. Er hatte wie ich eine Gabe, die sich auf die Gedanken der Menschen bezog und damit war sie bei anderen Gezeichneten wirkungslos.

»Wo waren wir? Ach ja. Macht. Du musst wissen, dass man mit kleinen Tricks viel mehr Macht erhalten kann. Du musst einen Menschen nur dazu bringen, sich selbst ein Messer an die Kehle zu setzten und schon macht er alles, was du von ihm verlangst. Das zeugt von viel mehr Macht, als wenn ich ihn direkt kontrolliere und das machen lasse, was ich will. Frag mich nicht wieso, aber es ist herrlich! Vermutlich hat es mit meiner Gabe zu tun. Es ist so ein wunderbares Gefühl. Es hat mich all die Jahre stark gemacht und mich angetrieben.«

Ich fand meine Stimme wieder, auch wenn sie wegen meines Geschreis nur noch wie ein Krächzen klang.

»Hört sich an, als würde da noch ein *aber* kommen.«

»So schön und auch so schlau. Tja, das *Aber* in meiner Geschichte ist, dass es irgendwann nicht mehr ausreicht. Diese Übergriffe auf einzelne Menschen. Ich merkte, dass ich immer mehr Macht brauchte, um meine Gabe zu benutzen. Und nur wenn ich sie nutzen konnte, war ich glücklich. Ich habe versucht, ohne diese Macht zu leben, aber es ging nicht. Ich wurde schwach. Mittlerweile ist es so schlimm, dass ich nicht mehr als zwei Menschen gleichzeitig kontrollieren kann. Die reinste Verschwendung, findest du nicht? Und ständig diese Schmerzen und Schwächeanfälle. Es ist armselig. Dabei ist es eigentlich egal, von wem und wie ich meine Macht beziehe. Ich bekomme sie auch durch dich, in diesem Moment. Ich kann dich zu nichts zwingen, da auch du eine Gabe hast, aber deine Furcht vor mir verwandelt sich in meine Macht. Es muss nur jemand Angst vor mir haben, egal, ob aufgrund meiner Gabe oder nicht, und schon ziehe ich die Macht an. Und trotzdem reicht es nicht!« Er wurde wütend und schlug mit der Hand gegen die Kante des Hockers.

Er hielt einen Augenblick inne und beruhigte sich.

»Die Lösung für mein Problem ist eigentlich ganz einfach. Ich brauche mehr Macht. Alle Macht, die ich kriegen kann. So viel, wie einem Menschen alleine möglich ist.«

Und da verstand ich, was er vorhatte. Er wollte eine Position, von der aus er so viele Menschen wie möglich unter sich versammeln und beeinflussten konnte. Und es gab nur eine Position im Königreich, die ihm das erlaubte. Die des Königs.

Magnus wollte seinen Thron zurück.

Er würde ein Tyrann werden, der seine Untertanen in Angst und Schrecken versetzen und nichts für sie tun würde. Meine Gedanken mussten sich auf meinem Gesicht widerspiegeln.

Magnus lächelte zufrieden.

»Du hast es schon erkannt. Ich will meinen Thron zurück. Dummerweise muss mein Bruder ihn mir freiwillig überlassen. Nur er, mein direkter Nachfolger, kann ihn mir zurückgeben. Deshalb kann ich ihn nicht töten. Und wer würde mich schon ernst nehmen, wenn ich ihn einfach an mich reißen würde. Nein, ich bevorzuge die elegante Art. Nur sie macht mich glücklich.«

»Ihr wollt ihn mit Elena erpressen. Ihr händigt ihm seine Tochter aus, wenn er Euch dafür den Thron überlässt.«

»Ganz genau. Wenn Trystan seine Tochter so sehr liebt, wie ich das glaube, dann wird er gerne für sie zurücktreten und mir, seinem totgeglaubten Bruder, seinen Platz überlassen.«

»Was habt Ihr vor, wenn er das Wohl seines Volkes vor das seiner Tochter stellt und seinen Thron nicht aufgibt?«, fragte ich ihn. Trystans Vaterliebe mochte riesig sein, aber würde er für seine Tochter wirklich ganz Maljonar ins Verderben stürzen?

Magnus sah mich fast respektvoll an.

»Sieh an, sieh an. Du siehst also ein, dass Liebe nicht alles ist. Doch glaube mir, mein Bruder wird darauf eingehen. Ich kenne ihn. Falls er sich allerdings anders entscheiden sollte, habe ich einen anderen Plan. Auch wenn ich diesen gerne umgehen würde, da er doch viel zu anstrengend und blutrünstig ist. Nicht elegant, wenn du verstehst, was ich meine.

Selbst wenn mein Bruder sich gegen seine Tochter und für sein Volk entscheidet, wird er verlieren. Ich werde nachts um die Häuser ziehen und dafür sorgen, dass die Menschen in seiner ach so geliebten Stadt sich gegenseitig umbringen, jeden Tag mehr. Frauen, Männer, Kinder, ganz egal. Die erste Tote wird Elena sein. Ich kann immer mehr Macht sammeln, während Trystans Stadt untergeht. Die Leute werden sich die grausamen Geschichten von den vielen Selbstmorden und Morden in der Stadt erzählen, die alle in Angst und Schrecken versetzen. Wie eine Gottheit werde ich meinem Bruder zu Hilfe eilen und die Stadt von der *Krankheit* befreien, die die Menschen zu solchen Bestien gemacht hat. Als Dank wird mein Bruder mich auf den Thron setzten und sein Volk wird endlich Ruhe finden.

Mein Bruder mag ein starker Mann sein, aber auch er erreicht früher oder später einen Punkt, an dem er bricht. Und ich werde diesen Punkt finden. Ich bin gespannt, wie viele Menschen er opfert, bevor er einsieht, dass er verloren hat.«

Der Mann war verrückt. Sein Plan hatte so viele Fehler und Ungereimtheiten, dass er gar nicht funktionieren konnte. Ich machte ihn nicht darauf aufmerksam. Ich konnte nur hoffen, dass wir ihn vorher aus dem Weg räumen konnten.

»Und du, liebe Arya, kannst mir dabei helfen! Du kannst den Menschen die Erinnerungen nehmen, falls etwas schief gehen sollte.«

»Ich werde Euch niemals helfen! Ihr seid krank! Ihr könnt doch nicht ernsthaft glauben, dass das funktionieren wird. Wie seid Ihr bloß so geworden?«, schrie ich ihm entgegen. Die Bilder, die er heraufbeschworen hatte, versetzten mich in Angst und Schrecken. Ich durfte das nicht zulassen. Nichts davon. Doch wie sollte ich das anstellen?

»Du interessierst dich also doch für meine Geschichte. Wie schön. Weißt du, als ich die Liebe durch Macht ersetzte, dachte ich, dass ich sonst nichts und niemanden bräuchte. Ich streute das Gerücht, das Magnus gestorben sei und gab mich als Areth aus. Ich wurde Händler für nicht ganz legale Sachen und häufte meinen Reichtum an. Ich kam so immer wieder mit Menschen in Kontakt, denen ich drohen konnte, und damit auch in den Genuss von Macht. Niemand konnte mir etwas anhaben, denn sonst hätte man ja zugeben müssen, dass man selbst kein Unschuldslamm war. Was haben die Leute nicht alles unter dem Einfluss meiner Gabe getan. Es war mein eigenes kleines Puppentheater.«

Am liebsten hätte ich mich übergeben. Wie dieser Kerl sich über seine eigene Geschichte ergötzte, war einfach nur krank und ekelerregend. Dass er hier saß und sie mir erzählte, verdeutlichte nur seine Selbstverliebtheit und Größenwahn.

»Erst viele Jahre später kam ich wieder in meine alte Heimat zurück. Damals wurde ich langsam schwach. Dass ich den Thron zurückhaben musste, wusste ich schnell. Die Frage war nur, wie ich das anstellen sollte. Ich baute mir langsam ein Netz von Spionen im Schloss auf, von dem ich profitieren konnte. Viele Pläne, die ich aufstellte, verwarf ich schnell wieder. Ich wollte die Hoffnung schon aufgeben, aber dann erfuhr ich von Elena. Ihre Herkunft war wirklich ein gut gehütetes Geheimnis. Aber jedes Geheimnis kommt früher oder später ans Licht. Was für eine tragische Sache, das mit ihrer Mutter.«

Für einen Moment glaubte ich, Trauer in seinen Augen zu sehen. Aber es musste eine Täuschung sein, denn im nächsten Augenblick war sein Blick wieder hart und kalt.

»Es war kompliziert und gefährlich, aber irgendwann hatte ich genug Männer an den richtigen Positionen und genug Informationen über das Schloss und seinen Rhythmus, um eine Entführung zu planen. Dafür zog ich zurück nach Belessan. Ich nahm Kontakt zu Finn auf und überredete ihn zu einer Reise, weil ich ihn nicht in der Stadt haben wollte, wenn ich meinen Plan in die Tat umsetzte. Und als es dann soweit war, und ich den Stein ins Rollen brachte, musste ich erfahren, dass Elena verschwunden war. Ich hielt es für eine Strafe der Götter.«

Es war eine furchtbare Vorstellung, dass in den letzten Monaten eine Menge von Magnus' Männern im Schloss herumgeschlichen war. Das hätte gar nicht passieren dürfen.

Ich wusste, wer die Schuld daran trug. Fanras. Als Hauptmann der Schlosswache war es seine Pflicht, jedes neue Gesicht im Schloss zu prüfen. Meistens hatte er sogar mich und meine Gabe dafür benutzt. Hatte er gewusst, was vor sich ging und Magnus' Männer absichtlich ins Schloss gelassen? Anders konnte ich mir nicht erklären, dass Magnus die Infiltrierung des Schlosses wirklich gelungen war. Er musste einen Komplizen gehabt haben. Wenn ich diesen Keller jemals wieder verlassen sollte, würde ich persönlich dafür sorgen, dass Fanras zur Rechenschaft gezogen wurde, wenn er bei dieser Sache seine Finger im Spiel gehabt hatte. Doch für den Moment interessierte mich eine andere Sache, die Magnus angesprochen hatte.

»Wieso wolltet Ihr Finn nicht in der Stadt haben?«

Magnus sah ertappt aus. Ganz kurz wurden seine Augen groß und er bereute offensichtlich, das verraten zu haben.

»Seine Augen … jetzt geht es nicht mehr anders«, flüsterte er und fixierte dabei die meinen.

Ich verstand nicht, was er mir damit sagen wollte. Wollte er nicht in Finns Augen sehen müssen?

Magnus sprang von Hocker auf, packte ihn und schleuderte ihn gegen eine Wand, die außerhalb meines Sichtfeldes lag. Es krachte und Einzelteile polterten zu Boden. Magnus atmete tief durch und drehte sich dann zu mir.

»Weder er noch ich wussten zu diesem Zeitpunkt, welch kostbares Gut er transportierte. Ich erinnerte mich später an Finns geheimnisvollen Auftrag und dachte mir, dass Elena die Auftraggeberin gewesen sein könnte. Es war der einzige Anhaltspunkt, an den ich mich klammern konnte. Meine Männer bestätigten es mir später. Ich habe dann ein paar von ihnen abkommandiert, um Trystans Männer daran zu hindern, euch zu finden. Auch wenn einige Dummköpfe von ihnen zu weit gingen und euch zu nahe kamen. Doch so etwas passiert nun mal. Ihr habt ja auch dafür gesorgt, dass sie es schnell bereut haben.«

»Der Überfall auf uns … Das waren Eure Männer!«

»Das spielt nun auch keine Rolle mehr.«

König Trystan hatte uns also tatsächlich Wachen hinterhergeschickt, die uns aufhalten und zurückbringen sollten. Es tat mir so leid, dass ihnen das zum Verhängnis geworden war. Sie waren unseretwegen gestorben.

Magnus war blind gegenüber meiner Fassungslosigkeit und sprach weiter.

»Ich habe einfach gewartet, bis Finn euch hierhergebracht hat. Wozu hätte ich mir die Arbeit machen sollen, euch unterwegs aufzuhalten, wenn ich doch wusste, wo eure Reise enden würde. Weit genug weg von meinem Bruder und direkt vor meiner Tür.«

Von seinem selbstgefälligen Grinsen wurde mir schlecht. Wir waren ihm geradewegs in die Arme gelaufen und hatten das Königreich damit zu einer Zeit des Schreckens verdammt.

»Was habt Ihr mit Finn und Bero vor?«, fragte ich. Mein Herz schlug heftig in meiner Brust. Würde er Finn und Bero umbringen, wenn sein Plan funktionierte? Waren sie womöglich schon tot?

»Finn werde ich töten, wenn du mir nicht hilfst.«

»Was?! Ihr würdet Euren Sohn …«

»Er ist nicht mein Sohn!«, brüllte er und klammerte sich an die Gitterstäbe. Ich drückte mich an die Wand hinter mir, erschrocken über seinen Ausbruch. Finn war nicht sein Sohn?

»Hast du mir denn nicht zugehört? Mir wurde das Herz gebrochen. Ich verabscheue Frauen und habe mich nie wieder mit einer eingelassen. Woher soll Finn also kommen? Er stammt ebenfalls aus der Zeit, in der ich Magnus war. Aber er ist nicht mein Sohn. Er ist der Sohn von Esther und dem Mann, wegen dem sie mir das Herz gebrochen hat!«

»Was ist mit seinen Eltern geschehen? Was habt Ihr mit ihnen gemacht?«

»Sie haben bekommen, was sie verdient haben. Sie haben ihr Leben gegeben, damit Areth auferstehen konnte.«

KAPITEL 37

FINN

Ich konnte nicht sagen, wie ich an den Esstisch meines Vaters gekommen war. Ich saß in frischer Kleidung an einer langen gedeckten Tafel und starrte auf meinen Teller. Das Letzte, an das ich mich erinnern konnte, war, wie ich im Arbeitszimmer das Bewusstsein verloren hatte. Nun saß ich meinem Vater gegenüber, der gut gelaunt sein Abendessen genoss. Ich hatte keinen Hunger und dennoch schnitt ich das Fleisch vor mir in kleine Stücke und führte eines davon mit einer Gabel zu meinem Mund. Vom Duft wurde mir übel und ich wollte meinen Kopf wegdrehen. Was war nur los mit mir? Meine Hände verhielten sich nicht so, wie ich es wollte. Ich wollte nicht essen. Ich wollte wissen, was vor sich ging. Mit großer Anstrengung gelang es mir, meine Hände in der Luft verharren zu lassen.

»Vater, was verdammt noch mal ist hier los?« Unter Aufbringung all meiner Kräfte ließ ich meine Arme auf die Tischplatte knallen.

Mein Vater sah überrascht, aber auch belustigt zu mir auf.

»Ich muss gestehen, dass deine Hartnäckigkeit mich beeindruckt. Also schön.« In aller Ruhe wischte er sich mit einem Tuch den Mund ab. »Deinen Freunden geht es gut. Bero ist hier, ebenso Arya und Elena. Was mit Ilias ist, kann ich dir leider nicht sagen, da meine Männer so dumm waren, ihn entwischen zu lassen.« Ich war stolz, weil ich genau wusste, wo Ilias sich befand. Er holte Hilfe. Hoffentlich kam er bald zurück. Die Situation wurde zunehmend unheimlich.

»Es wird deinen Freunden so lange gut gehen, wie du dich an meine Regeln hältst.«

»Regeln? Wie soll ich mich an deine Regeln halten, Vater, wenn ich nicht mal weiß, was für ein Spiel du spielst?« Das Wort *Vater* zischte ich, denn in diesem Moment empfand ich nichts als Abscheu für diesen Mann, der mir so fremd erschien, als würden wir uns gerade das erste Mal begegnen. Alles an ihm war anders. Seine Haltung, sein Gesichtsausdruck. Ich hatte ihn nie so erlebt. Hatte er aufgehört, sich zu verstellen? War das hier sein wahres Gesicht? Ich wollte Antworten. Ich wollte wissen, was für ein Spiel es war, das er spielte. Ich wäre am liebsten aufgesprungen und hätte meinen Vater am Kragen gepackt, aber eine unsichtbare Kraft fesselte mich an den Stuhl. Wenn er nicht endlich anfing zu reden, würde ich platzen. Ich war wütend, aber auch verwirrt, weil ich mir keinen Reim darauf machen konnte, was vor sich ging.

»Alles begann mit deiner Mutter«, knurrte er.

Mit einem Schlag entwich mir der letzte Rest meiner Kraft. Meine Mutter? Ich wusste fast nichts über sie. Mein Vater wollte nie über sie reden und ich hatte schon lange aufgegeben, ihn nach ihr zu fragen. Was hatte all dies mit ihr zu tun?

»Und alles läuft darauf hinaus, dass ich nicht dein Vater bin.«

Dann erfuhr ich die ganze Wahrheit. Und mit ihr zerbrach meine Vergangenheit.

»Ich lernte Esther auf dem Markt kennen, als ich noch jung war. Wir verliebten uns ineinander, ohne dass Esther meine wahre Identität kannte. Ich gab mich als einfacher Arbeiter aus. Niemand vermutete, dass ich, der Prinz, tagsüber die Straßen der Stadt unsicher machte«, erzählte er ruhig. Er wirkte ganz anders als noch einen Moment zuvor. Seine wütende Grimasse war einem geradezu verträumten Ausdruck gewichen, mit dem er den Teller vor sich betrachtete. Er war unberechenbar. »Der Kontakt zwischen uns brach ab, als ich mich vermehrt den höfischen Pflichten widmen musste. Ich vergaß Esther nie, mit ihren dunklen, seidigen Haaren und dem ansteckenden Humor. Ich hatte mich schon immer vor der Macht gefürchtet, die mit meinem Geburtsrecht einherging. Die Liebe zu Esther gab mir den Mut dazu, mich von seinem Thron und der Macht abzuwenden, meine Familie und alle meine Anrechte hinter mir zu lassen und mir stattdessen mit ihr ein normales Leben aufzubauen. Doch ich kam zu spät. Esther, die aus einfacheren Verhältnissen kam, konnte es sich nicht erlauben, auf jemanden zu warten, von dem sie nicht wusste, ob er wiederkommen würde. Sie hatte in der Zwischenzeit einen anderen Mann gefunden. Als ich aufbrach, um sie zu finden, wusste ich das nicht. Erst als ich sie nach wochenlangem Suchen fand und vor ihrer Tür stand, erfuhr ich, dass ihr Leben ohne mich weitergegangen war. Ich erfuhr von ihrem Mann Jarec und dem gemeinsamen Sohn. Mein gebrochenes Herz machte mich rasend und so wütend, wie noch nie in meinem Leben zuvor. In diesem Moment ergriff meine Gabe zum ersten Mal Macht von mir und von da an war ich verdammt. Ich wollte Jarec nicht an Esthers Seite sehen. Ich wollte, dass sie für ihre Entscheidung büßte.« Sein hasserfüllter Ausdruck war zurück.

Jarec … ich hatte den Namen schon einmal gehört. Ich erinnerte mich an den Traum, den ich im magischen Wald gehabt hatte. Es war kein Traum gewesen. Es war eine Erinnerung an die Vergangenheit. Es war der Tag, an dem Magnus sich an meiner Mutter und meinem echten Vater gerächt hatte. Er hatte Esther dazu gebracht, erst ihren Mann und dann sich selbst umzubringen. Tränen stiegen mir in die Augen und ich konnte es kaum über mich bringen, den Mann mir gegenüber anzusehen.

»Du Miskterl!«, schrie ich und wehrte mich nicht dagegen, als mir Tränen über die Wangen liefen.

»Also wirklich, Finn. Redet man so mit seinem Ziehvater? Ich war doch all die Jahre gut zu dir, oder nicht?«

»Warum hast du das getan? Warum hast du nicht auch mich umgebracht? Wieso hast du mich mitgenommen?« Diese Frage schien ihm körperlich wehzutun, denn sein Gesicht verzog sich zu einer grausamen Fratze.

»Ob du es glaubst oder nicht, aber damals war noch ein kleiner Funken Menschlichkeit in mir. Deswegen nahm ich dich mit. Ich hatte das Gefühl, du würdest mir irgendwann nützlich sein.« Er lächelte schwach. »Und ich hatte recht. Du wirst mir dabei helfen, meinen bisher größten Plan in die Tat umzusetzen.«

»Was für ein Plan?«

»Magnus auferstehen zu lassen.«

ER

Er liebte den fassungslosen Gesichtsausdruck seines Gegenübers, wenn es seine ganze Hoffnung verlor. Wenn die Leute sich ihrem Schicksal beugten, welches in seiner Hand lag. Die Macht, die ihn in diesen Augenblicken durchströmte, war erfrischend. Er fühlte sich besser und seine Gabe brodelte mit neuer Kraft. Doch es reichte nicht aus, um ihn glücklich zu machen. Er wusste nicht, ob er jemals wieder so etwas wie Glück oder Zufriedenheit würde empfinden können. Für ihn gab es nur zwei Zustände. Schwach und mit Schmerzen oder dumpf und einfach nur leer. Sein Bedarf an Macht war einfach zu groß geworden. Wie Alkohol hatte er immer mehr konsumieren müssen, um die Auswirkungen zu spüren. Seine Verzweiflung war so groß geworden, dass er sich diesen wahnwitzigen Plan ausgedacht hatte. Vermutlich gab es noch viele andere Wege, die ihn an dasselbe Ziel gebracht hätten. Er hätte einfach in den Palast marschieren und einen reumütigen, sich nach Familie sehnenden Bruder des Königs spielen können und von da aus hätte er dann einen neuen Plan verfolgt. Doch so einfach hätte Trystan es ihm nicht gemacht. Sein jüngerer Bruder war schon immer gut darin gewesen, die Gefühlsregungen seines Bruders zu erkennen und zu deuten. Ob er auch nach all diesen Jahren Magnus' Lügen entlarven konnte, wusste dieser nicht, aber das Risiko konnte er nicht eingehen. Sein jetziger Plan war seine einzige Chance. Außerdem war es, dahingehend hatte er das Mädchen im Keller nicht belogen, die für ihn die spaßigste und bereicherndste Alternative.

Zu gerne wäre er selbst dabei, wenn sein Bruder den Brief las, den Magnus vorab verfasst hatte. Darin beschrieb er seine Forderungen und seinen Vorschlag. Damit Trystan dem Brief Glauben schenkte, hatte er einige Anekdoten aus ihrer gemeinsamen Kindheit beigefügt, von denen nur sie beide wussten. Und eine Haarlocke von Elena, als kleine künstlerische Note. Das sollte Beweis genug sein. Der Brief war schon mit einem Falken unterwegs nach Belessan und sollte in wenigen Tagen im Schloss eintreffen. Dann musste er erneut warten. Sagte sein Bruder zu, würde einer seiner Männer eine Nachricht an einem vereinbarten Ort ablegen. Dann würde er sich um alles weiterkümmern.

Er rieb sich die Hände und feierte innerlich schon seinen Triumph. Sein ganzer Körper bebte vor Vorfreude und in Erwartung des Machtgefühls, das noch folgen würde. Gerade ergötzte er sich an der Macht, die ihn nach seinem Gespräch mit Finn erfüllt hatte. Finn konnte im Grunde genommen nichts für das, was ihm heute zustieß. Doch Esther lebte in ihm weiter und das konnte er nicht ertragen.

Er wusste, dass er sich selbst belog. Alleine die Tatsache, dass Esthers Blut durch Finns Adern floss, hatte ihn am Leben gehalten. Damals war in ihm noch Mitleid vorhanden gewesen. Er hatte es nicht über sich gebracht, das Kind umzubringen. Er hielt ihn am Leben und spannte ihn später für seine Machenschaften ein. Finn hatte seine Aufgaben immer erledigt. Doch dass er einmal von solch großem Wert sein würde, damit hatte er nicht gerechnet. Er würde sich gerne einbilden, dass er damals, an jenem grauenhaften Tag schon von Finns Rolle in seinem Plan gewusst hatte. Dass dies der Grund dafür war, wieso er ihn mitgenommen hatte. Und nicht, weil er etwas so Nutzloses wie Nächstenliebe empfand. *Vielleicht*, dachte er, *muss ich es mir nur lange genug einreden, um es selbst zu glauben.*

Gefühle machten Menschen schwach. Sie boten eine Angriffsfläche und das konnte er sich nicht erlauben. Schwäche war es auch gewesen, die ihn dazu bewogen hatte, Finn auf die Reise zu schicken. Wenn er nicht da war, konnte er ihm nicht mit diesen grauen Augen entgegenblicken. Esthers Augen. Er konnte den Vorwurf darin nicht ertragen. Die Abscheu und den Ekel. Es brachte ihn ins Wanken. Doch er musste stark sein. Er durfte sich nicht von einem Paar Augen aus der Ruhe bringen lassen. Nun war Finn hier, mit seinen grauen Augen, und er würde es aushalten. Er musste es. Er kam an der bewachten Tür des Raumes an, in dem sich Elena befand. Ohne sie und Trystans Vaterliebe würde sein Plan nicht funktionieren. Wie gut, dass sein Bruder nicht im Geringsten war wie er.

Er schloss die Tür auf und trat in den Raum, ohne anzuklopfen. Sie saß auf einem der Sessel und erwartete ihn mit einem Blick, der andere eingeschüchtert hätte.

Nicht aber ihn. Er erkannte in ihm seinen Bruder und dessen Frau Jasha, Elenas Mutter. Elena kam eher nach ihr.

Sie hatte den Tee nicht angerührt, den er ihr hatte bringen lassen. Sie war seine Gefangene, aber er brauchte sie bei bester Gesundheit, wenn er etwas erreichen wollte.

»Liebste Nichte, schmeckt dir der Tee aus meinem Hause etwa nicht?« Er goss sich selbst eine Tasse ein und setzte sich in den anderen Sessel. Ein bisschen verwundert war er schon, dass sie ihn nicht anschrie oder anfiel. Aber er hatte es immerhin mit einer angehenden Königin zu tun, die viele Stunden diplomatischer Lektionen hinter sich hatte. Er wusste, wovon er sprach, er selbst hatte das auch durchmachen müssen. Sie war über die Anrede ›Nichte‹ nicht überrascht. Vielleicht konnte sie ihre Gefühle auch einfach gut unterdrücken.

»Die Porträts von Euch im Schloss sind wahrlich nicht mehr aktuell. Ihr seht in Wirklichkeit ganz anders aus. Alt, böse und vom Leben gezeichnet.«

Sie hatte ihn also erkannt.

»Keine Sorge, meine Liebe. Sobald ich auf dem Thron sitze, werde ich diesen Umstand schnellstmöglich ändern lassen.« Er blies seinen Tee kalt und trank einen Schluck.

»Das ist also der Grund für alles. Ihr wollt euren Thron zurück, den ihr vor all den Jahren verschmäht habt.«

»So ist es.«

Sie nickte.

Es wunderte ihn, dass sie ihm keine Fragen dazu stellte. War es ihr egal, was mit ihr und ihrem Volk passierte?

»Was ist mit Arya, Finn und Bero? Was habt Ihr mit ihnen vor?«

»Sie alle haben ihre eigene Rolle in diesem Stück. Jeder von ihnen ist eine Versicherung, dass ein anderer seine Rolle übernimmt.«

»Ihr erpresst jeden von uns mit dem Wohlergehen eines anderen.«

Er nickte ihr anerkennend zu. »Du begreifst sehr schnell, das ist gut.« Er nahm einen weiteren Schluck. Es ärgerte ihn, dass Ilias entkommen war. Er wäre für sie alle ein Druckmittel gewesen. Er hatte seine Männer auf ihn angesetzt. Es war dumm von ihnen gewesen, ihn laufen zu lassen. Sie hatten zu viel Mitgefühl gezeigt, entgegen seiner Anweisungen. Besser er hatte ihn, als jemand anderes, der ihm vielleicht noch glauben würde, dass seine Freunde entführt worden waren. So wie er Finn kannte, hatte dieser den Kleinen irgendwo versteckt und ihm befohlen, sich ruhig zu verhalten und auf ihn zu warten. Schade für ihn, dass Finn nicht kommen würde.

»Wenn ich verspreche, Euer Spiel mitzuspielen und alles zu tun, was Ihr von mir verlangt, lasst Ihre die anderen dann gehen? Sie haben mit dieser Sache nichts zu tun und sind unschuldig«, bat Elena.

Er lachte auf. »Ha! Damit sie versuchen dich zu retten? Ich muss dich enttäuschen, aber deine Aufopferung wird dir nichts bringen. Du kannst nichts …« Er hielt inne und atmete tief ein. Es roch nach Rauch. Brannte es?

»Es tut mir leid, dass ich unser Gespräch unterbrechen muss, aber die Pflicht ruft. Es gibt noch einiges zu tun.«

KAPITEL 38

ARYA

Ich blieb in Bewegung, um Krämpfen in meinen Muskeln vorzubeugen. Jedes Muskelzucken, das mir möglich war, nutzte ich. Es half mir dabei, nicht wahnsinnig zu werden. Ich wusste nicht, wie lange Magnus mich im Keller hängen lassen würde.

Es war kalt. Das Zittern lenkte mich vom Nachdenken ab. Ich konnte nichts tun, außer mich abzulenken. Meine Gedanken kreisten immer wieder um Elena. Sie war irgendwo über mir. Sie war am Leben, denn nur so war sie Magnus von Nutzen. Diese Worte wiederholte ich wie ein Mantra. *Sie lebt, sie lebt, sie lebt.* Irgendwo in diesem Haus. Ich hoffte, dass es auch Bero gut ging. Und Finn. Auch er musste noch am Leben sein, wenn Magnus ihn als Druckmittel gegen mich einsetzen wollte. Ich würde nichts tun, was Finn gefährden würde. Ich verfluchte Magnus und ich verfluchte auch Fanras, weil die beiden dieselben feigen Methoden nutzten, um ihren Willen durchzusetzen. Sie hatten sich wahrlich gesucht und gefunden. Ich hoffte, dass sie irgendwann gemeinsam in einem Kellerloch verrotten würden. Mein Rücken krampfte sich zusammen und ich versuchte, mich zu entspannen und an etwas Schöneres zu denken.

Ich dachte an Finn und unseren Kuss auf der Brücke. Ich schaffte es tatsächlich, ein wenig zu lächeln. Dann aber dachte ich daran, was danach passiert war. Wie alles in sich zusammengebrochen war, und ich fühlte mich so schlecht wie zuvor. Ich fragte mich, was Ilias gerade tat. Ob er es schaffte, Hilfe zu holen. Er war unsere letzte Hoffnung. Ich schwor mir, Magnus eigenhändig an die Gurgel zu gehen, wenn Ilias seinetwegen etwas passierte. Das würde ich ihm niemals verzeihen. Der Gedanke, meine Faust gegen Magnus' Schädel zu rammen, ließ meine Entschlossenheit wachsen. Falls ich auf wundersame Weise freikommen sollte, musste ich bereit sein, mich allem zu stellen, was Magnus für mich bereithielt. Obwohl mir alles wehtat, blieb ich in Bewegung und hielt meinen Körper warm. Nach einiger Zeit rann mir Schweiß den Rücken runter und meine Kehle wurde trocken. Ich hatte seit Stunden nichts getrunken. Wollte Magnus mich verdursten lassen? Was würde ich ihm dann noch nützen?

Neben der fehlenden Flüssigkeit war es aber auch Rauch, der meinen Hals austrocknete. Seit einiger Zeit waberte er langsam in den Keller und machte die Luft trübe und kratzig. Ich war so in meine Gedanken versunken, dass ich mich nicht darüber wunderte, woher er kam. Erst langsam begriff ich, dass es nicht normal war. Dass es diesen Rauch gar nicht geben sollte.

Ich hörte ein Quietschen. Kurz darauf folgte ein dumpfer Schlag und etwas, das sich wie ein Schleifen anhörte. Ein weiteres Poltern war zu vernehmen, das von Geklapper begleitet wurde. Es kam rechts aus dem Keller. Ich konnte nichts sehen, da es außerhalb meines Blickfeldes lag. Ich hielt in der Bewegung inne und lauschte gespannt. Ich hörte nichts. Dann aber sah ich etwas. Ein kohlegeschwärzter Lockenkopf schob sich vor meine Gitterstäbe.

»Ilias!«, rief ich aus und hätte vor Erleichterung am liebten geweint. Als er grinste, standen seine weißen Zähne in starkem Kontrast zu dem Kohlestaub, der auch in seinem Gesicht verteilt war. Er stellte sich vor die Stäbe und kramte nach etwas in seinen Hosentaschen. Er holte ein Stück Draht heraus und machte sich an dem Schloss zu schaffen, mit dem meine Tür verriegelt war.

»Wie bist du hier reingekommen? Hast du es geschafft, Hilfe zu holen?«

»Ich habe die Klappe zum Kohleschacht aufgebrochen und bin durch die Luke durch.« Ich erinnerte mich daran, dass Finn und ich auch vorgehabt hatten, durch diesen Schacht in das Haus zu gelangen. Ilias hatte mehr Glück gehabt als wir.

»Wegen der Hilfe habe ich eine gute und eine schlechte Neuigkeit. Die Gute ist, dass ein paar der Wachen hier sind. Die Schlechte ist, dass sie mich für einen Dieb halten und mich deswegen verfolgt haben.« Das Schloss klackte und sprang auf. Ilias machte die Tür auf und kam zu mir in die Zelle. Sogleich machte er sich an meinen Fußfesseln zu schaffen.

»Wieso halten sie dich für einen Dieb?«

»Sie haben mir die Geschichte mit Elena und dir nicht geglaubt und denken, dass ich den Siegelring gestohlen habe. Sie haben mich ausgelacht und weggeschickt, nachdem sie ihn mir abgenommen haben. Dann habe ich mich erneut an sie angeschlichen, einem Wachmann seinen Dolch geklaut und vielleicht …«

»Vielleicht was?«

»Vielleicht habe ich ihm damit leicht ins Bein geschnitten, damit er so richtig wütend wird und er und die anderen mir folgen.«

Die Fußfesseln waren offen. Er kam nicht an meine Handgelenke ran und musste sich erst einen Hocker von draußen holen, um auch sie zu öffnen.

»Wenn er dir nicht geglaubt hat, ist er selbst schuld. Aber jetzt sind sie hier?«

»Ja. Sie helfen Magnus' Männern dabei, das Feuer zu löschen.«

»Was für ein Feuer?«

»Das Feuer, das ich im Bootshaus gelegt habe.«

Ich war sprachlos. Ilias war wirklich immer für eine Überraschung gut.

»Die Wache war so langsam und schwer von Begriff, dass ich sie immer wieder abhängen konnte. Als wir schon in der Nähe vom Haus waren, habe ich sie in eine falsche Richtung gelenkt und mich dann erst um das Feuer gekümmert, bis ich sie wieder auf meine Spur gebracht hatte. Als wir hier angekommen sind, stand schon das halbe Bootshaus in Flammen. Da haben sie mich erst mal vergessen und sind den anderen zu Hilfe geeilt. Ich habe sie hergebracht, du musst sie jetzt überzeugen, dass sie uns helfen«, schloss er seine Erzählung.

Die Ketten an meinen Handgelenken sprangen auf und es tat unglaublich weh, als ich die Arme herunternahm und das Blut zurückfloss. Ich nahm Ilias in den Arm.

»Ich bin dir so unendlich dankbar«, sagte ich.

»Haben wir einen Plan?«

»Erst mal müssen wir aus dem Keller raus. Können wir wieder durch den Schacht zurückklettern?«

»Theoretisch ja, aber beim Klettern hat man keine Hand frei und falls oben einer warten sollte, wäre das gar nicht gut«, gab Ilias zu bedenken.

»Du hast recht. Es muss eine Treppe in das Erdgeschoss geben. Wenn wir Glück haben, ist sie unverschlossen.«

Wir hatten kein Glück. Die Tür, die am Ende eines kleinen steinernen Treppenhauses lag, war verschlossen. Ilias betrachtete das Schloss und kniff die Augen zusammen.

»Ich könnte es aufkriegen, aber das dauert bestimmt ein bisschen.«

»Versuch es.«

Er zückte seinen Draht und machte sich an die Arbeit. Es dauerte nicht lange, bis wir Stimmen von der anderen Seite vernahmen. Wir verstanden nicht, was sie sagten, aber wir hörten das Klimpern eines Schlüsselbundes. Ilias und ich rannten die Treppen hinunter. Auf den engen Stufen wären wir leichte Beute gewesen. Wir versteckten uns in einer Ecke des Kellers hinter ein paar hölzernen Kisten. Ilias streckte mir einen Dolch in einer Scheide mit grünem Griff entgegen. Darauf prangte das königliche Wappen.

»Ist das der, den du der Wache geklaut hast?«, flüsterte ich.

»Ja.«

»Dann solltest du ihn nehmen. Du hast ihn dir verdient. Ich nehme den kleinen, den ich dir gegeben habe.«

»Du kannst beide haben. Ich habe noch so einen.«

»Wie viele Dolche trägst du denn mit dir rum?« Ich betrachtete ihn genauer und sah, dass der Bund seiner Hose sich unter seinem Hemd abzeichnete. An manchen Stellen war er ganz schön ausgebeult.

»Vier. Zwei im Gürtel, einen im Stiefel und den hatte ich am Oberschenkel. Habe ich mir bei jemandem abgeschaut.«

»Entweder wirst du mal ein richtig guter Dieb oder der beste Spion, den dieses Königreich je gesehen hat«, sagte ich anerkennend. Ich nahm beide Dolche entgegen und machte mich bereit. Drei Männer kamen die Treppe heruntergeeilt. Zwei davon waren Stadtwachen, wie man an ihren graugrünen Uniformen erkennen konnte. Der dritte im Bunde, der den Schlüsselbund noch in der Hand hielt, musste einer von Magnus' Männern sein.

»Ich habe genau gesehen, wie der Kleine in die Luke gesprungen ist. Er muss hier sein!«, sagte einer der Wachmänner, ein großer Mann mit blondem Haar. Sie sahen sich im Keller um. Magnus' Mann ging zu der Zelle hinüber und riss die Augen auf, als er sah, dass ich nicht mehr darin war. Jetzt mussten wir handeln. Ich nickte Ilias zu und er schlich sich in großem Bogen von hinten an die Männer an. Ich sprang aus meinem Versteck, als der andere, kleinere Wachmann gerade daran vorbeilief. Er hatte keine Zeit zu reagieren und hatte mein Messer an seiner Kehle, bevor er etwas tun konnte.

»Ich will Ihnen nichts tun. Ich brauche aber Ihre Hilfe, bitte!«

Sein blonder Kamerad zog sein Schwert und stürmte auf uns zu. Der Mann aus Magnus' Gefolge machte sich auf den Weg zur Treppe, wurde aber von Ilias aufgehalten. Der sprang aus den Schatten und fügte dem Mann eine oberflächliche, aber schmerzhafte Wunde am Bein zu. Der Mann strauchelte und passte nicht auf, sodass Ilias ihn mit einem Schlag des Dolchgriffes außer Gefecht setzen konnte. Ich wusste nicht, ob ich über seine Präzision stolz oder erschrocken sein sollte. Der blonde Wachmann wurde von dem Tumult aufgeschreckt und richtete seine Aufmerksamkeit auf Ilias.

Dieser schnappte sich den Schlüsselbund und drehte sich dann mit erhobenem Dolch zum Wachmann um.

»Bitte. Ihr müsst uns helfen, wir wollen Euch nichts tun«, wiederholte ich. Der Mann sah von Ilias zu mir und hatte die Augen zusammengekniffen. Ich stieß den dunkelhaarigen Wachmann von mir, um unsere guten Absichten zu demonstrieren. Ich nahm die Hände in die Höhe und Ilias tat es mir nach. Der Mann, den ich eben noch gehalten hatte, wirbelte zu mir herum und blickte auf meine Hände. Er stutzte und sah dann von mir zu der Kerkerzelle. Von außen betrachtet erkannte man, dass sie nachträglich mit anderen Steinen in den Keller eingebaut worden war.

»Warst du darin angekettet?«, fragte er mich, und nickte mit dem Kopf Richtung Zelle, während er mit der Hand auf meine erhobenen Arme deutete. Ich sah auf meine Handgelenke und wusste, was er meinte. Sie waren rot, aufgeschürft und bluteten. Ich nickte. Der blonde Wachmann ließ sein Schwert sinken und betrachtete uns genauer.

»Dann ist es wahr, was der Kleine uns erzählt hat?«

»Das habe ich doch schon gesagt!«, rief Ilias frustriert. »Ihr müsst uns helfen. Nur dann bekommt Ihr auch Eure Dolche zurück.« Er verschränkte die Arme vor der Brust und sah den Mann finster an und der ebenso finster zurück.

Ich erzählte den beiden schnell das Wichtigste. Auch alles über Magnus' Gabe und die erhöhte Gefahr, die sich daraus für uns ergab. Die Männer musterten uns kritisch, aber mit jedem Wort wurden ihre Blicke entschlossener. Sie glaubten uns und konnten nicht fassen, was sich gerade in diesem Haus abspielte.

»Ich kann es kaum glauben«, sagte der Braunhaarige. »Aber wir werden euch helfen.«

»Wir sollten uns beeilen, wenn wir dem Rauch entkommen wollen und Ihr Eure Männer vor der Explosion schützen wollt«, warf Ilias ein.

Der Blonde sah ihn an. »Was für eine Explosion?«

»Es könnte sein, dass ich auf meinem Weg hierher etwas Kohlepulver geklaut habe, das bei Kontakt mit Feuer sehr empfindlich ist, und dass ich es aus Versehen in der Nähe des Bootshauses liegen gelassen habe.«

Die beiden Männer rissen die Augen auf und trieben uns zur Eile an. Der braunhaarige Mann überreichte mir sein Schwert.

»Ihr beide bleibt im Haus, während wir unsere Männer holen gehen. Wir werden eure Freunde finden, keine Sorge.«

Wir fesselten den Bewusstlosen und schlossen ihn dann in der Kerkerzelle ein, damit er uns nicht in die Quere kommen konnte.

Wir rannten gemeinsam das Treppenhaus hoch. Im Erdgeschoss kamen wir in einer Art Speisekammer an. Ilias und ich warteten dort auf die Rückkehr der Wache. Die beiden Männer liefen hinaus, um ihre Kameraden zu holen. Durch ein Fenster sahen wir einen Teil des brennenden Bootshauses. Eine Menge Menschen hatte sich darum versammelt und versuchte, es zu löschen.

»Ilias, hast du wirklich Kohlepulver in der Nähe des Bootshauses platziert?«

»Natürlich nicht«, sagte er empört. »Ich will doch nicht die ganze Stadt in Schutt und Asche legen. Ich wollte nur, dass sie sich endlich bewegen. Wir haben nicht ewig Zeit.«

Er grinste. »Ich sehe es als Kompliment an, dass sie mir geglaubt haben.«

Wir mussten nicht lange warten. Die beiden Wachen kamen mit fünf anderen Männern zu uns zurück.

»Wir werden das Haus durchsuchen müssen. Wir teilen uns auf. Drei von uns werden mit Ilias nach euren Freunden suchen, die zwei anderen gehen mit dir und suchen nach Magnus, Areth, oder wie immer er sich nennt. Die anderen vor dem Haus werden dafür sorgen, dass niemand mehr das Haus betritt. Es hat keiner mitbekommen, dass wir nicht wegen des Feuers hier sind. Leider haben wie niemanden mit einer Gabe dabei. Aber zusammen könnten wir …«

»Ich mache das alleine«, unterbrach ich ihn. Ich hatte unglaublich große Angst und war mir nicht sicher, ob ich ihm alleine gewachsen war, aber ich würde nicht untätig herumstehen und warten oder andere unnötig in Gefahr bringen. »Es ist besser, wenn keiner von Euch zu nah an Magnus herankommt. Ich weiß nicht, wie stark er im Moment ist. Am Ende sorgt er noch dafür, dass wir uns gegenseitig bekämpfen. Überlasst ihn mir.« Der Mann nickte, auch wenn ihm wahrscheinlich nicht wohl dabei war.

Ich drückte Ilias an mich und gab ihm einen Kuss auf den Kopf. »Pass auf dich und die anderen auf, ja? Wir schaffen das!«

Er drückte mich zurück und machte sich dann mit den drei Wachen auf den Weg.

»Ein sehr interessantes Kind«, murmelte der blonde Wachmann, ehe er ihm folge. Ich machte mich mit den zwei verbliebenen Wachen auf den Weg in den zweiten Stock. Es gab zwei Treppenhäuser nach oben. Wir nahmen das auf der hinteren Seite des Hauses, während Ilias und sein Gefolge das auf der vorderen Seite nahmen. Ilias hatte mir verraten, dass Magnus' Arbeitszimmer, in dem er sich am wahrscheinlichsten aufhielt, am anderen Ende lag. Dort würden wir anfangen.

Oben angekommen, ließ ich die beiden Wachen am Treppenansatz zurück und umrundete eine Ecke, die in einen Flur führte. Am Ende des Ganges entdeckte ich zwei Wachen, die eine geschlossene Tür sicherten. Volltreffer. Es waren zwei der Männer, die Finn und mich überfallen hatten. Entweder war Magnus in diesem Raum oder Elena. Alles andere würde in dieser Situation keine Wachen rechtfertigen. Schon gar nicht, wenn dahingehend gerade ein Mangel bestand, weil alle anderen damit beschäftigt waren, das Feuer zu löschen.

Einfach auf die beiden Männer loszugehen schien mir zu riskant. Einer nach dem anderen wäre besser. An der Wand, an die ich mich lehnte, hing ein kleines Bild. Ich nahm es ab und schleuderte es hinter mich, in die Richtung, aus der ich gekommen war. Das Geräusch schreckte die Männer auf. Nach kurzer Absprache untereinander machte sich einer der beiden auf den Weg zu mir. Kaum war er um die Ecke gebogen, rammte ich ihm meinen Fuß in die Seite und schnitt ihm mit meinem Schwert in die linke Kniekehle. Er schrie auf und fiel hin. Mit dem Ellenbogen stieß ich ihm gegen die Schläfe, damit er bewusstlos wurde. Laufen würde er so schnell nicht mehr. Die beiden Wachen hinter mir würden sich um ihn kümmern.

Ich wandte mich dem zweiten Mann zu, der sein Schwert gezogen hatte. Das Überraschungsmoment war dahin, aber ich würde auch so mit ihm fertigwerden. Nach kurzem, gegenseitigen Mustern sprang ich auf ihn zu. Ich duckte mich unter seinem Hieb weg und kam nahe genug an ihn heran, um anzugreifen. Ich rammte ihm meinen Schwertknauf in den Magen, umrundete ihn und schlug ihn dann auf seinen Hinterkopf. Es war kein Einsetzen der Klinge notwendig. Er ging zu Boden.

Mit einem gezielten Stoß trat ich die Tür ein und wappnete mich gegen weitere Angriffe aus dem Inneren. Doch der große Raum, den ich betrat, war bis auf zwei Personen leer. Magnus saß auf einem Sessel vor einem Kamin. Finn saß in dem Sessel gegenüber und rührte sich nicht. Für einen Moment fragte ich mich, warum er nichts unternahm, aber dann verstand ich. Magnus' Gabe. Er zwang Finn dazu, hier zu sitzen und sich nicht zu rühren. Das würde nun ein Ende haben.

Magnus hatte seine Gefühle gut unter Kontrolle. Die Überraschung spiegelte sich nur kurz auf seinem Gesicht, ehe er eiskalte Ausdruck in seine Augen zurückkehrte. In diesem Moment ruckte Finns Kopf herum und seine Augen wurden groß, als er mich sah. Er wollte etwas sagen, aber die Bewegungen seiner Lippen blieben stumm.

»Das Feuer geht also doch auf eure Kosten. Ich habe es nicht für möglich gehalten. Wie auch, wenn das einzig verbliebene Mitglied eurer Truppe gerade mal sieben Jahre alt ist. Diese verdammten Kinder«, fluchte Magnus.

»Lass Finn gehen!«

»*Tststs*, Arya. Ich hatte dir doch die Regeln erklärt. Entweder du gehorchst mir oder Finn muss für deinen Ungehorsam büßen. Dass du schon so früh gegen sie verstößt, hätte ich nicht gedacht. Ist er dir denn gar nichts wert?« Er sah mich gespielt mitleidig an. Dann stand er auf und ging zu einer Wanddekoration hinüber. Es war ein Schwert. Lang und schmal und sehr tödlich, soweit ich das beurteilen konnte. Ich stellte mich vor Finn und wollte ihn vor Magnus beschützen.

»Sie werden ihm kein Haar krümmen! Dazu müssten sie erst an mir vorbei!«

»Nicht ich werde ihm wehtun«, sagte er finster lächelnd. Finn trat hinter mir hervor und ging auf Magnus zu. Ich war zu überrascht, um zu reagieren und bevor ich etwas tun konnte, hatte Finn das Schwert von Magnus entgegengenommen. Ich trat einen Schritt zurück und wir standen uns gegenüber. Beide mit erhobenen Schwertern. Finns Gesicht war gequält verzogen und Schweißperlen liefen ihm an den Schläfen herunter. Sein Körper bebte vor Spannung. Er sah mich an und wollte mir ganz offensichtlich etwas mitteilen, war durch die Kontrolle von Magnus aber nicht dazu imstande.

»Du selbst wirst ihm wehtun«, meinte Magnus. »Entweder tötest du ihn oder aber er ist seiner Mutter endlich näher, indem er eine Erfahrung mit ihr teilt – dass seine große Liebe durch seine eigene Hand stirbt. Du oder er, Arya. Was gleichbedeutend ist mit er oder Elena. Du musst dich entscheiden.« Magnus lachte boshaft, bevor er Finn mit durchdringendem Blick fixierte. Fassungslos starrte ich meinerseits Finn an. Dann holte dieser mit dem Schwert aus und ging auf mich los.

KAPITEL 39

FINN

Es fühlte sich an wie ein wahr gewordener Albtraum. Ich hatte mich kaum von dem Schock über die Wahrheit erholt, als ich auch schon den nächsten erlitt. Magnus, so würde ich ihn ab jetzt nennen, hatte mir seinen Plan offenbart, mir von seiner Gabe erzählt und mir war schlecht geworden. Alles was ich über mich zu wissen glaubte, war mir wie Sand in den Fingern zerronnen. Zurück blieb nur Verwirrung und Leere. Und Verzweiflung, weil ich nicht wusste, wie ich ihn aufhalten sollte. Ob ich es überhaupt konnte.

Als das Feuer im Bootshaus ausbrach, war er zu mir in das Zimmer gekommen, in das er mich eingesperrt hatte. Wir waren vom Erdgeschoss in die Bibliothek im oberen Stockwerk umgezogen. Er postierte zwei seiner Männer vor der Tür. Doch er wirkte nervös. Zu Recht, wie ich fand, denn ein Feuer in einem Bootshaus brach nicht einfach so aus. Es war so ungewöhnlich, dass es einfach Ilias' Werk sein musste. Ungewöhnlich hatten Bero und ich ihm beigebracht.

Er glaubte, dass seine Männer mit allem, was draußen vor sich ging, fertig werden würden. Damit mochte er recht haben. Womit er allerdings nicht rechnete, war die Gefahr von innen. Arya. Sie sah schlimm aus, mit blutenden Handgelenken und schweißnassen Haaren. In ihren Augen aber loderte Entschlossenheit und purer Hass. Wie eine Kriegerin stürmte sie in den Raum und stellte sich Magnus gegenüber. Doch Magnus war und blieb ein Feigling und unfähig, seine Drecksarbeit mit den eigenen Händen zu erledigen.

Fassungslos verfolgte ich, wie ich zu ihm ging, das Schwert in die Hand nahm und zum Angriff auf Arya überging. Ich wollte ihr zurufen, dass sie weglaufen oder aber mich opfern sollte, um sich und Elena und die anderen zu befreien. Ich kannte mich mit den Gaben genug aus, um zu wissen, dass Magnus seine nicht auf sie anwenden konnte. Wenn ich aus dem Weg war, hätte sie eine Sorge weniger. Aber so sehr ich mich auch anstrengte, ich bekam kein Wort heraus. Hilflos sah ich mit an, wie ich Schlag um Schlag auf Arya niederprasseln ließ.

Bevor ich sie traf, war ich nie ein guter Schwertkämpfer gewesen. Doch dank ihr war ich besser geworden. Und nun wurde ihr genau das zum Verhängnis. Tränen stiegen mir in die Augen. Das durfte doch alles nicht wahr sein!

Schlimmer wurde es, als ich merkte, dass Arya sich nur verteidigte und nicht in die Offensive ging. Sie wollte mir nicht wehtun. Sie hätte mich längst töten können, wenn sie es gewollt hätte. Doch sie tat es nicht.

Oh, Arya! Bitte lass mich nicht zwischen dir und Elena stehen. Das würde ich mir nie verzeihen. Und du mir auch nicht. Ich bemerkte den Augenblick, in dem ihr klar wurde, dass sie so nicht weiterkam. *Ja*, dachte ich, *tu es, Arya. Bitte! Greif mich endlich an.*

»Es tut mir so leid, Finn.« Sie flüsterte es atemlos, aber ich hörte es trotzdem.

Es ist in Ordnung, wollte ich sagen. Doch ich schaffte es nicht. Ihre Schläge wurden aggressiver und ich tat alles, um Magnus' Einfluss abzuschütteln und meine Bewegungen fahriger zu machen. Es gelang mir nicht. Arya drängte mich an einen Schreibtisch zurück und es sah so aus, als ob sie gewinnen würde. Doch dann griff ich mit einer Hand hinter mich auf den Schreibtisch und umfasste den Griff eines Dolches. Magnus musste ihn dorthin gelegt und mich zu ihm dirigiert haben. Ich führte mit dem Schwert einen weit ausgeholten Schlag gegen Arya aus. Doch dieser Schlag zielte nicht darauf ab, sie zu treffen. Er sollte sie ablenken. Und es gelang. Während sie den Schlag parierte, schnellte meine Hand mit dem Dolch auf sie zu. Ich traf sie seitlich am Brustkorb. Sie hatte nicht mit dem Dolch gerechnet. Hatte nicht gesehen, dass er auf dem Tisch gelegen hatte. Genauso wenig wie ich. Sie drohte nach vorne umzukippen. Genau da ließ Magnus' Macht von mir ab.

Das Schwert fiel mir aus den Händen und ich fing Arya auf, bevor sie zu Boden stürzte. Ich ließ sie langsam auf den Boden nieder und hielt sie in den Armen.

»Nein! Arya, es tut mir so leid!« Ich strich ihr die Haare aus dem schmerzverzerrten Gesicht.

»Finn …«, flüsterte sie.

»Nein, nicht reden. Einfach nur atmen. Alles wird gut.« Ich tastete ihren Körper um den Dolch herum ab. Blut verklebte meine Finger.

»Glaubst du das noch immer, Finn? Nichts wird gut. Sie wird sterben und du wirst schuld daran sein. Und mit dieser Schuld wirst du leben müssen.« Magnus klang so ruhig und zufrieden, dass es mich zur Weißglut trieb.

»Ich bin nicht schuld. Du bist es!« Hasserfüllt starrte ich ihn an. »Warum tust du mir das an? Warum tust du ihr das an?« Ich klang wie meine Mutter, in den letzten Momenten vor ihrem Tod.

»Weil du die Augen deiner Mutter hast!«, kreischte er. »Sie mögen dich einst vor dem Tod gerettet haben, weil ich noch so etwas wie ein Herz hatte. Aber heute empfinde ich nichts als Hass, wenn ich dich ansehe. Du leidest nun genau so wie sie, weil es das ist, was du verdient hast!«

Er war krank, aber ich verstand, wieso er so dachte. In seiner Welt machte es Sinn. Doch so sehr er es auch bestritt, er musste immer noch Gefühle haben. Sonst hätte er mich niemals so lange bei sich behalten. Er hätte sich sonst beim Ausbruch des Feuers vorhin auch nicht davon überzeugt, dass es mir gut ging. Irgendwo, ganz tief in ihm drin, musste ein kleiner Funken Menschlichkeit stecken. Leider war dieser unter einem ganzen Haufen Hass und Wahnsinn begraben.

»Finn, hör nicht auf ihn.« Arya berührte meine Wange. Ihre Atmung ging schwer und stockend, doch sie schaffte es, mich liebevoll anzusehen. »Du bist nicht schuld und du hast das auch nicht verdient.« Ein Ruck ging durch ihren Körper. Sie stöhnte vor Schmerz. »Du kannst zwar manchmal ganz schön anstrengend sein, aber ich mag dich. Sehr.«

Tränen liefen mir über die Wangen. Ich wollte ihr so viel sagen. So viele Gefühle beichten. Mehr als alles andere. Aber genau diesen Moment suchte Magnus sich aus, um wieder Besitz von mir zu ergreifen. Ich bekam kein Wort heraus.

»Wie rührend«, zischte er. »Ich halte es nicht mehr aus. Bringen wir das Ganze hinter uns, damit wir endlich weitermachen können.«

Mit Entsetzen merkte ich, wie meine Hand auf den Dolch zuglitt. Wenn ich ihn herauszog, dann war jede Hoffnung für Arya verloren. Im Moment verhinderte er noch den größten Blutverlust. Aber dann … Ich fühlte mich so machtlos. Ich versuchte dagegen anzukämpfen. Das Einzige, was ich schaffte, war, dass meine Hand sich sehr langsam bewegte. Ein Dröhnen pulsierte in meinem Kopf und ich glaubte, dass er jeden Moment platzen musste.

Noch immer lag Aryas Hand an meiner Wange. Ich sah ihr in die Augen. Hoffte, dass sie meine Bitte um Verzeihung sah. Meine Zuneigung zu ihr. Sie fasste mit der freien Hand nun auch meine andere Wange und zog meinen Kopf zu sich herab. Ich wunderte mich, dass mein Körper der

Bewegung nachgab. Doch es machte Sinn. Diese Bewegung brachte mich näher an den Dolch. *Nein, nein, nein.*

Im selben Moment, als meine Hand den Dolch berührte, trafen sich unsere Lippen. Die Zeit stand still.

KAPITEL 40

ARYA

Ich hatte keine Angst. Ich wusste, dass ich sterben würde, aber ich hatte keine Angst. Schuld war das Einzige, was ich fühlte. Ich hatte in meiner Pflicht gegenüber Elena versagt. Ich hatte auch Finn nicht vor Magnus beschützen können. Viel schlimmer noch als meine waren Finns Gefühle. Ich sah ihm an, wie sehr er unter dem litt, was er mir angetan hatte. Dabei konnte er nichts dafür. Ich hatte aufgrund meiner Gefühle nicht richtig gekämpft. Ich war zu unachtsam gewesen. Dafür musste ich bezahlen. Mein einziger Gedanke galt dieser Last, die ich Finn nehmen wollte. Er sollte nicht mit der Schuld leben, mich getötet zu haben. Das würde er sich nie verzeihen. Ich würde ihn vergessen lassen, dass er mich gekannt hatte. Ich würde eine Fremde für ihn sein. Das befreite ihn nur von einem Teil der Schuld, war aber alles, was ich noch für ihn tun konnte. Im Stillen entschuldigte ich mich für meine Entscheidung.

Mein ganzes Mal prickelte schmerzhaft und schien nur darauf zu warten, dass ich meine Gabe endlich anwendete. Ich sah Finn an. Tränen liefen ihm über das Gesicht. Er war so wunderschön. Die Male auf meiner Haut passten farblich zu seinen grauen Augen. Es fiel mir erst jetzt auf, wo ich beides so nah nebeneinander sah. Ich zog seinen Kopf zu mir herunter und küsste ihn. *Es tut mir so leid*, war das Letzte, was ich dachte, bevor ich in seinen Kopf eindrang.

In Finns Gedanken herrschte Chaos. Zudem empfand ich einen unangenehmen Druck. Das musste Magnus' Einfluss sein.

Ich konzentrierte mich so gut es ging und suchte nach mir. Zunächst fand ich Finns Erinnerungen an die letzten Stunden und erlebte die Ereignisse aus seiner Sicht. Doch nicht nur das. Ich fühlte auch, was er fühlte. Das war bisher noch nie der Fall gewesen. Ich fühlte Finns Schuld, seinen Widerwillen und seine Zuneigung zu mir. Doch um ihm die Erinnerung an mich zu nehmen, musste ich ganz an den Anfang zurück. Zur unserer ersten Begegnung. Das machte es am einfachsten.

Ich blieb länger an den einzelnen Erinnerungen hängen, als es nötig gewesen wäre. Doch es war einfach unglaublich, all diese Momente aus Finns Sicht zu erleben. Ich konnte nicht anders. Ich war überwältigt von den Gefühlen, die Finn für mich hatte.

Ich war gerührt. Obwohl ich so versunken war, merkte ich, wie mir Tränen in die Augen stiegen. Er mochte mich. Und ich mochte ihn. Doch wir würden niemals zusammen sein. Ich verwarf meine Absicht, die Erinnerungen auszulöschen, weil ich etwas erkannte.

Finn wollte die Erinnerung an mich nicht verlieren. Da war dieser Unterton in seinen Gedanken, der mir verriet, dass er lieber ewig mit der Schuld und gebrochenem Herzen leben wollte, als mich zu vergessen. Er hatte Angst, dass ich ihm nie verzeihen würde. Doch das tat ich. Ich verzieh ihm und ich mochte ihn und das würde sich auch nach meinem Tod nicht ändern. *So viel zu einem Leben danach*, dachte ich an die Sonnengöttin gerichtet. Finn musste wissen, dass ich ihm verzieh. Damit er mit diesem Wissen weiterleben und ich beruhigt sein konnte.

Dann geschah etwas, das in meinem Leben einmalig bleiben würde.

Mein Mal hörte auf zu schmerzen. Stattdessen hüllte es mich in einer angenehmen Wärme ein. Jeder noch so kleine Strich meines Males kribbelte belebend. Einen Augenblick später flossen meine Erinnerungen in Finn und dann wieder zu mir zurück. Ich zeigte ihm all die schönen Augenblicke aus meiner Sicht, mitsamt meinen Gefühlen und Gedanken. Ich zeigte ihm, dass er mich manchmal zur Weißglut gebracht, mit seinem großen Herz aber auch beeindruckt hatte. Und das, was für ihn vermutlich am wichtigsten war: dass ich seine Witze und Sprüche mochte.

Ich mag dich. Dich und dein Selbstbewusstsein. Und ich verzeihe dir.

Plötzlich wurde ich in meinen eigenen Kopf zurückgerissen. Die Einstichstelle des Dolches brannte mehr als zuvor und doch fühlte es sich anders an. Ich musste den Dolch herausziehen, damit diese Schmerzen aufhörten. Ich löste mich von Finns Lippen, fasste mit meiner Hand um seine, die den Dolch umklammert hielt. Dann zog ich den Dolch gemeinsam mit ihm heraus.

»Nein!« Finns riss die Augen auf. Er löste sich aus seiner Starre und presste seine Hände auf die Wunde, um die Blutung zu stoppen. Doch das war gar nicht nötig. Es kam kein Blut. Wir starrten auf die Stelle, in der eben noch der Dolch gesteckt hatte. Sie war verheilt. Das was noch davon zeugte, war ein graues Mal in der ovalen Form eines Blattes, das unter meinem zerrissenen Hemd hervorlugte.

»Das kann nicht sein!« Magnus war außer sich vor Wut. Ich wusste nicht, wie viel Zeit inzwischen vergangen war, aber er stand noch am selben Platz wie zuvor.

»Finn! Töte sie!«

Finn zuckte zusammen, doch weiter geschah nichts. Er machte keine Anstalten mich anzugreifen. Wir halfen uns gegenseitig auf und bewaffneten uns mit den Schwertern, die zu Boden gefallen waren. Gemeinsam stellen wir uns Magnus gegenüber. Er wich zu einem Regal zurück, holte ein weiteres Schwert hinter einem der Sessel hervor und zog es aus dem Futteral. Es musste sein eigenes sein.

»Ich hätte euch beide gleich umbringen sollen!«, schrie Magnus und ging auf uns los. Er war ein sehr guter Schwertkämpfer, das musste ich zugeben. Finn und ich waren angeschlagen, daher gelang es uns nur mit Mühe, Magnus in Schach zu halten.

Wie auf Kommando flog die Tür auf der anderen Seite des Raumes auf. Im Rahmen stand Bero, schwer atmend und mit einem rastlosen Blick. So aufgebracht und wütend hatte ich ihn noch nie gesehen. Er fixierte Magnus mit seinem Blick und zischte: »Du!«

Ich an Magnus' Stelle hätte es mit der Angst zu tun bekommen. Doch dieser lachte nur und blickte Bero belustigt an.

»Ha! Verstärkung! Greif dir irgendwas und hilf mir!«

Oh nein. Magnus' Gabe!

»Bero, nein!«, rief ich, doch es war zwecklos. Bero schnappte sich einen steinernen Kerzenständer auf seinem Weg zu uns und fixierte mich mit einem furchteinflößenden Blick. Wie ein wütender Riese raste er auf mich zu. Ich überließ Magnus Finn und wandte mich an Bero.

»Magnus kontrolliert dich, Bero. Du musst dich dagegen wehren! Bitte!« Ich richtete das Schwert auf ihn. Ich wollte ihm nicht wehtun. Flehend sah ich ihn an und er … zwinkerte. Dann ein kleines Nicken Richtung Magnus. Ich verstand was er vorhatte, aber nicht, wie es möglich war.

Scheinbar wütend gingen wir aufeinander los. Wir machten bei unserem kämpferischen Tanz große Schritte und Bero kam näher an Magnus heran. Bald standen sie Rücken an Rücken. Magnus atmete schwer. Er musste sich selbst verteidigen und auf der anderen Seite war er darauf konzentriert, Bero zu kontrollieren. Doch es schien nicht zu funktionieren. Nein, das tat es ganz sicher nicht, denn im nächsten Moment ließ Bero den Kerzenständer fallen, schnappte sich den Hemdkragen des überraschten Magnus' und schlug ihn mit einem gezielten Faustschlag gegen die Schläfe. Magnus erschlaffte und Bero ließ ihn langsam zu Boden gleiten, wo Magnus reglos liegen blieb.

Keiner sagte ein Wort. Wie ein Stillleben standen wir da.

»Habt ihr das gesehen? Das nenne ich einen Schlag!«, platzte es aus Bero heraus und er umarmte Finn und mich stürmisch. Keiner von uns wusste, wie er reagieren sollte. Bero schob uns von sich und sah in unsere überwältigten Gesichter.

»Ihr seht aus, als könntet ihr einen Tee gebrauchen.«

KAPITEL 41

ARYA

Wir durften uns nicht von der Stelle rühren, ehe sich der Trubel legte. Marcus und Padur, wie sich die beiden Wachen aus dem Keller später vorstellten, verfrachteten uns deswegen in die Küche von Magnus' Haus. Dort warteten Ilias und Elena bereits auf uns. Beide sprangen von ihren Stühlen auf, als sie uns sahen. Ilias erreichte mich als erster und umklammerte meinen Oberkörper. Ich konnte nichts sagen, ich war einfach nur erleichtert und zitterte, als die Aufregung nachließ. Als Elena mich dann ebenfalls umarmte, weinte ich drauflos. Ein Stein, so groß wie ganz Maljonar, fiel mir vom Herzen.

Auch Elena sagte nichts, sie hielt mich nur fest.

»Gruppenumarmung!«, rief Bero, der Finn trotz seiner Proteste zu uns herüberschleifte und beide in die große Umarmung einbezog. So standen wir eine Weile da und freuten uns unseres Lebens.

Bero setzte heißes Wasser in der Kochstelle auf, während Ilias uns allen erzählte, wie er die Wachen zu Magnus' Haus geführt hatte. Für ihn war es ein großes Abenteuer gewesen.

»Ich werde alles aufschreiben und ein Buch daraus machen!«, verkündete er. »Damit niemals jemand die Geschichte vergisst.«

Wir würden sie niemals vergessen. Und auch nicht die entscheidende Rolle, die Ilias darin gespielt hatte. Er hatte uns allen das Leben gerettet. Wenn er älter war, würde er begreifen, was er da eigentlich getan hatte. Wir standen für immer in seiner Schuld.

Nacheinander erzählte jeder seinen Teil der Geschichte und wir fügten alle Bruchstücke über Magnus und den Abend zusammen. Bis zu dem Punkt, an dem Ilias mit den Wachen Elena und Bero befreit hatte, und Letzterer uns zu Hilfe geeilt war. Das Bild, das sich daraus ergab, war scheußlich, aber auch mitleiderregend. Wer konnte ahnen, wie sein Leben verlaufen wäre, wenn er sich früher dazu entschlossen hätte, um Esthers Hand anzuhalten. Wir und er würden es nie erfahren.

Marcus und Padur kamen im Wechsel bei uns vorbei und hielten uns auf dem Laufenden. Ein paar Männer waren rund um das Haus postiert worden, damit wir in Sicherheit waren. Sie hatten zudem einen großen Teil der Stadtwache zusammengetrommelt und alle Männer festgenommen, die sie als Gefolgsleute von Magnus identifizieren konnten. Die anderen waren entkommen und man hoffte, dass sie schlau genug waren, nicht wieder zurückzukommen.

Magnus hatte man in der Zwischenzeit abgeholt und in ein Verlies geworfen. Mit Hilfe von bestimmten Arzneien hielt man ihn in einem schläfrigen Zustand, damit er keine Gefahr darstellte. Er wurde zur Sicherheit nur von Wachleuten mit Gaben bewacht, die man aus dem Schlaf gerissen und hergeholt hatte.

Eine ganz entscheidende Frage blieb noch offen, und ich stellte sie voller Ungeduld.

»Bero, wieso konntest du nicht von Magnus beeinflusst werden?«, fragte ich, obwohl ich schon eine Theorie hatte. Es gab nur eine, die es erklären konnte. Eigentlich zwei, aber ich bezweifelte stark, dass Bero mit Magnus verwandt war.

Bero legte die Topflappen weg, mit denen er den Topf mit dem heißen Wasser vom Feuer geholt hatte und drehte sich zu uns um. Er schmunzelte, als er sein Hemd hochhob und uns einen Blick auf seinen rundlichen Bauch ermöglichte. In einem dunklen violetten Ton befanden sich dort filigrane Muster, die sich über seine Haut schlängelten. Bero besaß eine Gabe.

»Bevor du fragst; sie geht durch den Magen. Was glaubst du, wieso ich so gut kochen kann? Ich habe einen sehr ausgeprägten Geschmacks- und Geruchssinn.« Er ließ das Hemd wieder herunter.

»Sagst du uns auch, was deine Gabe ist?«, wollte Ilias sogleich von mir wissen.

Ich hatte meine Hemdsärmel hochgekrempelt, damit ich meine wunden Handgelenke waschen konnte. Mein Mal am linken Unterarm lag frei und war für alle sichtbar. Beschämt sah ich auf den Tisch.

»Das ist nicht ganz so einfach.« Ich sah zu Finn, der mir aufmunternd zulächelte. Er legte mir seine Hand auf das Knie und drückte es leicht. Er war ungewöhnlich still.

Ein Mann kam in die Küche. Es musste der Hauptmann der Stadtwache sein. Seine Uniform wies mehr grün auf als die seiner Untergebenen. Er räusperte sich. Seine braunen Haare waren zerzaust und sein Bart stoppelig. Er vermittelte den Eindruck, als hätte man ihn gerade aus dem Bett geholt. Das war durchaus möglich, da es mitten in der Nacht war und die restliche Stadt schlief. Das Lichterfest war lange vorbei.

»Es tut mir leid, dass ich unterbrechen muss. Ich bin Hauptmann Esdam Miro, Oberster der Stadtwache von Letilis. Meine Männer haben mir ihre Geschichte erzählt, die ich so unglaublich finde, dass ich sie wohl noch ein zweites Mal hören muss. Würdet Ihr mir die Ehre erweisen und mir sagen, was genau in dieser Nacht hier vorgefallen ist?« Unsicher sah er einen nach dem anderen an.

Bero füllte einen Becher mit Tee und überreichte ihn dem Hauptmann. »Setzen sie sich«, sagte Bero. »Das wird eine Weile dauern.«

Wir tranken mit Hauptmann Miro drei Kannen Tee, ehe wir ihm alles erklärt hatten. Es war kurz vor Morgengrauen, das Feuer war lange erloschen und die meisten der Männer hatte Miro bereits zurück auf ihre Posten geschickt. Nur ein paar, die er zu unserem Schutz abkommandiert hatte, waren noch da. Unter ihnen waren auch Marcus und Padur. Nachdem Hauptmann Miro zig Mal den Kopf geschüttelt hatte, musste er das Ganze erst einmal sacken lassen. Er zweifelte nicht an unseren Worten. Er vertraute uns an, dass er seine hohe Position innehatte, weil er erkennen konnte, ob ein Mensch log oder nicht. Deswegen hatte man auch ihn aus dem Bett geholt und nicht seinen Stellvertreter geschickt. Man wollte sichergehen, dass unsere Geschichte auch wirklich stimmte. Ich konnte ihre Zweifel nachvollziehen.

Elena nahm ihm das Versprechen ab, dass er Stillschweigen über ihre wahre Herkunft und ihren Aufenthalt in Letilis bewahren sollte, bis sie wieder in Belessan angekommen war. Hauptmann Miro willigte ein und befahl Marcus und Padur, uns so unauffällig wie möglich zu unserem Gasthaus zurückzubringen. Wir wollten keinen Moment länger in Magnus' Haus bleiben.

Auf unserem Rückweg zum Gasthaus machten die beiden Wachen Ilias eine große Freude. Sie entschuldigten sich mehrfach bei ihm, dass sie ihm nicht geglaubt hatten und schenkten ihm dann einen von ihren Dolchen mit den grün gefassten Griffen. Ilias war stolz wie ein König. Aber auch er entschuldigte sich dafür, einen der Männer verletzt zu haben. Er wollte am nächsten Tag zu ihm gehen und sich persönlich dafür entschuldigen. So müsste man als Mann damit umgehen, sagte er.

Auf halbem Weg zu unserem Gasthaus fielen Ilias dann doch die Augen zu und Finn nahm ihn in die Arme, um ihn den Rest des Weges zu tragen. Es war das erste Mal, dass ich Finn lächeln sah, seit wir in Magnus' Haus gegeneinander gekämpft hatten. Er war den ganzen Abend ungewöhnlich still gewesen und das beunruhigte mich. Als er meinen besorgten Blick auffing, verlagerte er Ilias' Gewicht auf eine Schulter und griff mit der freien Hand nach meiner. Wir verschränkten unsere Finger ineinander. Elena und Bero, die hinter uns liefen, bemerkten es.

»Ich glaube, wir haben den besten Teil des Abends verpasst«, bemerkte Elena kichernd.

»Arya kann dir nachher auf dem Zimmer erzählen, wie gut ich küssen kann«, erwiderte Finn, ohne sich zu ihr umzudrehen. Er grinste mich schwach an.

Da wusste ich, dass alles gut werden würde. Mit der Zeit würden Finn und sein Selbstbewusstsein sich erholen. Und ich würde da sein, um ihnen zu helfen.

KAPITEL 42

FINN

Nur in mehreren Anläufen und Pausen hatte ich meinen Anteil an den Geschehnissen erzählen können. Der Schock steckte mir in den Knochen. Ich begriff noch nicht wirklich, was geschehen war. Es war zu viel für einen Tag. Vielleicht zu viel für ein ganzes Leben.

Als ich im Morgengrauen im Bett lag, sah ich vor meinem inneren Auge immer und immer wieder die Erinnerung, die ich zum ersten Mal im magischen Wald gesehen hatte. Ich sah Magnus, wie er meine Mutter quälte und sie dazu brachte, meinen Vater und sich selbst umzubringen. Jetzt, wo ich wusste, wer sie war, wollte ich sie sehen. Diese Erinnerung bot mir das einzige Bild, das ich von meiner Mutter hatte. Es war das erste und letzte Mal, dass ich sie sah. Ebenso war es bei meinem Vater, den ich nur tot kannte.

Gleichzeitig mit der Trauer brach die Wut über mich herein. Ich war wütend auf den Mann, der mich mein ganzes Leben lang angelogen hatte. Egal, ob man ihn Areth nennen wollte oder Magnus. Ich war wütend auf ihn, weil er meiner Familie dieses schreckliche Schicksal auferlegt hatte. Die ganzen Was-Wäre-Wenn's wollte ich mir nicht ausmalen. Meine Mutter könnte noch am Leben sein. Ich hätte einen richtigen Vater haben können. All diese Möglichkeiten, zerstört durch einen einzigen, wahnsinnigen Mann.

Meine düsteren Gedanken wurden von schöneren verdrängt. Ich sah die Bilder, die Arya mir in Gedanken gezeigt hatte. Sie waren voller Wärme, Zuneigung und Trost, den ich bitter nötig hatte. Als sie in meinen Kopf eingedrungen war, hatte es sich unnatürlich angefühlt. Ihre und Magnus' Präsenz in meinem Kopf waren zu viel gewesen. Dann aber hatte Arya die Oberhand gewonnen und Magnus verdrängt.

Ich hatte verstanden, was ihre Gabe war. Sie zeigte mir in Bildern all das, was sie damit getan und wofür sie sich geschämt hatte. Wie sie dagegen gekämpft und fast verloren hatte.

Ich wollte sie vor jedem beschützen, der sie zwingen wollte, ihre Gabe wieder auf diese Weise einzusetzen. Ich durchlebte erneut die Erleichterung, die ich verspürt hatte, als Aryas Wunde verheilt war. Nie zuvor in meinem Leben war ich so glücklich gewesen. Ich würde dieses Mädchen nie wieder gehen lassen.

Erst versuchte ich, dagegen anzukämpfen, doch dann ließ ich los. Tränen liefen mir über die Wangen und ich weinte, wie ich noch nie zuvor in meinem Leben geweint hatte. Ich weinte aus Trauer um meine Eltern und ihr Schicksal. Ich weinte um mein Leben, das auf einer Lüge aufgebaut gewesen war. Um Aryas Vergangenheit und den Tod ihres Onkels. Um Ilias' verlorenes Gedächtnis. Ich weinte über die Ungerechtigkeit der Welt.

Ein Schluchzer nach dem anderen entfuhr mir und meine Schultern bebten. Bald breitete es sich über meinen ganzen Körper aus. Bero und Ilias wurden wach. Ilias krabbelte zu mir unter die Bettdecke und umarmte mich. Bero setzte sich an mein Bettende. Still sahen sie mir dabei zu, wie mein Körper unter der Last der letzten Stunden zusammenbrach. Sie wussten, mehr als mir zu zeigen, dass sie für mich da waren, konnten sie nicht tun. Mehr war aber auch gar nicht nötig.

Bald weinte ich nicht mehr aus Trauer und Wut, sondern aus Freude und Erleichterung. Ich hatte die beiden besten Freunde der Welt, die wie eine Familie für mich waren. Ich hatte eine gute Freundin in Elena gefunden. Und ich hatte eine Leibwächterin, die schon dafür sorgen würde, dass ich wieder in Ordnung kam.

Es verging einige Zeit, bis die Tränen versiegten. Irgendwann konnte ich einfach nicht mehr. Doch es war ein gutes Gefühl. Ich fühlte mich leichter und erfüllter zugleich. Ich hatte viel verloren, aber auch viel gewonnen. Vor Erschöpfung wurde mir kalt und ich wickelte mich tiefer in meine Decke ein. Ilias lag noch immer neben mir. Bero begann das Lied zu summen, das Elena für Arya an unserem ersten gemeinsamen Abend gesungen hatte. War das wirklich erst wenige Wochen her? Ich konnte es nicht glauben. Dann sank ich endlich in einen tiefen und traumlosen Schlaf.

KAPITEL 43

ARYA

Wir verschliefen den gesamten nächsten Tag. Erst zum Abendessen kamen wir aus unseren Betten heraus und mischten uns unter das Volk im Gasthaus. Marcus und Padur waren ebenfalls anwesend. Sie trugen normale Kleidung und waren, genau wie wir, ab sofort im Geheimen unterwegs. Sie waren zu unserem Schutz abgestellt worden und wichen uns nicht von der Seite.

An diesem Abend ließen wir es uns gut gehen. Wir bestellten all die leckeren Dinge, die es gab und scherten uns nicht darum, was die anderen von uns dachten.

Während die anderen den Mund voll hatten, sprach Elena etwas an, das mir die vergangene Nacht Unbehagen bereitet hatte. Unsere Abreise nach Belessan. Geplant war sie für den kommenden Tag in Begleitung von Hauptmann Miro und ein paar anderen seiner Männer. Mein Platz würde nach unserer Rückkehr an Elenas Seite sein, aber ich wusste nicht, was Finn, Bero und Ilias tun würden. Und ich traute mich nicht, sie zu fragen.

»Bero, wenn wir wieder in Belessan sind, würde ich dir gerne jemanden vorstellen.«

»Wen denn?«

»Ihr Name ist Yusra. Sie ist unsere Köchin im Schloss und sie würde sich sicher freuen, dich kennenzulernen. Ihr könntet eine Menge voneinander lernen.«

»Dürfen wir auch mit?«, fragte Ilias. »Ich würde das Schloss und Yusra auch gerne sehen.«

»Selbstverständlich. Ihr seid uns jederzeit willkommen. Ihr dürft bleiben, so lange ihr wollt«, sagte Elena fröhlich.

»Auch für immer? Bis an unser Lebensende?«, wollte Ilias wissen.

Finn wurde aufmerksam. »Wenn man dir einen Finger reicht, nimmst du auch immer gleich die ganze Hand, oder? Du bist unmöglich«, spaßte er. Doch dann sah er mich an und stellte mir schweigend, nur mit einem Blick, dieselbe Frage wie Ilias Elena.

Für immer?

Ich nickte und er lächelte.

Um uns vor dem unausweichlichen Gespräch mit König Trystan nicht verrückt zu machen, genossen wir jede Minute der Rückreise. Diese fiel im Vergleich zu unserer Hinreise kurz aus, da wir keine Umwege machten und Hauptmann Miro uns antrieb. Er wollte dem König seine Tochter so schnell wie möglich wieder übergeben.

Trotz seines Protestes verfielen wir morgens und abends wieder in unseren Rhythmus. Packen, Satteln, Kochen, Feuer machen – jeder hatte in den vergangenen Wochen seine Aufgabe gehabt und übernahm sie nun wieder. Den Wachen war es sichtlich unangenehm, einer Adeligen beim Arbeiten zuzusehen. Doch Elena ließ es sich nicht nehmen, sie abends gemeinsam mit Bero zu verpflegen. Nach dem zweiten Abend akzeptierten die Wachen das eigenwillige Handeln. Hinter vorgehaltener Hand sprachen sie nur gut darüber.

Am dritten Abend nahm Finn mich an die Hand und führte mich von den anderen weg. Wir setzten uns unter einen Baum am Waldrand und betrachteten von Weitem das Lagerfeuer, an dem die anderen saßen. Er legte einen Arm um mich und ich lehnte mich an seine Schulter. Mit den Fingerspitzen strich er über meinen Oberarm. Das wärmte mich mehr, als irgendein Lagerfeuer es gekonnt hätte. Seine andere Hand nahm ich in meine.

»Wie geht es dir?«, fragte ich ihn. Es war eine kleine und unschuldige Frage, die unglaublich viel umfasste.

»Wenn du bei mir bist«, flüsterte er, »geht es mir gleich viel besser.«

Ich glaubte ihm. Und doch hörte ich das Nachdenkliche in seiner Stimme.

»Ich bin immer für dich da«, sagte ich und küsste ihn auf die Wange.

»Kannst du mir das versprechen? Auch wenn du nicht weißt, wie König Trystan reagieren wird?«

»Ich verspreche es dir, Finn. Egal was kommt, ich werde für dich da sein.«

Er seufzte erleichtert. »Dann wird alles wieder gut.« Er setzte sich aufrecht, sodass er mir in die Augen sehen konnte. Dann legte er mir seine Hand auf meine Wange und streichelte mich sanft.

»Ich mag dich, Zwerg.«

»Ausnahmsweise lasse ich das gelten.«

Er küsste mich. Ganz sanft, als wollte er jeden Moment auskosten. Als er meinen Mundwinkel küsste, flüsterte ich: »Ich dich auch.«

KAPITEL 44

ARYA

Nach einer Woche sah man in der Ferne das Schloss. Noch am selben Abend trafen wir in Belessan ein. Uns erwartete kein großes Empfangskomitee. Unsere Rückkehr wurde so gut es ging geheim gehalten. Dennoch trafen uns einige neugierige Blicke, als unsere Gruppe durch die Stadt zum Schloss zog. Es machte uns aufgeregter, als wir ohnehin schon waren.

Im Schloss wurden wir von Yusra empfangen, die uns, Finn, Bero und Ilias eingeschlossen, eine riesige Standpauke hielt. Ihr war es egal, dass sie die drei nicht kannte. Sie waren mit uns unterwegs gewesen und das reichte aus, um sie verantwortlich zu machen. Genauso schloss sie sie dann aber auch in ihre Umarmung ein, als sie uns verzieh und uns zu Trystan brachte. Yusra war die Einzige, die es sich erlauben konnte, den König warten zu lassen und seine Tochter vor ihm zu begrüßen.

Wir standen vor den Türen der Bibliothek. Von drinnen hörte man lautes Gebrüll. Elena war alleine hineingegangen, weil sie die Wogen glätten wollte. Wir anderen warteten draußen und warfen uns vielsagende Blicke zu, wenn wir ein paar Worte durch die Tür verstanden. Bero und Finn waren unruhig, Ilias hingegen wirkte entspannt. Er lief vor der Tür auf und ab und betrachtete die Bilder, die an der Wand hingen. Er hüpfte aufgeregt umher und konnte es nicht erwarten, den König endlich zu treffen. Auch das gehörte zu seinem Abenteuer, das er noch immer in vollen Zügen genoss.

Dann, nach Stunden wie es schien, war ich an der Reihe. König Trystan wollte mich in der Anwesenheit von Elena sprechen. Ich schluckte schwer. Finn drückte meine Hand, um mir zu versichern, dass er für mich da war. Es bedeutete mir sehr viel. Ob ich ihn wiedersehen würde, hing ganz davon ab, wie der heutige Tag verlaufen würde.

Ich betrat die Bibliothek und suchte als allererstes den Blick von Elena. Sie hatte gerötete Augen, aber sie wirkte zuversichtlich und ruhig. Das war ein gutes Zeichen. Ich richtete meinen Blick auf Trystan, der mir hart entgegensah. Ich wäre am liebsten im Boden versunken, doch ich ging weiter auf ihn zu. Er stand am Kamin, vor dem Familienporträt, das darüberhing. Es zeigte ihn, seine Frau Jasha und Elena als Kleinkind. Sie waren nie diese Familie auf dem Bild gewesen und doch hatte er es malen lassen. Es stand sinnbildlich dafür, dass sie in ihren Herzen immer bei ihnen war. Es half mir dabei mich zu beruhigen, weil es mir in Erinnerung rief, dass Trystan ein gutherziger Mann war.

Er stand vor mir und hatte die Hände hinter dem Rücken verschränkt. Er war in schlichte Sachen gekleidet. Eine schwarze Hose, mit einem weißen Hemd und einer roten Weste darüber. Seine Krone hatte er abgelegt. Ich ging vor ihm auf ein Knie, wie es sich für eine Untertanin und Bedienstete des Schlosses gehörte. Er ließ mich ein paar Momente in dieser Position verharren, ehe er mich bat aufzustehen. Er hielt sich nicht lange mit einer Einleitung auf, sondern kam gleich zur Sache. Seine Stimme war tief und von seinen vorherigen Ausbrüchen kratzig.

»Elena hat mir erzählt, dass sie dich zu dieser Reise gezwungen hat. Außerdem dazu, dass du für sie lügst, den anderen etwas vorspielst und deine Pflichten als zukünftige Leibwächterin vernachlässigst. Entspricht das der Wahrheit?«

»Ja, Euer Majestät.«

»Und warum, Arya, hast du diesem Drängen nachgegeben?«

Ich wusste genau, was er meinte, und ich wusste auch, welche Antwort er von mir erwartete. Seine gewünschte Antwort war aber nicht die, die ich ihm geben konnte.

»Ich habe es getan, weil sie meine Freundin ist. Es war wichtig für sie, also war es auch wichtig für mich.«

»Was hättest du getan, wenn sie nicht deine Freundin gewesen wäre, sondern einfach nur jemand, den du beschützen sollst?«

»In diesem Fall, Euer Majestät, hätte ich anders gehandelt.«

Er nickte, so als habe er diese Antwort erwartet.

»Das Problem ist, dass eine Freundschaft in beide Richtungen geht. In gefährlichen Situationen könnte es passieren, dass sie versucht, dich zu schützen. Und genau das soll nicht geschehen. Und bei euch beiden wird das der Fall sein, weil ihr nicht reif genug seid, um Freundschaft und Pflichten zu trennen.«

»Aber Vater …«, protestierte Elena.

»Schweig!«, stieß Trystan hervor.

Sie schlang die Arme um sich und war kurz davor zu weinen.

»Ihr habt recht, Eure Majestät. Das könnte passieren. Und das sollte es nicht«, gab ich zu.

»Aus diesem Grund wirst du nach ihrem Geburtstag nicht ihre Leibwächterin werden. Diese Position wird dir hiermit aberkannt und du wirst von deinem vorläufigen Eid entbunden. Ich habe mich bereits um einen Ersatz gekümmert.« Es traf mich wie eine Ohrfeige und ich verlor kurz den Boden unter den Füßen.

Ich hatte es geahnt. Es war die einzig richtige und gerechte Entscheidung, das wusste ich. Und dennoch schmerzte es sehr.

All die Jahre hatte ich mich genau auf diese Zukunft vorbereitet und nun existierte sie nicht mehr.

Elena protestierte und schrie ihren Vater an, der sie mit einer Handbewegung zum Schweigen brachte.

»Lass mich ausreden«, bat er sie und richtete das Wort erneut an mich. »Du hast in dieser Hinsicht falsch gehandelt, was du hoffentlich selbst einsiehst. Aber ich weiß auch, wie wichtig es ist, dass man Menschen um sich hat, auf die man sich in allen Lebenslagen verlassen kann. Daher biete ich dir eine Alternative an. Du wirst ab sofort mit für die Sicherheit dieses Schlosses verantwortlich sein und alle meine Bediensteten überwachen und überprüfen, ohne dass du deine Gabe dafür einsetzen musst. Aber du kannst, wenn du möchtest. Ich habe vorhin mit Hauptmann Miro gesprochen, er wird dir dabei behilflich sein, alle Spuren zu beseitigen, die Magnus hinterlassen hat. Es wird lange dauern, aber es muss sein. Im Anschluss daran wirst du dich um die Wachaufstellung kümmern und um die Kampf-Ausbildung der jugendlichen Rekruten.«

Ich glaubte, mich verhört zu haben. Er bot mir die Position an, die mein Onkel bekleidet hatte, als er angefangen hatte, im Schloss zu arbeiten. Ich würde in seine Fußstapfen treten. Ich hatte wieder eine Zukunft.

»Außerdem wirst du meine Tochter auf all ihren Reisen begleiten, egal wohin oder wie lange diese dauern werden. Wenn ich sie schon aus den Händen geben muss, dann doch in solche, denen ich vertrauen kann. Auf beruflicher wie auch auf menschlicher Ebene.« Ein Seufzer folgte seinen letzten Worten und er entspannte sich. Er wurde zu dem herzlichen König Trystan, den ich kannte. Er hatte all seine Strenge aufgebraucht und war bereit, uns zu vergeben. Tränen standen in seinen Augen, als er uns dann ansah.

»Ihr beide habt mir einen großen Schrecken eingejagt. Aber ich verstehe Elena. Diesen Freigeist hat sie von ihrer Mutter. Sie war früher genauso. Ich bin fürchterlich wütend auf euch, aber ich bin auch stolz. Ihr müsst mir versprechen, dass ihr so etwas nie wieder tun werdet!« Er breitete seine Arme aus und wir ließen uns das nicht zwei Mal sagen. Er umarmte uns und drückte uns so fest, dass wir kaum noch Luft bekamen.

»Versprecht mir auch, dass ihr immer füreinander da sein werdet. Freunde, denen man vertrauen kann, sind sehr wichtig.«

Elena und ich sahen uns an. Wir dachten dasselbe.

»Was das angeht, Vater«, sagte Elena und tätschelte seine Hand, »hätten wir da noch drei Freunde, die wir dir gerne vorstellen würden. Sie haben uns auf dieser Reise begleitet.«

König Trystan sah skeptisch aus, bat die drei aber herein. Elena erzählte in ihrer Anwesenheit von all den schönen Erfahrungen, die wir mit ihnen gesammelt hatten. Wie sie unsere Freunde wurden und wie sie am Ende ihr Leben für uns aufs Spiel gesetzt hatten. Zu Ilias Freude hob sie seine Rolle an jenem Abend besonders hervor. Als sie ihrem Vater von Magnus' Verbindung zu Finn erzählte, war sein Mund zu einer Linie gepresst. Er überlegte einen Moment, ging dann zu Finn herüber und legte ihm eine Hand auf die Schulter.

»Ich muss mich bei dir für all das Leid entschuldigen, das mein Bruder dir und deiner Familie angetan hat. Ich kann mir nicht im Entferntesten vorstellen, was du durchmachen musstest. Ich hoffe sehr, dass du ihm eines Tages verzeihen kannst, auch wenn es schwerfällt. Gibt es etwas, womit ich dich entschädigen und dir und deinen Freunden für eure Hilfe danken kann?«

»Können wir hierbleiben? Hier im Schloss?« Ilias Stimme war ganz leise, dennoch verstanden wir ihn alle.

Trystan drehte sich zu ihm um. Der Kleine zuckte nicht unter dem Blick zusammen, den Trystan ihm zuwarf.

»Ilias, richtig?«, fragte er.

Dieser nickte.

»Du würdest also gerne hierbleiben?«

Wieder ein eifriges Nicken.

»Was könntest du denn zu unserem Leben beitragen? Jeder hier muss eine Aufgabe übernehmen.«

Ilias tat mir leid, wie er vor dem König stand und versuchte, seinem Abenteuer ein schönes Ende zu ermöglichen. Ein Blick auf Elena verriet mir, dass er Erfolg haben würde. Sie kannte ihren Vater gut und ihr Bauchgefühl sagte ihr bestimmt, dass schon längst ein Entschluss gefallen war, obwohl er sich vor Ilias aufspielte.

»Ich könnte ein Spion sein! Also nicht jetzt gleich, ich muss erst noch einige Sachen lernen, aber später könnte ich ein ganz toller Spion sein! Das weiß ich.«

Trystan hob die Augenbrauen.

»So? Na ein ordentliches Selbstbewusstsein hast du schon mal.«

»Das hat er von mir«, witzelte Finn.

»Ich sehe schon«, antwortete Trystan mit amüsierter Stimme.

»Soll ich Eurem Wachmann jetzt seinen Dolch wiedergeben?«, fragte Ilias, und hielt Trystan die Waffe entgegen. Dieser war geschockt und sah die Männer an, die im Raum standen und uns bewachten. Sie waren immer da, wo König Trystan war.

»Wer von euch hat sich eine Waffe entwenden lassen?«

Die Wachen tasteten ihre Taschen ab. Einer von ihnen hatte nur leere Hände vorzuweisen.

»Das kann doch nicht sein, der kleine Racker hat tatsächlich meinen Dolch gestohlen«, sagte er. Doch er wirkte nicht beleidigt, sondern beeindruckt.

»Das ist das Werk eines Diebes, Ilias, nicht das eines Spions«, tadelte Trystan.

»Ich wollte nur zeigen, was ich kann. So lange ich leise bin, mich flink bewege, die anderen mich nicht bemerken und ich nichts klaue, bin ich ein Spion, kein Dieb.«

Trystan lachte. »Der Kleine ist ja herrlich!« Er strich sich über einen Bart. Dann fuhr er fort. »Ist das euer Wunsch? Dass ihr hier im Schloss bleiben, leben und arbeiten könnt?«

Alle drei nickten. Es freute mich, dass sie sich so einig darin waren. Ob sie darüber gesprochen hatte, als Elena und ich nicht dabei gewesen waren?

»Nun gut, dann soll es so ein. Wir werden sicher einen Platz für euch finden. Niemand soll mir nachsagen können, dass ich die Freunde und Retter meiner Tochter nicht gut behandeln würde. Elena, ich übergebe sie in deine Obhut. Und ich würde mich freuen, wenn wir heute Abend gemeinsam essen würden«, verkündete er.

War es möglich, vor Glück zu platzen?

Es war eine sehr gute Entscheidung, dass die Jungs in das Schloss umzogen und nicht in das alte Haus zurückmussten. Ein Umgebungswechsel würde ihnen guttun und dabei helfen, mit den Ereignissen der letzten Wochen klarzukommen und neue, schöne Erinnerungen zu sammeln.

Elena kümmerte sich um die Schlafräume, von denen jeder einen eigenen bekam, sowie alles andere, was sie brauchten. Ilias bekam einen Lehrer, der ihm alles an Schreiben, Lesen und Rechnen beibrachte, was er verpasst hatte. Die Sache mit der Ausbildung zum Spion stand noch in weiter Ferne, aber man konnte nie wissen. Mittlerweile hielt ich so ziemlich alles für möglich.

Bero wurde bei Yusra vorgestellt und sie nahm ihn mit großer Freude in ihrer Küche auf. Seitdem verbrachte er seine ganzen Tage mit Yusra und Silas dort und verwöhnte uns mit den leckersten Sachen, die man sich vorstellen konnte.

Finn wusste lange nicht, was er mit sich anfangen sollte. Dann wurde er Meister Matrian vorgestellt, einem der Handelsbeauftragten von König Trystan, der Waren aus dem ganzen Königreich einkaufte. In einem Gespräch der beiden stellte sich heraus, dass Finn durch seine vielen Reisen wusste, wo man am besten welche Waren kaufen konnte. Hatte Matrian bisher beispielsweise das Fleisch von einem bestimmten Bauern gekauft, riet Finn ihm, es bei einem anderen Bauern zu kaufen, da dort die Haltung der Tiere, das Wetter und die Weiden besser seien. Matrian nahm Finn unter seine Fittiche und lehrte ihn das Handeln. Ohne Gewalt, ohne Drohungen und ohne illegale Machenschaften. Finn würde in Zukunft ab und an auf Reisen gehen, was gut für ihn war, da er diese Auszeiten brauchte. Er würde immer der »Streuner« bleiben.

Ich verbrachte viel Zeit mit meinen ehemaligen Kameraden von der Leibwache und trainierte mit ihnen. Ich hörte mir an, welche Verbesserungen sie in Bezug auf die Sicherheit des Schlosses vorzuschlagen hatten. Bei solchen Überlegungen sollte man immer diejenigen fragen, die auch wirklich damit zu tun hatten. Meine neue Aufgabe gefiel mir gut und mein Mal schmerzte kein einziges Mal, obwohl ich meine Gabe nicht benutzte.

Der Ersatz, den König Trystan für mich gefunden hatte, war ein junger Mann namens Leander, den Hauptmann Miro sich auf meinen Wunsch hin genauer ansah. Er hatte nichts an ihm auszusetzen.

Nach einigen Tagen traf ich das erste Mal seit dem Tod meines Onkels auf Fanras. Er wurde gerade in den Kerker verlegt, wo er den Rest seines Lebens bleiben würde. Es hatte sich zum einen herausgestellt, das Fanras König Trystan nie davon erzählt hatte, dass er mich zum Einsatz meiner Gabe zwang. Er hatte es all die Jahre geheim gehalten und auch meinem Onkel verboten, mit ihm darüber zu sprechen. Zum anderen kam seine Verbindung zu Magnus ans Licht. Er hatte diesem im Gegenzug für eine Menge Geld tatsächlich dabei geholfen, das Schloss von innen heraus zu infiltrieren. Das allein reichte, um ihn für den Rest seines Lebens in den Kerker zu werfen. Er wusste nichts von den Ereignissen in Letilis und war deshalb nicht geflohen, bevor man ihn verhaften konnte.

Magnus wurde in einem Verließ im Keller des Schlosses untergebracht. Als er aufwachte, konnte er sich an nichts erinnern. Weder wer er war noch was er angerichtet hatte. Man wusste nicht, ob es an Beros Schlag lag oder an etwas anderem. Die meiste Zeit saß er da und starrte vor sich hin. Hin und wieder kann ein Name über seine Lippen. Esther. König Trystan ließ sein Verließ komfortabel einrichten. Er wollte seinen Bruder nicht völlig würdelos leben lassen. Dennoch war und blieb sein Raum ein Gefängnis. Lediglich Wachen mit einer Gabe durften ihm Essen bringen, für den Fall, dass Magnus sich doch an seine eigene erinnern sollte. Mit der Zeit vergaß ich, dass dieser schreckliche Mann nur wenige Meter unter mir lebte.

Die Männer der königlichen Wache, die von Magnus' Männern umgebracht worden waren, holte man zurück ins Schloss, um ihnen eine angemessene Bestattung zuteilwerden zu lassen. Einer der Männer, die sich freiwillig gemeldet hatten, war Joan gewesen. Jener junge Mann, der am Abend unseres Ausbruchs vor Elenas Tür gestanden hatte. Elena war am Boden zerstört und machte sich fürchterliche Vorwürfe. Sie sah darin eine weitere Lektion, aus der sie lernen musste.

In Zukunft würde sie sich vor solchen Entscheidungen noch mehr Gedanken über die möglichen Konsequenzen machen. Auch wenn man nie alle Möglichkeiten in Betracht ziehen konnte, wie wir am eigenen Leib erfahren hatten. Für Joan und die anderen, sagte sie, wollte sie sich in Zukunft besonders anstrengen, um eine gute Prinzessin und noch bessere Königin zu sein. Sie hatte die schönen Seiten des Königreiches kennengelernt, aber auch einen Teil seiner schlechten. Ihr war bewusst, dass vieles im Argen lag und gemeinsam mit ihrem Vater wollte sie sofort daran arbeiten, es zu verbessern. Es würde ein langer Weg werden. Für mich, bis ich gemeinsam mit Miro die Sicherheit im Schloss wiederhergestellt hatte, und für Elena, die ihrem Königreich helfen wollte. Doch ich zweifelte nicht daran, dass wir es schaffen würden.

Wenige Wochen nach unserer Rückkehr kam der Tag, an dem Trystan Elena seinen Untertanen präsentierte. Er hatte eine Kundgebung ausgerufen und fast die ganze Stadt hatte sich um das Handelshaus am Marktplatz versammelt, um seinen Worten zu lauschen, die er ihnen vom Balkon aus zurief.

Er nahm sich viel Zeit und erklärte ihnen, was ihn zu seinem Entschluss gebracht hatte und wie seine mutige Tochter ihm bewiesen hatte, dass er ihr Unrecht getan hatte. Die Menschen waren überrascht, empört und aufgeregt. Dann trat Elena vor und erzählte von ihrer Reise und ihren Gründen dafür. Ihre Stimme war nicht so laut wie die ihres Vaters, aber die Leute trugen die Geschichte mit eigenen Worten immer weiter, bis auch der letzte Einwohner der Stadt wusste, was geschehen war. Und dann passierte, was ich Elena die ganze Zeit prophezeit hatte. Jubelrufe brandeten auf, die Leute klatschten und hießen ihre Prinzessin in ihrer Mitte willkommen. Elena weinte Tränen der Rührung und spätestens da schloss auch der Letzte in der Stadt sie in sein Herz. König Trystan veranlasste, dass im ganzen Reich Kundgebungen verlesen und Abschriften ihrer Reden verteilt wurden. Es würde nicht lange dauern, bis jeder Elenas Namen kannte.

EPILOG

ARYA

Einige Monate später

Ich war auf dem Weg zum Grab meines Onkels. Das Holzkistchen mit seiner Asche lag unter einem Gedenkstein begraben, den König Trystan im Schlossgarten auf dem Hügel hatte errichten lassen. Es war ein einfacher grauer Stein, in den eine bronzene gravierte Platte eingelassen war. Dort stand der Name meines Onkels sowie all die wichtigen Daten seines Lebens. In den Wochen nach unserer Rückkehr hatte ich es mir angewöhnt, einmal pro Woche diesen Stein zu besuchen.

Ich setzte mich davor und erzählte meinem Onkel in allen Einzelheiten, was ich auf der Reise erlebt und gedacht hatte. Mittlerweile kannte er die ganze Geschichte. Auch über alles, was sich nach unserer Rückkehr ereignet hatte, berichtete ich ihm.

»Eines muss ich dir aber noch erzählen, Onkel. Du erinnerst dich an *Fabulim*, das mittlerweile wieder verschwundene Buch? Dass es mir die Zukunft gezeigt hatte, wusste ich, als ich meine Gabe bei Finn anwenden musste, um unseren Kampf zu beenden. Doch warum Ilias' Name darin stand, konnte ich mir bis vor Kurzem nicht erklären. Ich hatte nicht vor, meine Gabe bei ihm einzusetzen.

Letzte Woche ist er zu mir gekommen und hat mich gefragt, ob ich nicht in seinen Erinnerungen nach seiner Vergangenheit suchen könnte. Ich tat ihm den Gefallen. Ich dachte, dass seine Erinnerungen vielleicht da sind und nur von etwas anderem verdeckt werden.

Ich musste ihn allerdings enttäuschen. Ich habe keine Erinnerungen an die Zeit vor seinem Sturz gefunden. Es ist, als wäre er wirklich aus dem Himmel gefallen. Ich war traurig, dass ich ihm nicht helfen konnte. Aber rate mal, was er dazu gesagt hat.«

»Lass mich raten. Etwas Iliasisches.« Finn war hinter mich getreten und hielt zwei Becher in der Hand. Unter dem rechten Arm klemmte ein Laib Brot.

»Iliasisch? Ist das dein neues Wort für Ilias-charakteristisch?«, fragte ich.

»Ganz genau. Ist es in Ordnung, wenn ich mich zu euch setze?« Ich fand es süß, wie er das sagte und meinen Onkel miteinbezog. Es machte mir nichts aus und ich lud ihn mit einer Handbewegung ein, den Platz neben mir einzunehmen. Er überreichte mir einen der Becher, in dem sich sein Lieblingstee befand.

»Was hat er denn nun gesagt? Davon hat er mir bisher noch gar nichts erzählt. Oder ist es ein Geheimnis?«, wollte Finn neugierig wissen.

»Ich denke, ich kann es dir sagen. Er meinte, es sei nicht schlimm, dass er sich nicht erinnern kann. Es könnte ohnehin nicht schöner sein als sein jetziges Leben.«

Finn sah sehr zufrieden und gerührt aus.

»Er ist ein gut erzogener und schlauer Junge.«

»Ja, das ist er.« Wir stießen mit unserem Tee auf Ilias an und tranken dann einen Schluck.

»Das hat er natürlich von mir«, behauptete Finn schmunzelnd.

»Natürlich.« Ich zwickte ihn in die Wange. Eine ganze Weile sahen wir schweigen dabei zu, wie die Sonne langsam unterging und alles in ein rotgoldenes Licht tauchte.

FINN

Wir teilten uns ein Rosinenbrot, das Yusra mir aufgeschwatzt hatte, als ich den Tee in ihrer Küche zubereitet hatte.

»Weißt du, wovor ich Angst habe?«, fragte Arya.

»Nein. Aber du wirst es mir bestimmt gleich sagen.«

»Davor, dick und rund zu werden, bei all den Köstlichkeiten, die uns ab sofort von Bero, Silas und Yusra aufgetischt werden.«

Ich lachte. Mit dieser Vermutung hatte sie wohl nicht ganz unrecht.

»Ich werde das schon zu verhindern wissen«, erwiderte ich.

»Und wie?«

Ich schnappte Arya das Stück Rosinenbrot aus der Hand und steckte es mir selbst in den Mund. Dann nahm ich den restlichen Brotlaib an mich und stand auf.

»Indem du es dir es erst verdienen musst«, nuschelte ich und rannte weg. »Komm und hol es dir!«

»Du bist doch wirklich unmöglich!«, rief sie und verfolgte mich.

Wir rannten gemeinsam.

Der Sonne entgegen.

ENDE

Die Chroniken von Maljonar
werden fortgesetzt mit

ILIAS & MAI

Wie Tag und Nacht

»Was passiert,
wenn ein Mensch keine Vergangenheit hat,
ein anderer keine Zukunft,
und diese beiden aufeinandertreffen?«

DANKSAGUNG

Der erste Dank an dieser Stelle geht an dich, liebe Leserin, lieber Leser. Danke, dass du mein Buch gelesen und mir damit einen Traum erfüllt hast. Hoffentlich hat dir das Lesen so viel Spaß gemacht, wie mir das Schreiben.

Ich bedanke mich ganz herzlich beim Team von neobooks, insbesondere bei Jenny und Vivi, die an mich geglaubt und mir den entscheidenden Schubs gegeben haben, damit dieses Buch überhaupt das Licht der Welt erblickt. Ohne euch hätte ich viele tolle Chancen verpasst, das Buch vielleicht nie veröffentlicht und die anderen Rookies nicht kennen gelernt.

Auch den Rookies möchte ich an dieser Stelle danken. Lillith K., Julia M., Julia R., Mehliqa Y. – Danke für den Austausch mit euch, es hat sehr viel Spaß gemacht! »If you wanna be my reader, You have got to read«, wird für mich immer ein Ohrwurm bleiben.

Ein ganz, ganz großes Dankeschön geht auch an Alexander Kopainski für das absolut umwerfende Cover, in das ich mich immer wieder aufs Neue verliebe.

Ich bedanke mich bei Laura für das tolle Lektorat, das dem Buch hoffentlich seinen letzten Schliff verliehen hat. Auch wenn für deinen Geschmack wahrscheinlich noch immer zu viel Tee getrunken wird.

Auch ohne meine Blogger- und Autoren-Freunde wäre ich niemals so weit gekommen. Ein dickes Danke geht an dieser Stelle an die Testleser meiner ersten Version: Amelie, Julia, Kücki, Tanja und Vanessa. Ihr konntet euch schon damals für die Geschichte begeistern und habt mich zum Weitermachen ermuntert.

Ein riesiges, awesometastisches Dankeschön gilt hier Tanja Voosen. Danke für deine Hilfe, deine Begeisterung und den Mut, den du mir immer wieder gemacht hast. Irgendwann schenke ich dir noch ein Planschbecken voller Einhorn-Marshmallows.

Natürlich bedanke ich mich auch bei all meinen Freunden, die in der ganzen Zeit hinter mir gestanden haben. Drei meiner Mädels möchte ich hier ganz besonders hervorheben. Danke an Alessa, die dieses Buch schon vor ewigen Zeiten gelesen hat und begeistert war. Danke an Anjuli und Rebecca, für das Mitfreuen, die Tea-Times und das Sherlock-Schauen.

Ich möchte mich auch ganz, ganz herzlich bei Astrid vom Drachenmond Verlag bedanken. Für Arya und Finn hast du dir die Nächte um die Ohren geschlagen und sie mit genau so viel Herzblut behandelt wie ich. Dass du so an mich glaubst, macht mich wahnsinnig stolz und ich bin gespannt, welche Abenteuer wir noch zusammen erleben werden.

Den Volkweins möchte ich an dieser Stelle auch endlich einmal danken. In den letzten Jahren habt ihr mir viele tolle Erfahrungen geschenkt, die einen großen Einfluss auf mich hatten und die ich um nichts auf der Welt wieder hergeben möchte.

Meiner Familie verdanke ich so viel, dass ich es gar nicht in Worte fassen kann. Es gab so viele Momente in meinem Leben, in denen ihr »das schaffst du nie« hättet sagen können und doch habt ihr in genau diesen Momenten immer an mich geglaubt, auch wenn es manchmal bestimmt nicht einfach war. Und für diese »wir glauben an dich«-Momente danke ich euch aus tiefstem Herzen. Ich habe euch alle so unglaublich lieb!

Der letzte Dank gilt meinem Freund Malte. Ein paar Zeilen reichen nicht aus, um all das aufzuzählen, wofür ich dir dankbar bin. Doch damit du nicht so viel lesen musst, versuche ich es kurz zu machen. ;) (Ja, das Smiley musste sein.) Ohne dich wäre ich nicht der Mensch, der ich heute bin. Du spornst mich an und stehst mir zur Seite, bei was auch immer ich mir mal wieder in den Kopf gesetzt habe. Und hinterher freust du dich mit mir. Dafür danke ich dir. Ich liebe dich.

Kerstin Arbogast
Im Schatten deines Herzens
ISBN: 978-3-95991-077-4
Softcover, EUR 14,90

„Meine Flucht war sinnlos.
Bereits jetzt in diesem Moment gehörte ich dir.“

Wenn aus Träumen Albträume emporwachsen, ein Jäger zum Gejagten und eine Gejagte selbst zur Jägerin wird, dann finden Märchen und Fabeln ihren Weg in die Wirklichkeit.

Um zum Star der elterlichen Pferdeshow zu werden, ist dem Stuntreiter Jarosch kein Preis zu hoch. Eine geheimnisvolle wie gefährliche Stute soll ihm zum erhofften Erfolg verhelfen – selbst wenn sie ihn seine Seele kostet.

Als Johanna Jarosch und seinem wilden Pferd begegnet, kann sie sich deren Faszination nicht lange verschließen. Doch kann sie die dunklen Schatten der beiden verscheuchen, ohne selbst davon verschlungen zu werden?

Asuka Lionera
Divinitas
ISBN: 978-3-95991-022-4
Softcover, EUR 14,90

„Eine Halbelfe!", ruft der Ritter angewidert und spuckt auf den Boden neben mir aus. „Ich dachte, diese Missgeburten hätte man ausgerottet!"
Sie haben sie gesehen! Sie haben meine Ohren gesehen!
Sie wissen, was ich bin!"

Von den Elfen verachtet und den Menschen gefürchtet hat sich die Halbelfe Fye in die Abgeschiedenheit zurückgezogen.
Doch sie wird enttarnt und gefangen genommen und an der Schwelle von Leben und Tod gerät sie in eine uralte Fehde.
Wer meint es ehrlich mit ihr –
der verfluchte Prinz oder der strahlende Ritter?

Britta Strauss
Indigo und Jade
ISBN: 978-3-931989-93-4
Softcover, EUR 14,90

Als die heimatlose Jade nach einem misslungenen Diebstahl von den Häschern der grausamen Königin Scylla gefangengenommen und misshandelt wird, glaubt sie, ihr Dasein sei zu Ende. Halbtot in den von gefährlichen Kreaturen bevölkerten Wäldern ausgesetzt, schließt sie mit ihrem Leben ab.
Doch Indigo, ein mysteriöser Vagabund, scheint nur auf sie gewartet zu haben. Er rettet Jade das Leben und zwingt sie dazu, an seiner Seite auf eine lange Reise zu gehen. Eine Reise voller tödlicher Gefahren, deren Sinn und Ziel sie nicht kennt.
Tausend Geheimnisse umgeben Indigo,
unzählige Feinde verfolgen seine Spur.
Jeder Tag und jede Nacht machen Jades Reisegefährten nur noch rätselhafter, doch sie ist entschlossen, die Wahrheit über ihn herauszufinden.

Sandra Bäumler
Feenglut
ISBN: 978-3-931989-71-2
Softcover, EUR 14,90

Die Schwertkämpferin Kayla führt ein entbehrungsreiches, aber freies Leben. Zusammen mit ihrer Schwester Naias zieht sie von Arena zu Arena, um ihrer beider Lebensunterhalt zu bestreiten. Während die eine Schwester eine außergewöhnliche Kriegerin ist, vermag die andere durch Magie zu heilen.
Naias Gabe muss jedoch ein Geheimnis bleiben.
Als Kayla in der Arena von Ro'an zu ihrem bisher schwersten Kampf antritt, nimmt das Schicksal seinen Lauf.
Naias gerät in Gefahr und Kayla verliert ihre Freiheit.
Doch welche Rolle spielt der geheimnisvolle Krieger, dem sie während der Kämpfe in Ro'an immer wieder begegnet?

Julia Adrian
Die Dreizehnte Fee – Erwachen
ISBN: 978-3-95991-131-3
Softcover, EUR 12,–

Ich bin nicht Schneewittchen.
Ich bin die böse Königin.

Für tausend Jahre schlief die Dreizehnte Fee den Dornröschenschlaf, jetzt ist sie wach und sinnt auf Rache. Eine tödliche Jagd beginnt, die nur einer überleben kann. Gemeinsam mit dem geheimnisvollen Hexenjäger erkundet sie eine Welt, die ihr fremd geworden ist.
Und sie lernt, dass es mehr gibt als den Wunsch nach Vergeltung.

»Kennst du das Märchen von Hänsel und Gretel?«, frage ich flüsternd. Er braucht mir nicht zu antworten, er weiß, dass nicht alle Märchen wahr sind. Nicht ganz zumindest.

Es gibt keine Happy Ends, es gab sie nie. Für keine von uns.

Petra Röder
Traumfänger
ISBN: 978-3-95991-037-8
Softcover, EUR 12,–

Seit ihre kleine Schwester Emma im Koma liegt,
hört Kylie sie in ihren Träumen um Hilfe rufen.
In genau solch einem Traum trifft sie Matt Connor,
der dort seit Monaten gefangen ist. Bald wird klar,
dass die beiden sich zueinander hingezogen fühlen,
doch hat ihre aufkeimende Liebe überhaupt eine Chance?
Denn nur wenn es Kylie gelingt, Matt und Emma aus diesem Traum
zu befreien, werden die beiden auch in der realen Welt überleben.
Doch in der Traumwelt wimmelt es von bösartigen Kreaturen
und Matt trägt ein dunkles Geheimnis mit sich,
von dem Kylie erst erfährt, als es fast zu spät ist.

DRACHENMOND VERLAG

BÜCHER MIT HERZBLUT